U0635909

王力全集　第二十四卷

王力译文集
（五）

王　力译

中华书局

目　录

例　言

（一）本书所根据之原本为爱米马尔登所编，原名《莫里哀全集集注》(Oeuvres Complètes de Molière, avec les notes de tous les commentateurs)，1824 年由巴黎勒费佛书店出版。

（二）译时偶或参照黑伦华尔所译之英文本 (The Dramatic Works of Molière, London, George Bell & Sons, 1901)。

（三）爱米马尔登以克利马列斯特所著《莫里哀传》(Vie de Molière) 置于卷首。克利马列斯特可称最先为莫里哀立传之人，传中可宝贵之轶事甚多，偶有罅漏，则爱米马尔登另采他人之笔记以矫正之。兹仍译成国语，置于卷首。至于爱米马尔登原序，与《莫里哀传》后所附《莫里哀剧团略史》，以其关系不大，故未移译。

（四）爱氏原书所集之注，兹或译，或不译，或节译；悉视其重要之程度而定。此外又有译者自注之处。凡原书所有之注，用〔一〕〔二〕〔三〕等字为标识；凡译者自注之处，用①②③等字为标识。原书之注，凡不署注者姓名者，即爱氏自注也。

（五）剧中说明动作之夹注，原本略而英译本较详。兹所译者，往往依英译本增加，间或擅自加注，以求便于表演。

（六）莫里哀之喜剧，本有诗剧与散文剧两种；黑氏译为英文时一律用散文。余于此事颇费踌躇，因商之于朱孟实兄。孟实兄谓以诗译诗，必甚难传达滑稽之语气，不如用散文为佳。余韪其言，遂悉用散文;仅于剧名下注云原本为诗剧或散文剧,稍存其旧。

（七）余译书六年,此中甘苦,已于《半上流社会》卷首略言之。窃谓译文学书如临画,贵得其神;否则虽描摹不失纤毫,终无是处。黑氏以英译法,其译笔尚极自由①;吾国文字之组织与法文相去奚啻倍蓰,若必字字比傅,将佶屈聱牙,不可复读。兹所译剧本,取便表演,尤贵流利,俾能上口。今举数例如下:

Et vous, filoux fieffés, ou je me trompe fort, Mettez pour me jouer, vos flûtes mieux d'accord.（《糊涂的人》,第一幕第四出）

直译当为:"至于你们呢,你们这两个极恶的扒手——否则是我误会得厉害了——为着要捉弄我,请你们把你们的两个笛子弄得更调和些吧。"

今译为:"至于你们呢,你们这两个流氓,想要捉弄我,请你们预先练习好了你们的双簧再来吧。"

Malgré le froid, je sue encore de mes efforts.（《糊涂的人》,第四幕第五出）

直译当为:"虽则天气很冷,我还因为用力而出汗呢。"

---

①　黑氏译本有与原本语意大不相符之处,甚或陷于错误,例如:

原文:Baste!（《糊涂的人》,第四幕第一出）

黑氏译为:We will see by and by.

原文:Ahi!（《糊涂的人》,第三幕第四出）

黑氏译为:Oh that's something new.

原文:Tu m'ose encor tenir un tel propos?（《糊涂的人》,第四幕第八出）

黑氏译为:You dare speak to me!

原文:Oui, va, je m'y tiendrai.（《糊涂的人》,第四幕第八出）

黑氏不译。

原文:J'aime enfin.（《情仇》,第二幕第一出）

黑氏不译。

原文:Je ne veux plus m'embarrasser de femme.（《情仇》,第四幕第二出）

黑氏译为:I am determined to vex myself no more about a wife.

按:原文之 femme 字,在此处当译为 woman,不当译为 wife。

今译为:"天气这样冷,我还急得出汗呢。"①

Et ne pourrai-je pas te voir être une fois sage avant mon trépas?
(《情仇》,第三幕第六出)

直译当为:"在我未死以前,不能看见你循规蹈矩一次吗?"

今译为:"我在未死以前,竟不能看见你一天不闹乱子吗?"

(八)剧名之翻译,更费考虑。L'Etourdi 初译为《轻率的人》;全剧译完后,始觉当译《糊涂的人》为妥。Les Contretemps,直译当为《功败垂成》(若依中国所出版之法华字典译为《不虞之事故》,则更不妥),今体会剧情,译为《误事》。Le Dépit amoureux,直译当为《爱的悲愤》,今亦依剧情译为《情仇》。凡剧名似与原文不甚相符者,皆仿此。

---

① 因细玩原文无用力的意思,故黑氏亦译为:notwithstanding the cold, I feel even now all in a perspiration.

莫里哀传

从来不曾有人好好地研究过莫里哀的生活,做成一部完善的传记给我们看,这是一件可怪的事。一个人,在他的本行里,达到了这样的声名,我们自然应该关心于他一生的事迹。现代的喜剧,不能说不是受了莫里哀的恩惠。当他开始工作的时候,喜剧里还没有秩序,没有风俗,没有韵味,没有个性描写;一切都是不完善的。在今日,我们往往觉得,假使没有这超等的天才,也许喜剧还离不了那原始庞杂零乱的状态。莫里哀的想象力既强,又在旧籍中多所取材,加以精心考虑,遂使他的神妙的思想都能活现于舞台之上。他的剧本,经过这许多戏院表演,译成这许多国的文字:只要戏剧还存在一天,人们就景仰他一天。但是,人们并不认识这大人物;从前那些轻淡的描写,都描写得不对,或描写得太浅薄了,不足令人认识他的真面目。读者们所得的乃是许多关于他的假历史。与他同时的人,个个都以能与他交游为荣,几乎没有一个不捏造些事迹,说他曾与他同做了某事某事。我费了不少的工夫,才把事实阐明;我在很可靠的笔记中找事实,又努力避免那些可疑之点。同时,我还避去了许多家庭琐事,因为那是人人所共有的;但是,凡可以唤起读者注意的地方,我却丝毫不肯疏忽。我颇自负,读者们将感激我用过这一番苦功。我教他们认识一个他们所常关心的人的生活,认识一位不可模拟的作家。凡有判别力的人们,能在书本中或舞台上欣赏莫里哀所表现的一切美感的,都念念不忘莫里哀的本人,而我这一篇传记也就一定会受他们欢迎。

莫里哀原名约翰·巴狄斯特·波克兰[一];他的祖父与父亲都是裱糊匠,又是法王路易十三的侍仆。他们的铺子设在市场①,是他们自己的房屋。莫里哀的母亲姓布得,也是室内装饰匠②的女儿,她母家的铺子也在市场。

莫里哀的父母预备把他教养成为一个室内装饰匠。他的父亲还不很老,就叫他承受了他的职务。他们努力使他能好好地从事于室内装饰,因为他们从来没有意思要他们的孩子去就比较高尚的职业。因此之故直到了十四岁,他还在铺子里做事;他们只教他读书写字,足供商业上的需要就算了。

莫里哀的祖父非常爱他。这老头子原是一个戏迷,往往把他的孙子领到布尔干府去看喜剧[二]。莫里哀的父亲生怕娱乐分了他

〔一〕依贝法拉先生很可宝贵的考证,我们知道莫里哀不是在市场出世的。他生于圣安诺斯路,附近枯树路。他不是生于 1620 年,而是生于 1622 年 1 月 15 日。他的母亲不是姓布得,而是叫做玛利·克列西,是市场的一个裱糊商人的女儿(Després 注)(参看贝法拉所著的《la Dissertation sur Molière》)。

又依德洛尔先生的精确考证,莫里哀的亲族中有五个人曾做巴黎市政府的裁判官(从 1647 至 1685),这在当时是颇大的官职,有时还能升为贵族(Delort: Voyage aux environs de Paris, p199)。

① 在巴黎,今日仍为市场,为鱼肉菜蔬之总销售处,其地即以市场为名。

② 当时之室内装饰匠系一小小官职,任此职者承办王宫内种种布置。

〔二〕我曾考究最初唤起莫里哀注意的是些什么伶人。在那些伶人当中,有三个著名的滑稽家:加基儿、杜律班、胖基洛姆。他们三人很相友善,大家都爱喜剧,于是他们在爱斯特拉巴德广场建立了一个露天剧场。民众非常爱看他们的戏,他们的名声直传到宰相李歇里欧的耳朵里。李歇里欧要看他们的戏,看过后,非常喜欢他们的滑稽,于是召布尔干府的伶人们来,告诉他们说人家看了他们的戏之后总觉不快活,并且令他们要那三位滑稽家加入他们的剧团。两三年之后,至 1634 年,在布尔干府就有了一件大惨事。据巴尔费兄弟①说:"胖基洛姆胆子太大了,他模仿某司法官的一种惯常的面态;因为他模仿得太相像了,所以皇帝下诏逮捕他与他的两个同伴。他的同伴们逃走了,但胖基洛姆被捕,投入黑牢。胖基洛姆受惊而死,加基儿与杜律班因此悲恸过甚,也在一周内死去了。这三个伶人演剧总是不用女角的。依他们说,恐怕有了女人,就使他们的感情破裂了。"我们很可怜他们,同时又景仰

儿子的心,使他完全忘了应尽的职务。有一天,他问那老头子为什么常常把孙子领去看戏,他颇生气地问:"难道您有意把他造成一个伶人不成?"那祖父回说:"愿上帝保佑他将来成为像贝尔洛斯那样好的一个伶人〔一〕!"他这一回答,令莫里哀大受感触;他虽不因此就有了固定的志向,但他从此对于室内装饰业发生了嫌厌的心理;他以为他祖父既希望他能做一个伶人,那么,纵使伶人做不成,总还可以做些比他父亲更高尚的职业。

这种意思深深地印入了莫里哀的脑筋,所以他在铺子里总觉得苦闷。有一天,他从戏院里回来,他父亲问他近来为什么这样不快活。莫里哀忍不住向他父亲表示他的感想,于是他很坦白地承认他与裱糊业不能相宜,如果他父亲让他求学,他就快乐了。他的祖父从旁听见,也赞成孙儿的志向,帮他说了许多大道理。他父亲

他们。我们感世风之不古也想跟着莫里哀的话说:"这种友谊到那里去了?"(莫里哀说:"道德到那里去了?")

许多年以后,才有一个著名的斯加拉姆士来替代他们。斯加拉姆士是马萨兰从意大利聘来的,是莫里哀的老师。李歇里欧与马萨兰都是红衣主教,法国初生的戏剧是蒙他们保护的。

在那三个滑稽家遇难的时候,莫里哀大约只有十二岁。他大约因此受了感触,因为他没有一本戏剧里是有司法官的,这是可注意的一点。

①此二人为法国戏剧史家(Fran çois Parfait,1698—1753;Claude Parfait,1705—1777)。

〔一〕贝尔洛斯原名迈斯里耶,是路易十三时代最著名而且最好的一个悲剧伶人。某人有一封信谈及莫里哀的生活与著作,以及与他同时的名伶,其中有谈及贝尔洛斯之处,说(Mercure de France,mai 1740):"人家猜想哥奈尔所编的《新那》(Cinna)剧中新那一角原是贝尔洛斯扮演的。在李歇里欧做主教的时代,他的名誉很好。他的谈吐很文雅,说话很流利,人们往往喜欢听他(他是剧团中的演讲员。哥奈尔所编的《说谎者》里,他原是主角)。李歇里欧赠他一件很漂亮的衣服,专为扮演说谎者之用。"他的才艺虽高,也不免有若干短处。斯加郎在他所著的《滑稽小说》(Roman comique)里,曾假拉兰根之口说贝尔洛斯太矫揉造作。红衣主教列疵在他的笔记里叙述蒙巴桑夫人不能决定爱罗歇夫高,因为他像贝尔洛斯,太无趣味了。贝尔洛斯殁于1670年(见 Frères Parfait,tome V)。

被他说服了,决定把他送进耶稣会学校〔一〕。

莫里哀的天分很高,所以读书五年,他非但修了普通班次的功课,而且还进了哲学班。

在学校里,他认识了两位在今日认为著名的人物:一位是沙贝尔先生〔二〕,另一位是贝尼叶先生〔三〕。

沙贝尔是雷利叶的儿子,但不能为他的法定承继人。不过,假使雷利叶不观察到沙贝尔缺乏管理财产能力,也会把一切财产给他承继的。后来他父亲只为他留下八千厘佛的年金,由受托的人们按年支给。

雷利叶努力要给沙贝尔很好的教育,甚至把著名的嘉山第聘来做他的师傅。嘉山第注意到莫里哀很听话,又很聪明,足以研究哲学,于是在教沙贝尔与贝尼叶的时候,同时愿教莫里哀〔四〕。

西哈诺·贝歇拉克〔五〕在加斯干读书读得不很好,他父亲自己把他领到巴黎来完成他的学问。他厕身于嘉山第的弟子群中,因为他知道可以得到许多益处。但是,他们颇嫌弃他,不很愿意收容他:西哈诺很爱闹,不像莫里哀诸人的思想已经成熟。不过,西哈

〔一〕即克列蒙中学,此后改名为大路易中学,为耶稣会的人所主持。当时莫里哀只有十四岁(1636),他在学校里一直住至1641年。孔代的弟弟孔第王子,当时才七岁,与莫里哀为同学(见 La Grange 的《莫里哀传》,即1682年出版《莫里哀集》的序文)。

〔二〕沙贝尔原名雷利叶(1626—1686),生于巴黎,是一个诗人,与布瓦洛、兰辛、方特奈为友,曾与巴首蒙合著《旅行记》(Voyage en Provence et en Languedoc),书中满是快活的思想。

〔三〕贝尼叶是一个旅行家,也著有一部《旅行记》。他曾侍从蒙古族印度王奥龙袭伯(1619—1707)十二年,二人同游蒙古、印度等地。

〔四〕克利马列斯特忘了那著名的爱斯诺。爱斯诺也是嘉山第的弟子,是莫里哀的同学。莫里哀与爱斯诺大约受了哲学的影响,才起意翻译拉丁诗人鲁克列西的诗。莫里哀所译已佚;爱斯诺所译仅存有维纳丝祷词。

〔五〕西哈诺生于1620年。他的性情很暴戾,以勇敢著名:差不多没有一天不与人家决斗。不过,做他的传的人说他往往做伴斗的。依加斯特尔说,如果西哈诺不是在他初从事于文学生活时就死去了,他尽可以成为一个大科学家、大批评家或大伦理学家。

诺说话很委婉,为人很活泼,实在没法子摆脱了他。因此,嘉山第
所授的功课,只好容他来听;大家讨论学问时,也许他来参加。西
哈诺的求知心很切,记忆力很好,他善于利用一切,由此建树了一
个很好的学识基础,后日他就在这基础上得了许多益处。西哈诺
在他的作品中用过的思想,莫里哀也不惮再用。莫里哀说:"我找
见了我的东西,就不妨重拾起来。"〔一〕

　　莫里哀毕业之后,因为父亲年纪老了〔二〕,他不得已而做了一些
时候的裱糊匠;他还侍从路易十三到那尔班旅行过〔三〕。他虽在朝
廷里做事,仍旧像年轻的时候一样酷嗜喜剧;他的学识适足以助成
戏剧方面的学问〔四〕。当时的风俗,往往友朋相聚,演戏为乐。巴
黎有几个公民组织了一个剧团,莫里哀也是团员之一;他们演了
好几次的剧,聊以自娱。但是,那些公民们自己娱乐够了之后,自
以为是好伶人,不妨公开表演,以博利益。他们努力想要实行他

〔一〕莫里哀的《史嘉班的诡计》(Fourberies de Scapin)有两出是取材于西哈诺的《被戏弄
　　的学究》(Le Pédant joué)的。西哈诺在中学的时候,为着要报教员的仇,才编了这
　　一本喜剧。

〔二〕并非因父亲年纪老,当时他的父亲只四十六岁,莫里哀才十九岁(Béffara 注)。

〔三〕这一次旅行,有许多可纪念的事件。路易十三从西班牙人的手里夺回了贝披计。
　　李歇里欧临死的时候,发觉了圣马克与特杜谋叛,于是把他们二人捕了,关在一只
　　小船里,由他的大船拖着,从罗奈河直下,把他们送上断头台。论者谓李歇里欧临
　　死还能保守政权,不被他人夺去。莫里哀常在国王之侧,亲见宰相之不慎与专权,
　　及国王之懦弱。这乃是他初次对于人心的研究。

〔四〕这里漏了好几年的事迹。在这几年中,各传记里没有叙述清楚。但我们根据克利
　　马列斯特的《莫里哀传》的末段,又根据讽刺剧《爱洛米》,我们知道 1642 年莫里哀
　　的父亲决定把他的儿子送到奥列安去学法律;直到 1645 年 8 月,莫里哀才回到巴
　　黎来,当年他就考得了律师之职。从此之后,他从事于法庭辩护;但他因酷嗜戏剧
　　之故,常常去看奥维丹与巴里的戏。奥维丹与巴里乃是蒙多尔与达巴兰的继承
　　者,他们的剧场在新桥,与斯加拉姆士一样地受人景仰。有些人的笔记还说这时
　　莫里哀从斯加拉姆士受业(Ménagiana, p.9;et Vie de Scaramouche, par Mezzetin)。
　　华尔克那尔先生援引修道院长达尔曼的笔记,说莫里哀起初研究神学,他的父母
　　预备把他造成一个牧师(Histoire de La Fontaine, p.73)。这一说大约是不对的,因
　　为当时莫里哀须代父亲为路易十三的侍仆。达尔曼的捕风捉影之谈,决不可信。

们的计划；一切都预备好了之后，他们就在圣日耳曼堡的白十字游戏场建立他们的戏院[一]。从这时起，约翰·巴狄斯特·波克兰就用莫里哀为名。人们问他为什么不用别的名字，而用莫里哀，他不肯说是什么理由；甚至于最要好的朋友问他，他也不解答[二]。

这一个新剧团成立后毫无成绩，因为他们不信莫里哀的话；他们的学问不如莫里哀之深造，莫里哀的见解比他们高超得多了。

有一个作家曾叙述莫里哀是怎样决定献身于舞台的。依他说，莫里哀的家庭听说他有这种计划，大起恐慌，于是派一位教士[三]去劝他，说他完全丧失了家庭的名誉；说他的父母非常不喜欢，又说这种职业乃是伤风败俗而为宗教所排斥的，如果他做了这事，就不会得天主救的。莫里哀恬静地听那教士说完，于是轮着他大谈戏剧的好处，那教士本是来说他的，倒反被他说服了，于是他就与那教士一块儿做戏去。这些话乃是贝洛先生说的，贝洛先生一定是误信别人的谎言，却拿来告诉我们。纵使我没有什么确证，读者们只须想一想，立刻就知道这不会是真的。固然，莫里哀的父母用尽了种种法子要使他改变他的主意；但这是没有用处

〔一〕这一个剧团名为驰名剧团，是由贝查尔兄弟主持的。起初他们的剧场在奈尔门，即今之马萨林路。因为毫无成绩，所以又过了塞纳河，在圣保罗门开演。后来再从圣保罗门迁至圣日耳曼堡，在白十字游戏场建立剧院。

〔二〕这里头没有什么神秘：当时有一部小说《波里线》(La Polyxène)颇为人所爱读；这小说的作者名叫莫里哀，演过许久喜剧。莫里哀以此为名，大约是因此之故（这一段话出于某人所著的一部不甚为人所知的《莫里哀传》，是 1724 年写的。作者在当时的人的口里采取了许多富有刺激性的传说，本书常常援引他的话）。

〔三〕这故事是贝洛所述的，而他只说是一个学校的教员，而不是一个教士。这话也不是说谎。莫里哀所写的《学校里的先生》(Le Maître d'Ecole)、《恋爱的博士》(Le Docteur amoureux)、《相敌的三位博士》(Les trois Docteurs rivaux)、《米达佛拉士特》(Métaphraste)，我们相信都是为那教员而写的。

的：他们尽管说了许多大道理，终敌不过莫里哀对于戏剧的热情[一]。

莫里哀的剧团虽则没有成绩，但是，因为有了这剧团出现，已足使他有表现戏剧天才的机会。孔第王子召他到府里演过好几次的戏，很鼓励他，后来孔第王子到了龙克多克，还召他的剧团到那边演戏，为的是表示给他体面[二]。

这剧团的团员是贝查尔姑娘及她的两个兄弟；杜巴克诨号胖勒奈；杜巴克的妻子；此外还有圣安诺烈路的一个糕饼商人，他的女儿是克兰歇姑娘，是特伯利的女仆[三]；克兰歇姑娘与她的丈夫也

〔一〕在这时节（即1645年），莫里哀离开了巴黎，与他的剧团到外省演剧。他在外省流浪了四五年，为的是好好地完成他的演剧的艺术。在这长时间内，人们只在波尔多见过他一次，他非常受伊斯贝难公爵的欢迎，而伊斯贝难公爵在亨利第三与亨利第四的时代乃是著名的大臣。1650年，他回巴黎来，他的旧同学孔第王子在这一年才召他到府里演剧（即今之造币厂）。

〔二〕这里又把时期弄错了。大约在1653至1654年之间，稍在龙克多克联邦聚会之前，孔第王子才命莫里哀到贝西叶演剧。由此看来，莫里哀有八年的生活详情是我们所不知道的。只知道1653年他在里昂住了整整的一年。

〔三〕这糕饼商人名叫拉格诺，伶人与诗人们都很爱他，大家都白吃他的点心。有一个诗人名叫贝斯引起了他做诗的意思，于是那可怜的拉格诺就抛了糕饼业而做诗人。他原是一个好的糕饼商人，却变了一个坏诗人，后来又变了一个坏伶人。达素西叙述他的历史，说他因为让诗人们挂账而至于败了家，有一天早上，催债的警吏们竟不看诗神的情面，把他抓进了监牢去。他在监牢里住了一年，出狱之后，想要把他所做的诗集问世；但是，达素西用滑稽的笔叙述说（Aventures d'Italie，p284）："他在巴黎找不着一个诗人愿意养他的，也没有一个糕饼商人肯把一个肉饼去换他一首十四行诗。于是他与妻儿们离了巴黎，连他一共五人，一匹小驴子驮着一大堆他的诗集，往兰克多克谋事去。恰好有一个剧团需要一个扮看门人的角色，于是用了他。他上台只须念四句诗，但他念得太好了，不到一年，就被称为天下第一坏的伶人。剧团的人不知道怎样用他才好，于是打算叫他揩烛檠。他以堂堂诗人的资格，当然不愿意接受这条件。后来他终于敌不过命运之神，我见他在另一剧团里揩烛檠，而且揩得很干净。狂人自命为诗人，该有这命运；诗人变为狂人，也该有这命运的。"

是团员；此外还有几个人〔一〕。

　　莫里哀在成立他的剧团的时候，与贝查尔姑娘的感情很好。依我所得的很可靠的消息，贝查尔姑娘曾与阿维让的一个绅士名叫莫代纳的秘密结过婚，生下了一个女儿。这小女孩在平时只与莫里哀见面，所以从她会说话的时候起，总把莫里哀叫做她的"丈夫"〔二〕。那女孩渐渐长大，莫里哀也就渐渐不厌恶这"丈夫"的称呼。别人也以为无关轻重的。那母亲〔三〕想不到后来会变成事实。她只注意到这位虚拟的女婿对她的友谊，却未见到这个称呼会引起对方的什么念头。

　　1653 年，莫里哀与他的剧团离开巴黎；经过里昂的时候，表演他的第一部喜剧《糊涂的人》，竟能像他所希望的那样成功。后来

〔一〕在莫里哀剧团初离巴黎的时候还没有这些伶人；莫里哀在里昂表演《糊涂的人》(1' Etourdi)，成绩很好，有两个剧团被他压倒了，于是那两个剧团里的一等角色都加入了莫里哀的团体。诸人当中有克兰歇、克鲁华西、杜巴克、特伯利姑娘、杜巴克姑娘等。莫里哀在《情仇》(Le Dépit amoureux)里加上了胖勒奈一角，乃是为杜巴克而设的。

〔二〕其实直到 1645 年，莫里哀才与贝查尔兄弟姊妹合组剧团。贝查尔姑娘名叫玛玳琼，她有一个妹妹名叫阿曼特，也许就随在她的身边。1653 年，当她到里昂去的时候，她已经有十四五岁了。后来莫里哀与阿曼特结了婚，人家就散布谣言，说他娶情妇的女儿为妻，甚至说他娶自己的女儿为妻；莫里哀对于这种污蔑的话，始终不屑答辩。但是，直到今日，人们还不知道莫代纳绅士所曾秘密结婚的玛玳琼不是阿曼特的母亲，而是姊姊。幸亏贝法拉先生发现了莫里哀的结婚证书，然后真相大白。其结婚证书如下：

约翰·巴狄斯特·波克兰乃约翰·波克兰先生与已故玛利·克列西之子；阿曼特·克勒心德·贝查尔乃已故左赛夫·贝查尔与玛利·爱尔维之女；双方同属于王宫教区，兹得圣母院长老孔德先生与巴黎主教列疵圣父之许可，订婚与结婚同时举行，在场者约翰·波克兰(即新郎之父)、安德烈·布得(即新郎之表兄)、玛利·爱尔维(即新娘之母)、路易·贝查尔(即新娘之兄)、玛玳琼·贝查尔(即新娘之姊)。证书后签名者：S.B.Poquelin(即莫里哀)、J.Poquelin(即其父)、Boudet(即其表兄)、Marie Hervé(即阿曼特之母)、Armande Gresinde Béjart(即新娘)、Louis Béjar(即新娘之兄)、Béjart(即玛玳琼，新娘之姊)。

〔三〕"母亲"当作"姊姊"。

又到了兰克多克,受到孔第王子热烈的欢迎[一]。孔第王子很好心,支给伶人们薪水[二]。

莫里哀在兰克多克省表演了两部喜剧——《糊涂的人》与《情仇》,得了很大的声名。因此之故,孔第王子越发敬重他,优待他。在王子执政时期,一切娱乐与戏剧都由莫里哀包办。在不久的时期内,王子注意到莫里哀一切的美德,佩服之至,以至想要莫里哀做他的秘书。但莫里哀是很爱自在的,而且非常希望施展他自己的才能,所以请王子让他继续做戏去;于是秘书一席另由西莫尼充任。莫里哀的朋友们责他不该不接受这样好的位置。莫里哀对他们说:"先生们,还是让我们不换位置吧。如果观众的话是真的,我还算是一个过得去的戏剧家;然而我尽可以是一个很不行的秘书。我给王子演剧,还能博他开心;如果我做正经的工作而做不好,倒反惹他生气。再者,你们想想看:我这玩世不恭的人——也可以说是一刻十八变的人——在大人物身边做事,适当不适当? 我的脾气太硬,家庭的事做不来。还有一层最重要的:这一班人跟我来这样远,如果我做了官,怎样处置他们? 谁来领导他们? 他们信任我,依赖我,而我丢了他们,问心何安?"但是,我知道他所最难舍的

────────────

[一]孔第王子名叫亚猛·布尔邦,是大将孔代王子的兄弟,生于 1629 年 10 月 11 日。1654 年,娶红衣主教马萨兰之侄女马第诺疵为妻,因此得为基烟郡王。他非常喜欢喜剧,曾经设想许多适宜于舞台的题材。1666 年殁于贝斯纳斯。著作名《依照教会传说的戏剧的研究》(Traité de la comédie et des spectacles selon la tradition de l'Eglise)。

[二]直到 1654 年,莫里哀才到孔第王子那边去。这时期,有《情仇》初演日期与达素西的笔记为证。达素西的笔记叙述莫里哀这一个时期的生活很有兴味;他描写他的旅行与其度量之宽大。达素西是一个外省的诗人,音乐也很好,常携古琴周游各邑,有两个诗僮跟随着他。到了里昂之后,他觉得教会所设的教养院里尽是他做诗的材料。但是,他说:"最使我快活的,乃是遇见了莫里哀与贝查尔兄弟。他们的喜剧很有风趣,所以我不能马上离开他们:我在里昂住了三个月,为的是赌钱、看戏、宴饮。其实我不该住一日之久,因为我虽恣情娱乐,却遇了好些不幸的事情(他赌输了钱,有一位诗僮离开了他)。"

乃是玛玳瑃·贝查尔。玛玳瑃的能力足以绾住他的心,使他不能跟随孔第王子。再者,莫里哀看见自己是一个剧团的首领,也觉得快活。他很喜欢领导他那小小的共和国。他爱向群众说话,而事实上他总不曾错过说话的机会。如果剧团里死了一个仆人,他在演剧的第一日又多了一个演说的题目。假使他在王子家里做秘书,怎能有这种机会[一]?

　　在兰克多克省有了四五年的成绩之后,莫里哀的剧团决定回到巴黎来。莫里哀觉得他的力量足以维持一个喜剧的戏院,又觉得他的团员们受了相当的训练,一定会比第一次更有成绩。他因得孔第王子维护,尤可放心。

　　于是莫里哀与他的剧团就离开了兰克多克[二];但他又在克兰诺布尔逗留,整个的嘉纳华尔节他都在那里做戏。后来这些伶人们又到了鲁安,因为鲁安较近巴黎,他们的声名容易传播到首都。他们在鲁安住了整个的夏天;在这期间内,莫里哀到了许多次巴黎,为的是预备入御弟家中演戏。御弟愿意维护他,而且好意地把他介绍给法王与太后。

───────────

〔一〕这里克利马列斯特又忘了一件事实:这件事实也会使莫里哀决定不做秘书的。王子的秘书原是诗人萨拉山,萨拉山死了不久,王子就要莫里哀接他的任。依西克来的笔记说:"萨拉山是四十三岁死的。因为孔第王子虐待他,把铁钳子在他的太阳穴上打了一下,他因此身体发烧,以致身死。王子所以发怒,是因为修道院长哥斯那克(后来升为 Aix 的主教)与萨拉山曾劝他娶了红衣主教马萨兰之女,因此放弃了四万埃居的利益,换得二万五千埃居的年金。从此之后,王子往往没钱用;又因当时人人都恨马萨兰,所以王子深恨劝他娶马萨兰的女儿的人们,以为他们不该劝他做这卑鄙的事(西克来的笔记,页 51)。

〔二〕离开了兰克多克之后,1657 年 12 月,他经过阿维让,遇见了米惹。米惹在意大利住了二十二年,才回到阿维让的。当时米惹正在画甘歇侯爵夫人的肖像;这是美貌而有悲惨收场的一个贵妇人。莫里哀与米惹的友谊从阿维让相识之时间始,交情终身不渝。米惹殁后,有莫里哀画像传于世;而莫里哀也有《华尔德克拉斯》一首长诗,颂扬米惹的天才;后来布瓦洛说他颂扬得体(见《米惹传》,页 55)。

1658 年 10 月,莫里哀剧团得表演《尼哥迈特》(Nicomède)①于国王之前[一]。他们起头起得好,尤其是女伶们被认为满意。但是,莫里哀觉得他的悲剧无论做得怎样好,总难胜过布尔干府的剧团,所以在那剧演完之后,他亲自出到台前,用很谦恭的话感谢国王宽宏大量,原谅他与他的团员们的短处,又说他们在这样庄严的地方只觉得惶竦失措,然后他说"他们因为意在使大王娱乐,遂忘王家本有极好的人物以供使用;他们自顾只是很笨的模仿者;但是,大王既愿意不责备他们的村野的态度,小臣就恳求大王准予表演另一种小玩意:这是小臣在外省曾受欢迎,颇博声誉的"[二]。他预料成功,因为他习惯了使他的剧团即刻用意大利的派头去表演些喜剧。在这些喜剧当中,有两部是兰克多克省人所看不厌的,连最正经的人们都喜欢看:第一部名叫《相敌的三位博士》,第二部叫做《学校里的先生》,都完全是意大利的派头。

莫里哀的话颂扬得体,国王像是很满意他;于是准他试演这两部喜剧,结果都得了好成绩[三]。尤其是因为小喜剧久已沦亡,而布

---

① 《尼哥迈特》是哥奈尔的一部悲剧,作于 1651 年。

〔一〕第一次演剧是 10 月 24 日,法王使人在卢佛故宫建立了一个戏院(见克兰歇的《莫里哀传》)。

〔二〕这一段话是从克兰歇的序文里抄下来的。

〔三〕莫里哀在法王路易十四跟前表演的并不是《相敌的三位博士》,而是《恋爱的博士》。1682 年,克兰歇在他的序文里说:"许久以来,人们已经不演小喜剧,现在演起来,竟像是一种新发现。那一天,表演的时候,人们都讶为新奇,觉得快意。莫里哀扮的是那博士,扮得很有价值,以致国王命他的剧团在巴黎建立戏院。"布瓦洛很可惜那小喜剧《恋爱的博士》已佚,因为莫里哀的作品无论大小,都是有些可以供人模仿的。除了上述两部喜剧之外,莫里哀还在外省编了《学校里的先生》、《飞医生》(Le Médecin volant)、《巴布伊的妒忌》(La Jalousie de Barbouillé)。莫里哀曾把《飞医生》与《巴布伊的妒忌》这两部短短的喜剧为蓝本而编成《被迫的婚姻》(Le Mariage forcé)、《无可奈何的医生》(Le Médecin malgrélui)、《乔治·唐丹》(George Dandin)。这两部喜剧是失而复得的。现存有莫里哀剧团的戏目,从 1663 年 4 月 6 日至 1665 年 1 月 4 日。在那戏目里头,我们发见许多剧本可以是莫里哀编的:

(1)1663 年 4 月 13 日……《村学究》(Le Docteur Pédant)。

尔干府近来演的都是些庄严的悲剧,所以现在人们更喜欢看这些喜剧伶人的戏了[一]。

莫里哀剧团的喜剧既博得国王的欢心,于是国王希望他们在巴黎成立戏院。为帮助他们起见,国王给他们小布尔班府,令他们与意大利伶人轮流出演。1660 年,他们从小布尔班府迁至王宫,改名为"御弟喜剧团"。

莫里哀是谨慎的人,常常怕他的力量有限。到了这时,他生怕巴黎的观众不像外省人一般地欢迎他。他本来不满意自己的作品,所以他恐怕巴黎人聪明,也像他一般地不满意。假使他的团员们不说机会难逢,也许他始终不敢表演他的作品。他常常对兰克多克的朋友们说:"我不明白,为什么这样有智识的人们,也还喜欢看我所表演的戏剧;其实,假使我处在他们的地位,我不会觉得有一点儿兴味。"有一个朋友回答他说:"您放心! 觅笑的人遇着可笑的事就笑,朝臣与平民有什么不同呢?"那些伶人们也像在外省一般地劝他放心,于是 1658 年 11 月 3 日,他们开始在首都公演。同月,他表演了他的第一部喜剧《糊涂的人》,12 月他又表演《情仇》,都大受欢迎。1659 年,初次表演《装腔作势的女子》(Les Précieuses ridicules),观众尤为钦佩。有了这一部,大家早就料到他以后所编的许多佳剧了。第一日表演时,只收一份的票价;不料来看的人太

（2）15 日……………………《胖勒奈的妒忌》(La Jalousie de Gros-René)。

（3）17 日……………………《口袋里的哥奇伯》(Gorgibus dans le sac)。

　　《史嘉班的诡计》的第二幕的本事似乎是取材于此。

（4）20 日……………………《樵夫》(Le Fagoteux)。

　　莫里哀自己把《无可奈何的医生》也叫做《樵夫》。

（5）1664 年 1 月 20 日……《呆儿子》(Le Grand Benêt de fils)。

　　这似乎是《心病者》(Malade imaginaire 剧中 Thomas Diafoirus 之所本。

（6）4 月 27 日………………《小孩胖勒奈》(Gros-René petit enfant)。

（7）5 月 26 日………………《大袖衣》(La Casaque)。

〔一〕自从胖基洛姆、加基儿、杜律班惨死后,喜剧伶人伯鲁斯甘比尔亦于同年死去。喜剧由此沦亡。

多了,第二天不得已遂把票价加了一倍〔一〕。

《装腔作势的女子》一连演了四个月。初次开演时,米那歇先生①去看,曾加以很好的批评,他说:"这剧本开演之后,观众没有一个不欢迎,我个人也很满意,我早就料到有好结果。走出戏院的时候,我对沙伯兰先生说:'刚才剧中所讥讽的无聊的言语举止,都讥讽得很文雅,很合理;而我与您往往就赞成那些无聊的言行!您听我说:从前我们所崇拜的,应该毁灭;从前我们所毁灭的,应该崇拜了。我早就猜到有这一回事,从这一次表演之后,大家该不再奖励矫揉造作的言行了。'"

有一天,正在表演的当儿,池座中间有一个老头子高声叫道:"莫里哀,努力,努力!这才是好的喜剧!"这显得人们早已忽略了喜剧,又显得人们厌看莫里哀以前的作品,像今人厌看莫里哀以后的作品一般。

然而还有人批评这一部喜剧;他们以为剧中言语太重了;其实莫里哀是知道舞台的性质的:言语不重,就不足以动观听。他对于一切所欲描写的人物,都用此法,也都成功。

1660 年 3 月 28 日,莫里哀初次表演《幻想的捉奸》(Le Cocu Imaginaire)②,有很大的成绩。但是,当时的小喜剧作家们看见莫里哀名誉日隆,大起恐慌,于是开始结成团体,尽力诋毁他的剧本。有些学者们也散布他们的批评:他们说这剧本的题目太卑鄙了,说他既是从外国取材的,何妨选一个更高尚些的名称?在这剧本里,所指的并不像《装腔作势的女子》所指的人那样普通,所以不像《装

〔一〕其实是加了三倍,而这一部喜剧还可以连演四个月。起初几次开演,莫里哀扮演剧中人马斯加里,似乎是戴着假面具表演的。这是喜剧家维里叶在《侯爵的报仇》(Vengeance des Marquis)里所述(B.注)。

① 米那歇(1613—1692),是法国著名的文学批评家。

② 法文里的 cocu 一字,是个俗字。妻子与人通奸时,丈夫被称为 cocu。中文无相当的字可译,故把 Cocu Imaginaire 暂译为《幻想的捉奸》。

腔作势的女子》那样搔着许多人的痒处。但是,一般剧团与喜剧作家虽则妒忌他,等到《幻想的捉奸》表演时,观众仍旧喝彩。巴黎有一个公民,过的是贵族生活,因为妻子颇美貌,又颇爱生气,当众欺负过他,他心里正在难受,以为莫里哀所编的《幻想的捉奸》指的是他。他以为不该不愤怒,于是向一个朋友表示他的恨意,他说:“怎么? 一个小喜剧伶人竟敢任意把我这一类的人物在舞台上表演吗(因为这公民以为朝中大臣比他高不了许多,而他却比伶人高了许多)? 我要告他一状,好的警察官一定应该制止这种人的无礼。这是城中的瘟神,他们专观察一切而把它变为可笑的事情。”他的朋友是一个聪明的人,又对于此事知道得很清楚,于是向他说:“先生,纵使莫里哀有意说您是幻想的捉奸,您也不该叫苦。他说的是好的方面;捉奸而是幻想的,您还不满意,难道要是真的吗?”那公民虽则不很满意于这一种解释,但不免也考虑了一下子,结果是再也不去看《幻想的捉奸》了。

1661 年 2 月 4 日,莫里哀表演《嘉尔西爵士》(Don Gracie de Navarre),又名《妒忌的王子》(Le Prince Jaloux),这是他在巴黎所编的第二部喜剧,然而没有成绩。莫里哀也像观众一般地知道那剧本的弱点,所以他不把它付印;他逝世后,人家才把它加入他的作品里。

因为这一场小小的失败,他的敌人们都快活起来;他们希望他自己倒下去,也像其他喜剧作家一般,不久就到了才尽之时。但是他偏因此更知道时代的嗜好:1661 年 6 月 24 日,他表演《丈夫学校》(l'Ecole des Maris),就是适应潮流的作品。这是他的佳剧中之一部;人们本来就信他是天才,自从此剧出世之后,越发坚定了他们的信仰。人们不复怀疑莫里哀不是喜剧的泰斗;然而那些妒忌的人们,对于他的作品,还不免说坏话。有一个同时的作家不能成名,就往往对人说:“做了这一部戏剧,算不了什么:这是从特兰西的《阿德尔夫兄弟》(Les Adelphes)脱胎来的。抄袭的地方这样多,自己做的地方这样少,还不容易吗? 这所谓以最低的代价换得最大的名誉了。"这一类的话,没有人肯听;其实莫里哀也值得人们喝彩。假使现代还像当时一般地热心表演,又表演得细腻,也会受人欢迎的。

1661 年 8 月,莫里哀在朝廷里表演《讨厌的人》(Les Facheux),11 月 4 日,又在巴黎开演。这两次,更显得他比当时的喜剧家高超了许多。剧中人物有种种的不同,而其描写自然又用鲜明之笔,更受群众的欢迎。人家都承认莫里哀发现了好的喜剧;他使它成为令人快活的、有益的。但是,朝中的人与城中的人往往看见莫里哀戏剧中把他们刻画得太可笑了,于是对他大肆攻击。他们说他把一切都表演得过火了,说他的描写不调和,说他的结局结得不好。这一切恶意的批评都不能阻碍莫里哀的戏剧的成功;观众始终是倾向于他这一方面的。

在莫里哀戏剧集的前面有一篇序文说那些剧本好坏不等,因为人家往往限给他的题材,以致他的天才为题材所拘,又往往不得已而求其速成。但是,我依据许多人的笔记,知道没有人给过他题材;他在外省草拟了许多笑剧,积叠成堆,以为制造喜剧的基础;朝中与城中每日供给他种种的题材,他忍不住就择取印象最深的编入剧本。虽则他在《讨厌的人》的序里说他以半月之功编成此剧,但我很难相信他的话。他的工作是天下最迟钝的,人家要他编剧,他往往把一年前所作的喜剧充数。

米那歇先生说:"《讨厌的人》是莫里哀先生的佳剧中的一部,他在剧中所描写的讨厌的猎人乃是苏耶古尔先生。国王在看了此剧试演之后,从富该先生家里出来,就把这题材给了他。国王看见苏耶古尔先生走过,就对莫里哀说:'这是一个很好的题材,是您不曾描写的。'"我实在不知道这事的真假;但这关于猎人的一出是怎样编成的,却是我比米那歇先生知道得更亲切:莫里哀除了押韵之外,没有做什么;他因为不懂猎事,所以不肯任描写的工作;另有一人——我因某种理由不能宣布他的名字——在花园里完全口授了他;经过了莫里哀押韵之后,便成为《讨厌的人》一剧中最精彩的一出,是国王所最爱看的[一]。

1662 年,表演《妻子学校》(l'Ecole des Femmes),没有什么成绩。看戏的人的批评好坏各居一半。有些妇人以为这剧本伤及她们,于是努力劝那些有见解的人也跟着她们一样批评。但是,有一位有见解的人对一个大臣说:"其实这剧本的主要情节有什么可指摘的?"那大臣说:"呃!我所要指摘的真有趣。'糖汁糕',呸!'糖汁糕!'"①那有见解的人说:"'糖汁糕'并不是一个缺点,您不该这样诽谤这剧本。"那大臣说:"'糖汁糕'是最可恶的。'糖汁糕',天呀!稍有常识的人,能赞成一部剧本里有'糖汁糕'的吗?"一位大臣这样说了,朝中的小臣与城中的小民也跟着有了回声。他们不能欣赏剧中的好处,只知抓住一个弱点去攻击一位高不可攀的作家。莫里哀听见了他们的恶评,也自气愤不过,于是另编了一部《妻子学校的批评》(La Critique de l'Ecole des Femmes),于1663 年开演。这一次最为观众所欢迎:因为一则迎合时代,二则编得很巧[二]。

〔一〕谁敢说莫里哀因为不懂猎人的术语,就不写这一出戏?在另一些当时人的笔记里,说是路易十四命令了莫里哀的第二天,莫里哀就去拜访苏耶古尔先生,兴高采烈地谈了一番关于打猎的话,于是他就得了那一出戏的题材。这种说法,不是更自然些吗?

① "糖汁糕"(Tarte ā la crême)是剧中语。

〔二〕伯洛塞特在布瓦洛第七封信的注里提及几个诋毁《妻子学校》的人的名字。上文所谓大臣,是指费雅特公爵而言。他不能赞成剧本里有"糖汁糕",这话竟变为谚语。布瓦洛的信里也提及苏佛来将军与伯鲁山伯爵。伯鲁山想要向苏佛来将军讨好,有一天,他只看到第二幕就走了。另有 1724 年某人写的一部《莫里哀传》叙述费雅特公爵看见《妻子学校的批评》里面一个人指的是他,"于是他做了一次很无礼的报复。有一天,莫里哀从一处房屋经过,费雅特公爵恰在那里。公爵走近他,故意表示亲热之状。莫里哀鞠躬之后,公爵忽然抓住他的头,嚷道:'糖汁糕,莫里哀,糖汁糕!'于是把自己的纽子去擦莫里哀的脸孔,直擦至出血为止。当天国王就看见了莫里哀,问知了此事,深为他抱不平,并向费雅特公爵表示。此后公爵方知道莫里哀深得国王的宠爱。这话是一个与莫里哀同时的人告诉我的;他说他还亲眼看见呢"。

1663 年 10 月 14 日,《凡尔赛匆草》(l' Impromptu de Versailles)初次开演于国王之前;同年 11 月 4 日,开演于巴黎。这只是伶人间的一种讽刺式的谈话;在这谈话里,莫里哀尽量自由地抨击他所不满意的朝臣与仇敌,同时也攻击布尔干府的伶人们。

莫里哀是在正直的风俗里生出来的,他的言语举止都很单纯,很自然,所以他看不惯朝臣们那样胁肩谄笑,患得患失,假仁假义。他们一有机会,就与莫里哀为难;而莫里哀在他的《匆草》里也放纵地攻击他们。他攻击他们对于作品不会欣赏,他努力使群众不信他们对于他的作品的批评。

布尔索先生做了一部戏剧,名叫《画家的肖像》(Le Portrait du Peintre),借此攻击莫里哀;莫里哀也把他的剧本弄成可嘲笑的作品。莫里哀又模仿布尔干府的伶人们不会唱戏,模仿得太自然了,以致观众能在舞台上辨认出其所指的是哪些伶人们。仅有佛洛里多是他所不肯攻击的。他说他们不会欣赏,真有道理。他们不能了解他的艺术,甚至不知道他有艺术。他们的戏词总是矫揉造作的,而且千篇一律,令人看来既不觉得剧中有动作,也不觉得剧中有情绪。但是,波沙多与蒙多利[一]都受人欢迎,正因他们善于矫

〔一〕蒙多利殁于 1651 年,而《凡尔赛匆草》开演于 1663 年,这里必与蒙多利无关;当是蒙佛勒里之误。莫里哀在《凡尔赛匆草》的第一出就讥讽蒙佛勒里的戏剧,蒙佛勒里不能原谅他,于是他的儿子为报仇起见,也编了一部喜剧,名叫《孔代府匆草》(l' Impromptu de l' Hotel de Condé),剧中描写莫里哀在《班贝之死》(La Mort de Pompée)[①]剧中所扮的该撒。假使他仅以此为报仇,还算大幸!然而他因恨意未平,又听信最不道德的谗言,呈给路易十四一张诉状,说莫里哀娶亲生的女儿为妻。当时兰辛年纪很小,已经看破了这种阴谋。他写信给华素先生说:"蒙佛勒里做了一张诉状,呈给国王,说莫里哀从前与一个妇人同居,后来又娶她的女儿;但朝庭并未听信蒙佛勒里的话。"莫里哀对于此种攻击,不屑答辩;直到贝法拉先生得了当年的结婚证书,然后真相大明。

①班贝为罗马大将,与该撒及克拉素组三头政府。但不久又与该撒为仇,大战了一次,失败,逃埃及,被埃及五使人刺杀。

揉造作。莫里哀是懂艺术的人,很不满意于这种编配不善的戏剧,
又不满意于无智识的观众那样喝彩。因此,他要他的伶人们趋向
于自然。就喜剧说,在莫里哀以前,就悲剧说,在巴郎先生以前(关
于巴郎,下文再述),伶人们在嗜好高雅的人看来,都笨得可怜。不
幸得很,现代的伶人们也有一大半是不懂艺术的,莫里哀所建立的
主义被他们失去了〔一〕。

　　因为戏剧的派别不同,以致两个剧团之间发生了妒忌。人们
到布尔干府去看戏,那些悲剧作家差不多都是带着他们的作品去
看的,莫里哀因此生了气。所以,当他知道他们在两月后要表演一
部新的剧本的时候,他自己也预备在两个月内做成一部新的,俾得
与那旧剧团同时开演。他记得从前有一个少年拿了一部戏剧来找
他,这戏剧名叫《玳亚真与夏里克雷》(Théagène et Chariclée),实在
是没有什么价值的;但是,依那种文笔看来,如果那少年再努力下
去,可以成为一位超等的作家。莫里哀并不磨折他的锐气,倒反鼓
励他,劝他先在诗上多用工夫,然后以戏剧出而问世。他又叫他在
半年内再来见他。在那时候,莫里哀正在计划编制《仇敌的兄
弟》〔二〕;但那少年一去不复返,等到莫里哀需要他的时候,不知道
从何处去找他;他告诉他的伶人们:无论如何,务必把他搜寻到手
才罢。他们终于把他找着了。莫里哀把自己的计划传授了他,请
他每周交一幕的稿,如果可能的话。那青年作家是一个极热心的
人,立刻应承了莫里哀的请求;但是,等到他交稿之后,莫里哀注意

〔一〕这是暗讽波布尔的话。巴郎去职后,由波布尔接任。这亦可以证明克利马列斯特
　　的《莫里哀传》是根据巴郎的笔记的。
〔二〕孟德斯鸠常说,根据波尔多旧时的传说,莫里哀做乡村伶人的时候曾在波尔多表演
　　过一部悲剧,名叫《玳拜衣特》,但因没有什么成绩,以后他就不再写悲剧了。由此
　　看来,兰辛的《玳拜衣特》的大纲也许是莫里哀所传授的(Bret 注)。

到他差不多完全抄袭了罗特鲁的《玳拜衣特》(Théaïde)〔一〕。人们
讽劝他,说抄袭别人的作品是不名誉的;说罗特鲁的剧本还不很
旧,观众的脑筋里还记得起它;又说他应该趁此大好机会好好地做
他第一次的作品,以博高名。但是,时间太急迫了,莫里哀就帮助
他换过了抄袭的地方,完成了他的剧本,恰能应时不误。观众们看
完后非常喝彩,共赞兰辛的少年英才①。兰辛一则受了群众欢迎,
二则受了莫里哀的恩赐,非常兴奋。然而他们的交情不能维持许
久:兰辛先生编演了《安特洛马克》(Andromaque),有人做了一篇批
评,他以为是莫里哀做的;其实这一篇批评与莫里哀没有关系,而
是苏伯里尼做的。

　　法王认识了莫里哀的价值,又知道他特别热心于使君王娱乐,
于是赐给他一千厘佛的年俸。在他的作品,我们可以看见他对国
王的谢语。有了年俸,莫里哀可以安心工作;从此之后,他以为可
以把作品弄得更好些,预备描写些更伟大的人物,又更接近特兰
西②的意境。他与朝臣及学者们更接近了,他们很欢迎他:他在谈
话里,也像在戏剧中一般地快活,一般地合理;其友谊之巩固,有如
其作品之颠扑不磨。人们所最爱他的地方乃在乎他的心术正直与
其思想纯正,不落凡庸。

　　数年以来,他在朝廷与巴黎,其境地可以说是最幸福的了。
但是,他以为如果他把这幸福与一个女人同享,还会觉得更幸福。

〔一〕其实罗特鲁并没有写过《玳拜衣特》,他只写过一部《安第干》(Antigone);但兰辛的
　　确在《安第干》里抄袭了多少。克兰歇山塞尔说,他曾听见兰辛的好友们说过,因为
　　莫里哀给予兰辛的期限很急,兰辛竟在《安第干》里抄了差不多整整的两段。1664
　　年所演的《玳拜衣特》,在印刷时,把那抄袭的两段删去了。克利马列斯特的话,该
　　与此对照,以资纠正。
①　上文所述的少年,就指的是兰辛。
②　特兰西(公元前194—前159)是拉丁的喜剧诗人,生于加达歇。

贝查尔的女儿[一]渐渐长大,她的风韵也就渐渐在莫里哀的心坎里生了根,直到了这时,他极想要安顿他对于她的热情。这少女既有吸引男子的姿色,又有固定男子的聪明。莫里哀从与女孩儿玩笑的时候,直达到了被女人引起爱情的时候;但他知道她的母亲别有见解,不易动摇。她母亲是一个好强的人,当人家不赞成她的意见时,她就索性不讲理;她宁愿做莫里哀的女友,不愿做他的岳母。因此,他不敢把娶她女儿的计划告诉她。他决定对她不说什么,秘密就与她女儿结了婚;但是,她把他监视得太密切了,九个月以来,他还不能举行他的婚姻。他本来对于一切事情都避免与玛玳琏·贝查尔吵嘴,何况这事? 但是,玛玳琏早已怀疑莫里哀有娶她女儿的计划,于是放出凶泼的口吻,说如果他想娶她的女儿,她就要设法害他[二]。莫里哀始终不敢实行他的计划。玛玳琏常常虐待她的女儿,造了许多难堪的事要她承受,她终于不能忍受了;与其说她急于做新娘,不如说她急于脱离了她母亲的毒手,因此,有一天上午,她打定了主意,直跑到了莫里哀的家里,要他承认她为妻子然后她才肯再出他的家门,他没法子,只好承认了。这事宣布了之后,自然有一场很厉害的吵闹;玛玳琏表示她的愤怒与悲哀,竟像莫里哀娶了她的情敌,又像她女儿落在一个不幸的人的手里似的。但是,吵闹终不免有静止的一天;这是没有法子挽回的了。玛玳琏也仔细想过,她的女儿的最大幸福乃在乎与莫里哀结婚:以他的地位与财产而论,假使他是个浪漫的人,不要妻子,就可以有一切的娱乐;要了妻子,结了婚,倒反丧

〔一〕上文说过,莫里哀的妻子阿曼特·贝查尔只是玛玳琏·贝查尔的妹妹,不是她的女儿,这是克利马列斯特弄错了。

〔二〕玛玳琏·贝查尔生气似乎是真有其事,但莫里哀的结婚并不是秘密的,而且玛玳琏以姊的名义还签了字(见上文附录的结婚证书)。

失了一切的娱乐了^{〔一〕}。

　　阿曼特做了莫里哀夫人,马上就以为她与公爵夫人是同等的身份,又当她开始表演喜剧的时候,那无所事事的朝臣已经说她的闲话。一个女伶,容貌既美,又善修饰,若要她常常检点她的行为,令人无所指摘,岂不是很难的事? 一个女伶如果对于一个大人物尽了她的种种义务,社会决不原谅她,一口就说他是她的情郎了。莫里哀幻想着,以为全朝廷与全巴黎的人都在埋怨他的妻子。她并不注意于使他觉悟;恰恰相反,他似乎觉得她所以极力修饰都为

〔一〕这女人能引得莫里哀那样热烈地爱她,后来她又使他那样不幸,其实她并没有整齐的美貌。当她已经使莫里哀很伤心的时候,莫里哀自己有一段文字描写她的容貌,他说(《市民变绅士》Bourgeois Gentilhomme,第三幕第九出):“她的眼睛很小,而她的眼神却很有吸引力;可以说是天下最有光辉、最能令人感动的一双眼睛。她的嘴很阔,但是,别的嘴所没有的韵致却可以在她的嘴上看到。她的身材并不高,但她走起路来很轻盈活泼,肢体也很调匀。她的言语举止似乎很疏忽,但疏忽之中却有韵致。她的态度里我不知有的是什么风趣,竟能款款地透入人心。再说,她的心思是很精细的,她的谈话是很动人的。她的脾气一刻十八变,但是,美人的一切坏处都是好的,也都是人们所能忍受的。”她原是莫里哀的弟子,后来变了一个很好的女伶。据有一个与她同时的人说:她的嗓子是那样动人,令人以为她的心里真有热情,而不仅仅是嘴里的表现。那人又描写她与克兰歇,说(《雅谈》Entretiens galands,卷二页91):“莫里哀姑娘①与克兰歇在念戏词时很能表示他们的情趣,甚至他们的戏词完了,他们的戏似乎还继续着。在舞台上,他们时时刻刻都是有用的:当他们听话的时候,与说话的时候表演得差不多一样精彩。他们的眼睛不向包厢里兜圈子,他们的眼神不分散。他们分明知道戏院里坐满了人,但他们好像只看见了剧中有关系的人物,言语举止都仅仅为他们而发。他们做得很妥贴,很好看,却又看不出矫揉造作的地方来。他们很注意装饰,但到了舞台上之后,他们不复念及他们的装饰。固然,有时候,莫里哀姑娘掠一掠她的头发,或整一整她的首饰;但这些小举动里头隐藏着一种自然的讥讽。当她扮演可笑的妇女的时候,恰用得着这种举动;但是,她虽有了这许多好处,假使她的嗓子不那样动人,也不能那样博得观众的欢心。她自己也相信她有好嗓子,所以她凡遇扮演不同的角色,必另换一种声音。”格兰伐尔也说莫里哀对于她丈夫为她而设的角色都扮演得非常好;她虽不是美人,却是善于讽刺的,而且能引起人家的很大的热情(见 Cizeron Rival,页15,与 les Frères Parfait)。

①莫里哀姑娘即指莫里哀的妻子。她小的时候,人家把她当做莫里哀的女儿,见上文。

的是别人而非为的是他:他并不要她修饰到那地步。她越修饰,越引起了他的妒忌。他也曾向妻子表示过,使她知道怎样自持,大家好在一块儿过幸福的生活;但她觉得他的劝告太严厉了,尤其是对于一个青年的妇人,而且她的行为也没有什么可指摘的,所以她不肯听从他的劝告。莫里哀因为与妻子不和,受她冷待,越发努力于工作与交友,不复为妻子的品行而悲哀了[一]。

　　然而莫里哀强自抑制,然后能决定与她漠不关心地相处。有一天,他在奥得侬他的花园里想入非非,他的朋友沙贝尔偶然到那里散步,走近他的身边。看见他比平时操心似的,几番问他是什么原因。他觉得这种痛苦乃是当时最流行的痛苦,而他还不能忍受,未免可耻,所以他努力守着秘密;但是,凡是爱他的朋友,都知道他的心是很坦白的,又因想要减轻自己的苦痛,终于很老实地承认给他的老友知道。他说,他如此对待他的妻子,非他心中所愿;这乃是他内心挣扎的原因。沙贝尔以为自己是不受这种事束缚的,于是嘲笑莫里哀,说他本是最会描摹别人的弱点的,而他本人就犯了他每日所责备的弱点。又说:"最可笑的是:她既然不能以相当的爱情来报答你的热爱,你又何苦再爱她? 假使是我遭逢不幸,也到了这种状态之下,又深知那女的已经接受了别人的爱,那么,我一定很轻视她,以致把我的热情医治好了。再者,如果这是你的情妇,那还难些;但这是你的妻子,就更好办了。一个人生了气,往往以报仇替代了爱情;你的妻子既使你痛苦,你何妨报复一下子? 你可以把她关起来。这是一个可靠的法子:你的精神可以从此安定了。

　　莫里哀静悄悄地听他说,忽然打断他的话头,问他是否恋

[一]这下面的一段话是节录《名女伶》(La Fameuse Comédienne)的。《名女伶》又叫做《基冷夫人的历史》(Histoire de la Guérin),基冷夫人原是莫里哀的妻子。这一段话可以补《莫里哀传》所不及;我认为应该把它插进这里来,同时声明这不是克利马列斯特写的。

爱过。沙贝尔说："是的，我曾经恋爱过，像一个聪明人一样恋爱过；但是，为我的名誉起见，应做的事我一定做，决不觉得这样为难；像你这样没主意，我真替你害羞。"莫里哀说："我看你显然是不曾恋爱过的，所以你把爱情的表面看做爱情的本身。关于热爱的力量，例子很多很多，我也不必与你细说。我只把我的困难很忠实地告诉你，让你知道当爱情把它的势力加在我们身上的时候，我们是多么不由自主！我很了解人类的心理，所以我天天刻画他们的真相，你是这样说我，我自己也承认研究过人类的弱点；但是，虽则我的知识告诉我怎样可以逃避危险，然而我的经验却告诉我这危险是不能避免的。我天天观察自己，得到这种见解。我一出世就是非常多情的；我以为我可以努力引起她那时间所不能破坏的情感，使她渐渐爱我；凡所以达到这地步的，我都没有忘了做。当我娶她的时节，她的年纪很轻，我看不出她的坏倾向；我以为我也许比那些在同等情形之下的人们幸福些。结婚之后，我仍旧加意向她献殷勤。但是，我觉得她对我那样不关心，我开始知道我的一切预防都成了无用的，而她之待我，与我昔日所期望的幸福相差很远。我也怪我自己，在丈夫的地位不该那样小心殷勤，我又以为她之所以对我脾气不好也许只因她对我没有什么爱情。但后来我在各方面看来，都知道我误会了。结婚不久，她对基歇伯爵有了极热烈的爱情，社会上传扬得太厉害了，我表面上的安静也保不住了。我既然没法子否证这一件事实，就只好努力抑制我自己：我的心力交瘁，无非为此；凡是能安慰我的事物，我都引以为助。我认她的一切价值都在乎天真；因此之故，自从她不贞之后，便没有价值了。从那时起，我决意与她生活下去，譬如一个善良的男人有了一个风流的妻子，尽管人家怎样说，而妻子的坏品行与他的名誉毫无关系。但是，我很伤心：她是一个不美的女子，她的一点儿智慧都是我教养出来的,而她在一时之间便推翻了我一切的哲学!我的主意虽已决定,但我一见了她,便忘了我的主意;她才说了几句辩护自己的话,我就相信我的猜度是靠不住的,于是我向她请罪,求她恕我轻信人言。从此之后,我仍决定与她生活下去,但只当她不是我的妻子;然而如果你知道我怎样痛苦,一样会可怜我的。我爱她爱到了这地步,她的事情倒反博得我的同情。我为她而伤感,自知不可救药,但同时我又以为她也许深愿戒除风流的倾向而有所未能,因此,与其说我不能不怪责她,不如说我不能不怜惜她。你会对我说:这样恋爱竟成了疯子的恋爱;而在我看来,宇宙间的爱情只有一种,凡是没有经过这种细心体贴的爱情的人,可以说是不曾真的恋爱过。在我的心坎中,世界一切事物都是与她有关系的:我的思想被她占住了,没有了她,我就觉得什么都没有乐趣。当我看见了她,就发生了一种感触,一种兴奋;这种心情,只可以意会,不可以言传。这么一来,我立刻丧失了思考的本能;我再也没有眼睛去察看她的过失;她所有的一切都是可爱的。疯,岂非到了极点? 我所有的一切理论都只令我认识了我的弱点,而无法解脱,你觉得奇怪不奇怪?”沙贝尔说:“我也承认,你可怜到这地步,乃是我所意料不到的;但是,一切都听时间吩咐吧。我劝你继续努力抑制你自己;等到你心中渐渐忘了你的努力,也就渐渐有了效果了。我呢,我为你祈祷,希望你不久就能满意。”他说完就走了,剩下莫里哀一人,还在那里想了许久,想法子去减轻他的痛苦。

　　1664 年 5 月,法王大宴后妃们与群臣;莫里哀在这时表演《爱里特王妃》(La Princesse d'Elide),因此他得了他所期待的荣誉。可以说这剧本能使他与不喜欢他的朝臣重归于好;这剧本是在娱乐时期表演的,王子喝它的彩,莫里哀在朝中是没人跟得上的;在各方面,人们都肯为他说公道话,他所描写的主人翁的性情,他的诗句,他的散文(因为他没工夫把全剧编成诗句),一切都被认为极好的。但是,到了宴会的末日,莫里哀又开演《被迫的婚姻》,却不如前次那样受朝臣的欢迎。有人说:"这两部剧本是同一个作家的吗? 这人喜欢对平民说话,是永远平民化的;他以为自己还在乡村的戏台上呢!"莫里哀虽则遇了这种批评,然而斯加拿尔①的言语仍能使朝臣们发笑。

同年11月,《爱里特王妃》与《被迫的婚姻》开演于巴黎,一样地受人欢迎。但是,有许多人反对《被迫的婚姻》:假使编剧者不是莫里哀,演剧者不是莫里哀剧团,这剧本一定通不过去;最普通的事物,由莫里哀剧团表演,也能使市民们感觉兴趣的。

莫里哀惯把新编的剧本表演给人们看,1665年2月15日,他又试演了他的《石像的盛宴》(Festin de Pierre)。当时人们对此剧的批评也像今日的批评;因为社会上的批评太坏了〔一〕,莫里哀为谨慎起见,不曾把它付印。

人们在谈话里,往往谈及莫里哀为什么专爱挖苦医生,由排斥而起呢,抑由怀恨而发? 如果我们知道一段事实,这问题就解决了:莫里哀住在一个医生家里,医生的妻子是视钱若命的人,几番向莫里哀的妻子说要把她所住的一部分的屋子增加房租。莫里哀的妻子以为住在一个医生妻子的家里,已经给她增光不少,所以不肯理她;后来那屋子就被另租给了杜巴克的妻子,莫里哀竟被辞走了。这么一来,那三个妇人之间就发生了仇恨。杜巴克的妻子为着向新宅主妇讨好起见,赠给了那医生的妻子一张入场券。那医生的妻子得了入场券,非常快活,因为可以看戏不花钱;但是,她才到了戏院里,没有坐定,莫里哀的妻子已经派两个门警把她撵出门外,还老实不客气地亲自去对她说:既然她把她驱逐出了住宅,现

---

① 斯加拿尔是《被迫的婚姻》的主人翁。

〔一〕这批评是洛士蒙先生做的,名为《关于石像的盛宴的我见》(Observations sur le Festin de Pierre)。在此文中,作者诋莫里哀为魔鬼。说路易十四如果不制裁莫里哀之叛教,则将有洪水猛兽之祸。文中处处表演是为怕《伪君子》(Tartuffe)而作的;当时《伪君子》虽未完成,已经著名而为人所攻击了。这小册子是经警署许可而后付印的,可见洛士蒙系倚赖着许多有权势的人而作此文。

在戏院里是她为主,轮着她也可以把她撵了出去。那医生的妻子不很觉得羞耻,但因视钱若命,不肯买票,情愿回家。双方冒犯到了这地步,就闹得满城风雨;双方的丈夫都极力袒护着妻子;莫里哀原是受不得气的人,因此就恨那医生。为着报仇起见,五天之内他就做了一部喜剧,名叫《爱情是好医生》(Amour médecin),1665年9月15日,在法王宫中开演,同月22日,在巴黎开演。这剧本实在够不上称为莫里哀的作品;莫里哀自己也知道,所以当付印的时候,他加上了一篇告读者的序文,说他这剧本是短时间内做成的,又说读者们在这里头不会得到很大的乐趣。

从此之后,莫里哀无论遇着好坏的机会,都极力攻击医生们[一]。真的,他不能相信他们有医学的知识;他也很少用得着他们,据说他不曾被放过血①。当时有两部书叙述莫维兰先生与莫里哀同在法王宫中吃饭,法王向莫里哀说:"这是您的医生吗?他对您怎样?"莫里哀回说:"陛下,我们一块儿讨论过;他告诉我好些药品;我没有服他的药,而我的病已经好了。"据人们传说,莫里哀以为医生只是人们聘来在病人的卧房里说废话的,直说到病人自然而然地好了为止,或直至他的药品杀了病人为止。但是,与莫里哀同时而为他所认识的莫维兰先生想要掠夺了莫里哀的妙语,曾对我说这一段话是他说的,而不是莫里哀说的。为了莫维兰之故,莫里哀曾在他的《伪君子》的卷首加了第三请愿书,请求法王把文赛纳的一个地方划为莫维兰的儿子的采邑。

莫里哀常常注意使他的剧团变为更好。他有了许多好的喜剧伶人,但他还缺乏好的悲剧伶人,换句话说就是没有能照他的意思在戏台上表演的。恰巧有了一个好机会,使他能如愿以偿,而且他深喜能玉成那些值得玉成的人们。有些好人,被别人一见面就为

[一]这段故事之真假,姑置不论。但我们绝对不能说莫里哀的目的不在乎揭破当时医生们惑世的伎俩与知识的缺乏,而另有其他的目的。

① 法国古代医生以放血为一种治病方法。

他所动;巴郎就是这种人当中的一个。我将把他如何引起莫里哀玉成他的事情叙述,大约他不至于觉得不好;这是人生最可爱的阶段,为他所永远不会忘掉的。

特莱有一个琴师名叫莱生,非常希望发财,于是他使人做了一个大琴,共有三个钥盘,约长三尺,阔二尺半,琴身比普通的琴大了一倍。莱生有四个孩子,两男两女,都长得很标致,他曾教过他们奏琴。当他研究得很好之后,就离开了他的音乐队,领着妻子儿女,携着那特制的琴,到了巴黎来。他得人们的允许,在圣日耳曼临时市场表演他所预备好的一出小把戏。他先贴了一张广告,盛夸他的琴的机器巧妙,挥送如意,不可思议;这么一来,人们都相信这琴是一件奇异的东西。人们成群结队地去看那琴,都赞赏它,也都觉得它奇异,而且没有一个人猜得中它是怎样制造的。先是莱生的长子与幼女巴贝每人占一个钥盘,合奏一曲,而第三个钥盘却自动地跟着奏那曲子:当时那两个孩子已经双手举起,大家不知道第三个钥盘是谁奏的。后来他们的父亲把他们叫开,自己取了一把钥匙,做出上发条的样子,上发条的地方只用一个轮子,而琴身里的声音轹轹,竟像有千百个轮子,必需要这许多轮子然后能奏曲似的。他又把那琴移动,变了好几次的位置,以释群疑。等到一切都预备好了之后,他才向那琴说:“喂!琴儿,你替我奏某曲子吧。”那琴真能服从命令,即刻奏起那曲子来,一些不漏。有时候,莱生打断它的声音,说:“琴儿,停一停。”如果他叫它继续下去,它就继续下去;叫它换一个曲子,它就换一个曲子;叫它终止,它就终止。

全巴黎都注意这一个小小的奇迹;有些意志薄弱的人们竟把莱生认为一个仙人,就是最自负的人也猜不中他的幻术。因此,莱生在那市场里共赚了两万厘佛之多。那琴一直传到国王的耳朵里,国王想要看它,欣赏那最新的发明。他甚至令莱生到王后的宫中去演奏。王后看时,忽然害怕起来,于是国王下令即刻把琴身打开。打开了之后,琴里走出来一个五岁的小孩,像天使一般美丽。

这就是莱生的幼子〔一〕,当时全朝廷的人都去温存他。这可怜的小孩,幸亏这时能从"牢狱"中出来;他在琴身里已经被困了五六个钟头,里面的气味很难闻,若再过些时候不出来,怎么得了?

莱生的秘密虽被发觉了,但他打算在下一次的市场里仍旧利用这琴去发财。当他贴广告的时候,所说的话仍与上次无异;但他说定在表演后自动地发表他的秘密,并且除了奏琴之外还有一场小小的戏剧。

这一次的市集,莱生也像上一次一般地发财。他先把那琴照例表演了一番,然后由三个孩子跳舞一次;最后才由孩子们与莱生所招的团员们合演一部喜剧,演得好坏在所不计。他们所演的喜剧有两部,第一部是《仇敌的特里加斯人》(Tricassin rival),第二部是《特莱的香肠》(l'Andouille de Troyes)。这剧团取名为"多芬先生剧团"。在某一时间内,大家都喜欢去看他们的戏。

我知道这一段故事不很与我的题目相关;但我觉得事情太奇怪了,也许读者也喜欢知道,不至于怪我离题太远。再者莫里哀有些特别的地方也与这故事有多少关系,看到下文便可知道了。

在这新剧团成立的时候,同时,小巴郎也在犹太镇的膳宿学校里读书。他的母亲遗留给他的产业,大部分都被他的保护人——叔父与婶母——吃光了〔二〕。当他们看见小巴郎的产业剩的不多的时候,就开始觉得他累赘了。他们曾用他的名义告状;他们的律师

〔一〕这小莱生后来成为一个很好的伶人。巴黎与凡尔赛争相罗致。

〔二〕巴郎的父母都是极好的伶人。克利马列斯特的《莫里哀传》很像是由巴郎供给给他的材料,而他对于他的父母一字不提,殊为可怪。现在我可以从别处抄来两段动人的故事。巴郎的母亲是一个很美的妇人,当她到了太后的跟前的时候,太后便向左右的妇人们说:"夫人们,这是巴郎夫人来了。"于是那些妇人们就走开了。巴郎的父亲死得很奇怪:他在哥奈尔的《西特》(Cid)一剧中扮演狄耶克爵士;他与哥尔玛士伯爵相遇于台上的时候,依照戏情,他的剑该从手里掉下来,而他气愤地把脚踢了一踢那剑。不料恰恰踢着剑锋,以致他的脚趾被刺伤了。当天晚上,人们医治他的伤口,以为是小事情;不料两天之后,伤处溃发,医生打算割断他的腿。他不愿意割腿,于是说:"不,不,不成! 像我这样的一个戏王,有了一条木制的腿,岂不被人嗤笑?"他情愿悄悄地静候死神,到翌日他就死去了(见 Lettres à mylord...sur Baron, par d'Allainval)。

名叫马嘉纳,很爱做些打油诗。他所写的一部诗剧名为《胖水仙》(La Nymphe dodue),流行于世,大家因此都知道他的诗才不好。有一天,他问巴郎的叔父与婶母希望他们的侄儿将来做些什么事业。他们说:"我们不知道,还不看见他有什么志向;但我们常常看见他做诗。"那律师说:"那么,你们为什么不把他送入多芬先生剧团呢?多芬剧团的名誉多么好!"他们就信从了他的劝告。与其说是他们知道利用侄儿的天才,不如说是他们借此脱了一个累,并且便于侵蚀那剩余的财产。于是他们把巴郎送入莱生夫人的剧团(当时莱生已死),订了五年的契约。莱生夫人很喜欢,因为她无论希望他扮什么角色,他都扮得来。加以特莱一个著名的医生的怂恿,她越发乐于签约。原来那医生希望这寡妇能够建立戏院,又知道巴郎的母亲是一个极好的女伶,她的儿子一定易于学戏,将来一定能对剧团有很大的助力,所以才劝莱生夫人收容了他。

小巴郎到了莱生剧团的戏台上,非常受人欢迎,以至人们不很希望看那琴的把戏,只热烈地希望看他。他只在十岁至十一岁之间,并没有人教他怎样唱戏,而他却很善于表情,真是一件很可诧异的事。

在临时市场闭幕之后,莱生夫人在该尼高旧府的附近建立她的戏院;直等到她赚满了两万埃居①之后,她才离开了巴黎。她以为乡下的生意也一样好做;但是,她到了鲁安的时候,非但不能找着一个开演的地点,而且把她所有的钱与一位绅士吃光了。这绅士是莫那果王子,小名叫做奥里维叶;他爱她至于发狂,处处跟随着她;不久以后,她的剧团就风流云散,衰落得可怜。这么一来眼见得没法子在鲁安唱戏了,于是她就领着一班小伶人与她的奥里维叶回到巴黎来。

这妇人穷到了没法子,知道莫里哀是好行善事的人,于是去求他把他的戏院借用三天,使她赚得一笔小款子,好把她的剧团恢复

———

① 一个埃居等于三个厘佛,都是法国古币的名称。

原状。莫里哀果然愿意答应她的请求。第一天的好成绩已经出乎她的意料之外；听过巴郎的戏的人们都赞赏传扬，以致他登台的第二天竟卖满座，莱生夫人赚了千余埃居。

　　莫里哀因为身子不舒服，头两天不能去看小巴郎做戏；但是，人人都向他说小巴郎的好话，所以第三天他扶着病，叫人把他抬到王宫去看。布尔干府的伶人们个个都到了，而且都像普通人一般地惊叹那童伶的天才。尤其是杜巴克的妻子，她忽然对小巴郎有了感情，预备好了很大的酒席，要请他当天到她家里吃晚饭。那童子不懂人家殷勤是什么意思，只晓得答应了她，说晚上就到她家去。但这一场酒席却被莫里哀破坏了，莫里哀也请小巴郎同到他家吃饭去。他的话好像命令一般；伶人们对他都有莫大的敬意，所以小巴郎不敢向他说自己已经被别人约定了。而杜巴克的妻子对于小巴郎的失约，也不介意。他们都把莫里哀这次款待认为巴郎的好命运。他刚到了莫里哀家里，莫里哀就叫人去唤自己的裁缝来，为他做衣服（因为当时他的衣服都破旧不堪了）。他吩咐那裁缝：衣服要完整的、合身的，明天上午就得做好。当晚饭时，莫里哀不住地观察小巴郎，问了他许多言语；又留他在自己家里住宿，希望更有时间长谈，借此认识他的性情，才好十分放心地把重大的责任交给他。

　　第二天早上，在九点至十点钟之间，那裁缝果然践约，把全套的新衣送来给小巴郎。小巴郎忽然加上了这一套合身的漂亮的衣服，真是又惊又喜。那裁缝告诉他，说他应该下楼，到莫里哀的屋子里道谢。那童子说："我正有此意，但我以为他还没有起来。"那裁缝说他一定早已起来了，于是他下楼去，向莫里哀说了一段感激的话，说得莫里哀很满意，就嫌赠他衣服还不够；他再赠给他十个金的路易①，而且吩咐他喜欢怎样用就怎样用。小巴郎与狠心的人住了许久，受了不少的痛苦，而且才十二岁，遇着这种意外之喜，恍

---

①　一个路易可值二十四个厘佛。

疑是在梦中。他有这样的戏剧天才,却落在恶人的手里,乃是可悲而且危险的事。莫里哀因他有这样的境遇,所以更为感动;他以为那童子似乎有种种的美德,是一个可造之材,而自己又有玉成的能力,深自赞许。再者,若使小巴郎加入他的剧团,正是一个发展的好机会,安能轻易放过?

莫里哀请他老实说他所最希望的是什么。小巴郎说:"我希望此后一生与您相处,以报答您给予我的一切恩惠。"莫里哀说:"好,那么,事情已经办妥了。国王已经答应我,愿意下令,使你脱离你那剧团了。"原来莫里哀从早上四点钟就起来,到圣日耳曼去,哀恳国王恩准其所请求;国王即刻下了命令。

不久,莱生夫人就知道她这不幸的事情了;加以奥里维叶说话激她,所以第二天上午她就拿了两支手枪,气愤愤地闯进了莫里哀的房间,向他说:如果他不还她的童伶,她就要他的性命。莫里哀不慌不忙,叫他的男仆把那女人撵了出去。她忽然悲恸起来,手枪从手中落在地上,跪在莫里哀跟前,双眼泪流,哀求他还她的童伶;又说:如果他把小巴郎留住了,她与她的全家都不知贫困凄惨到什么地步了。他对她说:"您要我怎么样? 国王要我从您的剧团里收回来的。这就是国王的命令,您瞧。"莱生夫人看见没有希望了,于是恳求莫里哀至少允许小巴郎在她的剧团里再演三天的戏。莫里哀说:"非但三天,一礼拜也行,不过我有一个条件:我不许他回到您家里去,我派一个人常常跟着他,等到戏唱完了,他就把他立刻带回来交给我。"这因为莫里哀恐怕那妇人与奥里维叶设法诱惑小巴郎,使他仍归他们的剧团。莱生夫人没法子,只好遵从了莫里哀的话;一礼拜后,她赚了许多的钱;她有了钱,就想在布尔干府附近建立一个戏院,但其详情如何,成绩如何,都与我的题目无关。

莫里哀是喜欢好礼教的,所以他很注意教导巴郎,竟像他亲生的儿子一般。那孩子本有惊人的唱戏天才,而莫里哀又复循循善诱。巴郎的教育达到什么地步,是大众所共知的;他很善于利用这一位喜剧大师的教训。自从莫里哀死后,谁像巴郎那样能继续维持喜剧呢?

　　莫里哀剧团常以喜剧博得法王欢娱,法王非常喜悦,1665 年 8 月,法王要他们专唱皇家的戏,给他们七千厘佛的年俸〔一〕。从此时起,莫里哀剧团改名为"皇家剧团",此后不再更改;凡是国王所到之处,有了什么宴会,皇家剧团没有不参加的〔二〕。

　　莫里哀也十分谨慎,力求维持及增加其所已得之荣誉,以答国

〔一〕剧团的年俸是七千法郎①,莫里哀的年俸是一千法郎。赐俸之年是值得注意的。莫里哀开演《石像的盛宴》(Festin de Pierre),引起了许多人的惊怪与赞赏。洛歇蒙做了一篇批评的文字,意欲唤起国王的愤怒,他以宗教为名,说莫里哀侮辱宗教,要求国王处莫里哀以极刑。国王袒护莫里哀,故意增加恩俸。

　　①克利马列斯特说是七千厘佛,而此处则云七千法郎,然则当时的一个厘佛即等于一个法郎。确否待考。

〔二〕莫里哀虽做了伶人,仍旧做国王的侍仆。这二重的职务引起了许多有趣的事件。有一天,莫里哀到国王的卧房里预备铺床,另有一个侍仆本该与他一同工作的,忽然走开,说他的工作不是与一个伶人均分的。当时有一个诗人名叫贝洛克,在旁看见,就走近了莫里哀,问道:"莫里哀先生,我愿意与您同铺国王的床,您允许我有这光荣吗?"后来路易十四知道莫里哀受了侮辱,心里很不高兴(见 Molierana,页 38)。又甘班夫人的笔记里也述及路易十四常用的一个老医生所谈的一个类似的故事(见甘班夫人的笔记,卷三页 8):"这医生名叫拉夫斯,是一个有人格的人,他的话不会是捏造的。据他说,莫里哀是国王的侍仆,而侍臣们都不屑与他同桌吃饭,因为鄙视他是一个伶人,于是莫里哀为自爱起见,就不再去与他们同桌。路易十四知道了此事,不忍看见当代的一个大才子受人侮辱,就想法子补救。有一天早上,路易十四初起床,就对莫里哀说:'莫里哀,人家说你在这里的待遇不好,我的侍臣们觉得你不是应该同他们一块儿吃饭的。此刻你也许饿了,而我一觉醒来,也很想吃些东西;请你就坐这桌子吧,待我叫他们把临时的饭送上来。'肴馔都摆好之后,国王命莫里哀坐,亲自割鸡,送一只鸡翅膀到莫里哀的盘上,同时自己也取了一只,又命把那些常进宫的大臣们请进来同吃——都是地位很高而且很为国王所宠爱的大臣。国王一面只顾送菜给莫里哀吃,一面对大臣们说:'你们瞧,我的侍仆们没有这些大人物陪他们吃饭吧?'从此时起,莫里哀用不着与侍仆们同桌吃饭了,全朝廷的人都抢着邀请他吃饭去。"印行这笔记的,乃是巴利耶先生,他所加的考语,也值得一述。他说:"这一段故事足以增加路易十四的价值。堂堂一个国王如此优待一个伶人,以报答他的工作,并为他泄愤,岂不令人感动?岂不足见路易十四之伟大?"

王之大恩。他常常请教于他的朋友们;他很小心地审查他的作品;有时候,他想要知道他的剧本能否感动人,就先向他的女仆宣读,看她动心不动心[一]。然而他并不是每次初演就得观众欢迎,譬如《悭吝人》(l' Avare)就只能演了七次。观众听惯了诗剧,忽然来了一部散文剧,他们竟摸不着头脑[二]。某公爵说:"怎么? 莫里哀不疯了? 他把我们当做呆子,要我们挨五幕的散文! 谁见过这样狂妄的人? 我们有法子把散文去娱乐人吗?"但是,数年以后,莫里哀算是对于这没见识的观众报了仇:1668 年 9 月 9 日,他第二次开演他的《悭吝人》。人们成群结队去看,差不多开演了整整的一年。可见社会上的人专爱守旧,哪怕是很好的东西,如果不投合他们的习惯,他们就很难领略的! 所以五幕的散文就惹他生气。但是,他们读了剧本,又仔细思量之后,终于觉悟了,于是当初被鄙视的一个剧本倒反受人欢迎了。

　　一则因为观众的批判不公平,二则因为家庭的遭遇不好,以至莫里哀虽受国王的宠爱与朋友们的鼓励,仍不免心绪梦如。他自从结婚之后,玛玳琏·贝查尔对他的友谊非但不增加,而且减少;

────────

〔一〕她的名字叫做拉夫莱斯特。布瓦洛的文章里也曾提及她,他说(见布瓦洛的 Réflexisious critiques,页 182):"人家说马雷伯①常把诗句去请教于人,甚至请教于他的女仆;我记得莫里哀也几次指给我看他家里的一个老女仆,说他有时候读些他的剧本给她听;当他看见有些诙谐的地方不能令她动心的时候,他就把那些地方更改过;因为从前有许多次她所不喜欢的地方就是观众所不欢迎的地方。""有一天,莫里哀想要试一试那女仆的欣赏力,把伯烈姑尔的一部剧本里面的几出读给她听。她并不受骗:听了几句之后,就说这剧本不是她的主人所做的。"(Bross 注)
　　①马雷伯(1555—1628)是法国古典时代的抒情诗人。
〔二〕这段故事是不可深信的。依法兰西戏院的记录册看来,似乎 1668 年 9 月 9 日才是《悭吝人》的初演期,以前并未演过。先连演了九次,两月以后又连演了十二次。在初演的几次,座子的确几乎是空的;然而布瓦洛天天去看,极力说这是一个很好的剧本。兰辛因为恨莫里哀;有一天,他向布瓦洛说(见 Boléana,页 104):"最近我看见您去听《悭吝人》,戏院里只有您一个人发笑。"布瓦洛回答说:"我因为太看得起您,所以不相信您听了《悭吝人》不发笑,至少您的内心是笑了的。"

他分明看见他的岳母〔一〕不再爱他了，同时又以为他的妻子正在恨他。这两个妇人的性情与莫里哀的性情极端相反，除非他迁就她们的脾气与行为，否则绝对不能同她们享受一些快活的日子。莫里哀厚待巴郎，他的妻子很不满意。她要她的丈夫爱她，她却不爱她的丈夫，而且不能忍受她的丈夫对那孩子的恩惠。巴郎那时才十三岁，不知道他该如何尊敬莫里哀的妻子，有时候，言语亦有失检之处。他看见她的丈夫爱他，戏剧需要他，全朝廷人都同他温存，于是他以为能否博得莫里哀夫人的欢心是没有关系的。她也瞧不起他。有一天，为了一件颇小的事，她竟打了他一个耳光。巴郎气得了不得，于是逃出了莫里哀家：他以为被女人殴打乃是大失体面的事情。这么一来，家庭中就吵起嘴来了，莫里哀对他的妻子说："你真不谨慎，这样易受感触的孩子，你还打他！再者，我们有一部剧本，就要常常在国王跟前表演的〔二〕，而他是一个重要的角色，你还打他！"莫里哀的妻子说了许多强词夺理的话，甚至冒犯了莫里哀，而莫里哀决定不再理她。当时巴郎已经逃到莱生夫人的剧团里去了，莫里哀努力想要劝他息怒，然而他太生气了，没法子挽回。他还答应扮演那剧本中的角色，但他固执地不愿再回莫里哀的家里。他的胆子不小，竟敢写信到圣日耳曼去，请求国王准他退出皇家剧团。莱生夫人努力刺激他，劝他不要忘了仇恨，他自己也不加考虑，仍旧加入她的剧团去了。

　　莱生夫人决定了主意，与她的剧团周游各省；因为巴郎的缘故，到处颇受欢迎。但后来又不行了。新起了另一个剧团，团里有

〔一〕当作"他的大姨"。

〔二〕有一位先生注云，这剧本乃是《西施》（Psyché），其实不是的。巴郎被打耳光的时候，才十三岁；而《西施》这一部舞剧乃是五年后才编成的。经过了下文所叙的许多事件，又脱离剧团数年之后，巴郎始在《西施》中扮演爱神。那时巴郎已经十八岁了。这里所说的一部戏剧只指的是《米里赛特》（Mélicerte），巴郎扮的是米尔第（见巴尔费兄弟所著的《法国戏剧史》，卷十五）。

波华尔姑娘;巴郎以为加入那剧团好些,所以又转到那边去了。但是,他还念念不忘莫里哀;年龄渐长,生活发生了变化,渐渐想起了莫里哀的恩德,深悔不该离开了他。巴郎并不隐瞒自己的心情,往往公开地告诉人们;同时却又说不求再与莫里哀合作,因为自问够不上帮他的忙。这话传到了莫里哀的耳朵里,莫里哀非常快活,他的剧团实在需要巴郎,他渴望他能再回到他的剧团里,于是写了一封很动人的信,寄到狄庄给他。他料定巴郎会念及旧恩,仍回他的剧团里,所以他还把国王的新命令寄了去,吩咐他由驿站赶回巴黎,早些与他相聚。

　　自从巴郎走了之后,莫里哀是很痛苦的。以前,当他不演剧的时候,就教巴郎求学,以为消遣。他在家庭的痛苦一天比一天增加。他不能时时刻刻工作,也不能与朋友们消遣解愁。再者,他既不爱热闹,又不愿受拘束。总之,他没有什么好消遣,把自己弄麻醉了,以免发愁。仔细想来,最伤心的乃是:他既被称为大才子,荣享盛名,而他的家庭却比不上普通的一个家庭,天天只有吵闹。所以他觉得巴郎回来就是一种最好的消愁的法子,他可以与他过着安静的生活,适宜于他的健康与他的主义。这么一来,非但家庭的麻烦可以避免,而且那些讨厌的朋友也可摆脱:因为有些朋友非但不能使自己过更美的生活,而且往往把自己的最可爱的韶光剥夺了去呢。

　　巴郎也像莫里哀一般地庆幸重逢,他一收到了信,即日启程;莫里哀希望早些看见他的神童,所以当巴郎应该到的那一天,他赶到圣维多门去迎接他。但是他已经认不得他了;巴郎在乡村里住了许久,又因长途辛苦,气色都变了,面貌也改了,所以他让他走过了,不知道打招呼;他等待了许久,回到家里来,十分烦闷。不料一入门就遇见巴郎,真是喜出望外;巴郎在路上本已想就了一大篇颂扬话,见面时却完全忘掉了:他与恩人重逢,快乐到说不出话来了。

　　莫里哀问巴郎还有钱没有。巴郎回说他所有的仅仅是衣袋里的零钱；因为昨夜睡时，把钱袋放在床头，今天忘了带来；等到走过了几个驿站之后，他才想起，但他急于与莫里哀重逢，所以不愿回去拿他的钱。莫里哀看见巴郎为感恩而归，十分欣喜。他派他到戏院里去，同时又叫他把外套裹了全身，好教谁也认不得他；因为他的衣服虽很干净，却不很合莫里哀的意思。莫里哀仍旧念念不忘教导他，像起初一般地留意于他的言行：除了教导他好好地演剧之外，还注意于教训他好好地做人。下面所述的是一个例子，也就是他的生活中最美的一个阶段：

　　有一个伶人，他原来姓米诺，他的戏名是孟多歇，一时穷困起来，决意去求莫里哀援助。莫里哀在奥得依有一所屋子，这时他恰住在那里，所以孟多歇到奥得依去找他，希望得他的若干助力，把全家从可怕的穷乡里救出来。孟多歇到时，先见巴郎；巴郎一眼看见就知道他是来求助的，因为那孟多歇的穷态尽露，太可怜了。他知道巴郎是莫里哀所最亲信的人，所以把困迫的情形告诉他，说他不得已，只好决意来求他援助，希望他使他有能力与妻儿们去某地加入某剧团。他又说他在兰克多克原是莫里哀先生的老朋友，如果巴郎肯为他说话，莫里哀一定会给他多少恩惠的。

　　巴郎上楼去，把孟多歇的话告诉了莫里哀；说话时，心里很难受，但又很留神，生怕莫里哀以为自己很富，穷朋友来求他，就是丢他的脸。莫里哀说："是的，不错，我们曾经一块儿做过戏，而且他是一个很善良的人。他的事情坏到这地步，我很替他难受。"又说："你以为我应该给他多少钱？"巴郎不肯由自己确定莫里哀对于孟多歇的恩赐，所以谦逊地推辞；这时，孟多歇早已由巴郎使人领到厨房里，正在大吃一顿，以慰饥肠，等候莫里哀决定他的命运。莫里哀又向巴郎说："不，我要取决于你，究竟该给他多少？"巴郎推辞不了，只好说出四个比斯脱①的数目，以为这数目已经够使孟多歇

----

① 每一比斯脱（pistole）等于十法郎。

能去加入一个剧团了。莫里哀说:"好,你既然以为这数目够用了,
我就给他四个比斯脱;但是,我另外再给他二十个,算是你给他的;
我想要他知道我之所以助他,完全是你的功劳,他该感你的恩。"他
又说:"我还有一套戏衣,大约用不着了,也给了他吧;这可怜的男
子,得了这一套衣服,对于他的职业会有用处的。"其实这一套戏衣
是花了二千五百厘佛做的,而且差不多全新;他竟这样乐意给了孟
多歇。除了这宝贵的赠品之外,他还十分殷勤地接见孟多歇;孟多
歇料不到莫里哀有这种宽宏的度量,真是惊喜欲狂了[一]。

　　虽则莫里哀剧团是继续地做戏下去的,但因斯加拉姆士回到
巴黎来了,他们也冷落了一些时候。大戏剧家斯加拉姆士挣了不
少的钱,等到可得一万或一万二千厘佛的年俸的时候,他把钱都放
在佛罗朗斯生息。佛罗朗斯是他的故乡,他有意在故乡成家立业。
他开始把他的妻儿们送回故乡去;不久以后,他又请求国王准他退
休于故里。国王很愿意批准,但同时又对他说如果他走了,就不可
希望重来。斯加拉姆士本不打算重来,所以他并不注意到国王的
话;他的钱赚够了,不必再靠戏剧吃饭了。谁知他到了佛罗朗斯之
后,所遇见的竟是忘恩的妻儿,他们非但把他当做外人,而且还虐
待他。他的儿女们帮助着他的妻子打了他几次,因为他们不愿意
与他同享他所挣来的财产。妻儿们把他虐待得太厉害了,他实在
忍受不住了,于是托人恳求法王准他重回法国,好教他摆脱了他在
意大利那种愁苦的际遇。法王毕竟肯做好人,又让他回到巴黎来。
前次巴黎的人本觉得他有可訾议的地方,但这次他再来的时候,全
城都快活起来。人们都兴高采烈地到意大利戏院去再看斯加拉姆
士的戏,如此者历半年有余。在这期间,莫里哀剧团几乎被人全忘

―――――――――――

〔一〕另有一件故事是值得叙述的。有一天,莫里哀与著名乐谱家查班第耶从奥得依回
　来;半途中,莫里哀赏给一个乞丐钱。不到一刻,那乞丐赶上去,拦住了马车,说道:
　"先生,您在无意中给了我一枚金钱。"莫里哀叹道:"道德竟在一个乞丐身上!"寻思
　了一会儿,又向那乞丐说:"喂,我的朋友,我这里再给您一枚吧。"

了;赚不到钱,伶人们就预备与首领作对。那时节,巴郎没有来挽回观众的欢心,而且还没有重来的消息。末了,那些不讲理的伶人们就显然地埋怨莫里哀,说他不该眼看着他们的戏院衰落而不设法挽救。他们对他说:"您为什么不做些能维持我们剧团的剧本?难道让那些意大利的滑稽伶人从我们手里把全巴黎夺去了不成?"总之,那剧团颇有纷乱之象,每一伶人都打自己的主意了。莫里哀本人也感觉困难,不晓得怎样挽回他们;到了最后,那些伶人们的话说得太多了,他听得不耐烦了。他们当中尤以杜巴克姑娘与贝查尔姑娘最把他纠缠得厉害,所以他对她们说,若要与斯加拉姆士争胜而赚钱,只有一个方法:这就是学斯加拉姆士的法子,先远离了巴黎,经过若干时期,然后回来。但他又说他本人既没有能力如此做,也不打算如此做,因为费时太久了;如果她们喜欢这法子尽可以自作主张。他这样地把她们挖苦了一番,然后认真地对她们说巴黎人不会常常这样欢迎斯加拉姆士;凡物无论好坏,总有被人看厌了的一天,莫里哀的第一部戏剧也被人看厌了的。到那时节,又会轮着他们得势了。

莫里哀不仅因此事受团员们的气:他们太贪财了,往往因此忘了从前莫里哀的好处,常常迫他去请求国王的恩典。那时候,朝廷的武士们看戏不花钱,以致戏院的池座里满是军人。那些伶人们就迫着莫里哀去求国王下命令,不许朝中任何人看戏不打票。国王听从了他的话,下了命令。但是,那些军人们深怪他们把这样严厉的手段来对付,又以为他们胆敢请求国王下令,实在是侮辱了他们,于是那些最嚣张的就骚动起来,决定用强。他们成群结队到了戏院,突然打伤了守门的人们。有一个守门人抵抗了一些时候,结果看见敌人太多了,不得已,就把剑扔给他们,以为既经解除了武装,他们就不会杀他了。其实这可怜的男子是误会了的;那些军人在盛怒之下,恨他曾经抵抗他们,就刺了他几十剑;后来每人进门时,顺手又给他一剑。他们又找全团的人,想把对待守门的人们的方法去对待他们。当时贝查尔正打扮好了一个老翁，预备演剧，见那些武士来势汹汹，就自己出到戏台上，对他们说："唉！先生们，至少请你们饶了一个可怜的七十五岁的老头子，他只有几天活在世上了。"这少年伶人利用老人的服装把那班乱党劝了这一番话，他们的怒气渐消了。莫里哀也很兴奋地同他们说及国王的命令；他们仔细想了一想，觉得刚才的事实在理屈，于是就退去了。当他们大闹的时候，全团的人都大起恐慌，女人们自己以为是死的了。人人都想法子逃难，尤其是吴贝尔与他的妻子，他们在王宫的墙上挖了一个窟窿。窟窿挖好了之后，那丈夫要先钻进去；但是，因为窟窿挖得不够大，只能钻进了头与两肩，其余的一截身子始终没法子跟着过去。人们在王宫里想把他拖了出来，但无论如何总拖不出；他一味狂嚷着，一则因为人们把他拖得很痛，二则因为他怕有一个武士在他的后身上给他一剑。后来纷扰已经停止了，他的惊魂已定，然后人们把窟窿挖得更大些，才把他拖了出来。

　　事过之后，莫里哀剧团开了一个会，商议如何应付这严重的局面。莫里哀在会场里埋怨团员们说："你们真是多事，要我缠着国王，请他下那命令，以致弄得我们一个个都很危险；现在的问题在乎看我们应该怎样处置了。"吴贝尔因为怕有第二次的事变，主张仍让国王的武士们永远看戏不花钱。另有许多团员都是像他一样害怕的，也就赞成他的主张。但是，莫里哀的主意是很坚决的，于是他说："国王既然肯下了这命令，如果他仍主张维持，就该奉行到底。我此刻就去把事情报告他。"吴贝尔很不赞成这个主意，因为他还在发抖呢。

　　国王知道了这一次事变之后，就命令军官们在翌日将肇祸的武士们拘押审讯，惩戒了最有罪的几个，又重申训令，不许他们看戏不花钱。莫里哀是喜欢演说的，于是在宪兵队里演说了一番。他说他之所以请求国王下令禁止看戏不花钱，并非为国王的武士们而发；如果他们肯到戏院里去增光，剧团的人是不胜欣幸之至。

但是，有许多许多的可恶的人，往往假借宪兵们的名义与服饰，去占满了池座，以致剧团赚不到应得的钱。他不相信堂堂武士，既有为国王服务之光荣，而甘心袒护那些无赖，与皇家的剧团作对。再者，看戏不花钱并不是一种皇家的特权，值得流血相争的；只有编剧家可以看戏不花钱，除此之外，就是一些穷人，穷到没有十五个铜子买票，才请求人们可怜他们，让他们进去瞧一瞧。堂堂皇家的武士，难道还学那些无赖的穷人吗？这一场演说，得到了莫里哀所期望的效果，从此时起，皇家的人再没有看戏不花钱的了。

巴郎回来（1670）不久以后，莫里哀剧团表演一部戏剧名叫《基佐特爵士》（Don Quixote），我不知道是谁编的。剧中故事是基佐特爵士把山哥·班沙位置在他的政府里①。莫里哀扮的是山哥，应该是骑驴子登台的。他先骑驴子到了后台，预备等到该骑驴子那一出才出台的。但是，那驴子是没有把剧本背诵熟了的，所以它不知道该在什么时候出台。它一到了后台，即刻想要冲到前面去，莫里哀无论如何努力阻止它，都没有用处。他拼命扯那缰绳，而那驴子偏不愿遵从，硬要出台。莫里哀叫道："巴郎，拉夫莱斯特，快来帮我的忙，这可恶的驴子就要出台了！"拉夫莱斯特是他的女仆，他虽则差不多有了三万法郎的年俸，他的仆人就仅有一个。当时拉夫莱斯特在对面的屋子里，必须经过戏台，才能够帮助莫里哀阻止那驴子，但她不敢从戏台上走过；只见莫里哀全身向后倒靠，拼命扯那缰绳，她在心中暗笑。后来一则因为没人帮助他，二则因为他拗不过他的驴子的脾气，于是他决定骑驴进了戏台，做他那一出戏。我们试想一想，莫里哀平日的言语举动是何等的庄重不佻，而一到了戏台上，他所扮演的却是最滑稽的角色，譬如这一次，以平日像一个哲学家的莫里哀而有这一类弄糟了事情的危险，岂非可笑之

① 山哥·班沙是基佐特爵士的马夫，很忠实，但是很多嘴，脑筋很简单，同时又很聪明：当他没法子的时候，只好循规蹈矩；一逢机会，就要设法弄些好东西来吃了。他所骑的驴子也是很有名的。

至？真的，他对这事厌烦，不止一次了；假使他不为他剧团设想，又不为国王的娱乐起见，他早已抛弃了一切，去过他的哲人生活了；然而他的仆人、他的工作、他的剧团，都不容许他过这种生活。他既十分倾向于哲学，又不能不辛苦做戏，所以他的身体就羸弱了；甚至于仅仅喝牛奶养身了。他曾患咳嗽，不知道早治，竟致害了肺炎症，同时又咯血，常常觉得不舒服，因此他不得不以牛奶养身，好教他能继续他的工作。从此之后，他差不多永远守着这个摄生法；所以除了国王的恩宠之外，他没有什么可以自慰的了。不过，说到朋友方面，他也有些很好的朋友，他往往对他们推心置腹。

沙贝尔与莫里哀，在中学里就有了友谊，直到最后，他们的友谊还是一样地巩固。然而沙贝尔并不是能安慰莫里哀的朋友，因为他太耽于娱乐了；他的友谊是真的，但他不能尽朋友的义务以表现他的友谊。莫里哀在奥得依的住宅里分给他一幢房子，他也常常到那边去住；然而他的目的在乎享乐，并不见得是因为舍不得莫里哀。这是一个超卓而悦人的天才；人家请他来吃饭，早半年就宣传起来了。但是，恰因他是人人的朋友，对普通的朋友太好了，对于一个真朋友也就显得不够好。因此之故，莫里哀再交两个朋友，取得更巩固的友谊。这两个朋友是洛荷先生与米惹先生〔一〕。莫里哀在别处所得的痛苦，都由他们二人补偿了。对于这两位先生，他是能剖心相示的。有一天，他对他们说："我现在的心情与我的职业境遇如此冲突，你们不可怜我吗？我是爱安静的生活的，偏要被许多平凡烦琐的事情摇撼我的心灵。起初的时候，我料不到是这样的生活；现在呢，我不由自己地把全生活都牺牲在那上头了。世上再没有比我更谨慎的人，然而我所遭逢的纷乱状态，竟与胡乱结婚的人的遭遇相同！"洛荷先生叹说："唉！唉！"莫里哀又说："是

〔一〕洛荷是著名的科学家，著了许多书，现在的学者们还看他的书。莫里哀的剧本《市民变绅士》（Bourgeis Gentilhomme）里面有一个哲学家，人家以为是把洛荷做标本的。至于莫里哀之认识米惹，乃是1657年，在阿维让。作者把时代弄错了。

的,我的亲爱的洛荷先生,我是世间最不幸的男子,而且是我活该!当初我没有想到我太道学了,不该有家!那时节,我以为我的妻子把她的行为去迁就她的道德与我的心愿;到了现在,看她这情形,我觉得假使她曾经那样做去还要比现在的我更不幸呢。她很快活,很聪明,而且喜欢表现她的快活与聪明;这一切都使我担心,不由自主地担心。我觉得她是可指摘的,而我可怜我自己。这女人比我更合理百倍了,她要风流快活地生活下去。她走她的路。她自信没有失德,也就不肯遵从我的请求去防备人们的闲话。她是不介意,我却认为藐视我。我希望她对我如果真有爱情,就要有爱情的表现;又希望她的行为检点些,使我的精神得安静些。但是,我的妻子是永远不检点她的行为的;假使是比我少担心些的男子也就不怀疑她了,而我偏要提心吊胆,她也不可怜我,让我痛苦下去。她像一切女人一般,喜欢博得普通人的欢心,却也没有特别的念头;她看见我这样不放心,倒反嗤笑我的弱点。假使我能常常看见我的好朋友,要什么时候看见都可以,那么,我还可以麻醉了自己,忘了痛苦与疑惑;但是,您离不了您的职业,我也离不了我的,就没法子满足我这个愿望了。"洛荷先生向莫里哀说了许多哲学上的格言,使他知道他这样因为痛苦就颓废下去乃是不对的。莫里哀说:"唉!像我的妻子这样可爱的一个女人,我与她相处,是不能达观的;假使您处在我的地位,也许您比我更要愁愁闷闷地过日子呢。"

沙贝尔不像洛荷一样能常常听见莫里哀诉苦;他们有时候意气不相投:沙贝尔专爱风流快活,不大喜欢知道家庭的事;他虽则是一个很好的人,但他是不很爱听人家诉说心事的。他非常喜欢娱乐,以致养成了习惯。但是,莫里哀因为身子不好,在娱乐方面不能与他应酬。所以当沙贝尔想要到奥得依娱乐去的时候,他一定请了许多人到那边陪他吃饭,没有一个人不喜欢跟他去的。其实到那边去的人,目的不在娱乐,而在乎认识莫里哀;认识莫里哀乃是一件很体面的事。再者,沙贝尔所请来吃饭的也都是些有体面的人。有一天,他请了 J 先生、N 先生与 L 先生,都到奥得依去与他们的朋友莫里哀一同娱乐[一]。他们向莫里哀说:"我们是来陪您吃饭的。"莫里哀说:"如果我能奉陪,我当然是很快乐的;可惜我的身体不容许我,我请沙贝尔先生代我多劝诸位几杯酒吧。"他们太爱莫里哀了,不忍拂逆他的意思,但他们请他至少允许巴郎作陪。莫里哀说:"先生们,我看诸位有意要娱乐一个整夜,这孩子怎么受得了! 他会因此身子不舒服的;我请求你们不必邀他吧。"L 先生说:"说哩! 没有他,喝酒还有什么意思? 请您务必让他来吧!"莫里哀不得不让步了;但他自己终于对着他们喝了他的牛奶,就睡觉去了。

　　此时他们都就席了。起初的时候,大家冷清清地,不很热闹;普通会娱乐的人,都是这样办的。那些先生们个个都非常懂得娱乐,所以起初不肯就兴奋起来。但是,不到一刻,酒把沙贝尔唤醒了,他兴奋起来,脾气也就变坏了,他说:"唉! 我不疯了? 天天到这里喝酒,为莫里哀增光! 我对于这种场面,真厌烦了;最令人生气的,就是他以为我是不能不来的呢!"席上的人差不多个个都醉了,个个都赞成沙贝尔的怨言。他们继续地喝酒,不知不觉地又变了谈话。这类的人,在这样的酒席上,往往谈起了人生观;到了早上三点钟,大家就讨论起人生来了。沙贝尔嚷道:"人生太没意思了! 天天不如意,年年受折磨! 三四十年才得到一刻的快乐,将来也就没有了! 在少年的时候,那可恶的父母们,把一大堆垃圾硬塞进了我们的脑子里。呸! 是地球绕日也好,日绕地球也好;是笛卡儿那疯子有道理也好,是亚里士多德那狂人有道理也好,我管不了许多! 然而我从前有一位疯了的教师偏要我听他这一类的废话,常常称赞他的伊壁鸠鲁:其实这一位哲学家还算过得去的,说话最

〔一〕克利马列斯特所不敢说出的名字乃是 Jonsac、Nantouille、Lulli、Despréaux,此外还有几个人。

有道理的还算是他。我们还不曾摆脱了这些讨厌的东西，又说要我们结婚成家了，麻烦的事又来了。"他说到这里，把声音更提高些，又说："女人们一个个都是扰乱我们的安静的！是的，不错，痛苦，不公道，千灾百难，四方八面都向我们的生活进攻！"J先生连忙与沙贝尔接吻，说："我的亲爱的朋友，你有道理；如果没有这种娱乐，你叫我们做什么？生命不是好东西，摆脱了它吧，省得我们这样的好朋友还不得同时死去！去，去，我们一块儿投河去，只有投河是办得到的！"N先生说："真的，好朋友同时死去，快乐地死去，最合适的时候就是现在了；我们这一死，社会上怕不宣传一时吗？"于是众口同声赞成这光荣的计划；那些醉人们都站起来，快活地走向河边去。巴郎连忙跑去通知大家，又去报告莫里哀。莫里哀大吃一惊，知道他们酒后的脾气，未必不实行他们的计划。他正在起身的时候，他们已经到了河边，抢了一张小船，把船撑到了河心，因为河心的水深些，不怕淹不死。奥得依各住宅的仆人们与邻居的人都赶去救他们；当时他们已经落在水里，仆人们把他们捞了起来。他们深恨人家施救，于是拔出剑来，追赶他们的仇人，直追到奥得依，要杀了他们。那些可怜的人有一大半逃到了莫里哀家里避难。莫里哀看见了这一场大闹，就对那些醉汉说："先生们，这些坏蛋怎样得罪了你们呢？"众人当中是J先生最固执要死，于是他对莫里哀说："怎么！这些可恶的人，竟阻止我们自杀吗？我的亲爱的莫里哀，你听我说，你是一个聪明人，试看我们错不错：我们因为在这世界上受苦受够了，决定到另一个世界里享受些快乐；投河是最简便的法子，因为这河很近奥得依。而这些无赖竟阻止了我们。我们能不惩戒他们吗？"莫里哀说："怎么！你们真有道理。"又假装生气，对仆人们说："坏蛋，你们快滚了出去！否则我还要痛打你们一顿。这样好事，还被你们阻止了，真是胆子太大了！"仆人们一个个都带着伤退去了。

莫里哀又说："怎么！我不曾冒犯诸位，为什么诸位有了这样好的计划而不肯告诉我呢? 呃? 你们想要一块儿自杀,却不要我加入吗? 我料不到你们对我的友谊是这样薄的!"沙贝尔说:"他的话说得有理,我们实在对他不住了。好,你就来,同我们一块儿投河去吧。"莫里哀说:"唉! 慢些! 这种事情不是可以随便做的;这是我们生平最后的一件事,要做得冠冕堂皇才好。假使我们在此刻投河,人家会说我们的坏话,他们一定说我们在夜里投河,像一班穷困绝望的人,或像一班醉汉。所以我们要选择一个最光荣的时期,使人家知道我们自杀是与我们平日的行为相称的。明天,在八九点钟的时候,也不喝酒,也不偷偷摸摸的,我们当着大众的面,从容不迫地把头倒栽在河里,岂不光明正大?"N 先生说:"我很赞成这个道理,没有什么好说的。"L 先生说:"对了! 刚才我太生气了;莫里哀总是比我们聪明百倍的。好吧,就展期到明天吧;我的眼倦了,先睡觉去吧。"假使不是莫里哀这样灵变,一定会有祸事发生,因为那些先生们醉到了那地步,深恨人们阻止他们投河,盛怒之下,是很容易闯祸的。但是,莫里哀与这样的人发生关系,最能使他伤心;他因此就往往嫌恶沙贝尔;但旧日的友谊终于敌得过嫌恶的心理罢了[一]。

　　遇着这类事情的时候,沙贝尔总是有运气的。另有一次,他仍旧需要莫里哀的助力。有一天,他从奥得依回来,照例喝醉了酒,因为他非喝了酒就不回去;回到了奥得依的小草场,他与一个仆人名叫高特梅的吵嘴。高特梅是一个老仆,跟随了他三十余年,从来不曾离过主人的车子。这一天,从奥得依下来,沙贝尔忽然爱变一个花样儿,不许高特梅坐车,只叫他登在车后面跟随着。高特梅看惯了主人酒醉,知道这是醉后一时的脾气,所以不理他的命令。沙贝尔生气了,而高特梅轻视他,由他生气去。他们你一拳,我一掌,

---

[一]福禄特尔对于此事多少有怀疑,但我们很容易找出一个旁证。兰辛的儿子的笔记里曾援引克利马列斯特的话,而且说布瓦洛往往叙述他少年时代的狂妄:这一次夜宴似乎不很近理,然而实有其事(《兰辛全集》,Lefèvre 的版本,卷一,页67)。

在马车里就打起来；车夫下了车，到后面去排解他们。高特梅趁此机会，跳出了车子。沙贝尔太生气了，下车去追他，抓住了他的衣领，高特梅只好抵抗。那车夫没法子把他们分开，幸亏莫里哀与巴郎凭窗外望，看见了他们正在打架：他们以为沙贝尔的两个仆人正在打主人，连忙上前救他。巴郎跑得最快，先赶到了，阻止了他们殴打；但是，这一场吵闹终须待莫里哀来解决。沙贝尔说："呀！莫里哀，您既然来了，就请您评一评理，看是不是我的错。高特梅这坏蛋硬要坐在我的车子上，竟像仆人应该与主人同坐似的。"高特梅说："您不知道您说的是什么，莫里哀先生是知道的：我在您的车前同坐已经三十余年了，为什么您今天不讲理由就把我赶出车外呢？"沙贝尔驳他说："你是一个无礼之辈，不知道尊敬主人；从前我高兴让你同坐在车子里，现在我却不高兴了，你登在车后跟着，否则步行也可以。"高特梅说："这种事是不讲公理的吗？我跟随了您这许久，现在我老了，您就要我步行跟着！您应该趁我年轻的时候叫我步行，那时我有的是脚力；现在呢，我没有气力走路了。总而言之，您既然许我坐车成了习惯，我现在已经改不了；如果人家看见我在车后跟着，岂不丢了我的面皮？"沙贝尔说："莫里哀，我请您批评吧；您怎样说，我就怎样遵从您。"莫里哀说："好，您既然由我判断，我就要努力使你们这两个好人不伤和气。"说到这里，转向高特梅说："是您错了，您不该不尊敬您的主人；他是主人，要您怎样跟他就该怎样跟他，您不该见他平日对您好，您就做得太过度了；所以我罚您登在他的车后，直至草场的尽头为止；到了草场的尽头，您再好好地请求主人许您进车子里；我敢决定他不拒绝您的。"沙贝尔说："好呀！这种判断使您不至于失体面了。喂，莫里哀，您今天显得比平日更聪明了。好，因为您判断得这样公平，我就看您的情面，饶了这坏蛋吧。"他又接着说："老实说，莫里哀，我很感谢您，因为这件事使我不知如何是好，我正在为难呢。再会，亲爱的朋友，您比法官还更会判断呢。"

　　沙贝尔走了之后，只剩下莫里哀与巴郎二人，莫里哀趁此机会向巴郎说他刚才看见沙贝尔弄到这种境地，实在丧失了他自己的价值；他说可惜沙贝尔这样聪明的人竟没有涵养，又说人生于世，与其讲究风流以博他人的欢心，不如检点行为以求自己的幸福。莫里哀又说：“一个高尚的人，爱上了酒，乃是最可惋惜的。沙贝尔是我的朋友，但是，因为他有了这种坏倾向，就令我觉得我与他的友谊太没有意思了。这话我不敢告诉他，恐怕一说了出来，就牵连了许多人了。”莫里哀说了这一番话，为的是使巴郎厌恶荒淫无度的人，因为他一逢机会，务必使巴郎向善的。但他的用意尤在乎教巴郎不可牺牲了朋友：人们往往因想要说一句好话就惹起许多是非的。

　　说到这里，我忍不住又要叙述沙贝尔的另一件事。沙贝尔做了一首讽刺诗，其所讽刺的是某侯爵。这是贵族当中一个愚而好自用的人：原来愚人是无论哪一阶级都有的。有一天，那被辱的侯爵在 M 先生家里遇见了沙贝尔，他知道他就是做那讽刺诗的人，至少是在猜疑着，于是拼命恐吓那讽刺诗的作者，只不指出姓名。他的怒气越来越盛，说那诗人该被乱棍打死，至少也要把他痛打一顿，使他一辈子忘不了曾经做过那诗。沙贝尔明知他是一个银样蜡枪头，而他用这种语气说个不停，沙贝尔听得不耐烦了，于是站起来，走近了某侯爵，把背脊呈给他，说道：“好吧！如果你这样希望用棍打人，就此请打，打了之后，快滚出去！”

　　1664 年 5 月，莫里哀所编的喜剧《伪君子》的前三幕在凡尔赛开演，同年 9 月，这三幕剧又在维莱哥特列疵第二次开演，很受人欢迎。全剧的第一次与第二次是在韩西（Raincy）开演，时间是同年 11 月与 1665 年。但是，直至 1667 年，巴黎还没有开演过《伪君子》。莫里哀觉得若把这剧本公演，一定会遇着困难。他先把剧本读给他们听，而且只读至第四幕为止，以致人们不知道后来奥尔刚在桌子下怎样能出来，十分为他担心。当莫里哀以为已经把人们的心理训练过了之后，1667 年 8 月 5 日，他就张贴了《伪君子》的广告。但是，他仅仅做完了一次，那些道学先生就愤激地攻击这剧本。人们劝谏国王，说最好是不许在戏台上表演假仁假义的行为。说莫里哀不该攻击那些以信教为假面具的人，不该不尊敬那些最神圣的规律，又不该扰乱家庭的安宁。后来他们劝谏的话终于有了效果，国王也赞成禁止开演《伪君子》了。命令一下，伶人们与编剧人都突然受一大打击。他们料定这一部戏剧会赚钱不少的，莫里哀自己也以为借着这一个作品，他的名誉可以达到极峰。他把伪君子的行为描写得那样深刻，那样精细，他以为人们非但不攻击他的剧本，而且还赞赏他能把可恨的虚伪的丑面目表现出来呢。在《伪君子》的序文里，他就说过这话；但是他料错了事了，凭这次的经验，他知道民众不是好惹的。然而莫里哀终于把编剧的用意告诉了国王，表示这是一种好意。国王自己也看了那剧本，觉得实在没有使信教崇道的人看了会生气的地方；恰恰相反，这种虚伪的恶德，也是信教崇道所要打倒的，不过其所取的途径不同罢了。因此，他仍旧允许莫里哀在戏台上表演《伪君子》了。

　　有见识的人们对于《伪君子》都给予很好的批评。这里让我援引米那歇先生的一段话来证明我的话："昨天，我读了莫里哀的《伪君子》。从前我在孟摩尔先生家里，曾经听见他读了三幕，当时在座者有沙伯兰先生、修道院长马洛尔先生，此外还有些别人。当某先生阻止人家表演的时候，我向他说：这剧本的道德方面是极好的，没有什么可以害及民众的。"

　　在某一时期内，莫里哀暂时不敢再演《伪君子》，于是先演《隐士斯加拉姆士》（Scaramouche Ermite）；公演之后，没有一个人埋怨。路易十四看完了这剧本之后，向孔代王子说："我不明白，为什么人们看了莫里哀的戏剧往往生气，而他们看了斯加拉姆士的戏剧却没有一句话说。"孔代王子回答说："这因为斯加拉姆士的戏剧所表演的是天堂与宗教的事，他们毫不关心；至于莫里哀的戏剧所表演

的是他们本人，所以他们就不能忍受了。"〔一〕

　　莫里哀始终不肯使民众厌倦而不给他们看新的剧本；他是很会挑选特性的角色的，他以前编好了一部《愤世者》，此时就拿来公演。但是，从初演之日起，他就觉得巴黎的民众只爱笑，不很知道欣赏，譬如有二十个人能领略其中的精微高妙的地方，却有一百个人讨厌那些地方，因为他们不能认识好处。莫里哀刚刚退到后台，已经开始编著《无可奈何的医生》，以维持他的《愤世者》。《愤世者》第二次公演，更不受人欢迎，他不得已，又赶着编著他的《斫柴人》(Le Fagotier)〔二〕。在这上头，他没有许多痛苦，因为这只是从前他的剧团匆匆编演的一部小剧本，他只转抄过来就行了。《愤世者》第三次公演时，比前两次更不幸。剧中那许多正经话，都是人家所不爱听的。再者，剧中的侯爵，乃是几位要人的小影，所以他们尽力排斥它。莫里哀逢人便说："然而当时我没法子做得更好些，而且将来我也不能做得更好。"

　　维西先生以为如果他替《愤世者》辩护，就是对于莫里哀有功；他写了一封很长的信给书店老板，叫他印在剧本的前面。莫里哀因此着了恼，派人去把书店老板李布叫了来，骂了他一顿，说他不该在没有征求他的同意以前就把那一封讨厌的信印了出来。他不许他卖那些附有维西的信的《愤世者》，后来又把剩下这一类的都

〔一〕孔代王子对莫里哀的友谊特别好，他往往派人去请他来谈话。有一天，他向他说："莫里哀，我也许请您来的次数太多了，我恐怕分了您的心，不能专心于您的工作。所以此后我不再派人去找您了；但是，在您有工夫的时候，千祈到我这里来；您只须叫一个侍仆进来传报，我即刻摆脱一切来接见您。"当莫里哀来了的时候，王子就辞退了先来的宾客们，与他谈话，一谈就往往是三四个钟头。王子谈了话出来，公开地说："我与莫里哀谈话永远不会生厌的。你问他什么，他都知道；他的学识与判断力是滔滔不尽的。"见克利马列斯特所著的《莫里哀传答辩》。

〔二〕奥奢说这事是假的。依照戏院的戏单，《愤世者》是在六七月开演的，这是戏院生意最不好的时令，然而它还能连演了二十一次，后面也没有跟着什么新的或旧的剧本。能演这许多次，已足证明成绩很好；而且只有最后四次的收入不很够本。《愤世者》也不曾由《无可奈何的医生》维持。

烧去了；但是，他死了之后，人家又把那一封信重新印在上头。维
西先生很喜欢看见莫里哀夫人，当天他就到她家里吃晚饭。莫里
哀尽量地说了他一番，希望他不必打算辩护他的剧本。

　　在《愤世者》第四次开演的时候，他同时表演《斫柴人》，圣特尼
路的市民们都被它逗得笑了。人们觉得《愤世者》已经好了许多，
不知不觉地把它认为自古以来最好的剧本当中的一部了。及至
《愤世者》与《无可奈何的医生》同时开演的时候，非但有见识的人
喜欢看，全巴黎的各界人士也都争先去看了。莫里哀庆幸自己的
计谋成功了，又希望强迫民众认识《愤世者》的真价值，于是又冒一
次险，把《愤世者》单独地开演，以图一种光荣的报复。后来他仍旧
有了好成绩，所以人们不能怪他把小剧本去扶持大剧本。

　　《伪君子》开演了之后，惹得一班伪君子十分生气，以致人家假
托莫里哀的名义出版了一部坏书[一]，在巴黎发行，意欲借此破坏他
的名誉。因此之故，莫里哀在《愤世者》里写了这么一段：

　　　　人家毁谤了我，他还不满意，于是他在社会上散布了一部
　　很坏的书；连读那书的人也是有罪的，所以值得严禁发行。然
　　而那奸人竟敢说是我所著的。关于这事，奥郎特①往往爱啰
　　唆，努力要帮助奸人造谣。奥郎特在朝廷里算是一个好人②。

　　由这一段话看来，可见《伪君子》开演在《愤世者》之前[二]，而
且还在《无可奈何的医生》之前；人家在《莫里哀集》里所记载《愤
世者》与《无可奈何的医生》的初演日期是不对的，因为我们知道它

──────────

〔一〕书名未详。
①　奥郎特是《愤世者》中的人物。
②　见《愤世者》第五幕第一出。
〔二〕《伪君子》的前三幕是在 1664 年 3 月 12 日开演的，恰在《仙岛的乐事》(Les Plaisirs
　　de l'Isle enchantée)开演的第六天；但全剧之开演却在 1667 年 8 月 5 日。然则《伪
　　君子》全剧之开演乃在《愤世者》与《无可奈何的医生》之后，因为它们是在 1666 年
　　夏天开演的。克利马列斯特弄错了(Després 注)。

们是在 1666 年 3 月与 6 月开演的。

在《愤世者》未开演以前，莫里哀先把它读给全朝廷的人听。人人都向他表示意见。但他常常只顺着自己的意见，因为如果遵从各人的一切意见，就往往非把全剧大大地修改不可了。再者，有时候，那些人的意见是别有用意的。莫里哀是不肯杜撰人物的，他所描写的个性，都是他亲眼看见过的。因此之故，他不愿意更改。有一天，他读《愤世者》给安丽冶德王妃听①，王妃劝他删去"那瘦长的笨伯，他吐痰在井里做些圈儿"一段，他不肯删。王妃觉得这一处配不起一部这样好的作品；但是，莫里哀剧中的人物是有所影射的，一定要把那人放上戏台。

同年 12 月，他给国王表演他所做的一部牧人诗剧的前两幕，这就是所谓《米里赛特》（Mélicerte）。但是，他认为不必续编第三幕，前两幕也不宜付印；其实他也想得有理。他逝世后，人家才把《米里赛特》印行的。

1667 年，开演《西西里人》（Le Sicilien）；城中与朝中的人都觉得这是一部可喜的小剧本。1668 年 1 月，开演《安斐特里安》（l'Amphitryon），也为众口所赞成。但是，有一个冒充博学的人偏要埋没了莫里哀的好处，他说："怎么！他是完全抄袭洛特鲁的，而洛特鲁是抄袭伯劳图斯的②。这种抄袭的作品，我不明白为什么赞赏它〔一〕！莫

---

① 安丽冶德王妃是英王查理第一之女，法王路易十四之弟妇。
② 洛特鲁（1609—1650），是法国 17 世纪的诗人兼戏剧家。伯劳图斯是纪元前 2 世纪的拉丁喜剧家。
〔一〕莫里哀的敌人们故意把抄袭与模仿相混。模仿并不是抄袭，而是依着模型去创造，是与前辈争发明，竞天才。莫里哀在《安斐特里安》里就是与伯劳图斯争发明，竞天才；他做得太好了，虽在模仿的地方，人家还以为他在创造。试把魏琪尔的作品与维达的作品相比较，就知道模仿与抄袭的分别了：魏琪尔模仿荷马，却非抄袭；有时候，他与荷马是并驾齐驱的。维达就是抄袭荷马的，他把荷马的诗句改变了性质，悄悄地偷了过来，在抄袭得最巧妙的时候也显得他比不上他所抄袭的诗人。我们在这里辨明了这一个道理，下文还有许多类似这种指摘莫里哀的地方，我们不再一一置辩了。

里哀的性格始终是如此的,我与他同过学,有一天,他做了些诗拿去给他的教员看,他的教员看出他是抄袭的,莫里哀坚决地说是他自出心裁的;但是,他的教员责他不该说谎,又指出他是抄袭戴和斐尔的,莫里哀只好承认了,而且说他以为一个耶稣会教士不会看过戴和斐尔的作品,所以他放心抄袭。"这人又对我的朋友说:"所以如果我们仔细地观察莫里哀的作品,就知道他完全是用这种手段得来的;甚至他无可抄袭的时候,他就说了重复的话,也无所顾忌。"这一类的批评终于不能伤害《安斐特里安》的名誉,全巴黎都喜欢去看,觉得这是善用法文而且善于投合法国人嗜好的一部喜剧[一]。

　　莫里哀在 1668 年 1 月重演《悭吝人》,有了很好的成绩,这是上文说过的。自此之后,莫里哀打算开演他的《乔治唐丹》(Georges Dandin)。但是,有一个朋友告诉他:社会上有一个唐丹,很可以在剧本认出他自己的影子;为着他的家庭的缘故,他非但会对那剧本加以恶评,而且可以令莫里哀后悔不该做那剧本。莫里哀对那朋友说:"您说得有理。但是,我有一个法子,可以使那人不恨我:我先把我的剧本读给他听。"那人是天天去看莫里哀的戏的;有一天,正在看戏的时候,莫里哀请他以一小时的余暇去听他读一部戏剧。那人觉得这是很光荣的事,所以愿意停止一切的事务,允许他翌日就去;他为虚荣心所驱使,走遍全巴黎,逢人便说莫里哀请他听读剧本。他说:"今天晚上莫里哀为我读一部喜剧,你们要不要去听一听?"到了晚上,莫里哀家里麇集了许多人,推那人坐了首席。读完之后,大家都觉得好极了;后来开演的时候,最赞赏的却是那人。其实莫里哀的剧本里有许多出是影射他的;假使不用这法子,他一

〔一〕达西耶夫人做了一篇论文,要证明伯劳图斯的《安斐特里安》比近代的《安斐特里安》好多了;但是,后来她听说莫里哀要编一部喜剧去嘲笑博学的妇人,她就取消了她那论文(Voltaire 注)。——福禄特尔自己也喜欢告诉人家:当他第一次读《安斐特里安》的时候,笑得很痛快,身子往椅后一倒,跌下地来,几乎跌死了。

定会生气了的。大家觉得这是莫里哀的秘诀；自此之后，许多戏剧家都用他的法子，也都得到效果。1668 年 7 月，《乔治唐丹》开演于朝廷，同年 11 月，开演于巴黎，都很受欢迎。

《伪君子》停演颇久，那些伪君子们起初非常气愤，到此时怒气已消；然而莫里哀打算使他们再发怒一次。他问他的团员们：如果他再演《伪君子》，他们的收入怎样分派——这是随便谈话，未必为的是利益。然而那些伶人们绝对要两份薪水，说每逢演《伪君子》一次，就要两份报酬，演一辈子也须如此；从此之后，他们就永远照此实行了。《伪君子》的广告贴出来了，那些伪君子们又醒来了，他们到处奔走，商议办法，也不顾国王的维护，必求如何避免莫里哀在戏台上挖苦他们。他们觉得莫里哀无耻，觉得他编这种剧本为犯罪。他们习惯于使人不方便，却不愿人家使他们不方便，于是他们到处投诉，要人家制止莫里哀无礼，如果他实行他的广告的话。到了开演那一天，上座的人非常踊跃；最出色的人能占得三等包厢已经算是幸运了。大光灯点起来了，快要开始表演了，忽然有些人来传国王的命令，重新禁止开演。于是伶人们把大光灯灭了，把票价讨还给了众人。这一次的禁令乃是非法的，因为国王还在佛兰特未回。正因国王未回之故，人们猜想：《伪君子》在第一次被国王禁止了，莫里哀趁国王不在朝，又演第二次。这么一来，看戏的人不免多少有埋怨，尤其是伶人们更非常埋怨莫里哀。据莫里哀说，国王允许他演《伪君子》，然而没有成文的命令，人们尽可以不信他。反过来说，国王已经禁止过一次，莫里哀就不该大胆把《伪君子》再放上戏台，这显得他做事不小心。当时各方面都恐吓他，险些儿在事后他还要受祸呢。他看见事情闹大了，因此他即日遣派多李利耶与克兰歇从驿站赶到佛兰特去，请求国王维护他，以脱离这个不良的境地。那些伪君子们洋洋得意了，但是，他们的快乐不能延长得很久；多李利耶与克兰歇带了国王的命令回来，又允许莫里哀开演《伪君子》了。

用不着我说,读者都知道国王的命令来了之后,皇家剧团的团员们与观众是怎样快乐,尤其是莫里哀,他看见他从前的话得了证明,心中非常欢喜。假使人们知道他是这样正直,是这样服从君王,何至怀疑他未得国王的命令而冒险再演一次《伪君子》呢?

人人都知道的:从此之后,那剧本就接着开演下去,而且每次开演都非常受人欢迎。有些人凭着感情去批评《伪君子》的坏处,也都被那些有见识的人们以理说服了。

有一天,正在开演《伪君子》,张勘烈到莫里哀的厢房里看他——当时张勘烈还没有加入皇家剧团[一]。莫里哀的厢房是接近戏台的。他们正在寒暄之际,莫里哀忽然叫道:"唉! 狗! 唉! 刽子手!"说时以手击头,状如中魔。张勘烈以为他着了什么病,不知如何是好。莫里哀早已看见了他那诧异的神情,于是向他说:"我忽然生气,您不要奇怪;刚才我听见一个伶人把我的剧本里的四句诗念错了,而且念得不好;每一句诗就是我所产的一个儿子,我看见人家虐待我的儿子,怎能不伤心? 怎能不痛苦?"

《伪君子》在国王下令之后演得固然很有成绩;同时,蒙佛勒利所编的《批判的妇人》(La Femme juge et partie)在布尔干府开演,也很受欢迎,开演的次数至少与《伪君子》相同。由此看来,一部剧本之成功,不一定因为它有价值;譬如有了一个人们所爱看的伶人,有了描写得很好的某一个场合或某一出,有了一种好的化装,或有了一些富于刺激性的思想,都可以引诱人们来看,而戏剧的本身未必就是好的。

自从国王恩准开演《伪君子》之后,更增加了莫里哀的声价。人们甚至希望王恩施于个人身上。国王原是深恨伪君子的,知道虚伪在这剧本里被攻击得很厉害,同时看见社会上的人也跟着莫里哀一般地努力攻击虚伪,更为喜悦。人人都向莫里哀贺这剧本

[一]1679 年,莫里哀剧团与马赍剧团并合,张勘烈亦于此时以后加入,约在莫里哀死后六年。

的成功；甚至他的仇人们也首先向他表示快乐，说这是表彰道德的佳剧。莫里哀说："是的，不错；然而我觉得出了这许多代价去博取利益，乃是很危险的事。我往往后悔不该编这剧本。"

莫里哀在编剧方面虽则有许多价值，而在表演方面也很精到。表演得那样入微，纵使是没有什么价值的，也可以混得过去。他的剧团组织得很好；不会做戏的伶人，他决不让他做；他不像今日的剧团里往往随便捉一个人来充数；再者，最难扮的角色，总是由他自己扮演的。这并非因为他能像巴郎一样有口才，对于什么角色都会扮演。恰恰相反，在起初的时候，甚至在外省的时候，有许多人觉得他似乎是一个不好的伶人；也许因为他的喉咙往往打噎，凡不了解他的人，就觉得他可厌。但是，如果人们稍为留意到他把个性形容得那样入微，把情感表现得那样亲切，就承认他是善于做戏的了。刚才所说打噎的毛病，是由习惯得来的。当他初演剧的时候，觉得自己说话太快了，快到不由自主，以致他的戏做得不好。后来他努力把言语咽着不发，弄成了打噎的习惯，终身再改不了。但是，他在做戏时表情最为细腻，就把这小毛病掩盖住了。他的声调与姿态，没有一次是滥用的，都能打动观众的心。他是不随便做戏的，不像那些不会做戏的人，心中毫无把握，乱做一场。每一动作，他都做得十分详尽。但是，假使他在今日再生，去看他自己所编的剧本，也许他在伶人口中还辨认不出是自己的作品呢！

真的，莫里哀只会表演喜剧，而不能表演悲剧。有许多人说，他曾经尝试过，第一次在戏台上扮演得太不行了，以致人家不让他做完。自此之后，他就专演喜剧；他的喜剧永远是演得有成绩的，虽则有些细心的人嫌他的嘴脸太矫揉造作了些。

莫里哀不是别离了就能忘了的人。贝尼叶先生从蒙古归来，即刻到奥得依去见他。他们先谈了些友谊上的话，就开始谈到贝尼叶的旅行。贝尼叶首先告诉莫里哀说："蒙古的皇帝失了江山之后，他与他的儿女不像土耳其的废帝那样受人虐待。人家只给他们一种药丸,名叫普斯丸;他们吃了这种药丸就失了灵性,不能再结党报仇了。"巴郎听得不耐烦了,就说:"那些人大约是先给您吃了些(普斯丸)然后让您回来的。"莫里哀说:"住口,少年人!您不认识贝尼叶先生,而且不知道他是我的朋友。您说话这样不检点,我几乎要认真起来了。"巴郎素来在莫里哀跟前说话是很自由的,于是他辩说:"怎么!你们既是好朋友,贝尼叶先生与您分别了这许久,初次见面,就仅仅有些故事当作谈话的资料吗?"贝尼叶受了巴郎的教训,觉得他说的有理,于是改谈了些感情的话。莫里哀也落得赞成:因为一则他比贝尼叶更有朝臣的风度,二则他只注意到自己的事务,不大关心于蒙古的事情,所以他不很喜欢贝尼叶这一类的叙述。后来他们又谈及健康,莫里哀把自己身体不好的事告诉了贝尼叶。贝尼叶非但不回答他的话,而且夸说他医治好了蒙古的宰相的病;他说他不愿意做蒙古皇帝的医生,因为照例皇帝死了之后,人家要把他的医生给他殉葬的。末了,关于蒙古的话没有什么好说了,然后说他愿意医治莫里哀的病。巴郎说:"唉,先生!莫里哀先生自有名医调护着;自从国王恩赐他的医生的儿子一个采邑之后,他医得很好,莫里哀先生的身体有他照管着,一定能娱乐国王许久的。蒙古的医生与我们的身体是不适宜的;除非您愿意将来给莫里哀先生殉葬,否则我是不肯劝他把他的健康委托给您的。"贝尼叶分明知道巴郎是娇养惯了的,于是转过来谈他的事情。莫里哀很喜欢,就先从历史谈起;但是,巴郎厌听贝尼叶的话,于是到别处寻开心去了。

　　莫里哀非但是好伶人与好编剧家,而且他常常留心研究哲学。关于这一方面,沙贝尔与他是不投机的:沙贝尔赞成嘉山第①,莫里哀赞成笛卡儿。有一天,从奥得依回来,在莫里哀的船上,二人谈起了哲学,不久就吵起嘴来。恰巧那时有一个和尚要到班索姆去,

——————————

① 　嘉山第(1592—1655)是法国唯物论哲学家,反对亚里士多德的哲学。

借莫里哀的船坐着；他们二人就在这和尚跟前争雄，大家辩论一个严重的问题。莫里哀说："我请老伯伯评判一下：笛卡儿的学说是不是比嘉山第的学说远胜百倍？嘉山第只晓得要我们遵从伊壁鸠鲁的梦想！他的道德还算过得去，其余的就不值得我们注意了。是不是，老伯伯？"那和尚只回了两声"唔！唔！"他们就以为他一定是懂得哲学的；不过他太谨慎了，不愿意参加激烈的辩论，尤其是看见他们二人不像容易让步的，更不愿意多管了。但是，沙贝尔看见那和尚说了两声"唔！唔！"以为他赞成了莫里哀的话，于是不肯示弱，连忙说："唉！老伯伯！笛卡儿创立他的学说，好像一个机器师做了一副美丽的机器，却不曾想到如何应用；这一层，莫里哀不能不承认。笛卡儿的学说是与自然界许多现象发生冲突的，而他没有预料到。"那和尚似乎又赞成沙贝尔的道理，仍回了两声"唔！唔！"莫里哀看见他得了胜利，一时气愤，就放出哲学家的热烈态度来，增加了一倍的力量去抨击嘉山第；抨击得那样有理，以致那和尚又殷勤地说了第三次的"唔！唔！"好像赞成他的理论似的。沙贝尔的心里更热起来，尽量地嚷着，要把自己的有力的推理去动摇那和尚的批判。他嚷道："我承认笛卡儿乃是古今中外最善于梦想的人；但是，他的梦想都是抄袭人家的！这不是好事，对不对，老伯伯？"那和尚对于一切都是殷勤地赞成的，又点了一点头，却不说一句话。莫里哀忘了自己只以牛奶养生，当时仍旧气愤愤地与沙贝尔辩驳。这两位哲学家揎拳奋臂，越吵越凶，几乎大骂起来，不觉已经到了班索姆了。那和尚请他们让他上岸。他很客气地向他们道谢，同时又赞赏他们的学问高深，却没有说到他们是谁比谁有价值。但是，在未上岸以前，他在舟子的脚边取了他的背囊；原来这是一个为教会服役的学徒，不曾受过神品的。那背囊是他上船时就放在舟子脚边的，而他们没有看见，所以不知道他是一个完全不懂哲学的人。这两位哲学家在他跟前吵闹了半天，毫无用处；于是他们你望我，我望你，一言不发。莫里哀垂头丧气了半晌，看见巴郎在身边，就对巴郎说："小孩子，你瞧，静默固然是好的，但也须其行为值得尊重。"巴郎年纪小，不大理会这话。沙贝尔埋怨莫里哀说："莫里哀，您往往使我与您在这种驴子跟前辩论；驴子哪里知道是我有理？我拼命费了一个钟头的气，到底还是毫无用处哩！"

　　沙贝尔常常怪莫里哀过于深思，他希望莫里哀也像他一般地喜欢交际，希望他的性情与自己的性情相投，无忧无虑地专找快乐。莫里哀回答说："唉！先生！您的话太好笑了。这种生活的样法，在您是容易做得到的；您是无牵无挂的，您可以在半个月里想一句话，不会有人缠扰您；想着了一句话之后，喝醉了酒，逢人乱说，也不管是否伤损及您的朋友们；您就只有这种事情好做。假使您也像我一般地要娱乐国王，有四五十人给您养活，给您指挥，有一个戏院给您维持，此外又要著作一些东西来保全您的名誉；那么，老实说，您就不高兴笑了，就不会注意于磨炼您的词锋去得罪别人，创造些仇敌了。"沙贝尔说："我的可怜的莫里哀，那些所谓仇敌，是因为我不畏惧他们；如果我肯敬重他们，他们也可以变为我的朋友的。又假使我要著书，我一定很安静地去著作，也许不至于像您的作品里充满了鄙俚的东西；您呢，您无论怎样做，总离不了滑稽的气味。"莫里哀说："假使我为光荣而工作，我的作品自然不会是这样的。但是，为着维持我的剧团起见，我是不能不向群众说话的；群众里头，有几个聪明人呢？如果你运用高尚的格调与情感，就与他们不相适合了。您自己也看见过的：当我尝试一些稍为过得去的东西的时候，好容易弄得成功！我相信：今日您虽则责备我，将来我死了之后，您也会恭维我的。但是，您是一个很会取巧的人，又因为您有诗才之故，人们往往以为您帮我编剧；其实我也很希望看见您工作一下。现在我正描写某一种人物，需要某某几出；如果您肯代我写一写，我就感激您，而且我当众承认这是您帮助我的。"沙贝尔经不起他这一激，就答应了他。但是，等他做好了，拿来给莫里哀一看，莫里哀即刻奉还了他。原来沙贝尔的作品毫无剧本的气味,都是不自然的话;这只是零零碎碎的一些俏皮话,而不像有系统的几出戏。巴黎某家自夸保存有涂改的《伪君子》原稿,大约就是沙贝尔所写的;某家因为妒忌沙贝尔的诗名,不肯承认罢了。但是,如果我们仔细审察,一定找得出那稿子与莫里哀的作品的分别的。

有一出很滑稽的喜剧:剧中人乃是莫里哀与一位朝臣,这朝臣是以狂妄著名的。这朝臣乃是一个伯爵。某人大约是想要开他的玩笑,特去报告他,说莫里哀要把他编入剧本,于是那伯爵就去找莫里哀理论。他摆着很大的架子,一进门就很骄傲地说:"莫里哀先生,有人告诉我,说您忽然妙想天开,要把我编入剧本,名叫《狂妄人》。这是真的吗?"莫里哀说:"我吗? 先生!我从来不打算描写这一类的人物,因为如果我攻击狂妄的人,世上被攻击的太多了。但是,我老实承认给您听,先生,假使我要描写一个狂妄的人,我一定把您描写做一个反衬。因为我每次描写一个坏人,必须描写一个好人做反衬,就显得那坏人更坏了。"那伯爵说:"呃!我很欢喜,您到底能了解我几分;当初我以为您错认了我,很觉得奇怪。我这一来,为的是阻止您的工作,因为我相信您不会不理我的。"莫里哀说:"但是,先生,您怕什么? 您的性情与狂妄恰恰相反,谁敢说您狂妄呢?"那伯爵说:"唉!只要有一举一动与我相像,就会引得全巴黎的人都来看您的剧本的:巴黎人太注意我了,我是知道的。"莫里哀说:"不,先生,像您这样有身份的人,我应该尊敬您,还敢说您的坏话吗?"那伯爵说:"呃,好! 您肯与我为友,我非常喜欢;我十分尊重您,将来有机会时,我一定帮您的忙。"他又说:"我请您在某一剧本把我描写去反衬一个坏人吧;我可以把我的日记赠给您,使您知道我的好处。"莫里哀说:"用不着,您的好处给我一看见就全知道了。但是,您为什么要把您的道德在戏台上炫耀呢?社会上已经没有一个人不知道您的道德了。"那伯爵说:"这是真的话,但是,我希望您把我一切的美德都聚集在一起给他们瞧,他们一定更常常称道我了。"他接着又说："您听我说，我与 N 君的意见很不对；请您把我们二人编在一起，就成一部好戏剧了。但是，将来这剧本该叫什么名字呢？"莫里哀说："没有别的名字，我只好把它叫做《狂妄人》。"那伯爵说："还不是吗？这剧本一定做得很好，因为那人狂妄的程度不浅了。我请您就着手工作吧；往后我还常常来看您，督促您的工作呢。再会吧，莫里哀先生，不要忘了您的剧本；我巴不得它能早日开演哩。"莫里哀非但不喜欢这侯爵，而且很生气，恨他那种愚而好自用的神情，想要真的把他编入剧本做一个狂妄人；后来因为没有时间才罢。

另有一幕戏剧：莫里哀应付一个少年，比应付那朝臣更自然些：他很坦白地应付，完全显出他那大公无私的真性情；在这上头，他是得了胜利的。有一个二十二岁的青年，长得很美，五官四肢都很好；有一天，他来谒见莫里哀。寒暄已毕，他就露出来意：他一生出来就具备了一切必需的戏剧天才，而他生平最醉心于演剧；他来求他设法，同时他表示他的话是出于真诚。当时他就当着莫里哀的面唱了几出零碎的戏，有些是悲剧，有些是喜剧。莫里哀十分惊叹，原来他很有表演的艺术，能令人感觉到那些动人的地方。他的语调是那样有把握，竟像已经练习了二十年似的；他的一举一动都显得他聪明灵巧；莫里哀知道这少年一定是经过很小心的训练的。莫里哀问他怎样学会了唱戏。他说："我自小就喜欢向群众说话；在求学的时候，我的教师们知道我在先天就有了这种资质，于是更加培养；我努力把那些法则去实用，而且我往往去听戏，以充实我的知识。"莫里哀说："您有没有财产呢？"那少年说："我的父亲是一个经济颇充裕的律师。"莫里哀说："好，那么，我劝您还是继承他的职业吧。我们这职业是不适宜于您的。这是没有法子的人，才做到这无可奈何的事情；还有些不受拘束的人，想借以避免工作。再者，您如果上了戏台，就等于把刀子刺穿了您父母的心；因为什么缘故，您是知道的。我常常怪我自己从前不该使父母为我做戏而伤心;我老实对您说,如果我还能重新择业的话,我决不再选中这一种职业了。您也许以为做戏也有它的乐趣的,其实您是想错了。固然,在表面上看来,那些大人物都需要我们;但是,他们只要我们迁就他们的娱乐;您须知,做了他们的脾气的奴隶,乃是世上最可痛心的境遇。至于其余的人们,都把我们认为堕落的人,都瞧不起我们。所以,先生,我劝您放弃了您的计划:这是与您的幸福、您的安静的生活,都发生冲突的。假使您困穷到没有法子的时候,我可以帮您的忙;但是,我不瞒您:我宁愿阻碍您的进行!"那少年正在陈述些理由,固执着他的主意,恰巧沙贝尔进来了。他喝得半醉;莫里哀让那少年唱戏给他听。他也像莫里哀一般地惊赏。他说:"如果让他做戏,怕不成为一个极好的伶人吗?"莫里哀说:"人家并不请教您这个!"又向那少年说:"请您试想象我们的痛苦:您的身子舒服也好,不舒服也好,人家要你做戏,你不能不做;我们自己的心里往往是悲哀的,还要装着笑脸去逗人家笑;同我们一块儿生活的,有一大半是些粗野的人,而我们不能不忍耐;我们又必须诱惑着一班民众,因为他们给了我们钱,就有权利要我们满足他们的欲望。不,先生,我再劝您一次,您千万不可顺从您的主意;您还是做一个律师吧,我包管您成功的。"沙贝尔说:"吪!律师!他太有价值了,您还叫他在法庭啰唆吗?他如果不做一个传教师,就该做一个伶人,否则就对不住社会。"莫里哀说:"真的,大约您是醉了,否则不会说出这种话来;这样严重的事情,关系到这先生的名誉与事业,您还开玩笑,真不应该!"沙贝尔说:"呃!既然我们所讨论的是严重的问题,我就认真地替他打主意了。"又问那少年:"您喜欢娱乐吗?"那少年说:"凡是我可以享受的娱乐,我总还喜欢的。"沙贝尔说:"好!那么,您紧记我的话吧:尽管莫里哀先生怎样说,您做六个月的伶人还胜于做六年的律师呢!"莫里哀的目的专在乎说服了那少年,于是加倍地努力劝他回心转意;到了最后,那少年终于信从了他的话,不再打算做伶人了。沙贝尔嚷道:"唉!这演说家终于得了胜利了;但是,等着瞧吧! 将来您所劝他做的事业没有好成绩,您是该负责任的!"

沙贝尔是有真性情的,然而他的真性情建筑在错误的原理之上,没有人能使他改变。他虽则不存心得罪人,但是,他很喜欢挖苦人,每次有了一句俏皮话,忍不住就说了出来,以致伤及别人。有一天,他与许多人吃饭,席上有一位是 M 侯爵。侯爵的唯一的仆人乃是一个少年贵族,即所谓侍官。席上由侍官斟酒;沙贝尔嫌那侍官斟酒的次数太少了,不像他在别处那样能满足他的欲望;到了最后,他终于忍耐不住了,就向那 M 先生发作说:"呃! 侯爵,我请您把您的侍官的钱给了我们吧!"

沙贝尔是不忍拒绝任何一场娱乐的;说到了娱乐,他马上就要参加;并不一定要很熟的朋友才可以与他做长夜的宴饮,只须一面相识就行了。莫里哀看见这样可爱、这样忠厚的一个朋友犯了这种毛病,十分伤心;他往往责备他,而沙贝尔先生每次都说愿意改过,但终于不能实行。他的朋友,除了莫里哀之外,还有惋惜他的品行的。有一天,P 先生[一]在王宫遇见了他,很坦白地劝他说:"呀! 怎么! 这种耗损身体的酒席,终于会弄死了您的,您还不回头吗? 假使同您喝酒的老是那一班人,那么还好,您可以希望您的体质好,能与他们支持得一样久;但是,当一群人与您痛饮了之后,他们就离开了您;有些是到军队里去了,有些是到乡下去了,他们都休息去了;在这时候,又有另一群来同您喝酒;因此之故,无论昼夜,您时时刻刻都须应付他们了。您相信您可以常常给他们开玩笑,而不至于伤身吗? 再者,您是一个很可爱的人,只该给朋友们赏识,您应该与普通人一个个都做无谓的应酬吗? 随便什么人,只要一邀您,您即刻被他邀了去,竟像他是您的最好的朋友似的;将来您愿意牺牲您的时间,陪朋友们娱乐去,他们也不再感激您了。

[一]这是德伯列欧先生。

我还可以向您说：为宗教的信仰起见，甚至为名誉起见，您都应该
不再喝酒；您实在应该认真地考虑一番了。"沙贝尔听了，十分感
动，含着泪说："呃！我的亲爱的朋友，我的主意打定了，我要严格
地拘束我自己了。您的道理说得很好，我非常佩服，很喜欢听您
说；我请求您再说一遍，好教我的印象更深些。但是，这里附近有
一个酒店，我在酒店里听您说，不更方便些吗？我的亲爱的朋友，
我们就进去吧；进去了之后，请您再教训我一番，因为我很愿意痛
改一切了。"P先生以为说服沙贝尔的机会到了，于是跟他进了酒
店。喝了一杯好酒之后，又向他重述了一遍他的妙论；但是，一杯
又一杯，一个说着喝，一个听着喝，教导的与受教的都醉得一塌糊
涂，人们只好把他们驮着送回家里去[一]。

　　沙贝尔对朋友不分亲疏厚薄，人们固然不满意他；莫里哀对于
家政太认真，太爱整齐，也往往令人不耐烦。无论何人怎样小心，
总不能令他满意，譬如他要人家在某时开窗子或关窗子，人家早了
一刻或迟了一刻，都能令他气个半死；关于这一类的事，他是很小
气的。假使人家把他的书籍移乱了，就会害他半个月不工作。他
觉得他的仆人们个个都有短处，那老女仆拉夫列斯特虽则习惯于
莫里哀那种爱整齐的性格，也往往被他挑剔。他要求世界上的人
一个个都如此，甚至于把这个认为一种道德；因此之故，在他的朋
友当中，最爱整齐的一个，就是他所最敬重的一个。

　　他对于关涉自身的一切，都喜欢人家说好，所以，凡遇平常的
事或严重的事，他都能借着机会做些好事；他为着要自己满意，决
不能吝惜金钱，因为他的天性是乐善好施的；人们往往注意到他殷
勤地施济贫民，而且还不是普通的施济呢。

　　他不喜欢赌博，但他却颇倾向于女性；当他不工作的时候，就

〔一〕路易·兰辛也叙述这一个故事（见《约翰·兰辛轶事》，《兰辛全集》卷一，页29，
　　Lefévre 的版本）。

与 B 姑娘寻开心〔一〕。有一个朋友看见莫里哀这样高雅的人竟倾向于一个庸俗之辈，努力要使他憎厌那女伶。他向莫里哀说："您爱那女人的什么？道德吗？容貌吗？聪明吗？您须知，拉巴尔与佛洛里蒙〔二〕都是她的男友，她并不美，简直是一副骷髅，而且她还没有普通人的聪明。"莫里哀说："先生，这一切我都知道；但是，我对于她的短处已经看惯了；如果另换一个女人，我对于那人的短处都很难养成习惯，我一则没有时间，二则没有耐性，倒不如将就些就好了。"也许别的女人也不会稀罕莫里哀的爱情；他对于一个女子，往往不很小心，而且不很缠绵，不求常常见面，每一礼拜只须一场小小的谈话就够了，并不耐烦地去求人家爱他。他生平只希望一个人爱他，这就是他的妻子：他情愿把世上的一切去换取妻子的爱情。但是，在这一方面他虽则感受痛苦，却很能谨守秘密，非好朋友不肯告诉；就是朋友之间，他也等到不得已的时候才说出来呢。

　　莫里哀是世上最要别人服侍的一个人，他的衣服是别人替他穿的，领带的几条折纹也不是他自己折叠的：这竟是皇家的派头了。他有一个侍仆，我不知道他的姓名，也不知道他是什么地方人，我只知道他为人颇笨，莫里哀的衣服是由他照料的。有一天的早上，莫里哀在双坝，那侍仆替他穿袜子，有一只袜子给他穿翻了。莫里哀正色地说："某某，这袜子穿翻了。"那侍仆即刻提着袜口，从主人的腿上褪了下来，把它改为正面。但是，他不知道褪了下来已经变了正面了，于是他又把手放进那袜子里，把袜子翻了过来，以为这样才是正面。其实这仍旧是反面，而他仍旧给莫里哀穿上。莫里哀又冷冷地对他说："某某，这袜子穿翻了。"那愚笨的侍仆诧异起来，又提着袜口，照样再做一次。他以为刚才糊涂，此刻却聪

〔一〕这里所指的是特伯利姑娘。
〔二〕拉巴尔是一个音乐家；佛洛里蒙未详。

明了,袜子一定已经被他改为正面的了,于是很放心地又替他的主人穿上;然而这可恶的反面始终露了出来。莫里哀忍不住气了,踢了他一脚,弄得他仰翻在地上,然后骂他说:"唉!好!真气人!这坏蛋一辈子也会把我的袜子穿翻了的;将来无论他做了什么职业,他只是一个愚人罢了。"那可怜的侍仆回答说:"您是一个哲学家!我说您是一个魔鬼!"他足足想了二十四小时,然后明白了那可恶的袜子为什么老是穿翻了的[一]。

人们说莫里哀的《仆索惹克》(Pourceaugnac)是为一个利母泽的绅士而作的。有一天,在做戏的时候,那绅士在戏台上与伶人们吵嘴,露出许多丑态。莫里哀为着报复这乡下人起见,就把他编入戏剧;这剧本很滑稽,适合民众的嗜好,民众很爱看它。1669 年 9 月,开演于双坝;10 月,开演于巴黎[二]。

国王打算在 1670 年 2 月给朝臣们娱乐一次,于是命莫里哀编一部戏剧。莫里哀编了一部《漂亮的情郎们》(Les Amants magnifiques),朝臣们看了非常喜欢,因为他们始终是爱看这一类喜剧的。

莫里哀常常是依照自然的实事编剧的,因为这样更有把握。洛荷先生虽是他的朋友,也被他编入《市民变绅士》里做一个哲学家。为着把剧情弄得酷肖起见,莫里哀打算借洛荷先生的一顶帽子给克鲁华西戴,因为剧中的哲学家是由克鲁华西扮演的。他派巴郎到洛荷先生家里去告借:因为那帽子的样儿很特别,没法子找一个同样的。但是,当洛荷问巴郎要这帽子有什么用处的时候,巴郎一时不慎,把真情告诉了他,他就拒绝了莫里哀的请求。在这小

[一]依照《莫里哀传之批评》(Lettre critique sur la vie de Molière)说,这不会替主人穿袜子的侍仆后来却变为一个很灵敏的技师,又发了大财。他的名字叫做勃罗旺加尔。他改业之后也改了名,但他的新名不可考。

[二]依利母泽普通的传说,莫里哀到利母泽时受人招待得很不好,所以他特编《仆索惹克》,以为报复。

事上,莫里哀还如此注意,可见莫里哀力求剧本之尽善,无微不至:固然,他的朋友如果在戏台上辨认出了自己的帽子,一定以为丢他的脸;然而他找不到第二顶帽子像他的朋友的帽子那样富于哲学意味的,他就不得不去告借了。

因为莫里哀十分注意到他的戏剧的成功,所以当《伪君子》初演的时候,他竟给他的妻子受气。她料定这剧本是大受欢迎的,就想要以衣服在台上大出风头。她没有告诉她的丈夫,就做了一套很漂亮的衣服;而且,没有到出台的时候,她早已把衣服穿好了。在《伪君子》开演前半点钟,莫里哀走到她的化装室里,看见她穿得那样漂亮,就说:"怎么! 姑娘,您穿了这样的衣服,是什么意思呢? 在剧本里您是一个不舒服的人,您不知道吗? 现在您穿戴得这样漂亮,竟像赴什么宴会似的! 快把这一套衣服脱了,另换一套与不舒服的人相称的衣服吧。"莫里哀姑娘几乎不愿再出台了;她希望出风头甚于希望那剧本成功,做了这么漂亮的衣服,不能炫耀给大家看,怎叫她不扫兴呢?

1670 年 10 月,《市民变绅士》初次开演于双坝。从来没有一部戏剧像这一部那样不受人欢迎的;在莫里哀的戏剧中,也没有一部像这一部使他不快乐的。在晚饭的时候,国王不与他谈及一句,朝臣们都对此加以恶评。某公爵说:"莫里哀一定以为我们是容易受骗的:这样没有精彩的东西,竟想拿来娱乐我们! ……'哈喇叭,吧喇咮'①,这是什么意思? ……这可怜的人,他的才尽了,就胡乱地搪塞了。如果没有别人来维持法国的戏剧,戏剧就要衰落了;他所演的只是意大利的滑稽剧的派头罢了。"五天以后,《伪君子》才开演第二次。在这五天之内,莫里哀因为难为情,躲在卧房里,不敢出来,他生怕那些朝臣当面讥笑他;他只派了巴郎去打听消息,而巴郎老是把不好的消息带了回来。全朝廷的人都生气了。

---

① "哈喇叭,吧喇咮",是剧中之语。

　　但是,《市民变绅士》终于开演第二次。国王从来不曾批评过这剧本,及至此次演完之后,他才对莫里哀说:"在第一次开演的时候,我不曾谈及您的剧本,这因为我恐怕被表演的技巧迷惑了,看不出真的价值来。其实呢,莫里哀,您的剧本要算这一部最能使我开心,所以这是极好的剧本。"莫里哀听了国王的批评,才抽了一口气;这时朝臣们不管三七二十一,个个都跟着国王的话即刻去恭维莫里哀。前次那一位公爵又说:"这人真不可及……他的剧本没有一部不是富于喜剧力的,古人也还不能像他这样成功。"这些先生们真倒霉:假使国王在初演的时候就说出了他的感想,岂不省得他们改口?岂不省得他们自己承认是不会欣赏作品的人?从前开演《愤世者》的时候,他们也被那十四行诗①难倒了的。初听的时候,他们都受了感动,以为这是一篇好诗,大家都赞叹不已;后来那愤世者说明这是一篇可恶的诗,他们都诧异起来,几乎要说那愤世者的话不对呢。

　　实际上,还有什么能比《市民变绅士》的第一出更好的?哪怕是仅有常识的人,如果他能凭着公正的心理去批评,一定被这一出感动的。莫里哀辛苦地工作了这许久,竟被人们藐视得如此厉害,也怪不得他难为情。国王做了这小小的好事,我似乎不该为他颂扬,因为他所做的大善事还多着呢;但是,就此一点,我们可以见得国王的判断力是很好的,无论对于大事小事,他的批评都没有不合理的。

　　同年(1670)11 月,《市民变绅士》开演于巴黎。大多数的人都是赞成这剧本的。每一市民都觉得剧中有他的邻近的人的小影,于是大家都欣然去看这小影。那剧本虽则有些铺张过甚、不近情理之处,但是,因为做得好,就能引诱人们去看;尽管批评家怎样攻击这剧本,观众也不管他们了。

————————

① 十四行诗共十四句,分四首,前两首各四句,后两首各三句。见《愤世者》第一幕第二出。

当时有些人以为莫里哀所描写的城里的绅士是以甘都安为背景的。甘都安是一个帽商，他为一个妇人用了五万埃居，又把墨塘的一所漂亮房子赠给她：这妇人是莫里哀认识的。当这人败了家之后，想要告状，以求恢复他的产业。他的侄儿是一个公家律师，比他有见识些，不赞成他告状，他生气了，就把他的侄儿斫了一刀，没有斫死。人们把这疯人关在沙郎墩的疯人院里，他却爬墙逃脱了。其实，莫里哀非但不把这市民做戏剧的背景，而且无论在编剧以前或以后，莫里哀始终不认识他。在莫里哀死了之后，这帽商的事情如何，更不关涉本题，我尽可以不管了。

1671 年 5 月 24 日，《史嘉班的诡计》初次开演；次年 2 月，《伊斯加巴那伯爵夫人》(La Comtesse d'Escarbagnas) 初演于朝廷；同年 7 月 8 日，开演于巴黎。大家都知道，当时那些有见识的人与大批评家都不赞成这两部剧本；但是，莫里哀这两部戏剧是专为民众而编的，只求投合民众的嗜好，所以人们成群结队地去看，一个个都看得满意。

国王对于莫里哀的《博学的妇人》，也像从前对于他的《城里的绅士》一般地爱护；假使不是如此，《博学的妇人》也许又要失败了。人们说，这戏剧太干燥无味了，只适宜于一些读书人。某侯爵说："一个学究的笑话，与我有什么相干？我哪里有闲工夫去管这一类的人物！如果莫里哀要博取我的欢心，还是在朝廷中择一个人物去描写好些。"某伯爵说："他在哪里找得来这些愚妇人？他认真地去描写她们，竟像对付一个好题目似的。无论朝臣或民众，都不会觉得这里头有什么好笑的。"当这剧本第一次开演的时候，国王没有说什么；第二次，在圣克鲁(Saint-Cloud)开演，国王对莫里哀说：第一次他心中有别的事情，不能专心看戏，其实这是很好的剧本，他看了非常喜欢。莫里哀得此已足，他知道国王喜欢了之后，那些所谓有见识的人们也一定欢迎，而其他的人也不得不赞成了。所以他很放心地在 1672 年 5 月 11 日把《博学的妇人》开演于巴黎[一]。

　　每逢受人攻击的时候,莫里哀是很激烈的。班斯拉特①曾经攻击过他,但我记不得是为的什么事了。莫里哀决意报复班斯拉特;虽则有一位大臣维护着他,莫里哀也不肯饶了他。于是莫里哀模仿他的风格做了一篇诗去颂扬国王,这诗是咏海王星的,预备在一个宴会里诵读的。莫里哀并不声明这是自己的作品,却为谨慎起见,先告诉了国王。全朝廷的人都觉得这诗很好,众口同声都猜这是班斯拉特做的。班斯拉特虽则也谨慎,不肯自夸,却也不客气地接受了那些恭维的话。那维护他的大臣[二]看见他得了胜利,也自喜欢,竟像这诗是他自己做的,觉得十分光荣。莫里哀把报复的圈套做成了之后,就对众宣布这诗是他本人做的。班斯拉特满面含羞;那大臣也生气了,以为他所尊重而爱护的人不该受莫里哀那样玩弄。但是,那大臣的人格高尚,所以莫里哀也不怕他会阴谋报仇。

　　有许多人以为莫里哀与兰辛先生特别有交情。依我的研究所得,我不觉得这是真的。恰恰相反,他们的年龄、工作、性格,都很不相同,所以我不相信他们会相投;我甚至以为莫里哀并不敬重兰辛。试看他们对于《亚历山大》(Alexandre)所闹的意见,就可以知道了。兰辛写好了《亚历山大》之后,答应了莫里哀,愿把这剧本在他的戏院里开演,他甚至于让他出了广告。到了后来,他竟改变了主意,交给布尔干府的伶人们表演,莫里哀与巴郎都为此事气愤不平。P 先生[三]在奉天濮洛遇见了巴郎,就说他可惜他的剧团不得表演《亚历山大》;假使能表演这剧本,他的剧团一定增加了光荣。

────────

〔一〕《博学的妇人》开演了不久,路易十四就问布瓦洛:在他的御宇期内,谁是最伟大的作家? 布瓦洛说出莫里哀的名字。国王说:“我想不到就是他;但是,您总比我认识得清楚些。”这话传了出来,一口传一口,莫里哀的光荣就达极点了。

①　班斯拉特(1613—1691)是路易十四朝中的诗人,他的十四行诗很有名。

〔二〕这大臣就是海军上将伯烈西,见 Taillefer 所著的 Tableau historique,卷二,页 124。

〔三〕人们以为这是布瓦洛。

巴郎回说,他不曾与一个没有人格的人发生关系,正在十分快活呢。P先生说他竟这样说他的朋友的坏话,未免胆子太大了。巴郎动了气,也就毫不客气地维持他的意见,终于相骂起来。当他们在戏台后面几乎动手相打的时候,恰巧莫里哀到了。莫里哀先把二人排开,问知了情由,就责巴郎不该在P先生的跟前说兰辛的坏话,说他分明知道兰辛是他的朋友,一个青年人不该这样对长者无礼。又说他自己也到处说兰辛为人不好,表示自己气愤不平,但是他很谨慎,不肯在P先生跟前说他的朋友的坏话。P先生听了莫里哀教训巴郎的一番话,虽则不满意,决定不再回答,就走开了。但是,我却常常听见兰辛先生对我说莫里哀的好话;我所叙述的话有许多是由他告诉我的[一]。

上文说过不止一次:莫里哀与他的妻子并不常能和谐地相处;我不必细说,大家也会看得出是什么原因。但是,我趁此机会要说一说:从前与现在都有许多人发表了笔记,说了许多关于莫里哀夫妇的假话。拜尔先生在他的《历史字典》(Dictionnaire Historique)里,受了一部不良小说的影响,把莫里哀夫妇的感情叙述得特别

[一]这些事情都不是很真确的。路易·兰辛所述比较地真确些,从他的书中可见这两个伟大的人物还能主持公道。他说(见路易·兰辛的笔记,页30;参看 Boléana,页104;la Furetierana,页73):"《亚历山大》起初是由莫里哀剧团开演的;但是,编剧人不满意于演员们,于是把剧本收回,同时,莫里哀剧团里一位上等的女角(杜巴克姑娘)也因此转入布尔干府的戏院。这么一来,莫里哀觉得很难为情,以致二人的交情冷淡,终身不复发生好感;然而他们却能主持公道,往往互相称赞作品。在《辩护者》(Plaideurs,是兰辛的剧本)初演不受欢迎之后,莫里哀去看第二次开演。他虽则与兰辛失和,却不肯为私人的利益所诱,或为民众的批评所影响,而说那剧本的坏话。在出戏院的时候,他高声地说这剧本是极好的;说轻视这剧本的人就该被人轻视……莫里哀的《愤世者》初次开演也是很不幸的;翌日,有一个人想要向兰辛讨好,就跑到他家里报告消息。他说:'那剧本失败了,戏院里冷淡得很,您相信我的话吧;我是去看了来的。'我的父亲(即兰辛)说:'您去看了来,我却没有去看。但是,我绝对不相信您的话,因为莫里哀是不会编一部坏剧本的。我劝您再去看,更仔细地观察吧。'"

坏,与事实距离颇远;不过也非但拜尔如此。其实莫里哀过的是哲学家的生活,常常注意于怎样把他的作品去博取国王的欢心,又怎样保持他的好人的声誉;他并不因为妻子的脾气而痛苦[一];他让她爱过什么生活就过什么生活,虽则他对她始终是真的多情。但是他的朋友们努力要为他们讲和;如果说得好听些,就是使他们更能和谐地相处。他们终于成功了,莫里哀为着增进夫妇感情起见,把素来不曾间断的吃牛奶的习惯改了,仍旧吃肉类;因为食料变更之故,他的咳嗽与肺炎都加重起来[二]。但是,他仍旧不停止他的工作;他在许久以前就着手编《心病者》(Le Malade imaginaire),现在仍旧把它做完。上文说过,他写文章是不快的,然而他也喜欢人家说他写得快。当国王要他编一部剧本而他在 1672 年 1 月以《西施》应命的时候,大家以为这剧本里凡是他写的地方都是国王下令后才写的,而他也并不否认;但是,我知道他在一年半以前,就开始写《西施》;后来看见时间不够了,恐怕做不完,就去请求哥奈尔先

〔一〕这话与上文所述莫里哀的痛苦未免有矛盾之处。

〔二〕在莫里哀逝世之前两个月,德伯列欧先生去拜访他,看见他咳嗽得很厉害,呼吸很吃力,似乎死期将近的样子。莫里哀平日对人不很热烈,这一次对德伯列欧先生却特别表示亲密。德伯列欧看见他以友谊相待,就忍不住对他说:"我的可怜的莫里哀,现在您的情况太可怜了。您不停止地运用您的精神,又在戏台上不停止地摇撼您的肺脏,一切都应该使您决心放弃演戏的工作了。在您的剧团里,难道仅仅有您能扮演主要的角色不成? 我劝您只担任编剧就算了吧,戏台上的工作就交给您的一个同事好了。这么一来,您在社会上更有光荣些,因为民众把您的演员们认为您所雇请来的;您的演员们本来不算十分服从您,您如果不亲自做戏,他们就会把您看高了。"莫里哀说:"唉! 先生,您说的是什么话? 我不停止做戏,才是我的光荣呢。"那讽刺诗人(即德伯列欧)心中自思道:"光荣吗? 这种看法真是可笑! 天天把脸孔涂黑,画成斯加拿尔的两撇胡子,把背脊迎受棍子,这也是光荣不成? 这是当代的第一伟人,他的心思与情感都是一个真的哲学家的心思情感;他对于人类的一切狂妄的病都很会批评,然而他每天所做的比他所嘲笑的还更狂妄呢。这显得人类太藐小了。"见 Ménagiana et Boléana。

生帮助他[一]。大家都知道：1672 年 7 月，《西施》在巴黎获得一切它所应得的成绩。其实，莫里哀的文章写得不快，也难怪他；他的剧团要他指挥，主要的角色要他扮演，贵族与朋友们又常常去拜访他，这一切都弄得他很忙，所以没有许多时间在书房里工作；再者，他的身子很弱，他也不能不休养的。

他与他的妻子重归于好之后两月，1673 年 2 月 10 日，《心病者》初次开演；人们以为这剧本是以他自己为背景的。人们欢迎惯了他的剧本，此次也照例喝彩；同时，社会上也起了激烈的批评。他的好剧本老是遇着这种命运的：人家要仔细思量之后才能欣赏。我们注意到他只有两部戏剧是即刻成功的：第一部是《装腔作势的女子》，第二部是《安斐特里安》。

有一天，《心病者》该开演第三次了，莫里哀的肺炎病比平日更加厉害，以致他使人把他的妻子请了来，当着巴郎的面，向她说："在我的生活里，快乐与痛苦相等的时候，我始终觉得是幸福的。但是，今天我的痛苦这样深，又不能希望有一刻的满意与甜蜜的生活，我很知道我应该放弃我的生命了；痛苦与烦恼常来缠我，叫我不得一刻的休息，我再也支撑不住了。"说到这里，沉思了一会儿，又说："但是，一个人在临死之前是应该痛苦的！不过，我很觉得我是完了。"莫里哀的妻子与巴郎虽见他病得厉害，却料不到他有这类的话；现在听他说了，都十分伤感。他们含着泪劝他当天不要登台，且先休息，待身体复原再演戏未迟。莫里哀向他们说："你们叫我怎么办呢？有五十个工人是专候着本日的工钱来维持生活的；如果我们不做戏，他们怎么办？当我还能工作的时候，如果一天不

[一]莫里哀只写了一篇开场与第一幕，及第二幕的第一出、第三幕的第一出。其余的诗句，凡遇道白的地方，都由哥奈尔写了，而莫里哀自己也说哥奈尔只费了半月的工夫就做完了。凡遇该唱的地方，都由基诺担任，只有意大利的怨词是由鲁里供给的。后来基诺以为他可以用同一的题材做一部悲剧，就把他替莫里哀做的一切都收回去了（见 1724 年所写的《莫里哀传》）。

给他们面包吃,我实在问心难安!"但是,他又使人去把伶人们叫了来,向他们说:他的身子比平日更不舒服了,如果他们不在正四点钟的时候预备好,他今天就不能登台了。他说:"要不然,我就不能去,你们只好把票价还给人家了。"到了正四点钟,伶人们把大光灯点好了,戏幕也布置好了。莫里哀扮演得非常艰难,有一半的观者注意到:当那心病者举行仪式宣誓的时候,他发了一声誓语,即刻着了一个拘挛。他自己也注意到被人家看见了,于是鼓起勇气,勉强笑了一笑,以掩饰刚才的病态。

　　戏完了之后,他披上一件寝衣,走进了巴郎的化装室里,问他知道人家怎样批评他的剧本。巴郎先生说他的剧本经过人家仔细观察之后,没有不成功的;表演的次数越多,人家越会欣赏了。他接着又说:"但是,我似乎觉得您比刚才更不好了。"莫里哀说:"是的,不错,我觉得冷得要死。"巴郎摸了一摸他的手,觉得冰冷,就把他的双手放进自己的暖袖里取暖;他又使人去唤莫里哀的轿夫们来即刻把他抬回家去,巴郎一路跟着莫里哀的轿子,深怕从王宫至他所居的李歇里欧路的途中会有什么意外。当莫里哀到了他的卧房之后,巴郎想要给他喝些肉汤;原来莫里哀的妻子最爱享福,家中常备有肉汤。莫里哀说:"唉,不行! 我的妻子的肉汤,我如果喝了就会像喝了硝酸似的;她在肉汤里放了些什么东西,您不是知道吗? 您不如给我吃些巴母桑的干酪吧。"拉夫列斯特给他取了些干酪来;他把面包夹着干酪吃了,就躺到床上去。睡不到一会儿,他又使人去问他的妻子要一个枕头,因为枕里有一个药丸,她说过这药丸是可以催眠的。他说:"凡是不吃进肚子里的,我都甘心尝试;如果要吃药,我就怕了;再吃一点儿药,岂不把我剩下来的一线生机都断送了?"过了一会儿,他咳嗽得非常厉害,吐了一口痰,就叫点灯,他说:"这可有点儿变化了。"巴郎看见刚才他所吐的是一口鲜血,吓得叫起来。莫里哀向他说:"您不要怕,从前您看见过我吐的更多呢。不过,请您去告诉我的妻子,叫她上楼来吧。"巴郎出去了,只剩有两个道姊伴着他:每逢封斋节,她们照例到巴黎来募

施,莫里哀把她们款待在家。在他临终的时候,她们竭尽慈悲,用
尽种种方法去救他;而且他能使她们觉得他是一个很好的基督教
徒,能不逆上帝的意志。末了,他在两位道姊的手里长辞了人世;
他嘴里的血不住地流,以至于咽了气。等到他的妻子与巴郎上得
楼来,已经看见他死了[一]。我以为我应该详细叙述他的死事,因为
有许多人借此机会捏造了些事实以欺惑民众,我不得不纠正他们。
莫里哀殁于 1673 年 2 月 17 日,星期五,享寿五十三岁[二]。所有的
文学家、朝臣、平民,无不同声惋惜。他只有一个女儿[三]。这波克

〔一〕莫里哀殁于李歇里欧路他的住宅。此宅附近一个图画学院,在喷泉之前,特拉维西
　　耶路与李歇里欧路的转角。此宅在今日是李歇里欧路三十四号(Beffara 注)。

〔二〕莫里哀仅有五十一岁一个月又两日(克利马列斯特以为五十三岁,误),法国就丧失
　　了他。与他同时的一位文学家曾批评他如下(见 Chapusault 所著的 le Théâtre fran
　　çais,页 196):"后世能有美丽的喜剧,都是他的恩惠! 他晓得用一种伟大的艺术去
　　博取人家的欢心;他惩戒那些坏人与愚人,惩戒得那样巧妙,以致许多人看了戏就
　　能痛改前非;假使你认真地用戆直的话去规谏他们,能像他那些充满了乐趣的作品
　　有效力吗? 他像一个神妙的医生,把药品变为甘饵;他的技巧是特别的,是不可及
　　的,能使喜剧达到尽善尽美的境界:既能悦人,又能益人。然而莫里哀非但能编极
　　好的喜剧,而且能在戏台上扮演主要的角色:他是好诗人、好伶人、好演说家,总之,
　　真是戏剧界的万能者。除了这些美德之外,他还是一个善良的人:他很慷慨,很仁
　　慈,他的一切举动都很文明有礼;人家恭维他的时候,他很谦虚;他是一个博学的
　　人,却不愿意炫耀他的学问;他的谈话是那样温和、那样客气,以致朝中与城中的上
　　流人物都喜欢与他接近。"凡是伶人所需要的才艺,莫里哀都具备了。他虽则在悲
　　剧中很没有价值,在喜剧中他却是极好的伶人,所以当他死了之后,凡是扮演他所
　　曾扮演的角色的人,都只能学得他一个大概,比他差了许多。他又很善于支配伶人
　　们的衣服,使人人都有特色;又某人扮某角色,他都分配得很妥当,而且训练得很
　　好,使他们不像伶人,而像剧中的真主人翁(见贝洛的《名人颂》,页79)。

〔三〕莫里哀与贝查尔姑娘结婚后所生的女儿名叫爱斯匹里·玛利·玛珷珷·波克兰·
　　莫里哀。她长得很高,五官与身段都不错,却不算美;然而她很聪明,足以抵补容貌
　　上的缺点了。她的母亲要为她择一个好人家,择了许久,她等得不耐烦了,就跟着
　　骑士克罗德·拉歇尔逃走了。拉歇尔也是一个贵族,叫做孟达郎爵士。那时节,莫
　　里哀的妻子已改嫁基冷·德特里歇,调查了几次她的女儿的下落;后来有些普通的
　　朋友替她们调解了事。孟达郎爵士与孟达郎夫人都殁于亚山堆(Argenteuil,在巴黎
　　附近),没有后裔(见 Cizerou Rival,页 14)。

兰姑娘的品行很知检点，谈话很认真，很有情；与其说她承继了她的父亲的财产，不如说她承继了他的各种美德。

莫里哀逝世之后，巴郎马上赶到圣日耳曼去报告国王；国王很受感动，而且肯向人表示。这是一个极有道德的人，像他这样门第的人很难有像他这样的思想的。读者在我所述他的生活的种种过程上，应该能注意到他的道德；至于他的思想，现有他的作品可按，用不着我颂扬了。他对于国王非常眷恋，常常注意于博取君王的欢心；同时他也不忽略了民众的敬意，他对于民众的敬意是很感激的。他的友谊是不变的，而且他善用他的友谊。在一班大人物当中，要算大元帅维藩最能以友谊去增加莫里哀的光荣。沙贝尔听说他的朋友死了，大恸了一场；他以为此后再没有人安慰他、帮助他了。他常常向人表示他丧友的大痛苦，以致人们怀疑他自己也活不长久了。

人人都知道：莫里哀家里的人要以基督教徒的礼仪殡葬莫里哀，还经过了许多困难，教会里派人调查他的思想是否纯正，人格是否高尚；调查的结果，大家认为与宗教无碍，然后允许埋葬于圣左赛夫。出殡的那一天，他家的门口聚集了一大群的民众。莫里哀的妻子大起恐慌，她猜不出这一群人的用意。有人劝她在窗子里抛出一百来枚的金钱（即 pistole）。她毫不迟疑，就把金钱往地上散，同时请求那一群民众为她的丈夫祈祷。她的言词说得那样动人，所以没有一个人不愿意向上帝祈祷的。

2 月 21 日，星期二，一百个火把照耀着莫里哀的丧仪，从容地向坟地进行。当他经过蒙麦特路的时候，有人请问一个妇人：他们葬的是谁？她回说："呃！就是那莫里哀。"另有一个妇人靠着窗子往下观看，听见了那妇人的话，就嚷道："怎么！您这人真可恼！你不能称他做先生吗？"

他才死了，悼亡的诗文就散满了巴黎。没有一个诗人不做一两首诗追悼他的；却很少能做得成功。

阿弗兰歇的主教胡爱先生,因为博闻强记,得在朝中担任一个重要的职位,在今日已变为有名的主教了。下面的一首诗是他为纪念莫里哀而作的:

> Plaudebat, Moleri, tibi plenis aula theatris;
>
> Nunc eadem mœrens post tua fata gemit.
>
> Si risum nobis movisses parcius olim,
>
> Parcius, heu!
>
> lacrymis tingeret ora dolor.

译文:

> 嗟嗟莫里哀,英才谁与拟?
>
> 俳优娱至尊,喜气溢丹陛。
>
> 一朝传噩耗,哀声动遐迩。
>
> 吁嗟乎,
>
> 至今举国共椎心,报答当年妙语传来喜!

莫里哀死后,有道德的人与文学家们都觉得喜剧界忽然有了大损失。但是,他的仇人们当他生时已经努力压低他的声价而徒劳无功,所以当他死后还要攻击他。数年以前,有些愚蠢而发牢骚的诗人做了两部诗集:第一部是《画家的肖像》(Le Portrait du Peintre),是上文述过了的;第二部是《报了仇的医生》(Elomire hypocondre, ou les Médecins vengés)。这些诗里尽是诽谤嘲笑莫里哀的话,而莫里哀的仇人们却努力把它宣传。依他们说,莫里哀是不顾风俗、反叛宗教的一个人,是下流的作家。因为妒忌与愚蠢之故,他们坚持这一种感想;他们在言语里,或在作品里,也都表现他们这种感想给大家知道。直到现在,还有人狂妄地批评他们所不能及的人,他们怀疑莫里哀的品行,又找莫里哀的作品的缺点去攻击他。但是,我向大众替这作家辩护,我敢担保我所说的都是真话。国王对他的敬意与恩典,他所与交游的人,他的作品中攻击恶德与维护美德的地方,以及后人把他归入名人之列……这一切都可证明我所描写的乃是莫里哀的真相。将来时间过去越多,人们越工作,也就越承认我的话是真理;所嫌者乃是我这一支拙笔,不会描写罢了。

读者如果不揣度作者的用意而不厌求详,那么,也许希望我把莫里哀所有的剧本的成绩都作更详细的描写,又更顾及当时人士对于他的剧本的批评。人家这样非难我,我也这样非难我自己。但是,假使那么一来,岂不成了莫里哀戏剧史? 还像一篇《莫里哀传》吗? 每逢一部戏剧都加上那些千篇一律的考语,岂不令人生厌? 说话的人老是莫里哀那一班仇敌,他们的批评也老是那一套。一个人是不能使全社会满意的;偶然有一个善于挑剔的人觉得某剧本的某处稍有可嫌的地方,那一班妒忌的人就抓住了这一个感想,硬说是他们自己的感想,于是努力攻击作者;但是,莫里哀永远是胜利的。他知道他所娱乐的共有三种人:第一种是朝臣;第二种是学者;第三种是市民。朝臣们喜欢看布景,喜欢美丽的情感,所以他们爱看《爱里特王妃》《漂亮的爱人》与《西施》;但为寻开心起见,也爱看《史嘉班的诡计》《被迫的婚姻》与《伊斯加巴那伯爵夫人》。至于民众就只爱看滑稽剧;凡是他们的欣赏力所不及的,他们就忽略了。有些才子希望莫里哀这样的一个作家效法特兰西,每逢择定了一个人物去描写的时候,都该描写得很高雅。譬如德伯列欧先生①在他的《诗艺术》(Art poétique)里,就有这一类的批评:

> 你不要使伶人们随便向人说话;
> 莫把老翁当少年,少年当老翁。
> 你该研究朝廷,认识城市,

———————

① 德伯列欧就是布瓦洛(1636—1711),是法国17世纪的诗人兼批评家。他与哥奈尔、莫里哀、兰辛、拉方特奈都是朋友,而他们五人就是法国17世纪文学界的五颗明星。

> 朝与市永远有许多的好模型。
> 莫里哀的作品就是这样著名的;
> 但是,假使他不常常扮鬼脸,
> 去博取民众的欢心,
> 那么,他的艺术也许就到了极峰了。
> 然而他因滑稽而失了高雅可悦的情调;
> 厚颜地,把达巴兰①与特兰西并肩。
> 当他描写史嘉班被裹在口袋里的时候,
> 我认不得他是《愤世者》的作者了。〔一〕

伯鲁耶先生③也这样批评说:"特兰西仅仅有一个缺点,就嫌太冷了些;然而他是何等纯洁,何等精确,何等有礼,何等高雅,而个

---

① 达巴兰是法国的大地主,约生于 1584 年,是当代很著名的滑稽家。

〔一〕我觉得布瓦洛这几句诗是不公平的。但他是一个很有权威的批评家,我们最好是不驳他,否则我们就该把一个与他身份相称的人的话拿来与他对抗,然后抵当得住。在卢梭写给寿佛伦先生的一封信里(见《卢梭集》,卷五,页 321),有一段话批评莫里哀,我认为最公平最深刻的批评,所以移录于此。假使布瓦洛能看见这一段话,也许他自己还愿意修改他的批评呢。

只有我们的戏剧诗人似乎是可与古代的诗人相颉颃的。我甚至于比较地喜欢我们的戏剧诗人,假使个个都能像莫里哀那样成功的话。兰辛与哥奈尔的戏剧虽好,但我不敢说他们已经达到了悲剧的极峰而毫无缺憾。也许还有更可靠的路途好走哩。至于莫里哀,几乎可以说没有人在前领导,而他竟找着了喜剧的唯一途径;后世的人,若非追寻他的踪迹,就必误入迷途。人们往往责莫里哀太通俗化了,其实有许多种题材,就该有许多种的写法,《仆索惹克》里的笑话与《愤世者》里的笑话是应该用两种笔调描写的。《仆索惹克》是为一般的民众而写的,不能专顾到少数的高雅的心理。在纸上看来,莫里哀的确有描写过火之处,但一到了戏台上,因为动作多于言语,若非把自然界的事物放大些,决不能令人看去活像自然界的事物。其实莫里哀并未离开了自然界,与亚里士多芬不同;亚里士多芬差不多老是离了自然界的。虽然如此,希腊的最高尚的人也都景仰亚里士多芬,与景仰米难特一般;假使这一类的戏剧的特出者就可以把那一类的戏剧的特出者压倒,人们岂不藐视亚里士多芬了? 这两位希腊戏剧大家能够齐名,可见喜剧有两条路径。莫里哀能兼二者之长,我们赞赏之不暇,还能非难他吗?

③ 伯鲁耶是 17 世纪法国伦理学家。

性的描写又何等逼真！莫里哀也仅仅有一个缺点，就是不避粗鄙的言语，写得不很纯洁；然而他是何等热烈，何等天真，多么好的诙谐的源泉，多么善于模仿风俗，多么会嘲笑人！但是，假使这两位喜剧大家都能更进一步，避免了这小小的缺点，岂不尽善尽美！"所有学者们对于莫里哀的作品差不多都是这样批评，其实他是轮流地娱乐刚才我所说的三种人的；他们都看见了他的作品，而每一类的人只就关涉本类的人的地方去批评，所以莫里哀也不很伤心。当他编一部剧本的时候，或欲博取朝臣的欢心，或欲博得民众的赞赏，或欲取得识者的敬意；只要人们的批评能合于他的原定计划，他就算是成功了。我因为目的只在乎写一篇《莫里哀传》，所以我以为不该涉及他的剧本的讨论，剧本的讨论在传记中是不关重要的。再者，若要涉及各家的批评，一定需要更多的参考资料，而是我的能力所不及的。因此，本文所叙，限于他一生的主要的行为所由生的那些事实，与能使我认识他的人格的那些事实，以及他所遭遇的种种境地。自从他的诞生以至他的死亡，我都谨慎地叙述，务求不背真相。我不敢说我所说的已经说尽了莫里哀的生活，尽可以有些事实被我遗漏了或误记了；但是，说到莫里哀的思想、心术、境遇，决不能有异于我所说的了。

　　我本来很想觅得莫里哀的未刊作品。我知道有几部剧本的几个片段是他已经写好了的；我又知道有几部是全部写好了，却永远不曾发表。但是，他的妻子是不管丈夫的作品的，他死了不久，她都给了克兰歇。克兰歇是一个伶人，他知道这是很有价值的东西，所以谨慎地保存，直到他死的时候。克兰歇的妻子也不比莫里哀的妻子更能珍惜这些作品，她把她丈夫所藏的书一概卖给了人家，莫里哀的遗著大约也一并被卖了。

　　莫里哀曾经译过差不多全部的鲁克列西集①。如果不是中途

---

①　鲁克列西是拉丁的大诗人，以纪元前 95 年生于罗马，著有《物性论》(De la nature des choses)。

遇了一件不幸的事,他一定会完成他的工作的。他叫一个仆人把他的假发①放在纸的底下,不料后来那仆人竟把他所译的一本鲁克列西集做了一只纸筒,以为卷发之用。莫里哀真没有用仆人的福气,一个个都是糊里糊涂的,这一个毁了稿子的比那一个穿翻了袜子的还更呆呢。莫里哀是很容易生气的人,他看见一本稿子被毁了之后,一时盛怒,就把其余的投入火里。当他陆续翻译的时候,他陆续读给洛荷先生听;洛荷先生听了很满意,还同许多人提及呢。莫里哀对于一切的哲学文章都是用散文写的,只有鲁克列西的美丽的描写是被他译成了诗句。

　　人们看见我不曾叙述莫里哀先生做过律师,也许觉得奇怪。但是,有些人向我否认这事实,而我以为他们总比普通人更知道真相,所以我不能不服从他们的道理。不过,他家的人却又向我坚决地说他实在做过律师,所以我在上文又不能不说莫里哀与他的一个同学一块儿学过法律;又说,当他考取律师的资格的时候,那同学却做了伶人;二人各在自己的职业上有了成绩,到了后来,莫里哀忽然高兴抛弃了法庭生活而上戏台,那同学又抛弃了伶人的生活而做律师。这两人的转变颇奇怪,我也只好依着人家的话补说一番,勉强算是莫里哀做过律师的证据吧。②

　　上文把鼎鼎大名的莫里哀的一生的可叙述的事迹都搜罗了:他之对于喜剧,也像哥奈尔之对于悲剧。但是,哥奈尔在未死之前,还看见一个少年的敌手与他争夺悲剧的首席③,看戏的人对于他们二人也难于为左右祖。至于莫里哀呢,却没有一个人能与他并驾齐驱;若照张佛的说法,他的御座还空着呢!

----

① 当时的人喜欢用假发加在头上做装饰品。
② 克利马列斯特的《莫里哀传》至此已完。下面两段文字系节录 1742 年某君所作《莫里哀传》。
③ 这少年的敌手是指兰辛而言。

人们在他的戏剧中虽则可以指出些缺点，但是，在法国的一切喜剧作家当中，要算他最能支配民众的嗜好；他的对话之美，他那无穷的而且巧妙的笑话的源泉，与他那些很有趣的剧情，都能令民众欢迎。在剧团中，他是一个主脑，指挥领导，已经够他劳瘁了；在家庭中，他又遭了痛苦的侵蚀，他的妻子永远不停止地给他受气；此外还有人妒忌他的光荣与他的天才，因此造了许多谣言去中伤他，又因痼疾缠绵以至于死，有时候不能不停止工作。然而他竟能在二十年之间编了二十一部喜剧，真堪惊叹！这二十一部喜剧当中，有一半是无可比拟的杰作；就说其余一半吧，其中也有许多出是后世最著名的喜剧作家所不能及的呢。

糊涂的人

（原本为诗剧）

1653 年初次上演于里昂
1658 年演于巴黎

[法]莫里哀　著

剧中人物

李礼——潘朵夫之子,简称礼

西丽——特路发登的女奴,简称西

玛斯加里尔〔一〕——李礼之仆,简称玛

伊波里特——安斯模之女,简称伊

安斯模——伊波里特之父,简称安

特路发登——老人,简称特

潘朵夫——李礼之父,简称潘

李安特——花花公子,简称李

安德烈——在剧中被当作埃及人,简称烈

爱嘉斯特——玛斯加里尔的朋友,简称爱

一个送信的人,简称送

两队戴假面具的人

地 点

米西纳①

〔一〕一切都令人相信玛斯加里尔是莫里哀杜撰的名字,因为前人的喜剧里都不曾有过
　　玛斯加里尔。玛斯加里尔(Mascarille)也许出于意文的 maschera,是假面具的意思;
　　或说它出于西班牙文的 mascara 更切当些,因为 mascara 的缩小式乃是 mascarilla。
　　这个假定也有证据的:莫里哀扮演玛斯加里尔,起初的时候,还是带着假面具的呢
　　(Auger 注)。

① 　米西纳在西西里,属意大利。

第一幕

第一出

出场人：李礼。

礼　好，李安特，好！我们非争夺不可！看我们两个人当中是谁胜利？我们共同追求这一个可爱的女子，还不知谁比谁更有希望，谁更能阻碍谁。您分明知道，我这一方面是要拼命进攻的，您好好地准备您的力量，来抵抗我吧。

第二出

出场人：李礼、玛斯加里尔。

礼　呃！玛斯加里尔，你来了！

玛　什么事情？

礼　事情多着呢！关于我的恋爱，一切都糟了：李安特爱上了西丽。我虽然改变了我恋爱的对象，但也许是命中注定吧，他也跟着我改变了他的恋爱对象，所以他仍旧是我的情敌[一]。

玛　李安特爱上了西丽！

礼　他爱她到了极点，你知道吗？

玛　那就更糟了。

礼　呃！是的，更糟了。我因此很伤心。但是，我还不该绝望，因

〔一〕李安特与李礼两人都爱过伊波里特，后来他们又都摆脱了她，而另爱西丽。这真相直到最后才显露了（Auger 注）。

为有你帮助我,我就可以放心。我知道你是一个足智多谋的人,无论遇着什么事情,你都不会觉得困难的。我们该把你封为仆人之王,全世界……

玛　喂,请不要恭维人了!当人家需要我们这班可怜人的时候,人家就爱我们,把我们认为天下最好的人;但是,当人家稍为生气的时候,我们就变成了该吃棍子的坏蛋了。

礼　唉!你这话错怪我了。但是,我们还是谈一谈我那美丽的丫头吧。请你告诉我:最冷酷的心肠,能不能抵抗她那动人的姿色?在我看来,她的言语和容貌之间都隐藏着高贵的神气;我相信她的出身并非微贱,只因命运不好,才堕落在下流社会里,不能自拔。

玛　看您这样想入非非,真是一个浪漫的人。但是这么一来,您叫潘朵夫怎么办呢?他是您的父亲,至少他自己这样说。您晓得他是很容易生气的;当他看见您放荡不羁的时候,他一定会狠狠地申斥您的。他已经亲口允许安斯模,要把伊波里特配给您做妻子。他以为只有结婚可以使您循规蹈矩。他如果听说您不肯娶他所选定的女子,又听说您爱上了一个来历不明的丫头,您竟忘了遵从父命的义务,那么,一定要惹起一场大风波,您经得起他的啰唆吗?

礼　唉!你不要对我耍你这套花言巧语吧!

玛　您呢,您也不要耍您这套手段吧!您的手段并不很高明,您应该努力去……

礼　你该知道,惹我生气是没有好处的。一个仆人向主人进谏总不会得到好的报酬,只落得自己倒霉罢了。

玛　(旁白)他生气了。(高声)刚才我所说的都是笑话,打算试您一试罢了。您瞧我玛斯加里尔这样儿,像不像一个反对自然、不赞成娱乐的人?一向人家只怪我太顺人情,从来没有怪我太讲道学的,您不知道吗?您尽管顺着您的意思去做吧,也不必管那老头子的啰唆。老实说,依我的意见,他们那些老货真不该把些废话来惹我们生气。他们老了,所以不得不拿道德做招牌,其实他们在妒忌我们,希望破坏了我们少年人的娱乐。您是知道我的才干的,我愿意为您效力。

礼　呃!这话才叫我听了开心呢!其实当我表示我的爱情的时候,那使我发生爱情的人儿也未尝不感动。但是,刚才李安特对我说,他正在预备向我夺取西丽呢。所以事不宜迟,你就该赶快替我想法子占有了她,如果能用种种诡计战败了我的情敌,使他不能再夸口,我就高兴了。

玛　您让我仔细想一想吧。(旁白)我有什么法子好想呢?

礼　喂!法子想出来了?

玛　唉!哪里有这么快的?我的脑筋想法子是有一定步骤的。有了,我想出来了:您应该……不,我想错了。但是,如果您到……

礼　到哪里去?

玛　这又是一个靠不住的法子。我又另想了一个……

礼　一个什么法子?

玛　也不很行。但是,您能不能……

礼　怎么样?

玛　这个法子您是办不到的。我劝您还是和安斯模去谈一谈吧。

礼　你叫我和他谈什么呢?

玛　真的,和他说了,也许更糟。但是,我们总该有一个办法才好啊。您到特路发登家里去一趟吧。

礼　到他家里去做什么?

玛　我不知道。

礼　你太不行了:这样开玩笑的说法,真把我气死了!

玛　先生,如果您有许多钱,我们就用不着拐许多弯儿、想许多诡计了。我们干脆把那丫头买过来,您的情敌还能向您挑战吗?

她是那些埃及人把她贩了来的;他们把她转押给特路发登,然而现在特路发登的手头也不很宽裕。他们长久不来赎她,而他又急于要钱用;如果我们给他钱,包管他喜欢卖的。他从来就是非常吝啬的;给他两个钱,他可以让您打一顿屁股。他所最崇拜的乃是财神;但是,可惜……

礼　怎么? 可惜……

玛　可惜您的父亲也不好:您虽然很愿意拿钱去买西丽,可是您的父亲哪里肯让您用他的钱呢? 由此看来,您是没法子弄到一点儿钱的了。但是,您不妨先和西丽谈一谈,看她的意见如何再说。窗户就在这里。

礼　但是,特路发登是昼夜监视着她的。你要多留神!

玛　我们就在这儿歇一歇吧。呃! 恰巧她出来了!

第三出

出场人:西丽、李礼、玛斯加里尔。

礼　呀! 谢天谢地! 您这天仙似的美貌竟给我看见了。虽然您的眼光扫过来,竟像两把火,烧得我好难受,但是我在这儿能看见您这一双美丽的眼睛,我还是非常快活的。

西　您的话真叫我惊奇,我不以为我的眼光会伤人的。如果我的眼睛真的冒犯了您,您也该原谅我是无心之过才对。

礼　呀! 眼光扫过来是那么甜美,我怎会认作侮辱! 非但不怪您,我还以为光荣,而爱惜我的伤痕哩。并且……

玛　你们的话说得太高雅了;其实用不着这种格调。我们应该争取时间,快快问她……

特　(在屋内)西丽!

玛　(向李礼)您瞧!

礼　唉! 真不凑巧! 想不到这老头子会来搅扰我们的。

玛　好吧! 您先走开,我自然有话对他说。

第四出

出场人：特路发登、西丽、李礼(躲在角落里)、玛斯加里尔。

特　(向西丽)你在外面做什么？这样鬼鬼祟祟的！我曾经禁止你和任何人说话，你忘了吗？

西　这个忠厚的少年是我从前认识的，您不必怀疑。

玛　这一位就是特路发登老爷吗？

西　不错，就是他。

玛　先生，我这里有礼了。我今天得见一位天下闻名的大人物，我真快乐到极点了。

特　不敢当，不敢当。

玛　我也许是不知进退；但是，我在别处见过她，知道她能知未来的吉凶，我想来问她一件事。

特　(向西丽)怎么！你也玩那些邪魔外道的勾当吗？

西　不是的，我只会白的魔术①罢了。

玛　那么，我就告诉您吧。我所服侍的主人，为着他所钟爱的一个女子而憔悴了。他很希望和他所爱的美人谈一谈他心里燃烧着的那股热情。但是有一条毒龙看守着那绝代的美人，不管他怎样设法，它总不让他和她亲近。而且，使他更感觉为难而懊丧的是他又发现了一个可怕的情敌。我想知道他这种爱情有没有成功的希望。我知道您的嘴会把我们关心的机密告诉我们的，所以我来请教您。请吧。

西　您的主人是哪一天出世的？是在哪颗星保护之下降生的？

玛　是爱情永不变更的那颗星。

西　您也不必说出他所爱的人的名字来，我凭着我的学问已经知道得很清楚了。这女子是一个有良心的人：她虽然处在很不

① 据说魔术有两种：白的和黑的。白的魔术以行善为目的，黑的魔术则遣使魔鬼，无恶不作。

幸的时候,也还知道保存她那高贵的自尊心。她受了人家的爱慕,她的心中发生什么影响,这是她的秘密,她不很愿意告诉别人。但是我知道她的心事;并且我也不像她那样固执,所以我可以三言两语把她的心情完全告诉您。

玛　呀! 您的法力是多么神妙啊!

西　如果您的主人的爱情是有恒的,又如果他的动机是合于道德的,那么,请他不必失望,决不至于徒劳无功。他是有希望的,他所要夺取的堡垒终于会有投降的一天,因为把守堡垒的人并不是不愿意谈判条件的。

玛　这都很好,不过守堡垒的总督是个很难说服的人。

西　倒霉也正在这里。

玛　(望着李礼,低声)这老头子真讨厌! 老是监视着我们!

西　让我来教给您怎么办吧。

礼　(走近他们)呀! 特路发登,您不要担心。他乃是我派来的。我特地派一个忠心的仆人来和您商量:我想和您商量,赎取她的自由,只要我们二人商量好价钱就行了。

玛　(旁白)真是傻瓜!

特　哈! 哈! 叫我相信哪一个人好? 他们俩的话竟是自相矛盾。

玛　先生,这公子的脑筋受伤了,您不知道吗?

特　我的事我自己明白! 我恐怕有人要耍什么手段啊。(向西丽)进去吧,不许再自由出入了。至于你们呢,你们这两个流氓,想要捉弄我,请你们预先练习好了你们的双簧再说。

特路发登与西丽走出。

第五出

出场人:李礼、玛斯加里尔。

玛　好! 活该! 老实说,我恨不得叫他再给我们两个一顿棍子! 您何苦闯了出来? 出来也罢了,谁叫您这样糊涂,竟来拆穿了我的谎?

礼　我以为那样说才好哇。

玛　当然您以为好啦! 其实我也不应该觉得奇怪:您是专门糊涂误事的,您的糊涂、马虎,人家也已司空见惯不以为怪了。

礼　呀! 天啊! 一点儿事情,竟像犯了弥天大罪似的! 我的事情难道就误到不可收拾了吗? 总之,如果你不替我把西丽弄到手里,你便应该想法使李安特也实行不了他的计划:不能叫他先下手,把这美人儿买去。——我怕在这里又犯什么错误,让我先走了吧。

玛　(独自一人)好的。老实说,在我们这桩事里,金钱实在是最可靠最有效的法子;但是,既然没有钱,那就不得不用别的法子了。

第六出

出场人:安斯模(他身边披着一个钱袋)、玛斯加里尔。

安　说实话,我们这时代真是一个奇怪的时代! 我一想起来就害羞。现代的人是多么爱金钱,多么不容易叫他们拿出自己的钱来! 无论如何留心,债务好像小孩:快乐中怀了胎,生产可就痛苦了。钱走进我们的钱袋的时候,是很可喜的;等到期满该还的时候,我们又痛苦了。可说哩! 这两千法郎借出了整整两年,现在好不容易才收回来。不过总还算运气。

玛　(旁白)呀! 天啊! 这是多么肥的天鹅飞着让我开枪打! 好,让我去拍一拍他的马屁,我自然有话去哄他。(走到安斯模身旁)安斯模,刚才我看见了……

安　谁?

玛　看见了您那妮琳。

安　你看见了她吗? 她这残忍的女子怎样说起我的?

玛　她爱您,爱得热烈极了。

安　她吗？

玛　她太爱您了，令人觉得她怪可怜的。

安　你真令我快活啊！

玛　那可怜的女子，差点儿就为爱情送了命。她时时刻刻在喊：
　　"安斯模，我的心肝，什么时候婚姻才把我们两颗心结合在一
　　起呢？什么时候您才肯扑灭我心中的烈火呢？"

安　为什么直到今天她还不肯说出来呢？怪不得人家说女孩子们
　　都爱装假！玛斯加里尔，我来问你：我老虽老，脸上的气色还
　　好看，是不是？

玛　对啊！真的，您的面孔还不坏：即使不是最漂亮的，至少还算
　　是好看的①。

安　所以呢？……

玛　（想要偷他的钱袋）所以她才爱您，以至于发狂了，她只知道把
　　您当做……

安　当做什么？

玛　当做她的丈夫；而且她想要您……

安　她想要我怎样？

玛　想要您的钱袋……

安　什么？

玛　（偷了他的钱袋，撂在一旁）想要您的嘴凑着她的嘴②。

安　呃！我听懂了。你听我说：明天你看见她的时候，就努力替我
　　吹嘘吹嘘吧。

玛　您放心交给我去办吧。

安　再会。

---

①　原文是 il est des-agréable，读连音时，就成为 il est désagréable（可厌的），意思恰恰相
　　反。这种取巧法，是没法子译出来的。

②　法文 bourse（钱袋）和 bouche（嘴）发音相近。玛斯加里尔冲口说了"钱袋"，自己感
　　到不对头，所以在安斯模叮问之下，赶快改口说"要您的嘴凑着她的嘴"。

玛 （旁白）让老天引导您走吧！

安 （回来）唉！我真糊涂！你也许会怪我无情呢。我从你的口里得到了这样一个好消息，又派你去替我的爱情办事，我却没有一点儿什么来报答你的热诚，真是岂有此理！喂，我要你想着我的好处，让我……

玛 呀！请您不必客气了！

安 你不要拦阻我……

玛 不行！不行！我不是为图利这样做的。

安 我知道，但是……

玛 不，安斯模，您听我说，我是一个有人格的人；您这么一来，我倒不高兴了。

安 那么，再会吧，玛斯加里尔。

玛 （旁白）唉！多么啰唆！

安 （又回来）我要你替我去博取我那美人儿的欢心，所以我要给你两个钱，你给她买一只戒指送去，或者买另一种你认为好的东西也行。

玛 不，您把钱留下吧；您不必操心，我替您送礼就是了。昨天有人把一只戒指交给我代卖；如果合她戴，您再给我钱，好不好？

安 也罢，你就说是我买给她的吧。但是，你首先要使她永远热烈地想着我，把我当做她的人才好。

第七出

出场人：李礼、安斯模、玛斯加里尔。

礼 （把钱袋拾起来）这钱袋是谁的？

安 呀！天啊！是我的，不留神掉在地上了！如果不是您告诉我，将来我还会疑心是人家偷了我的呢！我非常感激您：您把钱还了我，免得我叫苦连天。我这就把它拿到家里去安放妥当。（出）

第八出

出场人：李礼、玛斯加里尔。

玛　您真是天下第一殷勤的人！

礼　可不是吗。没有我，他的钱岂不丢了？

玛　谁说不是呢？您气死我啦！今天的事，可以证明您的见解高超，也可以证明您是最有福气的人。请您永远这样做下去吧！我们的事情就很有进步了！

礼　怎么，我又做了什么坏事了？

玛　您做了傻瓜！您要问我，我就说了吧！您分明知道您的父亲不会给您钱；而那可怕的情敌又逼得很紧。好容易，我冒着险，不顾廉耻，想要帮您一个忙，而您……

礼　怎么！那就是……？

玛　是的，您这个刽子手！正是为了那美丽的丫头，我才想要偷钱；而您偏要献殷勤，把钱还给了人家。

礼　这么说，是我错了①；但是，谁猜得着是这么回事呢？

玛　对啊！除非十分细心的人才猜得着呢！

礼　你应该向我丢一个眼色啊！

玛　是的，不错，我应该在背上生一双眼睛！看上帝的情面，您不要再打搅我吧，您少说两句讨厌的话吧。如果是别人，这样失败了，也许就不干了。至于我呢，刚才我又想了一条妙计，我打算立刻进行，而且我预料到它的效果，除非……

礼　好，我允许你，我再也不搅乱你的事了；我也不动，也不说话，好不好？

玛　您去吧；我看见您就生气！

礼　但是，你该快点做；恐怕这事情会……

_____

①　批评家们往往指摘这一句话，为莫里哀不该海盗。可是，这班批评家未免太道学气了。

玛　好,再来一次,我马上就开始工作。(李礼出)让我好好地依照
　　我的计划来办事;如果这计策能像我所料的那样成功,真是天
　　下最妙的计策了。让我来瞧……呃! 好极了! 恰巧他来了!

第九出

出场人:潘朵夫、玛斯加里尔。

潘　玛斯加里尔。

玛　先生。

潘　老实说,我很不满意我的儿子。

玛　我的主人吗? 岂但您一个人不满意他? 他的品行是那样不
　　好,我哪一天不为他生几次气呢?

潘　我以为你们俩是很合得来的,不是吗?

玛　我吗? 先生,您不要那样想。我常常努力劝他尽他的义务,因
　　此我们时时刻刻在吵嘴。刚才我恰又为了伊波里特的婚姻问
　　题,和他争论了一番。我看出来他反对和她结婚,不服从父亲
　　的命令,真所谓有亏子职,罪过,罪过!

潘　吵嘴了吗?

玛　是的,吵得很厉害呢!

潘　那么,是我误会了:我以为他无论做什么,你都帮他的忙呢。

玛　我吗? 我帮他的忙吗? 您瞧现在的世界,无辜的人总是受压
　　制! 假使您确实知道了我的公正无私,我非但可以领仆人的
　　工钱,而且您还会把我看作他的师傅,发给师傅的薪金呢。是
　　的,我教他做好人,那一种教训的话,恐怕连您做父亲的也说
　　不出哩。我往往对他说:"先生,请您看上帝的情面,不要再胡
　　作非为。想到什么就做什么,这是不行的;我劝您检束身心
　　吧。您看看老天赐给您的父亲,人家那样看重他! 您不该使
　　他伤心,您该当拿他做个榜样,自己也做一个有名誉的人。"

潘　这话才是道理。他怎样回答你呢?

玛　回答吗？他胡乱辩驳了一番，希望我不再责备他。并不是他心中没有您传给他的道德的萌芽，只是现在他的理智已做不了主。但是，假使我大着胆子对您说，贡献给您一个意见，我包管他在最近就会服从您的。

潘　说吧。

玛　这是一种秘密；假使我泄露了这秘密，对于我本人是很不利的。但是，您是一个靠得住的人，我尽可以放心对您说。

潘　好，你就说吧。

玛　您不知道，因为您的儿子爱上了一个丫头，所以您才达不到您的希望。

潘　人家也告诉过我，现在你也这样说，我更相信了。

玛　您瞧！我不就是您的心腹吗？……

潘　真的，我很喜欢你这样。

玛　但是，如果我们不动声色，就能使这个荡子回头，您愿意不愿意？我们应该……我怕人家听见了我们的话。假使他知道我这样对您说，我就该吃不了兜着走呢！——为着斩草除根起见，我们应该悄悄地把那迷人的丫头买了来，把她送到别处去。安斯模和特路发登很接近，您可以叫他替您买去，趁今天上午就买了来。买来之后，如果您肯把她交给我，我可以不管您的儿子着急，马上把她带走；我认识些商人，包管卖得原价还您。因为如果您希望他甘心结婚，就应该断绝他初生的爱情；否则哪怕他服从了您，真的结了婚，只要这丫头还在这里，她还能引诱他的。

潘　你想得很对；我非常喜欢你这一个建议……好，我就去看安斯模。你放心，我一定努力趁早把这倒霉的丫头买了来，然后交给你，由你去摆布。

玛　（独自一人）好！让我把这事去告诉我主人。呀！诡计万岁！用诡计的人万岁！

第十出

出场人：伊波里特、玛斯加里尔。

伊　好，负心的奴才！你是这样帮我忙吗！你的诡计，我都知道了：刚才我什么都听见了，都看见了！如果我没有听见，我真猜想不到呢！你专爱说谎，却给我发觉了。没良心的，从前你说过，你愿意帮我成全我对李安特的爱情；又说人家虽然想要强迫我嫁李礼，你可以有妙计，使我不必嫁他。你说你可以使我的父亲的计划不成功。但是现在你所做的事情，都和你从前的话恰恰相反！不过，你也枉费心机；我有一个好法子，使你的妙计不能成功；我要破坏了你们的买卖。我此刻就去……

玛　唉！您的性情太急了！偶然遇着一件事，也不仔细想一想，立刻就像着了魔似的，乱骂人！是的，我错了！既然您这样冤我，我就索性顺着您的话，和您捣乱好了！我打算做的事，还没有做完，现在我想还是不做的好。

伊　呸！你打算把些谜语儿来搪塞我吗？负心的，刚才我听见了的话，你还能否认吗？

玛　不，我不否认。但是，您要知道，这诡计是对您有利的；我为着帮您的忙，才设下这个计策呢！这一个忠实的建议，好像其中没有诡计似的；其实他们两个老头子都给我蒙在鼓里！我从他们的手里把西丽要来了，无非打算把她交给李礼。这么一来，安斯模一时生气，就会恨他那未来的女婿，而回心转意来选中李安特了。

伊　怎么！我生气这半天，原来你这个大计划是为了我的！是不是，玛斯加里尔？

玛　还不为的是您！但是，我这样费力不讨好，还得受您的气！非但不肯报答我的功劳，还把我负心呀、奴才呀、没良心呀，骂个不了！我错了，现在我应该弥补我的过失；让我就去破坏我自己的阴谋吧!

伊　(阻止玛斯加里尔)唉! 请你不要这样严厉对待我! 我一时生气,言语失于检点,请你恕罪吧。

玛　不行,不行,您让我做去吧。刚才我做事冒犯了您,现在幸亏我还有力量挽回。往后您再也不会怨我不忠心了;是的,包管您得到我的主人做您的丈夫就是了。

伊　唉! 玛斯加里尔,你不要再生气了。我错怪了你,是我的不是,现在我承认了。(打开钱袋)我拿这个来弥补我的过失。你能够这样就离开我吗?

玛　是的,纵使我努力赌着气,也没法子就这样离开您。但是,您的脾气也太不好了。您要知道,人格高尚的人被人家说他没有人格,乃是天下最可伤心的事。

伊　真的,我骂你骂得太厉害了。但是,这些金钱总可以医好你的伤痕吧?

玛　唉! 不要紧,不要紧,您一说这种话,我就软了。(接受伊波里特的钱)我已经不生气了。朋友之间,原该忍耐些才是。

伊　你真的能使我达到我的目的吗? 你的计划实行之后,对于我的爱情,真能有你所说的成绩吗?

玛　请您不要提心吊胆吧。我是有七十二种变化的。纵使这计不能达到我们的希望,我还有别的妙计,一定要成功才为止。

伊　你要知道,伊波里特不是忘恩负义的人。

玛　您要知道,玛斯加里尔也不是贪图酬报的人。

伊　你的主人向你招手了,大约是要和你说话。我先走了;但是,你不要忘了给我帮忙啊。

第十一出

出场人:李礼、玛斯加里尔。

礼　呸! 你在这里干什么? 你说你多么有智谋,而我看你做事多么慢！假使不是我福至心灵，我的幸福早已完了。我做得好，我做得妙，否则我真要终身抱恨了。总之，假使我不在那边，安斯模早已把那丫头带了去，而我就得不到她了。幸亏我向特路发登陈说了利害，说得他怕起来，然后才把她留住。

玛　好，第三次了！等到够了十次的时候，我再好好画上一个十字记下您的功劳！唉！糊涂虫！安斯模去买她，乃是我用的计策；买来之后，人家还要把她交给我的。你偏着了魔，劝那老头子把她留下。将来您还希望我为您的爱情而尽力吗？我宁愿变了呆子、傻瓜、糊涂虫，也不愿再帮您的忙了！我还希望魔鬼来扭您的脖子哩！（走出）

礼　（独自一人）我只好把他领到酒店里去，用酒消消他的怒气才行。

第二幕

第一出

出场人:李礼、玛斯加里尔。

玛 唉!我终于不能不顺从您的请求:我虽然发了誓,到底还不能坚持。我本来想不再管您的事了;谁知一时不忍,又为您冒了许多危险。由此看来,我是一个好说话的人;假使上帝把我降生做一个女子,您想……用不着我说下去了。但是,您不要因为我好说话,又来破坏我的计划!真的,您不要再误我的事了!我打算在安斯模的跟前替您道歉;但是,从今以后,如果您再不小心,我就撒手不管,永远不管您那恋爱的事了。

礼 是的,我往后一定小心,你不要怕;将来你看……

玛 好,您就记着吧。我已经运用了一个胆大包天的计策:您的父亲老不肯死,老不让您达到您的希望。刚才我把他弄死了——当然不是真死,只是口头上把他弄死罢了。我向外面宣传,说这老头子忽然中了风,一会儿就去世了。但是,为着更容易造假起见,我又哄他到他的田庄上去。我差了一个人去告诉他,说他的工人们在掘地的时候发现了一处宝藏。他受了骗,像飞似的赶到乡下去了;我们家里,除了您和我之外,一个个都跟着他走了。现在呢,在每个人的心目中,我已把他弄死了,并且还替他做了一个假的尸首,已用殓布缠好了。总之,我把一切的诡计都告诉您了,就请您好好地扮演您的角色吧;至于我呢,如果您发觉我说错了半个字,尽管把我叫做糊涂虫就是了。

第二出

出场人:李礼。

礼　真的,他竟妙想天开,有了法子使我达到我的希望。但是,当一个人爱女子爱到极点的时候,为了追求幸福,什么事做不来? 为了爱情,就犯了大罪也可以原谅,何况这小小诡计? 我为了将来的快乐,也就不能不赞成了。天啊! 他们真快! 我看见他们在谈论这个死讯了。好,让我预备预备来扮演我的角色吧。(走出)

第三出

出场人:安斯模、玛斯加里尔。

玛　这个消息当然要使您吃惊。

安　唉! 就这样死了!

玛　真的,他真不该这样突然死掉,实在没有道理,我很不喜欢。

安　连害病的时间也没有!

玛　是的,从来没有人像他这样急于要死的。

安　李礼呢?

玛　他太痛苦了。苦到难堪的时候,他自己打自己,打得周身肿起来;他恨不得跟他的爸爸到坟墓里去。因为他太伤心了,我怕起来,就赶快把那死的装殓了,免得他做出什么极端的举动。

安　无论如何,你总该等到晚上再用殓布把他裹起来:一则因为我还想见他一面,二则因为早殓往往等于杀人;有时候,看来像是死的了,其实还不曾咽了气呢。

玛　我敢担保他是真的死了。再说,让我们过会儿再谈刚才所谈的话吧。李礼是一个孝子,他打算为他父亲举行大出殡:这死的死得太可怜了,该替他撑一撑场面,使他在地下也瞑目。他所承继的遗产很多;但是,他对于家务还是一个生手,什么都不熟悉;再说,他的财产又有许多是在很远的地方,远水救不得近火;除此之外,还有的是些契纸之类,一时也变不了钱。他想恳求您宽恕刚才的冒犯,再借给他一点儿钱,让他能尽一尽他的孝心……

安 这话你已经对我说过了,我就去看他吧。

玛 (独自一人)截至现在为止,一切都很顺利。我们努力做到以后也能这样成功就好了。我只怕船近岸时遇到暗礁,让我眼灵手敏地去驾驶这一只大船吧。

第四出

出场人:安斯模、李礼、玛斯加里尔。

安 我们出去吧。我看见他被缠裹得这样难看,我的心里难受得很。唉!这样快就死!今天早上他还活着呢!

玛 有时候,在很短的时间内可以走很长的路哩。

礼 (哭)呜,呜!

安 怎么!亲爱的李礼,人是免不了要死的。罗马也不能颁发免死的执照。

礼 呜,呜!

安 死神时时刻刻在暗算人类:当它袭击人的时候,是不预先提醒的。

礼 呜,呜!

安 这骄傲的畜生,不管人怎样恳求,它总是张牙舞爪地来咬人。人人都逃不过它的口。

礼 呜,呜!

玛 您尽管劝他也没有用处;他的悲哀是生了根的,您没法子拔除的。

安　如果我说了这许多理由还不能解除您的悲哀,那么,亲爱的李礼,您自己注意节哀减痛吧。

礼　呜,呜!

玛　他是不肯节哀的,我知道他的性情。

安　再说,我听您的仆人说您需要钱用,我已经把钱带来了,您好好地替您的父亲发丧吧。

礼　呜,呜!

玛　您这么一说,他更伤心了! 他一想起他的不幸的命运,怕不就哭死了?

安　将来您看见了您的父亲的契纸的时候,就会知道我欠他更多的钱。但是,纵使我不欠你们一个钱,您也可以自由地支配我的财产。喂,拿去吧! 我是愿意帮助您的,将来您就知道了。

礼　(拿了钱就走)呜,呜!

玛　我的主人是多么哀痛啊!

安　玛斯加里尔,我想,让他给我写两个字的收条,似乎更妥当些。

玛　呜,呜!

安　世事是很难预料的。

玛　呜,呜!

安　你叫他写吧,我是要收条的。

玛　唉! 他痛苦到这地步,怎能满足您这种愿望呢? 您且让他的痛苦过了再说吧;等他好些的时候,我一定先设法使您放心。再会! 我觉得心里不舒服极了,我要跟他痛哭一场哩!呜,呜!

安　(独自一人)这世界是充满了烦恼的,每人每天都有种种不同的麻烦,人生永远不……

第五出

出场人:潘朵夫、安斯模。

安　呀！天呀！吓杀我了！潘朵夫回来了！上帝让他的灵魂安宁
　　吧！唉！他死了之后，竟瘦了这许多！喂！我请您不要挨近
　　我！我生平最怕与死人接近！

潘　你看他大惊小怪的，这是哪里说起？

安　请您远远地告诉我：您为什么回来的？如果您辛辛苦苦地回
　　来，为的是要与我说一声再会；那么，就嫌太多礼了。真的，我
　　用不着您这样重感情！如果您的灵魂痛苦，须要祈祷，那么，
　　我就答应替您祈祷好了，请您不要来吓唬我吧！因为我怕您，
　　我愿意马上替您祈祷上帝，使您满意。您听吧：

　　　　快走吧，别吓人！

　　　　老天爷，施鸿恩：

　　　　保佑您在地下快活，

　　　　安慰您的灵魂。

潘　（笑）哈！哈！真叫我又好气又好笑！

安　呸！一个死了的人还能这样快活！

潘　我请问您：我明明是活着的人，您偏把我当做死人，这是开玩
　　笑呢，还是您疯了呢？

安　唉！您已经死了，刚才我还看见您的死尸呢。

潘　奇了！我死了，连我自己都不知道吗？

安　刚才玛斯加里尔把这消息报告了我，我立刻觉得很伤心，巴不
　　得跟着您死了去。

潘　您做梦吗？还是醒着呢？您不认得我吗？

安　您这身体是鬼的身体，当然模仿着您本人的身体；但是，说不
　　定一会儿您就另变一个样子。我怕您忽然变了一个高高的个
　　子、丑恶的面孔，那更要把我吓坏了。天啊！请您不要另变一
　　副嘴脸吧，我一想起就已经够受了！

潘　如果在别的时候，您这样天真，这样容易受人哄骗，我就索性
　　捉弄您一下子，寻一寻开心。但是，除了说我死之外，玛斯加

里尔还说乡下发现了宝藏,把我哄到了中途,幸亏有人提醒了我。因此,我的心里起了大大的怀疑。玛斯加里尔是一个诡计多端的人,他既不怕人,也不怕神,专门捉弄人,不知道他又在捣什么鬼了!

安　怎么?我这样聪明的人,还会受骗吗?(旁白)让我摸他一摸,看他是人呢,是鬼?……唉!今天我真是个糊涂虫!(高声)请您不要把这事情告诉别人吧,否则人家要嘲笑我,我就惭愧死了。但是,潘朵夫,我借了钱给您的儿子,预备埋葬您的,您能替我取回来吗?

潘　钱吗?您说他骗了钱去吗?好,这事情的枢纽给我猜中了。是您活该,我不管!我只立刻去报官惩治玛斯加里尔。唉!如果我们捉住了他,无论如何,我非要求把他绞死不可。

安　(独自一人)我呢,我太傻了,偏要听信无赖的话。今天我把我的聪明失去了,钱也失去了。唉!头发已经半白了,还是这样容易上当!遇见一件事情,也不知道仔细考虑一下子……呃!我看见……

第六出

出场人:李礼、安斯模。

礼　(没有看见安斯模)现在有了这护照①,可以很容易去见特路发登了。

安　依我看来,您的悲哀已经没有了,是不是?

礼　这是什么话?我是抱憾终身的,岂有此刻就不悲哀的道理?

安　我所以回来是要老老实实告诉您一句话:刚才我弄错了,把些假金钱给了您。看来好像是真的,很好看,其实有一部分是假的,我在无意中给了您。现在呢,我照数带了来,想把那些假

---

① 护照,暗指金钱。

的换回去。现在假造金钱的人的胆子太大了,我们国内到处都是假的,以致我们收钱的时候不能不发生怀疑。天啊!如果把那些人都绞死了,岂不是好!

礼　您这样忠厚,肯换给我钱,我很感激您。但是,我想,我所收到的钱里不至于有假的吧?

安　我是认得出来的。给我瞧瞧。……都在这里吧?

礼　是的。

安　这才好呢!我终于又抓住你们了!我的亲爱的金钱,请进我的衣袋里来吧。您呢,好骗子,您手上还有吗?好好活着的人,您硬要杀了他们?我这弱小的岳父,如果真的把女儿嫁了您,您不知怎样捉弄我哩!我险些儿挑选了这么一个循规蹈矩的女婿!去吧,去吧,您还不该惭愧死、懊悔死吗?

礼　(独自一人)应该承认我的计谋是被戳穿了。唉,奇怪极了!为什么这样早他就发觉了我们的诡计呢?

第七出

出场人: 李礼、玛斯加里尔。

玛　怎么!刚才您出去了吗?我到处找您呢!好,现在我们总算达到目的了,是不是?最狡猾的人,我让他试六次,他也许还办不到我们所做的事。请您把钱给我,我就买我们那丫头去;买来之后,您的情敌一定会觉得奇怪的。

礼　唉!可怜的玛斯加里尔,我们的运气又变了!你猜得着我们的坏运气吗?

玛　怎么!是怎么一回事?

礼　安斯模知道了我们的诡计,就说他的金钱是假的,要给我换一换;于是,他借给我们的钱又被他骗回去了。

玛　您也许是开我的玩笑吧?

礼　我哪里肯说谎呢?

玛　真的吗?

礼　真的。我伤心极了。这么一来,您应该怒发冲冠了。

玛　我吗? 先生! 我是这样的傻瓜吗? 怒气是能伤身的;无论遇着什么事,我总是笑口常开。西丽自由也好,做奴也好;李安特买了她也好,没有买也好,和我有什么相干? 我肯瞎操心吗?

礼　唉! 你对于我的事情,不要这样太不关心了! 我这一次偶然糊涂,你应该原谅我。除了最后我仍免不了失败之外,你该承认我扮演得好。当我扮演孝子的时候,哭得那样悲哀,最聪明的人也会当是真的呢!

玛　真的,您也有可以夸口的地方。

礼　好! 我有错误我承认。但是,如果你关心我的幸福,就请补救这一场祸事,帮一帮我的忙吧。

玛　对不起,我没有工夫。

礼　玛斯加里尔,我的好孩子。

玛　不行。

礼　帮我这个忙吧。

玛　不,我不能。

礼　如果你再坚持,我只好自杀了。

玛　也好,请便。

礼　我不能叫你回心转意了?

玛　不能了。

礼　你看我的剑预备好了没有?

玛　预备好了。

礼　让我插进胸膛去吧。

玛　您高兴怎样就怎样。

礼　你见死不救,将来不会后悔吗?

玛　有什么好后悔的?

礼　告别了，玛斯加里尔！

玛　一路顺风，先生！

礼　怎么！……

玛　快点儿自杀呀！哪里有这样慢的？

礼　你希望得到我的衣服，所以巴不得我做傻瓜，巴不得我自杀！

玛　我难道看不出您是装腔作势吗？现在的人，尽管发誓要自杀，有几个真的死了的？

第八出

出场人：特路发登、李安特、李礼、玛斯加里尔。

特路发登与李安特在戏台后方低声说话。

礼　我看见什么了？我的情敌和特路发登在一块儿！他买了西丽了；呀！我吓得发抖了！

玛　他能干什么就干什么，您用不着怀疑；如果他有钱，他就能达到他的目的。我呢，我快活极了！您是那样糊涂，那样没有忍耐心，这才是您的报应呢。

礼　我该怎么办呢？说吧，请你指教我吧。

玛　我不知道。

礼　你不要拦阻我，让我同他闹去。

玛　闹的结果怎么样呢？

礼　我只好这样做，否则怎能阻止他们的买卖呢？

玛　好吧，我饶了您了；我看您怪可怜的。让我仔细地观察他一下：我要用比较和平些的方法去侦察他的计划。

李礼走出。

特　（向李安特）等一会儿，人来的时候，事情就妥了①。（走出）

玛　（一面走，一面自语）我应该哄他一哄，让他把他的计划告诉

———————————

① 李安特因为怕父亲知道，所以要派人去领西丽，看下文自明。

我,然后我再破坏他的计划。

李　(独自一人)谢天谢地! 我的幸福是没有危险的了。我办得很妥当,不再怕什么了。虽然有一个情敌,但他也没有法子奈何我了。

第九出

出场人:李安特、玛斯加里尔。

玛　(在后台)嗳唷! 救人啊! 打死人了! 救人啊! 打死人了! 嗳唷! 嗳唷! 呜! 呜! 负心的! 刽子手! (走入)

李　这是什么来由? 什么事? 人家把你怎样了?

玛　刚才人家把我打了二百棍子。

李　谁呀?

玛　李礼。

李　为什么?

玛　为了一件小小的事情,他驱逐了我不算数,还恶狠狠地把我毒打了一顿。

李　呀! 真的,这是他的不是了。

玛　但是,我发了誓,除非我没有能力,否则我一定要报仇。狠心的,我要教训教训你,使你知道不该无故打人。你要知道,我虽然是一个仆人,却是很有人格的;我服侍了你这四年,你不该轻易拿棍子打我,而且打得我这么厉害,这分明是侮辱我了! 你听我说,我是要报仇的! 你喜欢人家的一个丫头,要我把她弄到你的手里;好! 我偏教别人夺了你的去,否则我玛斯加里尔誓不为人!

李　你听我说,玛斯加里尔,你不必再生气了。我早就喜欢你,很希望有像你这样聪明忠实的一个青年做我的仆人。如果你觉得好,愿意服侍我,我就把你留下吧。

玛　是的,先生,我服侍您,同时就容易报仇了,这岂不是一举两得吗? 为着使您满意起见,我有法子惩戒我那畜生。总之,凭着我的妙计,我可以使西丽……

李　不过,我的爱情已经有了办法了。我因为热烈地爱她,已经把她买了;她这样毫无缺点的人,我买的价钱还算便宜呢。

玛　怎么! 西丽是您的了吗?

李　如果一切由我做主,一会儿你就可以看见她了。但是,唉! 一切都由我的父亲做主:刚才我收到了一封信,知道他一定要我和伊波里特结婚。因此,我不愿意惹他生气。我从特路发登家里出来,我和他商量定了,假说这是别人买的。钱已经付过了,我和他说好,以我的戒指为号:谁拿了我的戒指去,他就把西丽交给谁。现在我正在想法子,看怎样才能使谁也看不见我所爱的美人。我想最好是找一个适当的地方,先把她藏起来再说。

玛　离城不远,我有一个亲戚,他可以借给您一所房子。她到了那里,您尽可放心,决不会有人知道是您买了她的。

李　是的,老实说,你真能令我高兴。好,你就拿了这戒指,替我去领那美人吧。特路发登看见了我的戒指,他会立刻把她交给你的,于是你把她领到你所说的那房子里去,等到……嘘! 伊波里特来了!

第十出

出场人:伊波里特、李安特、玛斯加里尔。

伊　李安特,我有一个消息报告您,不知道您会觉得是好消息呢,还是坏消息呢?

李　要我判断它的好坏,明白答复您,先要您把那消息告诉了我才行。

伊　那么,请让我挽着您的臂一同走到教堂那面去,我在路上再告诉您①。

————————

① 莫里哀使伊波里特把李安特拉去了,剩下玛斯加里尔一人,这是他编剧的手段。至于伊波里特所要报告的是什么消息,我们不知道,下文也不再提了(Auger 注)。

李　（向玛斯加里尔）去吧,你替我做事去,越快越好。

第十一出

出场人：玛斯加里尔。

玛　是的,让我好好地收拾你一下! 你瞧,他是多么快活! 等一会儿又要轮着李礼快活了! 他的爱人就这样到了我们的手! 非但转祸为福,而且是敌人替他造福呢! 这妙计成功之后,我希望人家把我画成一个英雄,头上簪着桂花①,肖像的下面还加上一行金字:"狡猾皇帝玛斯加里尔万岁!"

第十二出

出场人：特路发登、玛斯加里尔。

玛　喂! 喂!

特　您找我有什么事?

玛　您如果认得这戒指,就知道我的来意了。

特　是的,我认得这戒指。好,我就找那丫头去;您在这儿候一候。

第十三出

出场人：特路发登、一个送信的人、玛斯加里尔。

送　先生,我请您告诉我一个人……

特　谁?

送　我想他的名字是特路发登吧?

特　您有什么事找他? 他恰好在这里呢。

送　我只要交他这一封信。

特　（读信）"顷蒙上帝怜悯,得知小女的消息。小女四岁即为骗子拐走,听说现在您家为奴,名叫西丽。我请您千万代我保

---

① 簪桂花表示胜利和光荣。

留着我的爱女，把她平等待遇。现在我就启程，来迎我的女儿，将来父女重逢之日，我一定重重地报酬您，使您也像我一般地幸福。孟达干侯爵古斯曼自马德里寄。"虽然埃及人是不很可信的，但是，当他们把她卖给我的时候，他们也曾说过不久就有人来赎取，而且我可以得到大大的报酬。唉！我太没有耐性了，险些儿就失去了这很好的机会。（向送信人）您如果迟到一刻，就算空走了一趟，我险些儿把那女子交给这个人。但是，现在您既然来了，我一定依照信里的话厚待她。（送信人走出。向玛斯加里尔）刚才您自己也听见了我念的那一封信。请您回去告诉那差您来的人，说我没法子履行条约，请他来把他的钱收回去吧。

玛　但是，您这样欺负他……

特　去吧，不要再啰唆了。

玛　（独自一人）唉！真倒霉！偏让他收到这样的一封信！我的一场欢喜又成空了！不知是什么神差鬼使，偏叫这送信的人老远的从西班牙跑了来！真的，那样美丽的开场，谁料有这样可恨的结局呢？

第十四出

出场人：李礼（笑着）、玛斯加里尔。

玛　您为什么快活到这个样儿呢？

礼　让我笑够了再和你说。

玛　好，我们就尽量地笑它一场吧，其实也值得笑的。

礼　呀！你再也不能埋怨我了。你老是怪我破坏你的妙计，这一回你却不能说了；我自己也会运用了一条最妙的计策，你知道吗？当然，我是性急的人，有时候不免误事；但是，当我高兴的时候，我的神机妙算比谁都强呢。等我把我所做的事告诉你以后，你自己也会承认我是一个天下少有的聪明人。

玛　好,让我听一听您的妙计吧。

礼　刚才我看见我的情敌和特路发登在一块儿,我一时恐慌起来,就寻思补救的法子。我搜索了我的五脏六腑,就想出了一条妙计。你在平日专门夸说你的计策高明,其实你的计策遇着我的计策,就非偃旗息鼓赶快逃走不可。

玛　是什么计策呀?

礼　呀! 请你不要着急,让我慢慢地告诉你。我一想好主意,就连忙写了一封假信,派人送给特路发登。这信签的是一个侯爵的名字,说他侥幸知道了他的女儿的消息,说他的女儿被一群骗子拐卖在他家为奴,名叫西丽;说他即日就来接她,希望他暂时保留着她,好好地维护她;又说,他如果使他父女重逢,他还重重地报答他呢。

玛　好极了。

礼　你听我说,还有更好的在后头呢。当我的信交到了他的手以后,你知道怎样吗?那送信的人对我说,如果他迟到一步,她就被人家领去了;那人领着她要走,忽然被我的信阻止了。弄得他垂头丧气,可怜得很呢!

玛　您没有求神拜佛,就会运用这样的妙计吗?

礼　是的。你想不到我会这样机灵吧? 我破坏了我的敌人的计划,弄得他功败垂成,你不该向我歌功颂德吗?

玛　我既没有口才,也没有能力去颂扬您的大功。是的,您这样卖力,建立了这样大的功勋,运用了天下最妙的计策,我的舌头太笨了,实在不足以颂扬。我希望我变成一个大诗人,或一个大学者,做一首美丽的诗,或一篇高雅的散文,来叙述您的生平。但是,让我先把大致情形告诉您:无论如何,您是始终如一,至死不变的。您的思想是混乱的,您的理智是不健全的,您的判断是错误的,您的聪明是缺乏的:您是一个笨伯,一个疯子,一个没脑筋的,一个糊涂虫,一个……我不说了,反正是说不完的。总之,这都是颂扬您的话。

礼　你为什么生气? 请你告诉我! 我又做错了什么事吗? 我真莫名其妙!

玛　不,您没有做错什么事;但是,您别跟着我!

礼　我到处跟着你,一直跟到我知道了这个秘密为止。

玛　是吗? 好,就请预备好了您的脚力吧;让我教您练习赛跑,好不好?

礼　(独自一人)他竟逃了! 唉! 真倒霉! 我实在不懂他的话! 不知道我又做错什么事了!

第三幕

第一出

出场人：玛斯加里尔（独自一人）。

玛　我的慈悲心呀，你不要多嘴了，你是一个傻瓜，同你在一起干不出我的事业来的。而你呢，我的怒火，老实说，你是对的。被一个糊涂虫误了这许多次的事。我还是干下去，我的耐心也太过分了。他破坏了这许多次，我真不该再管他的事了。但是，让我平心静气再想一想：如果现在赌气不干了，人家岂不要说我稍遇困难就退缩？岂不要说我计穷力尽了？从前人们那样钦仰我，到处有人称我做狡猾皇帝，每次遇事不曾失败过，而现在呢，如果我撒手不干，人们岂不嘲笑我？唉！玛斯加里尔，名誉不是小事啊？往下干吧，不要罢手吧！虽然你的主人惹你生气，但是完成你的高贵的工作，并非为的是要他感恩，而是为了争你自己的光荣！不过，事情也难办：他这魔鬼，时时刻刻同你捣乱；你的妙计就像一座高楼，他的糊涂就像一道湍急的瀑布，他的瀑布时时刻刻冲击着你的高楼，你想在瀑布上打两下，就能阻止它吗？也罢！做个好心人，至少再来一次吧。再牺牲一些心思，看有没有成绩。如果他再破坏我们的机会，老实说我们再也不帮他的忙了。但是，如果我们能再捉弄我们的敌人，使他厌倦，不再去追求她，而我们还有充分的时间去施行我们的计划，事情还是好办的。是的，我的脑筋里正在运用一条妙计;如果不像遇见像从前那样的障碍,包管有光荣的成功。好,试看他的热情是不是恒久的。

第二出

出场人:李安特、玛斯加里尔。

玛　先生,我空走了一趟,那人竟自食其言了。

李　他自己也来告诉了我。但是,事情还不是这样简单:所谓埃及人的拐诱,所谓贵族的父亲要从西班牙到这里来接他的女儿,这一切的神秘无非一条诡计,是李礼捏造,目的就是要使我们买不成西丽罢了。

玛　您瞧,这样的诡计!

李　但是,特路发登深信这假话是真的,甘心上人家的钓钩,至死也不肯觉悟呢。

玛　所以将来他一定热心保留着她,我看再也没有什么法子了。

李　起初的时候,我只觉得她可爱;现在呢,我简直崇拜她了。我的心里正在盘算:该不该采用最后的手段? 该不该把她救出火坑,而同她结婚?

玛　您可以娶她吗?

李　这个我还不知道。但是,她的命运虽然黑暗,而她的风度和她的品行都有不少的力量,专能引诱人家的心呢。

玛　您说的是她的品行吗?

李　怎么? 你咕噜些什么? 请你把话说完:她的品行怎样?

玛　先生,您的面色突然变了,我也许是闭口不提好些。

李　不行,不行,快说!

玛　好,让我做个好心人,来唤醒您的迷梦。这丫头……

李　继续说下去……

玛　她并不是没有良心的人。她也能帮人家忙。她的心并非铁石:如果您会对付她,包管您会有成绩。她似乎很有身份,看来像一个很守规矩的女人,但是我可以说破她的真相。您须知,在这种事情上头,我算是一个内行人,哪一点能瞒得过我?

李　西丽……

玛　是的,她的贞操乃是装腔作势的;她表面的品行和她的真面目完全不能相符。把金钱上的太阳①向她一照,她就会现出原形来了。

李　嘻! 你说什么? 我能相信这类的话吗?

玛　先生,人类的意志是自由的,您信不信由您,和我有什么关系? 是的,请您不要信我的话! 您最好是依照您自己的意思,就和这个丫头结婚吧。这么一来,全城的人都知道您的恋爱是出于真诚,肯娶一个大家共有的女人。

李　奇怪,这真出我的意料之外了!

玛　(旁白)他上了钩了! 好! 努力吧;如果他真的受了骗,我们脚上的芒刺就可以拔除了。

李　是的,你突然说了这一段话,竟把我气坏了。

玛　怎么! 您尽可以……

李　你到邮局里去,看有没有我的信。(独自一人,沉思了半晌)谁能不上她的当呢? 如果他的话是真的,那么,她的态度算是最会骗人的了。

第三出

出场人:李礼、李安特。

礼　我看您愁眉苦脸的,这是什么缘故?

李　我吗?

礼　就是您。

李　但是,我却没有什么可愁的。

---

① 法国路易十四世期间所铸的金钱,上面刻有太阳。

礼　我知道了：为的是西丽。

李　我不会为这么小的事情而伤心的。

礼　本来您是千方百计想要得到她的。现在计划不成功，就只好
　　这样说了。

李　假使我是个傻瓜，真的爱上了她，那么，我才不怕您捣鬼呢。

礼　捣什么鬼？

李　天啊，一切我都知道了。

礼　什么？

李　您的手段，从头到尾我都知道了。

礼　您说的简直是希伯来语，我不懂。

李　说不懂，倒不如假装不听见的好！但是，请您不必再怕了：我
　　再也不愿意和您争夺那丫头了。我所爱的是干净的美女；至
　　于人家所鄙弃的女人，我是不愿意爱她的。

礼　李安特，不要无礼，不要无礼！

李　唉！您真是个好人！好，您也不必怀疑，就去服侍她吧，您才
　　是所谓有福气的人呢。老实说，她的容貌还算不平凡；但是，
　　除了容貌之外，其余的可就太平凡了。

礼　李安特，我们不要再谈这些讨厌的话吧。为了她，您要怎样攻
　　击我，就让您攻击吧；至于她呢，您如果污辱她，就是我的致命
　　伤了。您要知道，如果我任凭您说话中伤我的神圣的爱人，我
　　自己就太没有人格了。我宁愿您爱她，不愿您污辱她。您爱
　　她，我还经得住；您污辱她，我就觉得您卑鄙了。

李　我所说的话是有可靠的来源的。

礼　谁说这话谁就没有人格，他就是一个坏蛋！这女子是不许加
　　以污辱的，我很了解她的心。

李　但是，玛斯加里尔对于这种事是内行的；说她的坏话的就
　　是他。

礼　是他！

李　正是！

礼　他以为他可以任意侮辱一个少女的名誉,也许他又以为我会一笑置之的！我非要他改口不可！

李　我呢,我非要他维持他的话不可！

礼　好！如果他对我也维持这一类的谣言,我非把他乱棍打死不可！

李　我呢,如果他不肯维持他的话,我非立刻把他的一双耳朵割下来不可！

第四出

出场人:李礼、李安特、玛斯加里尔。

礼　呃！好！好！他来了！走近来吧,可恶的狗！

玛　什么?

礼　你的舌头是毒蛇的舌头,竟敢咬伤西丽。她虽然在微贱之中,她的坏命运还掩不住她的好道德;这样难得的好人,你还要散布她的谣言吗?

玛　(低声向李礼)您不要嚷嚷。我说这话,是别有用意的。

礼　不行,不行,你不要丢眼色,也不要开玩笑。我的眼睛什么也看不见,耳朵什么也听不见。哪怕是我的亲兄弟,我也不肯和他甘休的。你敢毁谤我所爱的人,就等于刺伤了我的灵魂的最深处。这一切的眼色都是不中用的。你说了什么,快告诉我!

玛　天啊！我们不要闹吧,否则我就走了。

礼　不能叫你跑掉。

玛　哎唷！

礼　快说吧！快招认吧!

玛　(低声向李礼)您听我说,这是我用的计。您放了我吧。

礼　快！快！你说了什么话来?我非知道不可!

玛　（低声向李礼）我没有说别的。您不要生气。

礼　（拔出剑来）呀！我非要你换一种口气不可！

李　（阻止李礼）您也未免太过了。不要闹得这样凶吧。

玛　（旁白）世界上竟有这样不聪明的人！

礼　他得罪了我，我就要惩戒他，请您不要拦阻我。

李　但是，当着我的面打他，未免太过分了吧。

礼　什么？我不能惩戒我的人吗？

李　怎么？您的人吗？

玛　（旁白）又来了！好，一切都要被他泄露了。

礼　这是我的仆人，我要把他打死也未尝不可！

李　现在他是我的了。

礼　这话倒妙！他怎会做了您的仆人呢？大约……

玛　（低声向李礼）不要嚷嚷。

礼　唔！你要说什么？

玛　（旁白）唉！你瞧这个刽子手！一切都要被他破坏了。我尽管
　　给他好些暗示，他老是不懂！

礼　李安特，您倒想要哄我！他竟不是我的仆人了？

李　他不是做错了一件什么事，被您驱逐了的吗？

礼　我不懂。

李　而且，您在盛怒之下，不是毒打了他一顿吗？

礼　没有这事！我吗？我驱逐了他？打了他？李安特，这是您开
　　我的玩笑，否则就是他开您的玩笑了。

玛　（旁白）刽子手，索性说下去吧！你把你的事情弄得真好！

李　（向玛斯加里尔）原来你所谓毒打只是说谎！

玛　他不知道他说的是什么。他的记忆力……

李　不行，不行！你这些暗示都不是好的。我怀疑你在运用诡计，
　　但是，你去吧，我恕你的罪了。他提醒了我，总算还好。现在
　　我知道你为什么哄骗我了。我虽然被你的假装的忠诚骗了一

时,现在幸亏还能脱身。——告别了,李礼,再会!

第五出

出场人:李礼、玛斯加里尔。

玛　努力吧,拔出剑来,上前迎敌吧,胜利就在目前了! 让我们扮演奥里伯里尤[1],专杀无辜的人吧!

礼　他说你毁谤……

玛　我为了帮您的忙,造了一个谣言,使他误会西丽,差不多已经完全不爱她了,而您竟不肯让他误会下去吗? 不肯让我用计吗? 您太老实了,经不起一两句假话! 我好好地捉弄他,几乎要把您的爱人弄回给您了,您偏要多嘴,误了我的大事! 我尽管给您许多暗示,表示这是诡计,而您还要提醒他! 没法子! 您一说非闹到底不可,非泄露了一切不可! 唉,真可惜! 这是最妙的一条计策,可以进贡给国王的,竟被您弄糟了!

礼　我破坏了你的计划,这并不是奇怪的事。如果你不先向我说明了你的用意,我还要破坏一百次呢。

玛　那也没法子!

礼　至少你也该把你的计划的一部分告诉我,如果我不遵守,然后你才可以责备我。现在呢,我是一个门外汉,怪不得我常常误你的事。

玛　我以为您可以做一个剑术的师傅,因为您是专会破坏,专会误事的。

礼　事情已经过去,不必再提了。总而言之,我的敌人是不能奈何我的,只要我信赖你的主张……

玛　我们不要再说这个,先说别的话吧。我太生气了,不是这样容易息怒的。您应该先帮我一个忙,然后我再看该不该继续帮

---

①　奥里伯里尤是罗马的总督,以残酷著名。

助您。

礼　如果只须这样，我完全可以照办。请你告诉我，你要我替你流血打仗吗？

玛　您的心里只会想到流血！您好像普通那一班喜欢决斗的人：他们拔出剑来，比掏一个铜子给人还容易些！

礼　那么，我还有什么可以帮你的忙的？

玛　您的父亲的怒气非设法消除不可。

礼　我已经同他讲和了。

玛　是的。但是，我跟他并没有讲和。今天早上，为了您的爱情，我造谣说他死了。像他这样上了年纪的人，死期将近，一想起死，就会害怕，何况我把他硬说成是死了，他的心里仔细一想，哪有不悲哀的？这老头子，老虽老，却很爱生命，最恨不祥的预兆，所以他非常恨我，要到法庭去告我。您要知道，国王的房子是很好的，如果我住在那里，一时觉得太舒服，恐怕就不大愿意出来帮您的忙了。——许久以来，已经有许多人告我，法庭屡次通缉我了。在这可恶的世界上，你有道德，人家就妒忌你，就要追控你！——请您去劝他息怒吧。

礼　是的，让我劝他息怒就是了。但是，你须允许我……

玛　呀！好！我们再看吧。（李礼走出）唉！忙了这半天，该休息休息了。暂时不要用计，不要时刻操心。此刻李安特再也不能损害我们，因为自从李礼假造了那信，西丽已经被扣留在家了……

第六出

出场人: 爱嘉斯特、玛斯加里尔。

爱　我到处找你，为的是帮你的忙，把一件重要的秘密来报告你。

玛　什么秘密？

爱　没有人在这里偷听吗？

玛　没有。

爱　我们是最要好的朋友,我知道你的计划和你的主人的爱情。你要当心,李安特打算把西丽拐走。我听说他已经安排好了一切,预备用一队戴假面具的人闯进特路发登的家里。因为他晓得:在这时候,往往有些街坊妇女戴着假面具在晚上去拜望他的。

玛　是吗?也罢,他的快乐并不完满,等一会儿我就要破坏他的计划了。我要将计就计,令他也进我的圈套。他还不知道我的神机妙算呢!再会吧,下次见面时,我们应该喝一杯!

　　爱嘉斯特走出。

第七出

出场人:玛斯加里尔(独自一人)。

玛　我们应当从恋爱计划里尽量吸取快乐的成分。让我略施与众不同、出色惊人的手段,绝无危险,去碰碰运气。如果我也戴上了假面具而比李安特先到,他一定不敢惹我。我先把人抢了去,却让他去受罪;因为他的计划差不多已经被人全知道了,人家一定怀疑到他的身上;至于我们呢,事情是我们做了却有别人顶缸,我们毫无危险。这叫做借用猫爪去火炉里取栗子,有得吃却省得烧痛了手。好,让我去找兄弟们,大家戴上了假面具吧。事不宜迟,此刻就该通知他们。野兔子在哪里,我已知道;猎人们我也号召得来。我的才力,我是愿意运用的;上帝既然给我狡猾的天才,我决不肯藏而不用啊!

第八出

出场人:李礼、爱嘉斯特。

礼　他说他要用一队戴假面具的人去抢她吗?

爱　是的,一点儿不错。他那一队人当中有一位把计划告诉了我,

　　我一口气就跑来找玛斯加里尔,把一切都告诉了他。他说他立刻想一条妙计,就去破坏他们的企图。恰巧我又遇见了您,我以为也应该把一切都告诉您。

礼　你来报告这消息,我很感激你。去吧,将来我不会忘了你的忠诚的。

第九出

出场人:李礼。

礼　我那怪物一定又捉弄他们去了,但是,我也愿意助他一臂之力。这是和我有关系的事,难道我还袖手旁观不成?时候到了!他们看见我的时候,一定很诧异的。也罢!难道我没有随身的军器吗?我有两支好枪,一口宝剑,谁敢惹我,就叫谁来——喂!喂!那里面的人,我有一句话和您说。

第十出

出场人:特路发登(凭窗向外)、李礼。

特　什么事?谁来看我?

礼　今天晚上,请您小心把门关好吧。

特　为什么?

礼　有一群人戴了假面具,预备到您家里大闹一场。他们想要把您的西丽抢去。

特　唉!天啊!

礼　大约他们等一会儿就到这里来了。您不要动,您在窗子里可以看见一切。呃!您瞧!我说的话不错吧?您不是看见他们来了吗?嘘!我要当您的面丢他们的脸!如果绳子不断,您就可以看好戏了。

第十一出

出场人:李礼、特路发登、玛斯加里尔(他和那一群人都戴着假面具)。

特 唉!你们这一班傻瓜,竟以为我没有准备,就来打劫我吗?

礼 戴假面具的,你们到哪里去?能告诉我们吗?特路发登,请您给他们开门,看他们跳舞吧。(向那假扮女人的玛斯加里尔)天啊!她是多么漂亮,多么乖!怎么!您还叽里咕噜吗?我想要给您脱了假面具,看一看您的真面目,您不怪我无礼吗?

特 可恶的坏蛋!快退去吧!——至于您呢,先生,晚安,我非常感谢您。

第十二出

出场人:李礼、玛斯加里尔。

礼 (摘了玛斯加里尔的假面具)玛斯加里尔,是你吗?

玛 不,是另一个人!

礼 哎呀!真料不到!我们是多么倒霉啊!你没有告诉我,我怎能猜得着你戴了假面具呢?我真不幸,不知不觉地竟来捉弄了你!唉!我真生气,恨不得把我自己打一百棍子。

玛 告别了,绝顶的聪明人,天下少有的智多星!

礼 如果你因生气就不再帮助我,那么,叫我去依赖哪一位神圣呢?

玛 您去依赖守地狱的魔鬼吧!

礼 如果你不是铁石的心肠,至少还请你再原谅我这一次的糊涂吧。如果我吻你的膝头就可以得到你原谅……你瞧……

玛 我没有耳朵听您的话!走吧,伙计们,走吧!我听见有一群人跟着我们来了。

第十三出

出场人:李安特(和他那一群人都戴着假面具)、特路发登(凭窗向外)。

李　别大声嚷嚷，我们只该像些很规矩的人。

特　怎么！整夜都有假面具包围着我的门口吗？先生们，深夜里着了凉不是玩的！要抢西丽，未免晚了些。她请诸位改天再来吧。今天她已经睡了，不能来和你们说话，我很替她抱歉。但是，你们对她既然这样关心，她为报答你们起见，特地叫我赠给你们一点儿香水，以留纪念。

李　呸！臭得很！我全身都脏了！我们的计划被发觉了。走吧，向这方面退走吧。

第四幕

第一出

出场人：李礼（假扮亚美尼亚人）、玛斯加里尔。

玛　您现在假扮得太好笑了。

礼　这么一来，我的死了的希望又被你弄复活了。

玛　我的怒气老是支持不久的。我尽管生气发誓，结果仍旧是可以挽回的。

礼　所以，你听我说：如果我有一天大权在握，我一定给你一个满意的报酬，纵使将来我只剩一块干面包……

玛　废话！您只该念念不忘您的计划。这一次，如果您再糊涂，再也不能说是我没有预先告诉您了。在这一幕戏剧里，您应该把您的台词背熟了才行。

礼　但是，特路发登在他家里是怎样招待你的？

玛　我假装诚恳，他就上了我的圈套。我殷勤地去和他说：如果他不小心防备，人们就要出其不意暗算他。到处的人的眼光都集中在他的丫头身上。譬如前次的信，假称她是名门之女，就是一个好例子。人们也曾邀我入伙，一同暗算他，但是，我终于设法推辞了。我又因为他十分关心他的事情，所以我特地去报告他，叫他提防。说到这里，我就摆起道学家的架子，演说了一番。我说世界上天天都有人在暗算别人。至于我呢，我深恨这肮脏的世界和这个不道德的社会，所以我努力想要拯救我的灵魂。我希望能常在一个善良的人的身边,过些安静的生活,远离了那污浊的人群。又说,如果他赞成的话,我愿意在他家里度过我这一辈子。甚至说,我喜欢他,喜欢到这地步,非但不要他给工钱,还情愿把我父亲的遗产和我半世辛苦挣来的几个钱,都交给他的可靠的手中。将来上帝把我召去之后,他就可以承受我的遗产。——只有这个法子可以使他动心! 有些诡计,是要您和您的爱人商量决定的,所以我想使你们能会面一次。他自己给我开了一条路,我将计就计,可以使您和她同住在一所房子里。他和我谈起他的一个失踪的儿子,说他昨天夜里梦见他回来。同时他又把他儿子的历史告诉了我,我即刻悟出了一条妙计……

礼　够了,我都知道了;你已经向我说过两次了。

玛　是的,是的! 但是,纵使我说了三次,也许还不够,有时候您还会糊涂误事的。

礼　但是,要等候那么久,我忍耐不住了。

玛　唉! 怕跌倒的人就不该跑得太快! 您知道吗? 您的脑筋有点儿迟钝,应该趁这机会训练您一下子。——特路发登是从那不勒斯来的,那时候,他的名字叫做萨诺丕佑·鲁贝第。当时那不勒斯有一群乱党骚扰了一次,人家怀疑他也参加——事实上他并不是能够骚乱国家的人——因此,他只好悄悄地离开了那不勒斯。他有一个妻子和一个年纪很轻的女儿。他没有把她们带着逃难,不久以后,她们就去世了。他知道了这消息,十分伤心。他只剩一个儿子,名叫贺拉斯,年纪很小的时候就由他交给一位先生名叫阿尔贝的,领他到波兰去读书。鲁贝第写信到波兰给阿尔贝,调查他的儿子的消息,打算把他的儿子与他的财产都带到另一个城市里去。但是,过了整整的两年,终于没有一个人来找他。他以为他们都死了,所以他才到这里来,改名为特路发登。又过了整整的十二年,阿尔贝和他的儿子都没有发现他的踪迹。这就是那历史的大略,我告诉了您,给您做一个根据。现在您就假扮亚美尼亚①的一个商人,您说您在土耳其曾经看见阿尔贝和贺拉斯都还活着。我所以不想别的法子,只要使他所梦想的儿子复活,这里头也有一个缘故。往往有些人,被土耳其的海贼拐了去十五年或者二十年,人家以为已经死了,而那些海贼却把他们忽然送还给他们的家庭。这一类的小说我看过不止一百部了。我就利用这种故事,这比自己创造的妙计还更强些。您应该说他们自己告诉您:他们被降为奴隶了。您替他们出钱,把他们赎了出来。但是,因为您有事,急于要离开土耳其,所以您比他们先走一步,他们随后就来。贺拉斯又要求您告诉他的父亲,说他是知道他的环境的,他该让您在他家稍为住两天,等候他们来。——我教给您的这一番话,您听懂了没有?

礼　你这样反复申说是多余的,我一听就全懂了。

玛　让我就去开始工作吧。

礼　你听我说,玛斯加里尔,我只担心一件事。假使他要问我,他的儿子的相貌,叫我如何回答呢?

玛　好一件难事!刚才我不是说他的儿子很小就离开了他吗?再说,时间这么久,又做了奴隶,相貌不是会发生变化的吗?

礼　这倒是真的。但是,如果他认得我,怎么办呢?

玛　您没有记性吗?刚才我说过,他在路上看见过您一次,该忘了您的相貌了,何况又配上胡子和衣服,他怎能认得是您呢?

礼　好极了。但是,我请问你:土耳其是一个什么地方?

玛　这有什么关系?您说土耳其也行,说野蛮国也行。

礼　但是,如果他问我在什么地方看见了他们,我怎能知道那城市的名字呢?

---

①　亚美尼亚,古地名。

玛　您说在突尼斯①就是了。唉！您打算把我缠到晚上还不放手吗？这一个地名，我一连说了十余次，您还记不得吗？

礼　去吧，你就去开始工作吧，我没有什么要问你的了。

玛　至少您应该小心，好好地做去；再不要自作聪明，又误了大事！

礼　你让我自己安排吧！你的胆子太小了！

玛　贺拉斯在波兰读书……特路发登在那不勒斯原名萨诺丕佑·鲁贝第……那先生名叫阿尔贝……

礼　唉！你这样啰唆，打算羞辱我吗？在你看来，我是一个糊涂虫吗？

玛　绝对不是糊涂虫；你只是有一点儿像糊涂虫罢了。

第二出

出场人：李礼（独自一人）。

礼　当我用不着他的时候，他像一条摇尾乞怜的狗，但是，当他知道我需要他帮忙的时候，他就放肆起来了。好，等一会儿，我就可以承受那一双美丽的眼睛的青睐了。她的眼睛的力量真的把我管束住了！我打算在这美人的跟前，自由地、热烈地陈述我的灵魂的苦痛。我自然会向她说……呃！他们来了。

第三出

出场人：特路发登、李礼、玛斯加里尔。

特　我的命运变好了些，谢天谢地！

玛　人家说梦里的事是假的，而您的梦却是可以实现的，世上只有您会做梦。

特　（向李礼）先生，我该把您称为我的幸福的天使。您这样于我有恩，我不知如何才能报答您呢。

---

① 突尼斯，地名，在非洲，旧属土耳其。

礼　先生太客气了,尽可以不必。

特　不知在什么地方,我似乎看见过一个人很像这一位亚美尼亚商人。

玛　我也这么说呢。但是,这也难说,有时候巧得很,有些人的相貌竟是很相似的。

特　我所希望复得的儿子,您看见了他吗?

礼　是的,特路发登先生,他是世上最活泼的一个人。

特　他曾经把他的生活告诉您吗? 又常常说起我吗?

礼　是的,不止一万次了。

玛　我想还差几次吧?

礼　他的口中所说的您,和我的眼中所见的您是一样的;您的脸孔,您的态度……

特　这是可能的吗? 他和我分别的时候,只有七岁。就说他的先生吧,分别了这样久,也很难记得起我的相貌了。

玛　由于血统的关系,记忆力是特别强的。譬如我的父亲,他的相貌给予我的印象特别的深,所以……

特　够了!——您把他留在什么地方呢?

礼　在土耳其的都灵①。

特　都灵吗? 我以为都灵在比也蒙,不在土耳其,不是吗?

玛　(旁白)唉! 好笨的脑筋! (向特路发登)您听不懂他的话,他想要说突尼斯,他把您的儿子留在突尼斯。但是,亚美尼亚人有一种坏习惯,也许是他们的舌头有病,他们爱把"尼斯"念做"灵",所以他把突尼斯念成都灵。

特　原来如此,假使您先这样解释过,我就会懂他的话了。他向您说过要用什么法子会见他的父亲呢?

玛　(旁白)他回答不来了! (舞剑,向特路发登)让我把舞剑功课

———————

① 都灵是意大利比也蒙省的首府。

温习温习①。从前的时候,没有一个人能比我的剑术高明的,我在舞剑学校里不知赢了多少次呢。

特　(向玛斯加里尔)我此刻不愿意知道这个。(向李礼)他说我从前用的是什么名字?

玛　呀!萨诺丕佑·鲁贝第先生!上帝这一次降福于您,真是极大的乐事啊!

礼　您的真名是萨诺丕佑·鲁贝第,特路发登是假名字。

特　但是,他对您说过他是在什么地方生长的?

玛　喂,到那不勒斯游历一趟,似乎是很快乐的;但是,在您看来,也许是一个讨厌的地方。

特　您不能暂时住口,静听我们谈话吗?

礼　他是在那不勒斯生长的。

特　他很小的时候,我把他送到哪里去?是谁领他去的?

玛　呃!这可怜的阿尔贝,他的功劳真大!您把您的儿子交托给他领到波兰去,后来又从波兰跟他回来。他的功劳真大!

特　呀!

玛　(旁白)如果再说下去,我们就完了!

特　我希望您把他们的遭遇告诉我,他们在哪一只船上遇了难……

玛　我不知道是什么缘故:我只管打呵欠!特路发登先生,这位先生从外国来,也许肚子饿了,须要吃些东西,而且时候也不早了……

礼　我吗?我的肚子并不饿。

玛　呀!您实在肚子饿了,您自己也不知道呢!

特　那么,请进来吧。

---

① 玛斯加里尔看见李礼回答不来,作手势教他说,又用脚踢他,被特路发登瞧见,只好假说是温习舞剑。

玛　（向特路发登）先生，在亚美尼亚，主人是不拘礼的。（特路发
　　登已进他的屋内，向李礼）可怜的脑筋！连一两句话也记不
　　牢吗？

礼　起初的时候，他突然问我，我一时回答不来。但是，你再不要
　　害怕，我的精神已经恢复了，我要大着胆子和他说去……

玛　您的情敌来了，他还不知道我们的诡计呢。

　　他们进特路发登屋内。

第四出

出场人：安斯模、李安特。

安　李安特，请您站一站，听我说两句话。这是和您的名誉有关系
　　的，同时也和您的安静的生活有关。我并不是拿伊波里特的
　　父亲的资格来和您谈话，可见这不是因为我的家庭利益的缘
　　故。我权把我当做是您的父亲，来跟您说话，只是为了您的利
　　益，既不奉承您，也不向您隐瞒什么。简单地说，我愿意，如果
　　我的子孙也有类似的事件发生时，也有人以我这样坦白纯洁
　　的心灵来劝他们。您的恋爱事件，在一夜之间就传遍了全城，
　　您知道人们怎样看这个恋爱吧？昨天您的事，惹起多少议论，
　　给了人多少笑柄，您知道吗？人家说您选中了一个埃及的女
　　流氓，一个淫荡的妇女为妻，她的最高尚的职业乃是讨饭！我
　　替您害羞，比替我自己更害羞，因为我觉得竟像和您同受羞耻
　　一般。我的女儿已经许给您了，人家如果藐视她岂不伤了我
　　的体面？唉！李安特，不要再做这样下流的事了！睁开眼睛
　　看一看您所误入的迷途吧！固然，我们做事不能时时刻刻都
　　合道理，但是，错误的时间总是越短越好。如果您娶了一个有
　　貌无德的妻子，结婚不久，就会后悔的。一个女人不管生得怎
　　样美，欢乐之后总不免冷淡。您听我说：这种热烈的情欲，这
　　种少年的兴奋，只能使我们得到几夜的欢娱；这种幸福是不能

持久的,我们的热情渐渐和缓下去。经过了一些良宵,坏日子
接着就来了。首先是留心,其次是担心,最后是受苦;父亲一
生气,儿子就不能承继遗产了。

李　在您所说的话里,没有一句不是我心中所想过的。您来劝导
我,我很感激这番好意,不过我实在不配您这样关怀。我虽然
一时为感情所驱使,但是,我还知道您的女儿的价值和她的道
德,因此,我想要努力……

安　有人开这门了!我们走远些吧,恐怕他们又会把什么有毒的
东西泼到我的身上来。

第五出

出场人:李礼、玛斯加里尔。

玛　如果您仍旧那样糊涂,我们的诡计不久又被您破坏了。

礼　你叫我一辈子老听你的教训吗?你有什么可怨的?刚才我说
的话不都成功了吗?

玛　也还不错!例如您说土耳其人是信奉邪教的,说他们所崇拜
的神乃是太阳和月亮!这还说得下去。最令我生气的乃是您
的爱情在西丽身边完全显露了出来,竟忘记掩藏了。这好像
人家煮粥,火烧得太大了,水冲破了锅盖,直流到锅外来了!

礼　我还不够耐心吗?我差不多连句话都没和她说!

玛　是的,但是仅仅不说话不能就算完。吃饭的时候您的举动处
处令人怀疑。一刻的工夫,您叫人对您起疑的地方比别人一
年的工夫还要多。

礼　这是怎么说的?

玛　怎么说吗?谁也看得出来!吃饭的时候,特路发登叫西丽也
来陪坐,您总是眼睁睁地望着她。您忘了说话,一会儿脸红,
一会儿丢眼色,人家给您吃什么东西,您都像没有看见似的;
等到她喝酒的时候,您才觉得口渴。她喝了之后,您从她的手

里把她的杯子抢了过来,也不把余下的酒倒在地下,也不再洗一洗,抬起头来,把嘴凑近她的嘴所接触过的部位,就喝了她所剩下的酒。凡是她的纤纤小手所接触过的或她的牙齿所咬过的东西,您伸过手去抓了就放进口里,竟像饿猫见了老鼠!除此以外,您在桌子底下又弄得怪响的。您把脚在桌子下踢来踢去,特路发登也被重重地踢了两脚,累得两个无辜的小狗挨了他两次打。如果小狗们有胆量,还要和您争论道理呢!这样做法,您还以为您做得好吗? 我呢,我觉得背上好像长了芒刺似的! 天气这样冷,我还急得出汗呢! 我的眼睛跟着您的一举一动,像玩把戏的人的眼睛跟着他的球儿一上一下。我的身体一直是前俯后仰地动着,无非希望能止住您的动作。

礼　天啊! 批评别人是何等容易! 假使你也能感受我的乐趣,你也会像我一样的! 不过,为再叫你满意一次,我希望我能压抑着我的爱情,从今以后……

第六出

出场人:特路发登、李礼、玛斯加里尔。

玛　我们正在谈论贺拉斯的命运呢。

特　(向李礼)好极了。但是,我要和他说一句秘密的话,您能允许我吗?

礼　如果我不允许,那就是不知礼了。(走进特路发登屋内)

第七出

出场人:特路发登、玛斯加里尔。

特　喂,你知道我刚才做了什么事?

玛　我不知道,但是,如果您肯告诉我,马上我就知道了。

特　有一棵大橡树,差不多已经生长了二百多年了;我挑选了它粗得很可观的一枝。于是我砍了下来,立刻很热心地做成了一根棍子,(说时,以臂示玛斯加里尔)差不多像我的手臂一般粗。也许有一头比较小一些,但是,如果拿来打人家的肩膀,比三十根竹竿还强,因为这棍子是很结实、很多节、很重的。

玛　请问您这棍子是预备打谁的?

特　先打你,后打那亚美尼亚的商人。他假造了一段历史,说要把一个人送来给我,其实是想骗走我的一个人!

玛　怎么! 您不相信……

特　你不要再辩驳了! 他本人就破坏了他自己的诡计。刚才他握着西丽的手,向她说:他这一次托故而来,为的是她。他没有注意到我的义女小霞娜在旁边,她把每一句话都听清楚了。他虽然没有攀出你来,我相信你一定是和他同谋的。真可恶!

玛　呀! 您错怪我了。如果真有人这样欺骗您,那么我是第一个受骗的,您不相信吗?

特　你肯证明你所说的是实话吗? 那你就必须帮我的忙,一起来把那坏蛋痛打一顿,然后把他赶走。这么一来,我就不怪罪你了。

玛　好,好,我愿意得很! 我要拼命打他,使您知道我没有参加他的诡计。(旁白)唉! 亚美尼亚的先生,您老是破坏人家的计划,一定要叫你吃一顿棍子!

第八出

出场人:李礼、特路发登、玛斯加里尔。

特　(敲门,李礼出来,向李礼)请听我说一句话。骗子先生,今天您竟敢来欺骗一个忠厚的人?

玛　您竟敢假说在外国曾看见他的儿子,为的是容易混进他的家里来!

特　滚蛋! 马上滚蛋!

礼　(看见玛斯加里尔也打他,向玛斯加里尔)呀! 坏蛋!

玛　用诡计的人就该……

礼　刽子手!

玛　就该这样加以惩治的。好好记住这一棍。

礼　什么! 我竟是……

玛　(一面打李礼,一面往外赶李礼)出去吧,出去吧,否则我就要打死您!

特　我很喜欢你这样,进来吧,我满意了。

　　特路发登进屋内,玛斯加里尔随入。

礼　(回来)打我! 一个仆人,竟敢对我这样无礼! 想不到他这样忘恩负义,竟打起他的主人来了!

玛　(在特路发登屋内,凭窗向外)请问:您的背脊痛不痛?

礼　怎么! 你还敢这样说吗?

玛　谁叫您看不见小霞娜? 谁叫您老多嘴! 但是,这一次我可不生气了,我再也不骂您、不埋怨您了。您虽然十分糊涂,我亲手打了您一顿,也就足以抵偿了。

礼　唉! 你这样不讲理,我非报仇不可!

玛　一切灾害都是您自己惹来的。

礼　我吗?

玛　刚才您同您的爱人谈话的时候,假使您不发疯,一定会看见那小霞娜在旁边,您的话也不会被她听去了。

礼　我向西丽说的话被别人听去了吗?

玛　否则您为什么突然被赶了出来呢? 是的,您因为多嘴,所以被驱逐了! 我不知道您是否常常打牌,总之您偷牌的手段还不够高明。

礼　唉! 我真是天下最倒霉的人了! 但是,我还不明白:为什么连你也驱逐我呢?

玛　我最好的办法就是帮他驱逐您;至少他不会怀疑我和您同谋。

礼　那么,你打,也该打得轻些啊!

玛　您是多么傻啊！特路发登老是把眼睛盯着我，我能骗他吗？再者，我老实对您说，我也巴不得趁此机会，消一消我这一肚子的气呢！总之，事情是过去了；如果您能答应不报复我——无论直接或间接都不报复——从此忘了我给您这一顿恶打，那么，我一定给您好处；趁我现在有这样好一个位置，在两天之内，包管您能达到您的目的！

礼　你虽然这样粗暴地对待了我，但是，你既肯允许我这一件事，那么什么都可以原谅了。

玛　那么，您是答应我了？

礼　是的，我答应你。

玛　这还不算数。您还该答应我：以后我做的事不许您再过问。

礼　好吧！

玛　如果您失信，您就害四天一次的疟疾！

礼　但是，你也不要失信，不要教我老是这样丧魂失魄的！

玛　走吧。回去换换您的衣服，好好地贴上两张膏药。

礼　（独自一人）不幸之神老是跟着我，什么时候才有幸福呢？

玛　（从特路发登屋内出来）怎么！您还没有走？快走吧！但是，您千万不要再担心了。既然有我替您做事，也就够了，您不要再来帮忙，只回家好好休息就是了。

礼　（临走时）是的，你放心，我不动就是了。

玛　（独自一人）现在让我看看该用什么计策才好。

第九出

出场人：爱嘉斯特、玛斯加里尔。

爱　玛斯加里尔，我来告诉你一个消息，你的计划因此又要受大大的打击了。当我此刻说话的时候，一个少年的埃及人就要来了。他的皮肤不黑，也很像一个文雅的人；有一个很黄很瘦的老妇人伴着他。他似乎很爱你们所希望得到的那个西丽，所以他要到特路发登的家里来赎她。

玛　这一定是西丽说过的她那爱人了。我们的命运真是不顺得很！刚逃脱了一层困难，我们又陷入另一层困难。我听说李安特快要放弃他的计划，不再和我们作对了；他万想不到他的父亲会突然回来，使伊波里特占了上风。他受了父亲的严命，不得不服从，于是一切都变了，今天就可以签订婚约了。然而这只是一场空欢喜；一个敌人去了，另一个敌人又来了，比前一个更凶，以致我们的一线希望都断绝了。不过，凭着我的高明的手段，我想我可以使他们迟一些动身到这儿来；于是我可以有充分的时间去努力完成好事。近来发生了一件大窃案，大家不知是谁干的；但是，埃及人的名誉平常就不很好，我想要略施妙计，使这一位埃及人摊上盗窃的嫌疑，累他坐几天监牢。我认识些警察官，他们对于这种事，是很容易说话的。当他们渴望着几个钱的贿赂的时候，他们就甘心闭了眼睛，任人播弄。被告的人有罪无罪，姑且不管；有钱袋就是有罪，非叫他受罪不可！

第五幕

第一出

出场人:玛斯加里尔、爱嘉斯特。

玛　唉！你这个狗！唉！双料的狗！糊涂虫！你想折磨我一辈子吗？

爱　那位警察官巴拉佛莱做事是很谨慎的,如果没有你的主人跑出来那样拼命地破坏你的妙计,你的事情早就办得妥妥当当了,那个小伙子早被关起来了。但是你的主人却骄傲非常地说:"我看见一个善良的人竟这样被人无耻地捉了去,我是不能坐视不管的。我一看他的脸孔就知道他是好人,我敢担保他!"警察们捉住那埃及人,不肯放手,于是他就生气,要打他们。你要知道,警察素来是怕挨打的。当我此刻说话的时候,他们还在奔逃,一个个都以为李礼正在追赶他们呢！

玛　这笨伯！他全不知道此刻那个埃及人已经到了屋子里,抢夺他的宝贝去了！

爱　再会吧。我还有事,不能奉陪了。

第二出

出场人:玛斯加里尔(独自一人)。

玛　真的,这最后的意外真使我惊奇！我相信一定有一个魔鬼附在李礼的身上,专爱和我挑战;什么地方他可以误我的事,它就把他领到什么地方去！但是，我还要继续做下去。虽然失败了这许多次，我要看看那魔鬼和我是谁能得到最后的胜利。西丽多少是明白我们的勾当的，所以她很不愿意离开此地。让我就努力利用这一个机会吧。——呃！他们来了！不要忘了实行我的计划！这有家具的屋子对于我是很适宜的，我可以自由支配它；如果命运好，就一切都妥当了！除了我之外，没有一个人在这里；钥匙也由我保管。唉！天啊！这么短的时间就发生了那么多的事情！我这智多星真不能没有七十二种变化啊！

第三出

出场人：西丽、安德烈。

烈　西丽，您是知道的，凡可以表示我对您的热情的事，我都做过了。当我还年轻的时候，战争曾使我在威尼斯人的眼中得到勇敢的名气。不是我高抬我自己，如果我不离开他们，继续给他们效力，我是可以希望有一天得到一个高贵的职位的。但是，为了爱您，我忘了一切，我忽然变了心，愿意混在埃及人的队里，做您的情人。中间经过了许多波折，而您又对我那样冷淡，我仍旧坚持到底。后来由于一件意外的事，我和您分散了，料不到竟别离了这么久！我不惜时间，不避辛苦到处寻找您。恰巧遇见了一个埃及老妇人，她把您的情况告诉了我：她说当时您那一班人很需要钱用，把您抵押到这里来，得了钱去挽救他们的恶运。我听了这话，马上赶来赎您，一切都唯命是从。我以为您应该表示快乐了，谁知您更显得愁眉苦脸！如果您喜欢过幽静的生活，您就跟我到威尼斯去。战争中得到的胜利品，尽够我们两人过活了。如果您要我像从前那样一味跟随着您，我也十分愿意，因为我的唯一的志愿就在于能常常和您一起，您要怎样我都可以照办。

西　您对我的热情是很明显的；如果我因此发愁，就是一个忘恩的
　　人了。我的脸色虽然显得愁苦，并不是因为您的缘故，只因为
　　我的头痛得很厉害罢了。假使您真心爱我，肯信我的话，那
　　么，我请您至少展期三四天，等到我的病好了些，然后启程。

烈　您喜欢展期多久都可以！我没有别的希望，只希望能博得您
　　的欢心。让我找一所房子给您安身吧。——呃！恰巧这儿有
　　一个招租的牌子，好极了！

第四出

出场人：西丽、安德烈、玛斯加里尔（假扮一个瑞士人）。

烈　瑞士的先生，您是这房子的主人吗？

玛　岂敢！岂敢！

烈　我们可以租赁这房子吗？

玛　是的，我有些带家具的房子是预备租给外国人的，但是，来历
　　不明的人我却不租。

烈　您的房子是没有什么暧昧的事情的，是不是？

玛　我看您的脸孔，就知道您不是本地人。

烈　不是的。

玛　这位女士是和您结了婚的吗？

烈　什么？

玛　她是您的妻子呢，还是您的妹妹呢①？

烈　都不是。

玛　呃！她长得很美。——您到此地来，是为做生意呢，还是为告
　　状？如果为告状，我就劝您不要告状，告状是要花钱的！审判
　　官都是些强盗，律师们也都不是好人。

烈　我不是为这个来的。

---

①　原文是 s'il être son fame, ou s'il être son sœur? 这是描写瑞士人说法语不合文法。
　　此外还有许多描写他的读音错误的地方，可惜无法译出。

玛　那么,您是陪着这位姑娘来游览这城市的了?

烈　这个,您不必多管。(向西丽)等一会儿我就回来。我要去把那老婆子唤来,同时也要吩咐他们给我们预备旅行的车子。

玛　她的身子不很舒服?

烈　她头疼。

玛　我有的是很好的葡萄酒和很好的干酪。请进来吧,请到屋子里来。

西丽、安德烈、玛斯加里尔都进屋内。

第五出

出场人:李礼(独自一人)。

礼　我的心里虽然很焦急了,但是,为了实践我的诺言,我不能不静候消息;姑且让别人替我做去,看上帝怎样支配我的命运。

第六出

出场人:安德烈、李礼。

礼　(看见安德烈自屋中出来,向安德烈)您到这房子里来找什么人吗?

烈　这是一所带家具的房子,是我刚才租下来的。

礼　这是我父亲的房子,我的仆人晚上在这里住宿,看守着房子。

烈　这个我不知道。这里有一个招租的牌子,可见至少是要出租的。请看!

礼　果然有一个牌子! 这就奇怪了! 是谁挂起来的呢? 挂起来,有什么用处呢? ……呃! 我大约猜中了! 一定是为了那个,才有这事!

烈　这是什么来由? 您可以告诉我吗?

礼　如果遇着别人,我一定守秘密的;至于您呢,我不必瞒您,只要您不告诉别人就是了。依我猜想,您所看见的牌子是我的仆人挂起来的。我因为爱上了一个埃及女人，想把她弄到手，就叫我那仆人替我设法。我们的计划已经失败了好几次，这一次大约他又定下了计策，所以把这招租的牌子挂了起来。

烈　那埃及女人叫什么名字？

礼　西丽。

烈　呃！您为什么不早说呢？您只须向我说一句话，也许什么计策都不必再用了。

礼　怎么！您认识她吗？

烈　我刚才把她赎了出来。

礼　唉！真是想不到的事！

烈　因为她害病，我们不能马上离开此地，所以我赁了这所房子给她暂住。您现在把您的希望告诉了我，这是使我非常快活的。

礼　怎么！我所希望的幸福，可以在您的手中取得吗？您不是可以……

烈　（去敲门）等一会儿我就叫您满意了。

礼　叫我向您说什么好呢？我的感激……

烈　不，不必提感激，我是不需要道谢的。

第七出

出场人：李礼、安德烈、玛斯加里尔。

玛　（旁白）好！好！我那疯主人又来了！他又要把新的祸事带来给我们了！

礼　您瞧！他换了这样奇怪的衣服，谁认得出是他呢？走过来吧，玛斯加里尔，我欢迎你。

玛　我是一个有名誉的人，不是玛斯加里尔。我不卖妇人，也不卖少女。

礼　你这套乱七八糟的话倒真有趣①！假装得倒还不错！

玛　您到外面散步去吧,不要在这里嘲笑我。

礼　呸！快把你的假面具摘下来,承认我是你的主人吧。

玛　呸！我从来不曾看见过你！

礼　一切事情都妥当了,你不必再假装别人了。

玛　如果你不走,我就要打你一拳了。

礼　你听我说,你这些歪话都是多余的;因为我们已经商量妥当了,我很感激他的好心。我所希望于他的一切,他都答应了,你可以不必再怕什么了。

玛　如果你们商量妥当了您那最大的幸福,那么,让我不再做瑞士人,仍旧做玛斯加里尔吧。

烈　这仆人服侍您很热心。但是请您等一等,我一会儿就来。

第八出

出场人:李礼、玛斯加里尔。

礼　喂！你看怎么样？

玛　我很欣幸,我们辛苦了这么久,终于有了好的成绩。

礼　你还迟疑不肯马卜剥下你的假面具,你料得到这样一个结局吗？

玛　我是知道您的脾气的,所以刚才我很害怕;其实现在我还觉得事情奇怪呢！

礼　但是,你不能不承认我这功劳已经不小,至少这一次可以抵偿我以往的过失。我还要争取完成全部工作的光荣。

玛　也罢。您的幸福也许比您的聪明大些。

第九出

出场人:西丽、安德烈、李礼、玛斯加里尔。

---

①　因为玛斯加里尔学瑞士人说法国话,读音不正,又不合语法,所以李礼这样笑他。

烈　刚才您所说的女子,不就是这一位吗?

礼　呀! 世上再没有别的幸福能比我的幸福了!

烈　不错,我曾受过您的恩;假使我不承认,我就有罪了。不过,如果要我割下我的心肝来报答您这一次的恩惠,不也有点过分吗? 请您想一想:这样的一个美人儿是怎样叫我神魂颠倒,我肯把她当做报恩的礼品送给您吗? 您是一个宽宏大量的人,我想您也不愿意我这样做吧? 告别了,让我们回到特路发登的家里再去住几天吧。

安德烈领西丽出去。

第十出

出场人:李礼、玛斯加里尔。

玛　(唱了歌之后)我笑,其实我并没有笑的意思! 好! 你们原来这样商量妥当了,他把西丽这样给了您! 哈! 哈! 您明白我的意思吗?

礼　这打击未免太大了! 我也不想再求你帮忙了! 我是一条狗,一个负心人,一个可恨的刽子手,不配旁人帮助,也没能力做任何的事情! 你走吧,你再也不必努力帮助一个不幸的人了! 我简直是不愿意别人替我求幸福! 我遭逢了这许多不幸,又做了这许多糊涂事,只有死神能帮助我了! (走出)

第十一出

出场人:玛斯加里尔。

玛　好,这就是他结束生命的妙法! 干了这么多糊涂事还不够,最后,变本加厉竟想一死了事! 他因为犯错误太多灰心绝望,不再要我帮助,但这是枉然的。我不管他愿意不愿意,还是要帮他的忙,要帮他夺回那个女子。障碍越多,成功的人越光荣;没有困难,怎能显出我的坚忍的美德呢?

第十二出

出场人：西丽、玛斯加里尔。

西　（玛斯加里尔低声向她说话之后，向玛斯加里尔）尽管你怎样说，尽管人们怎样建议，我觉得展期启程是没有什么希望的。刚才你不是看见了吗？他们是很不容易妥协的。至于我呢，我曾经对你说过：像我这样的心，我是不愿意为着这一个就害那一个的。虽然情形各有不同，而我和他们二人的关系之密切是一样的。李礼依仗的是他的爱情和势力；安德烈则依仗他给我的恩惠。我因为感恩之故，决不能私自计划去害他。是的，我以为这是对的。我虽然不能顺从他的愿望，拿我的心去迁就他的爱情，但是，至少我应该把拒绝他的事也拒绝了别人，至少我应该拂逆我的希望，像拂逆他的希望一般！这是我的责任，由这责任就生出了种种的困难，你想想看，你还能希望我什么呢？

玛　老实说，这些障碍是非常麻烦的，我一时也找不出什么奥妙的好法子。但是，我要用尽我的力量，升天入地，四面八方去设法，务必找得一个两全的妙计。一会儿我再告诉您解决的方法。

第十三出

出场人：伊波里特、西丽。

伊　自从您到了此地之后，本地的妇女都怨恨您的一双美丽的眼睛，其实也怨恨得有理，她们的诱惑力都没有用处了，她们的爱人都变得不忠实了。您善于打动人们的心灵，没有一颗心能躲避您的诱惑。千万人的自由都被您锁住了；您天天只管掠夺我们的爱，竟像想要以此致富似的。至于我呢，我并不怨您；您的动人的地方实在太少见了，怪不得您有绝对的权威。

不过,当您把我的爱人们夺去的时候,至少该给我留下一个啊! 只要留下一个,其余的我都失去了,也还勉强可以自慰。谁知您把他们一个个都要了去,这未免太惨了,所以我就不能不埋怨您。

西　唉! 您这话,表面是多么文雅,其实您在嘲笑我! 但是,我请求您宽恕我。您自己的眼睛是什么样的眼睛,您难道不知道吗? 何必害怕呢? 它们的诱人的魔力是十分可靠的,永远用不着您这样恐慌。

伊　但是,今天我向您所说的话乃是本地的人们所共有的意思。别的且不说,谁不知道西丽已经迷上了李安特和李礼呢?

西　依我说,他们既然没有眼光,您失了他们也不可惜;他们既然不能鉴别优劣,您还要这类爱人干什么?

伊　恰恰相反,我倒不是这个态度;我觉得您的确长得很美,因此我也原谅那些甘心受您的美貌诱惑的人。李安特忘了我而爱上了您,我也不怪他。我希望他在最近的期间内,也不怀恨,也不生气,听凭他的父亲做主和我结婚,就好了。

第十四出

出场人:西丽、伊波里特、玛斯加里尔。

玛　好消息! 好消息! 意外之喜! 让我现在亲口告诉你们吧!

西　什么消息?

玛　您听我说:不是我胡说……

西　什么呀?

玛　这真是一幕喜剧的收场了。正在这时候,那埃及老妇人……

西　她怎样?

玛　她正在经过广场,一点也想不到会发生什么事,忽然另有一个很丑的老婆子,怔怔地望了她半晌,突然把她大骂起来。她们对骂之后,接着就对打;她们没有刀枪弓箭,只用她们干瘦的指爪,互相抓破了她们那又黄又皱的皮。我们只听见她们骂:"母狗!母狼!老泼妇!"先是她们的帽子飞落地上,只剩了两个光头;后来她们的仗打得更厉害了。许多人听见吵闹的声音,都走来观看,安德烈和特路发登也来了。他们费了不少的力气,才把她们拉开,她们还在那里咬牙切齿呢。经过这一场恶打之后,她们二人都想要隐藏了她们的脸上的羞耻;同时,人们也问她们为什么争闹。那首先下手的老婆子虽然气昏了,还怔怔地望着特路发登;望了许久,忽然高兴地说道:"是您吗?人家向我说过,您隐姓埋名,在此地居住。大约不是我眼花错认了人吧?唉!碰得巧极了!是的,萨诺丕佑·鲁贝第先生,天教我认得您!刚才我正为您的利益而发愁哩!您记得吗?当您在那不勒斯离开了您的家庭的时候,您的女儿是交给我的。我是她的奶妈,把她养到四岁,她的五官百体已经没有一处不动人。这里您所看见的这个贱人,她先到我们的家里混熟了,后来竟把我们的小宝贝拐去了!您的妻子听说女儿失了踪,伤心太过,她的寿命也就缩短了!我因为怕您责备我保管不住您的女儿,所以我只好撒一个谎,说她们母女二人都死了。但是,现在我认得是她,就要她把您的女儿的消息告诉我,非告诉我不可!"当她述说这一段历史的时候,提起了好几次萨诺丕佑·鲁贝第的名字,安德烈听了,脸色变了半晌;特路发登也觉得奇怪。忽听得安德烈向他说道:"怎么!幸亏上天保佑,我寻找了许久的一个人终于给我找着了!唉!我的血统相关的人,我的生命的创造者!相逢竟不相识哩!是的,父亲,我就是您的儿子贺拉斯。我先是由阿尔贝照料的;阿尔贝死了之后,我觉得心灵很不安定,于是离开了波兰。我为好奇心所驱使,就抛开了学业,出外游历了六年,经过了许多地方。但是,游历了之后,我忽然想起了故乡,希望见一见家里的人。唉!谁知我到了那不勒斯的时候,您早已离开

那里了；人们谣传您这样那样，总得不到一个确实的消息。我
到处寻找您，都找不着，后来我到了威尼斯，就在那边住下了。
关于我家的事，除了父亲的姓名之外，什么我都不知道，也没
法知道。"——您想想看：特路发登听了这几段话，是多么高兴
啊！话也不必累赘了，您自己也会明白了的，特路发登逼着那
埃及老妇人说出您在什么地方，她照实说了出来，现在特路发
登已经承认您是他的女儿了。安德烈是您的哥哥；哥哥哪有
与妹妹结婚的道理？他说他受了我的主人的恩，就劝他的父
亲把您嫁给我的主人了！我的主人的父亲亲眼看见了这场喜
剧，不由他不满口答应这一头亲事。他还愿意把他的女儿配
给安德烈，好完成两家的大幸福。您瞧！这许多意外的喜事
都一齐来了！

西　我听了这许多新消息，简直把我弄呆了！

玛　他们一个个都跟着我来了；只剩下那两个老婆子不来，她们打
　　得疲倦了，须要休息休息。（向伊波里特）李安特跟了来，您的
　　父亲也来了。至于我呢，让我报告我的主人去。当我们以为
　　他的希望最难达到的时候，谁知上帝竟替他造福，得了这样神
　　奇的结局。（走出）

伊　我知道了这一件喜事，连我也乐得发昏了；纵使这些幸福全是
　　我的，我也不过如此快活罢了。——呃！他们来了！

第十五出

出场人：特路发登、安斯模、潘朵夫、西丽、伊波里特、安德烈。

特　呀！我的女儿！

西　呀！我的父亲！

特　你知道上帝是怎样保佑我们的！

西　刚才我听说这意外的幸福了。

伊　（向李安特）我眼前有了证据：无论您怎样辩护，也是枉然，您

的心已经倾向别人了！

李　您是个大量的人，我只希望您宽恕。但是，上帝可以证明：我这一次回心向您，并不完全是我父亲的功劳，其实有一大半是我自己的主意。

烈　（向西丽）谁料得到这样纯洁的爱情会遇到伦常的谴责？好在这种爱情是发于情而止于礼，毫无邪念，因此稍稍变换一下，仍可保持。

西　至于我呢，我刚才还责备我自己，以为我有了罪过，因为对于您，只有极高的尊敬心而没有爱情。我不知道是什么缘故，您为人这样温和，我的心偏不倾向于您，而倾向于另一个人。我奈何不得我自己。

特　（向西丽）但是，我不知道你会怎样说我：我刚刚和你重逢，又打算和你分离，因为我已经答应了潘朵夫先生，把你嫁给他的儿子了。

西　爸爸，现在我的命运是由您决定的了。

第十六出

出场人：特路发登、安斯模、潘朵夫、西丽、伊波里特、李礼、李安特、安德烈、玛斯加里尔。

玛　（向李礼）您瞧！跟着您的那魔鬼还能破坏这一次的稳固的希望吗？您还能自作聪明，误我的事吗？您的命运真好，有了一场意外之喜：您的目的达到了，西丽是属于您了。

礼　我不敢相信上帝竟有这样绝对的权力……

特　是的，我的女婿，这是真的。

潘　事情已经决定了。

烈　（向李礼）我借此报答您的恩德。

礼　（向玛斯加里尔）我应该和你接吻千万次，因为这一场喜事……

玛　哎唷！哎唷！轻些！呸！谁叫您把我拥抱得那么重，我几乎
　　呼吸不来了！我真替西丽担心，如果您把她拥抱得这样紧，怎
　　么得了！这样的接吻，人家宁愿不要您的！

特　（向李礼）您是知道的，上帝给我的幸福真多。同在一天，我们
　　一个个都快活了。今天我们该欢聚一个整天，让我叫人去把
　　他的父亲①也接了来。

玛　好，你们一个个都有了老婆了！剩下我这可怜的玛斯加里尔，
　　你们竟没有一个女子给我搭配搭配吗？我看见他们一双双、
　　一对对的，我周身都发痒了，也想要结婚了。

安　你放心，我有法子。

玛　好，我们走吧。——我希望上帝多降生几个孩儿，让我们做他
　　们的父亲吧！

剧终

––––––––––––

①　他的父亲是指李安特的父亲而言。

情　仇

（原本为诗剧）

1654 年初次上演于比西耶
1658 年演于巴黎

[法]莫里哀　著

剧中人物

爱拉斯特——绿西的求爱者,简称爱

阿尔贝——绿西和埃士嘉尼的父亲,简称阿

胖勒奈——爱拉斯特的仆人,简称胖

瓦赖尔——波里多的儿子,简称瓦

绿西——阿尔贝的女儿,简称绿

玛利奈特——绿西的女仆,简称玛

波里多——瓦赖尔的父亲,简称波

福劳辛——埃士嘉尼的心腹,简称福

埃士嘉尼——阿尔贝的女儿,作男装,简称埃

玛斯加里尔——瓦赖尔的仆人,简称尔

米达佛拉士特——老学究,简称米

赖丕耶——凶汉,简称赖

地点

巴黎

第一幕

第一出

出场人：爱拉斯特、胖勒奈。

爱　你要不要我告诉你？我的心里隐隐地起了一种忧虑，总觉得不安似的。你尽管说我的爱情怎样怎样，其实不瞒你说，我大约是上了当了。我怕你的心变了，你的心不是向着我，而是向着我的情敌；至少可以说你自己也像我一样上了人家的当了。

胖　您怀疑我耍了什么手段，就等于不相信我是老实人；这是不公道的，同时也可见您不会观察人家的相貌。像我这样相貌的人，决不会被人怀疑是奸猾之辈。人家说我们当仆人的如何如何，我也不否认；我这个人无论对什么事都是老老实实的。至于说到我上了人家的当，这是很可能的，您怀疑得比较有道理；但是我还不相信。也许我是一个糊涂虫，我还看不出您有什么理由可以像这样愁眉苦脸。依我看来，绿西向您表示的爱情不薄，她时时刻刻都和您见面，和您说话。您虽然很怕瓦赖尔，但是现在瓦赖尔似乎比您更痛苦呢。

爱　一个情人往往生活在一种不能兑现的希望里：最受优待的人不一定就是最被爱的人。女人所表现的一切热情，有时候只像一块美丽的帷幕，帷幕里还隐藏着对别人的浓情蜜意。假使瓦赖尔是被拒绝了的爱人，为什么近来他能表现得那么安静呢？你从表面观察，以为绿西对我有情；但是，为什么他看

　　见绿西对我有情还表示很快活,或者是表示满不在乎的样子呢? 这么一来,我觉得绿西的深情都变了苦味,我对于我的幸福发生了怀疑,对于绿西的每一句话都不能完全相信:这就是我痛苦的原因,是你所不能理解的。为使我现在的遭遇更好受一些,我真希望瓦赖尔吃醋、生气;他如果不快活了,着急了,我的心就舒服了。你自己想一想,假使你所喜欢的女人爱上了你的情敌,你能像瓦赖尔那样,一点儿不着急吗? 如果你以为不能,那么,我对于此事提心吊胆,也不是没有道理的吧?

胖　也许他已知道他没有希望,因而另找对象去了。

爱　不! 不! 当一个人在情场失败以后,他首先要避开的是他爱情的对象;并且割断情网的时候,也决不能不动声色,也不能这样安安静静。一个曾被我们爱过的人老出现在我们眼前,是不能不叫我们动心的。如果看了一点也不增加怒气,这种爱情也就不成为爱情了。总之,你相信我的话吧:在情场上,人们尽管灰了心,心里总还不免剩有一点儿酸溜溜的味道;自己得不到的人,被别人占了去,还能不生气吗?

胖　至于我呢,我不懂得这么些哲学! 我只相信我的眼睛,眼睛看见了什么就把它当做真相;我犯不着跟自己做死对头,无缘无故地就伤起心来。人生于世,为什么要想入非非,假充内行,硬找些理由来自寻苦恼呢? 我能凭空怀疑,无事恐慌吗? 菩萨还没有来,何苦就烧香呢? 我觉得痛苦不是什么好东西,除非有了正当的理由,否则我是不要它的! 哪怕我的眼前发生了一百件伤心的事情,我也只当是没看见。其实,在爱情方面,我和您碰的运气是相同的:您的运气好呢,我的运气也好;反之,坏也跟着坏。我看您的爱人是不会骗您的,除非她的女仆也照样骗了我。但是,我绝对不肯这样着想。我是愿意信任人家的:当人家说"我爱你"的时候,我就完全相信了。至于玛斯加里尔是不是气得怒发冲冠,我可管不着了[①]。我只要玛利奈特任凭我闻香,任凭我温存,让我的情敌在旁边像疯子般地狂笑;他笑,我也跟着他笑,看谁笑得好看!

爱　唉! 你说话老是这样的。

胖　呃! 我看见她来了。

第二出

出场人:爱拉斯特、玛利奈特、胖勒奈。

胖　喂! 玛利奈特?

玛　喂! 喂! 你在这里做什么?

胖　你问我吗? 老实说,刚才我们正在讲你。

玛　先生,您也在这里? 您害我跑了不少的路,把我累死了!

爱　怎么?

玛　因为要找您,我各处都跑到了。其实我早知道……

爱　知道什么?

玛　知道您不在教堂,也不在散步场,也不在您的家里,也不在大广场。

胖　那就应该赌咒发誓呀!

爱　那么,请你告诉我:是谁叫你去找我的?

玛　说真的,这人对您感情还很不错呢。一句话:就是我家小姐。

爱　呀! 亲爱的玛利奈特,你的话真能代表她的心事吗? 如果我的命中注定该失恋,请你也不必隐瞒,我决不因此而恨你。请你看上帝的情面,老实告诉我:你那美丽的小姐不是在用一种假殷勤来哄我喜欢吗?

玛　唉! 您这可笑的话是从何说起的? 她不是充分地表示了她的情感吗? 您还要求什么样的保证呢? 您还需要什么呢?

---

① 玛斯加里尔是瓦赖尔的仆人,与胖勒奈同爱玛利奈特。

胖　你还说呢！除非瓦赖尔已经悬梁自尽，否则他还是不放心的。

玛　为什么？

胖　他妒忌他到了极点。

玛　妒忌瓦赖尔吗？（向爱拉斯特）唉！您想得倒真妙，只有您的头脑才能发生这种思想！从前我以为您是富于理智的，直到现在为止，我总拿您当作一个聪明人；今天一看您这样，我知道我看错了人了！（向胖勒奈）你呢，你也是这样担心吗？

胖　我吗？我妒忌吗？我是一个笑口常开的人，肯这样瞎操心，使自己瘦了几磅吗？不但你的真诚可以使我放心，而且我也把我自己看得很高：我以为有了我做比较，你就不会喜欢别人了。唔！你哪里找得着一个和我人品相等的人呢？

玛　真的，你的话很对；其实也正应该如此。千万不要学那种好吃醋的人，动不动就怀疑自己心爱的人；怀疑的结果，是自己吃了亏，同时还帮了情敌的忙。你越是怪罪你的爱人，你的爱人就越觉得你的情敌比你好；我从前看见过一个人，由于情敌十分妒忌他，他反而胜利了。总之，无论如何，在情场上，如果你爱表示怀疑，就是不懂得恋爱，除了使自己遭到惨败以外，是没有什么好处的。（向爱拉斯特）这话也算是对您说的，先生。

爱　好！咱们别再说这个了。你到这儿来，有什么话告诉我？

玛　您害我走了这许多路，我真该叫您再等一等；我要保守着这一个大秘密，算是惩罚您。——好，也罢，您把这一封信拿了去，再不要怀疑了。这里没有别人，您尽可以高声念下去。

爱　（念）"从前您告诉过我，说您为了爱情，一切都可以做到。今天您如果获得您父亲的同意，咱们的爱情就算成功了。请您告诉他，您是怎样占据了我的心。您爱怎么说，就怎么说吧。只要他答应了，我没有不依着您的。"呀！多么大的幸福呀！——哦！你！这信是你送来的，我该把你看做一个天使！

胖　我早就告诉过您，您偏不相信！其实我所料的事情是不会错的。

爱　（再念）"请您告诉他，您是怎样占据了我的心。您爱怎么说，就怎么说吧。只要他答应了，我没有不依着您的。"

玛　假使我把您刚才的种种猜疑告诉了她，对于这样一封信，她马上就会收回成命的。

爱　唉！刚才是我一时多心，有点儿疑神疑鬼，现在我已经明白了，请你替我隐瞒一下吧。如果你一定要告诉她，那么也请告诉她说我准备一死，来赎我的罪过。如果她因此而恼了我，这也是应该的，让我跪在她的跟前自杀，使她息怒。

玛　咱们别说死吧，这不是时候。

爱　是的，我真不知道怎样感谢你才好。你这一位好心而又美丽的送信人，麻烦你跑了半天，我在不久的将来，一定好好地报答你。

玛　您说到这儿，我又想起来了：您知道刚才我还到什么地方找您来着？

爱　我不知道。是什么地方？

玛　就在市场附近。您知道是什么地方了吧。

爱　我不知道。——究竟是什么地方呢？

玛　我还到那一家铺子里去找您，因为上一个月您很慷慨地答应给我买一个戒指，刚才我以为您正在铺子里买戒指呢。

爱　呀！我明白了！

胖　坏丫头！

爱　真的，我答应过你这一件事，直到现在还不曾实行我的诺言，抱歉得很；但是……

玛　我说这话，并不是催您去买戒指。

胖　啊！可不是吗？她没这种意思！

爱　（把自己的戒指给玛利奈特）你也许喜欢这一只；就请戴上，算是我买来送给你的吧。

玛　先生,您这是开玩笑吧。我如果受了您的戒指,岂不是不害
　　臊吗?

胖　可怜的害臊的丫头,不用客气了,你就收下了吧。这所谓却之
　　不恭,你懂吗?

玛　好,让我收下来做一个纪念吧。

爱　什么时候我才能报答我那可爱的天使的美意呢?

玛　您先努力使您的父亲同意吧。

爱　但是,如果他不同意,我应该怎么样呢?

玛　等到那时候再说。为了您的事,我们一定努力想种种的法子,
　　无论如何,总要使她能做您的妻子。您尽您的力量吧,我们也
　　尽我们的力量。

爱　再会吧,在今天之内我们就可以知道事情成功不成功了。(爱
　　拉斯特低声再读那封信)

玛　(向胖勒奈)咱们呢? 咱们的爱情怎么样了? 你为什么不对我
　　说起呢?

胖　像咱们这样的人,希望结婚,还不容易吗? 我愿意要你做妻
　　子;你呢,你愿意要我做丈夫吗?

玛　是的,我很愿意。

胖　握手吧! ——这就够了!

玛　再会,胖勒奈,我的牛郎。

胖　再会,我的织女!

玛　再会。我的爱情是火,你就是生火的木柴。

胖　再会。我的灵魂是水,你就是反映那水的天虹。(玛利奈特走
　　出。向爱拉斯特)感谢上帝,咱们的事情顺利得很:阿尔贝这
　　人是不会不同意您的任何要求的。

爱　瓦赖尔朝着咱们这里来了。

胖　可怜的瓦赖尔! 我知道了这一切以后,觉得他太可怜了。

第三出

出场人：瓦赖尔、爱拉斯特、胖勒奈。

爱　喂！是瓦赖尔先生吗？

瓦　喂！是爱拉斯特先生吗？

爱　您的爱情怎么样了？

瓦　您的恋爱发展到什么程度了？

爱　一天比一天更热烈了。

瓦　我的爱情也比从前更深了。

爱　为的是绿西吗？

瓦　是的，为的是她。

爱　我得承认：您是一个最有恒心的人。

瓦　而您这种坚持到底的精神，也足可以做后世的榜样。

爱　依我的意见，如果对方只看了我两眼，我绝对不能认为满意；那种过于严肃的爱情实在太没有意义了。人家慢待我，我就受不了，决不会还向人家献殷勤的。总而言之，当我爱上了一个女子的时候，我很希望她也爱我。

瓦　当然啦！我不也是这样吗？哪怕她是一个十全十美的对象，假使她不爱我，我也不肯爱她的。

爱　但是绿西……

瓦　绿西以一片热忱报答我的爱情，真能令我满意。

爱　那么，您该是一个容易满足的人了，是不是？

瓦　并不像您所想的那样容易满足。

爱　但是，不是我夸口，我相信她所爱的是我。

瓦　我呢？我深知我在她的心灵中占有相当优越的地位。

爱　您不要上当，请您相信我的话吧。

瓦　请您相信我的话，不要过于自信，以致看错了人。

爱　假使我敢拿出一个确凿的证据给您看，证明她的心……不，我给您看了以后,会使您寒心的。

瓦　假使我敢对您泄露了一个秘密……不,您知道了以后,会生气的;我还是保守秘密的好。

爱　唉!您竟逼着我,没法子,我只好来消除您的成见了。——您拿去看吧。

瓦　(看了信之后)这些话真甜蜜呀!

爱　您认得出这是谁的笔迹吗?

瓦　我认得,这是绿西写的。

爱　好!那么,这样靠得住的希望……

瓦　(笑着走开)再会,爱拉斯特先生。

胖　这位先生莫非是疯了?这封信里有什么可笑的地方呢?

爱　真的,我也莫名其妙。这里面隐藏着的是什么神秘呢?

胖　这不是他的仆人来了吗?

爱　是的,我看见他来了。咱们哄他一哄,让他自动地把他的主人的爱情告诉咱们吧。

第四出

出场人:爱拉斯特、玛斯加里尔、胖勒奈。

尔　(背语)唉!天下最倒霉的就是我,有这样一个年轻而又多情的主人!

胖　你好,玛斯加里尔。

尔　你好,胖勒奈。

胖　你这会儿到哪儿去?做什么?你是回来吗?你是去呢?你是要停留在这儿吗?

尔　都不是。我不是回来,因为我没有去;我也不是去,因为我现在停止前进;我又不是停留在这儿的,因为我打算马上就走。

爱　他说话真干脆!——玛斯加里尔,你待一会儿再走好不好?

尔　呀!先生,您好!

爱　你看见了我们,马上就想走开,你是怕我吗?

尔　您是一个有礼貌的人,我怎么会怕您呢?

爱　握手吧;咱们用不着再吃醋了。我已经放弃了我的爱情,让你们顺利地达到你们的目的。现在咱们变为朋友了,不再是情敌了。

尔　但愿上帝保佑,能够如此!

爱　胖勒奈是知道的,我另有所恋了。

胖　不错,我也把玛利奈特让给你了。

尔　咱们别提玛利奈特吧;咱们俩犯不着结深仇。(向爱拉斯特)先生,至于您呢,您真的不爱她了吗? 是不是在开玩笑呢?

爱　我知道你的主人的爱情进行得很顺利;他既然获得了那美人的最大的恩宠,如果我再打算怎样,岂不是一个疯子吗?

尔　是的,我听了您这个消息,我很高兴。从前我也有点儿怕您破坏我们的计划,其实我是过虑了;您这样知难而退,总算您还聪明。您放弃了您的爱情,您做得很对;人家和您亲近,只不过是开您的玩笑罢了。在您背后发生的一切我都知道;我很明白人家是拿一种假希望来哄骗您,想起来我就替您可怜,真不止一千次了。欺骗一个好人,就等于侮辱一个好人,我很替您不平! ——但是,您这消息是从哪里来的? 他们二人订立誓约的时候,是在夜晚,在旁作证的除了我之外,没有别人。后来这对情人终于如愿以偿,一直到现在,他们还把这门亲事当作一个极大的秘密。这件事,您怎么也知道了?

爱　呃? 你说什么?

尔　我说我觉得十分奇怪:他们为了骗大家,同时也是为了骗您,故意装作不亲热的样子;其实他们二人因为热烈相爱,已经秘密地结了婚。这件事,没有一个人知道,是谁告诉您的呢?

爱　你说谎!

尔　先生,我很愿意这是说谎。

爱　你是一个坏蛋。

尔　我承认。

爱　你这样大胆,应该马上打一百棍子!

尔　您本来有这个权力!

爱　唉! 胖勒奈!

胖　先生。

爱　我嘴里尽管说他是说谎,心里实在着急得很。(向玛斯加里尔)你想要逃走吗?

尔　没有的事。

爱　什么! 绿西已经嫁给……

尔　不,先生,这是我开的玩笑。

爱　啊! 是你开的玩笑? 坏蛋!

尔　不,我没有开玩笑。

爱　那么,这是真的了?

尔　也不然。我没说这是真的。

爱　那么,你说的是什么?

尔　唉! 我什么也不说,因为我怕说错了话。

爱　说呀! 到底是真是假,要你说个明白!

尔　您说是真就是真,您说是假就是假;我不是到这里来和您辩论的。

爱　(拔剑)你说不说? 这剑要把你的舌头割下来,没有什么可商量的。

尔　舌头割了下来,它又要去胡说八道了。我想您不如当场打我几棍子,让我一声不响就走了,岂不痛快?

爱　你愿意死呢,还是愿意说真话?

尔　唉! 我就说了吧! 但是,先生,我说了以后,也许您会生气的。

爱　说吧! 但是,说的时候要当心! 在我发脾气的时候,如果你的话里有一句是假的,那你就休想活了。

尔 好吧！如果我说的话有一句是哄您的，您就砍了我的腿，割了我的胳膊，甚至于更厉害些，就杀了我！

爱 这门婚事是真的吗？

尔 真所谓一言既出，驷马难追，我后悔已经晚了。事情是真的。连着五天，我的主人和绿西在夜晚相会，而您却做了他们的挡箭牌。到了前天晚上，他们竟私自结了婚。从此以后，绿西更加小心地把她对我的主人的热情掩饰起来，故意向您表示好感，同时还让我的主人知道这是一种手段：这么一来，人们就不会知道他们的秘密了。如果我赌了咒而您也还怀疑我的话，那么，您可以让胖勒奈在一个晚上跟我去一趟，我是担任巡风的，我可以让他看看，在树荫中，我们有一条道路，可以随时去和绿西见面的。

爱 你给我滚开吧！坏东西！

尔 那太好了，我正求之不得呢！

第五出

出场人：爱拉斯特、胖勒奈。

爱 喂！怎么样？

胖 怎么样！先生，如果他的话是真的，咱们俩都完了！

爱 唉！还有什么不是真的？他所说的一切，我都看得很清楚。瓦赖尔念那封信的时候，那种神情也可以证明他和绿西是串通一气的。他故意那样表示，好来掩饰那没良心的绿西对他的爱情。

第六出

出场人：爱拉斯特、玛利奈特、胖勒奈。

玛 我来通知您：您今晚可以到花园里去见我家小姐。

爱 口是心非的坏丫头！你还敢来见我吗？滚吧！我不愿意看见

你！你回去告诉你家小姐，叫她别再拿书信来麻烦我了！你瞧，我把她的信弄成什么样子。(把信撕碎，走出)

玛　胖勒奈,请你告诉我:这是怎么回事?

胖　你还敢来同我说话吗? 阴险的女人! 骗人的鳄鱼①! 你的心比什么都毒! 去吧! 快回去干脆地告诉你家小姐,说她的诡计虽多,我和我的主人都不再受她的骗了。我们不是傻瓜,今后请她和你找魔鬼说话去吧。

玛　(独自一人)可怜的玛利奈特,你是不是在做梦? 他们是不是疯了? 我们对他们这样好,竟受到他们这样报答吗? 唉! 我家小姐知道了这事,她会觉得多么奇怪啊!

---

① 法国俗语有"鳄鱼泪"一语,是假慈悲的意思。这里所谓骗人的鳄鱼,大约是从"鳄鱼泪"一语引伸的。

第二幕

第一出

出场人：埃士嘉尼、福劳辛。

福　埃士嘉尼，我是一个最能保守秘密的女人。

埃　但是，咱们在这里谈这种话，妥当不妥当？当心！我怕突然有人来看见了咱们，又怕有人躲在什么地方听见了咱们的话。

福　假使咱们在家里说话，更不方便呢。这里咱们可以四面张望，很容易看见有人来，所以咱们尽可以放心地谈下去。

埃　唉！我是多么难开口啊！

福　奇怪了！难道这是一件很重大的秘密吗？

埃　太重大了；就是对于您，我都不大敢说呢。假使我还能隐瞒，我决不会告诉您的。

福　唉！您这样说，就是瞧不起我了！我素来是能保守您的秘密的，您还不肯把我当做心腹吗？我从小曾同您在一块儿吃过奶，多么大的事情我不替您瞒着？难道我不晓得您……

埃　是的，我的性别和我的家世，是瞒着一切的人们的，只有您一个人知道此中的秘密。您知道，我自小是在这家里长大的；这家原有一个男孩子，名叫埃士嘉尼，但是他很小就死了。为了保住一笔遗产，人家就把我改了男装，也叫做埃士嘉尼；假使不如此，那笔遗产早已到了别人的手里。因为您知道这一切，所以我才把您当做心腹，一切的秘密都不瞒您。但是，在把这

一新的秘密告诉您以前,我希望您先答复我的一个疑问,这是
我始终不曾明白的:我这样女扮男装,并且把阿尔贝当做我的
父亲,他完全不知道其中的秘密吗?

福　老实说,您急于要我答复的这一点,连我自己也不容易说明。
关于这一密谋的底细,对我说来实在是一个谜。我的母亲从
前对我也说得很模糊。我只知道埃士嘉尼有一个叔父,那叔
父很慷慨,又很富有,他临死的时候,曾立下一个遗嘱,愿意把
一笔遗产赠给他的侄儿。但遗嘱里特别指明,只赠给一个男
的,如果是一个侄女,这个遗赠就无效了。所以埃士嘉尼未出
世以前就有了承受遗产的权利;出世以后,自然是很受宠爱的
了。谁知他很小就死了!死的时候,他的父亲不在家,他的母
亲怕他的父亲回家以后,知道埃士嘉尼死了,眼看全家所指望
的这么肥的一份产业就要落在别人手里,一定会跟她吵闹,所
以一点儿也不敢声张出去;为了遮掩这一不幸的事件,她想起
了偷梁换柱的方法。那时候,您正寄养在我们家里;于是埃士
嘉尼的母亲就从我们家里把您抱走了。您的母亲也同意这个
骗局,因为那时她正在阿尔贝家做埃士嘉尼的奶妈,这样一
来,就拿您代替了埃士嘉尼。当时人人都受了贿赂,约定了大
家保守秘密。我们从来不曾告诉过阿尔贝;至于阿尔贝的妻
子呢,她把这事隐瞒了十二年,忽然得了急病就死了,或许不
会有时间把真情吐露给她的丈夫知道。但是,我看见阿尔贝
和您的亲生母亲的感情很好,甚至他常常暗地里给她一些好
处,大约这也不是无缘无故的吧。不过,他为什么又催您结婚
呢?这是很难明白的。也许他只知道您不是他的亲生儿子,
却不知道您是女扮男装。——但是,这话越说越远了,咱们还
是回到我所急于要知道的那一个秘密吧。

埃　好,就告诉了您吧。您要知道,我假扮男子,只能骗得过普通
的人们,却骗不过爱神。爱神的一支箭会穿过了我这身男子

的服装,而深入了我这少女的软弱的心呢。——总之,我爱上了一个人了!

福　您爱上了一个人了!

埃　福劳辛,您先不要嚷,使您吃惊的事情还在后头呢!我这一颗跳动的心还有别的事情告诉您,您这会儿还没有到吃惊的时候呢。

福　还有什么?

埃　我爱上了瓦赖尔了。

福　呀!您的话有道理,这真使我更加吃惊了。您所爱的对象,就是您的对头,因为您这个假的埃士嘉尼夺去的正是应由他继承的那份很大的产业。假使他稍微怀疑起您是一个女性,他可以马上把这份遗产夺回去的!真的,我更吃惊了!

埃　但是我还能使您更加吃惊呢:我已经是他的妻子了!

福　哦,天啊!他的妻子!

埃　是的,他的妻子。

福　呀!这更超过一切了,不是我所能了解的了!

埃　这还不算数呢。

福　还有吗?

埃　不但我做了他的妻子,他并不知道,而且他还不知道我是什么人呢。

福　好,好,说下去吧!我也不多猜了!您的谜语像连珠般说出来,我的脑筋全乱了!我一点儿也不懂了!

埃　如果您愿意听我说,我就解释给您听。瓦赖尔爱上了我的姐姐,作为一个情人来说,我觉得他的话是可以听得进去的;但是,我的姐姐偏要拒绝他的爱情,我看见了,不免为他伤心。我希望姐姐喜欢他,常常和他谈话;而姐姐偏不理他,因此我就怪她太冷酷了。我因为怪她冷酷,于是不知不觉地就设身处地,自己对瓦赖尔发生了爱情,连我也奈何不得我自己!当他向姐姐说求爱的话的时候,被说服的不是姐姐而是我。当

　　他在姐姐的面前叹气的时候，动心的也不是姐姐而是我。他的愿望遭到了他所热恋的对象的拒绝，却以胜利者的姿态，打动了我的心。唉！我的心太软弱了，人家献殷勤并不是为了我，而我偏因为人家献殷勤而甘心投降了！这好像拿棍子打的是别人，而受伤的却是我；又好像别人负债，我代替别人还钱，还付出了很重的利息呢。总之，亲爱的福劳辛，我终于向他表示了我的爱情，但用的却是别人的名义。有一个晚上，我假扮了绿西；那可爱的瓦赖尔听我说话，以为是绿西在说话，非常高兴，认为绿西爱上了他了。我把话说得很巧妙，他一点儿也没听出来是我说的。趁他喜欢的时候，我对他说我实在爱他；但是，我知道我父亲希望我嫁另一个人，所以我不得不假装讨好那个人，算是顺从父亲的意志。因此之故，我们的爱情，只能让星星月亮知道，除此之外，是应该保守秘密的。在白天，为了慎重起见，我们应该避免私人的谈话，以免被人怀疑。我说我今后在表面上对他仍然很冷淡，就像我们没有经过这次谈话似的。我还叫他对我，也学我对他那样，无论是用言语、举动、书信，都不可以向我有任何爱的表示。——总之，我把这个大胆的计划勇敢地进行到底，终于使自己稳稳当当地获得了一个丈夫。

福　哈！哈！看不出您有这么大的本领！看您这一副冷面孔，心里却如此多情。不过，您做事也未免太急了！事情虽然成功到了这地步，终会有被人知道的一天；您就没有考虑到将来的结局吗？

埃　当一个人的爱情十分强烈的时候，他只知道进行他的计划，来满足自己的心愿，无论什么也不能阻止他。——我只要求达到我的目的，其余的一切都算不了什么！但是，今天我把这个秘密泄露给您听，是希望您贡献点儿意见……呃！我那丈夫来了！

第二出

出场人:瓦赖尔、埃士嘉尼、福劳辛。

瓦 如果你们俩在谈什么事情,我在这里妨碍了你们,那么,我就走开吧。

埃 不,不,您尽可以打断我们的话,因为刚才我们说的就是您。

瓦 说我?

埃 正是。

瓦 说我什么?

埃 我说,假如我是一个女子,我一定非常喜欢瓦赖尔;而瓦赖尔如果也十分喜欢我,我马上可以使他幸福。

瓦 您这些话是不能实现的,所以您的盛情并没有什么价值。但是,假如您真的处在被爱的地位,您倒觉得为难了。

埃 这决不会的。我对您说:如果您能把我当做您的心上人,我非常愿意报答您的爱情。

瓦 但是,假如我爱上了一个女子,而您对我终身的幸福又能有所帮助的话,您又怎么样呢?

埃 那么,我也许不愿意效劳。

瓦 这样的答复未免太不客气了。

埃 怎么? 我是一个女子,我的心十分爱您,您还要我帮助您去追求另一个女子,这是什么道理! 这样痛苦的事,我是做不来的!

瓦 但是您并不是女子啊!

埃 我刚才向您说那种话的时候,已经把自己当做一个女子;您就应该认为这是女子说的话才是。

瓦 那么,埃士嘉尼,您就不该自夸您能施恩于我,除非上帝显示奇迹,把您变成一个女子。总之,您既然不是女子,我就只好对您的爱情表示心领,因为您没有什么能使我留恋的。

埃 我是一个非常敏感的人,凡是关于爱情方面的事,只要人家稍微伤害了我的自尊心,我就认为这是一种侮辱。但是,瓦赖尔,我又是个诚实的人,您如果要我帮您的忙,除非您向我提出保证:说您对我至少也有同样的感情,说您对我的友谊也是很热烈的;并且还说,假如我是一个女子,您绝不会爱别人甚于爱我,以致使我感到难堪。

瓦　我从来不曾看见过这种好吃醋的自尊心!但是,不管这是多么奇怪,您这种情义是非常可感的,所以您所要求于我的,我都答应您了。

埃　真的吗?

瓦　真的。

埃　如果这是真话,那么,将来您的利益就是我的利益,我先允许您。

瓦　我不久就有一件秘密的事告诉您,您不要忘了您所说的话啊!

埃　我也有一件秘密的事要告诉您的;您对我的爱情不久就有表现的机会了。

瓦　呀!这是怎么一回事呢?

埃　这因为我已经爱上了一个人,而我不敢明白表示我的爱情;您是有足够的权力来支配我的爱情的,所以您将来能助成我的幸福。

瓦　埃士嘉尼,您有什么秘密,请您明白地告诉我吧。您可以相信我:如果是我力所能及的,包管使您得到您的幸福。

埃　您这一句诺言,它的关系重大,是您所想象不到的。

瓦　不,不,请把您的对象的名字说出来吧,我好替您设法。

埃　这还不是时候;但是,她和您是很接近的。

瓦　您的话我实在觉得奇怪。唉!但愿我的妹妹……

埃　我告诉您,这还不是我向您解释的时候呢。

瓦　为什么?

埃　为的是某种理由。等到我知道了您的秘密的时候,您也就会知道我的秘密了。

瓦　我须要得到某一个人的同意,我才能告诉您。

埃　那么,您就先去征求她的同意吧。将来咱们互相说出真情的时候,看咱们俩谁比谁更能遵守他的诺言。

瓦　再会,我满意了。

埃　我也满意了,瓦赖尔。

瓦赖尔走出。

福　他以为您是以兄弟的资格来帮他的忙呢。

第三出

出场人:绿西、埃士嘉尼、福劳辛、玛利奈特。

绿　(向玛利奈特)事情就这样决定了! 只有如此,我才能报仇;如果这么办能使他伤心的话,我就满意了。我的心并不希望别的什么。(向埃士嘉尼)弟弟,你瞧,我的爱情发生了极大的变化。起初的时候,我对瓦赖尔是那样傲慢;现在我回心转意,又打算爱瓦赖尔了。

埃　姐姐,您说的是什么话? 怎么! 转变得这么快! 你这样没有恒心,我觉得很奇怪。

绿　你那样没有恒心,才更使我惊奇呢! 从前的时候,你是祖护瓦赖尔的;你常常骂我三心二意,骂我不认识人,骂我冷酷,骂我高傲,骂我不公平。等到我打算爱他的时候,你又显出不高兴的样子,所说的话,竟像是要破坏他的幸福!

埃　姐姐,我因为要保护你的幸福,就顾不得他的幸福了。我知道他现在爱上了另一个女子,如果你回心向他而他不肯回心来爱你,岂不是你的耻辱吗?

绿　如果你只担心这一点,我可以告诉你,我并不是不顾体面的。对于他的爱情,我有完全的把握,他在我面前已经表示得很清楚了。所以你尽可以放心,请你去把我的心情告诉他。如果你不肯去,我就亲口对他说,他的热诚已经感动了我的心。——怎么!弟弟,你听了我这话,像是受了很大的刺激似的!

埃　唉!姐姐,如果我对你说话还能有点儿力量,如果你不忍不顾一个亲弟弟的哀求,你就打消了你的主意吧。瓦赖尔已经被另一个少女爱上了,而我是非常关心这个少女的幸福的;老实说,如果你知道她是谁,你的心也会软了呢。你何苦从她手里夺去了她的心上人?这个可怜的女子是热烈地恋爱着他的;她认为我是她的心腹,把事情告诉了我。我看她那万种柔情,铁石的心肠也是会受感动的。真的,如果你知道你一转念头就害得她十分痛苦,你一定也会可怜她的痴情的。姐姐,如果你夺了她的爱人,我相信她非死不可!爱拉斯特很好,你应该满意了,而且你们俩热烈相爱……

绿　弟弟,算了吧!我不知道你是为了谁,这样热心辩护;但是,我请你别再说下去了,让我静心想一想吧。

埃　唉!狠心的姐姐,如果你真的实行了你所决定的计划,你就使我伤心到极点了!

埃士嘉尼与福劳辛走出。

第四出

出场人:绿西、玛利奈特。

玛　小姐,您的主意未免决定得太快了。

绿　一个人受了侮辱的时候,做事是不瞻前顾后的。我急于要报仇,只要有雪恨的机会,我决不肯放过。——唉!那没良心的!竟给了我这种极大的侮辱!

玛　是呀,我到现在也还非常气愤呢。我对于这件事,虽然不停止地想了又想,始终想不出一个道理来。当他得了好消息的时候,他是多么喜欢,甚至把我认为是天使;但是,当我把第二次

的消息传给他的时候,他竟把我侮辱到那个地步,说我连最下
贱的女人也不如! 我不知道在这短短的时间内发生了什么意
外,以致引起这么大的变化来。

绿 发生了什么意外,你也不必费心去想。总之,我心里已经恨上
他,无论如何也不能原谅他了。怎么! 他这样卑鄙,这样对我
不住,你还要替他找理由来辩护吗? 我真后悔写了那一封信,
他这样忘恩负义,还有一点儿什么可以原谅的理由吗?

玛 事实上,我也承认您说的有道理:这完全是因为他们负心,才
故意来和我们寻衅。小姐,咱们都上了当了! 这两个坏蛋,他
们起初说得天花乱坠;他们假装多情,来哄咱们;咱们听了他
们的甜言蜜语,心就软了! 咱们实在太软弱了,竟接受了他们
的追求。唉! 咱们真是傻瓜,男人都是要不得的。

绿 好吧! 好吧! 让他们幸灾乐祸吧! 咱们上了当,就让他们嗤笑
咱们吧! 他们决不能永远这样得意的。我要让他们知道:咱们
是有志气的女人,当咱们的恩惠被拒绝了之后,他们会马上被咱
们抛弃的。

玛 在这种情况下,至少咱们还可以自慰,因为咱们并没有真的上
了他们的当;他们在晚上开玩笑的时候,我玛利奈特不是一个
傻瓜,我不曾允许了什么。假如是别人,因为希望结婚,也许
被甜言蜜语诱惑上了,而我却没有答应……

绿 你说的都是废话,这是说废话的时候吗? 总之,我的心现在痛
苦极了,念念不忘地想要报仇。——其实上帝既然要让我伤
心,我也未必有报仇的希望。不过,如果我偶然遇到了好运
气,能使那负心汉回来跪在我的脚边,忏悔今天的事,愿意牺
牲他的生命来赎他的罪过,我也不许你替他说好话。恰恰相
反,我希望你在我面前把他的罪过说得越大越好,这才见得你
对我忠心。甚至当我受他感动,有意饶恕他的时候,你也该坚
持你对我的忠诚,不要让我息怒,才是道理。

玛　唉！您别怕，让我去办吧。我至少也像您一样生气的。我宁愿一辈子做老处女，也不肯再希望嫁我那没良心的胖子！如果他来……

第五出

出场人：阿尔贝、绿西、玛利奈特。

阿　绿西，你进去吧。你给我把那老师请了出来。他是埃士嘉尼的先生，埃士嘉尼这两天不知道为了什么，总是愁眉苦脸的，让我问一问他，看他知道不知道。

第六出

出场人：阿尔贝（独自一人）。

阿　我因为做了一件不合理的事，就惹起许多麻烦来了！我因为贪财，抱来一个假儿子，就害得我的心里经常觉得难过。当我看见我自己陷入了痛苦的深渊的时候，我真后悔当初不该贪图这份财产。有时候，我怕人家发现了我的阴谋，弄得全家丧失了名誉和财产；有时候，我又为这个假儿子而担心，因为我既然收养了这么一个儿子，也就怕他遇到了什么意外。如果我有事出门，心里先怕回到家里的时候，得到这么一个不幸的消息："唉！您不知道吗？人家没有告诉您吗？您的儿子正在发烧呢，——或手脚摔断了。"总之，无论我做什么事情，我的心里老是不安宁，不是怕这个就是怕那个。唉！……

第七出

出场人：阿尔贝、米达佛拉士特。

米　（用拉丁语）Mandatum tuum curo diligenter[一]。

————————

〔一〕我连忙来遵从您的命令。

阿　先生,我想要……

米　"先生"二字是从拉丁文 magis ter 来的,意思是说大三倍。

阿　唉!谁知道这个呢?好,算您说得对。——但是,先生……

米　请说下去吧。

阿　我是要说下去的,但是,您别这样打断我的话头才行啊!先
　　生,——这是我第三次叫您"先生"了!——我的儿子让我发
　　愁。您知道我是爱他的,我那么操心把他养活了这么大。

米　对了:Filio non potest præferri nisi filius[一]。

阿　先生,当我们在一块儿说话的时候,我认为您尽可以不咕噜您的
　　拉丁文。我知道您是一个大学者,精通拉丁文;人家推荐您的时
　　候就向我说过了,难道我还不相信您学问渊博不成?但是,现在
　　我有话同您商量,您就不该卖弄您的学问,做我的先生,向我咕
　　噜这么些深奥话,竟像登坛传教似的!我的父亲虽然是一个聪
　　明人,也只教我学了几句祈祷的话。这五十年来,我天天放在口
　　里念着;其实我念的是什么,连我自己也不知道呢。所以您该让
　　您的一肚子学问去休息休息,让您的舌头迁就迁就我这没有学
　　问的人吧。

米　也好。

阿　我的儿子像是怕结婚似的。无论我向他提出哪一门亲事,他
　　都表示冷淡得很,不赞成我的意思。

米　他的性情也许很像马克杜尔的弟弟的性情。这是阿底古斯说
　　过的;希腊人也说:atanaton……[二]

阿　天啊!您这位喋喋不休的先生!希腊人也好,阿尔巴尼亚人
　　也好,斯洛伐克人也好,都请您不必提起,他们和我的儿子有
　　什么关系呢?

─────────────

〔一〕人之爱子,不能更胜于爱子。引申说就是:天下的爱情以爱子之情为最深。

〔二〕这字没有什么意义,或作 athanaton,在希腊文是不死的意思,这一句话没有完,所以
　　我们无从断定。

米　好,您的儿子怎么样?

阿　我不知道他是否秘密地爱上了一个女子;除非我猜错了,他真像有一肚子心事似的。昨天我看见他在树林里一个没有人到的地方呆着,他却没看见我。

米　您想要说"一个人踪罕至的地方"吗? 这在拉丁文是 secessus;譬如维吉尔曾经说过:Est in secessu...locus①。

阿　我相信,在那偏僻的地方,仅仅有我和我儿子两个人,那维吉尔并没有看见我们,怎能说这话呢?

米　维吉尔是一个著名的作家,我所以引用他的话,是让您知道同样一句话,人家用的字眼比您用的文雅的多,并不是拉他做见证,来证明你们昨天的事情。

阿　老实说,我不需要更文雅的词句,也不需要作家,也不需要证人。我只亲自看见就算了。

米　但是,我们应该采用大文豪的成语;古人说得好:Tu vivendo,bonos;scribendo,sequare peritos〔一〕。

阿　呸! 魔鬼,您不要和我争辩,静静地听我说,好不好?

米　这是干底连的格言。

阿　谁要你这样多嘴!

米　关于这一点,他还说了一句很古雅的话,您一定很愿意知道的。

阿　我愿意变作一个魔鬼,把你立刻抓了去! 哎! 你这笨驴,我恨不得给你一拳!

米　先生,是谁惹您生气的? 您要我怎么样?

阿　我对您说过不止二十次了:当我说话的时候,我希望您静听我说。

---

① 维吉尔(前70—前19),拉丁大诗人。这是维吉尔的《伊尼特》某首诗开始的一句,意思是说:在僻静的地方。

〔一〕以善人之行律尔行,以名士之文律尔文。这是德波代尔的格言,而米达佛拉士特误以为是拉丁的修辞学家干底连的格言。

米　呀！当然啦！如果您只要我如此,我包管使您满意;让我闭口
　　不说就是了。

阿　您就规规矩矩地静听着吧。

米　好,我现在静等着听您说话了。

阿　这才好呢。

米　如果我再吭声,就让我死吧!

阿　愿上帝保佑您!

米　您再也不能怪我多嘴了。

阿　好的!

米　有话请说吧!

阿　好,我这就说。

米　您不必再怕我打断您的话头了。

阿　这个您已经说过了。

米　我说得出就做得出,不像别人能言不能行。

阿　我相信您。

米　我已经应允了您:我不再说话了。

阿　够了!

米　从现在起,我变了哑巴了。

阿　很好!

米　说吧!您尽管说下去吧!至少我好好听着呢,您再也不能怨
　　我只管咕噜了:我连嘴也不开呢!

阿　(背语)这坏蛋!

米　但是,请您赶快把话说完吧,我静听您的话,有好半天了;现在
　　该轮着我说了。

阿　那么,你这可恨的东西……

米　天啊!您要我永远闭着口,专听您说吗? 至少我要和您平分
　　一半说话的时间,否则我就走了。

阿　我的脾气再也……

米　怎么！您还要继续说下去吗？您还没有说完吗？算了吧！我的头都给您闹昏了！

阿　我还没有说……

米　还有吗？天啊！哪里有这许多的话！您一说下去，就没有法子打住吗？

阿　气死我了！

米　又说！呀！急死我了！请您让我也说两句吧。您要知道：一个不说话的学者，和一个不说话的傻子有什么分别呢？

阿　唔！等一会儿你就不能住口了！（走出）

第八出

出场人：米达佛拉士特（独自一人）。

米　怪不得古代的一位哲学家说过这样一句名言："你说话，人家才了解你。"不让我说话，人家怎能了解我呢？在我看来，如果我失了说话的权利，我宁愿失了人性，变成禽兽还好些！这一下足够让我头痛一个礼拜的！唉！我最恨的是那些多言的人们！假使人们要一个学者永远闭着嘴，专听别人说话，而不说话给别人听，那么，世界上一切事情都该颠倒了：不久以后，母鸡会吃了狐狸；孩子会教训老翁；小羊会追赶豺狼；疯子会制定法律；妇女会上战场；罪犯会审判法官；学生会打先生；病人会给健康的人吃药；而那些胆怯的兔子也会……

第九出

出场人：阿尔贝、米达佛拉士特。

阿尔贝把一个马铃在米达佛拉士特的耳边摇响，迫他走避。

米　（逃走）呀！呀！救命啊！

第三幕

第一出

出场人：玛斯加里尔（独自一人）。

尔　一个人遇上一件麻烦事，能怎样解决就得怎样解决；我的计划虽然有点冒险，上帝也许会帮助我成功的。这一次是我自己太不小心，一时多口，把事情弄糟了，最快的补救方法就是索性再多说几句，赶紧把一切的秘密都告诉我的老主人。他的儿子是个糊涂虫，专会误我的事；如果他把我的话都泄露给他父亲，他父亲一定会大发其火，我的事情就更糟了！但是，在此以前，也许还可以挽回；他们两个老头子也许可以设法妥协。所以我不妨试一试，让我就依照主人的命令，马上去找阿尔贝去吧。

　　敲阿尔贝的门。

第二出

出场人：阿尔贝、玛斯加里尔。

阿　是谁敲门？

尔　是一个朋友。

阿　哦！玛斯加里尔，你为什么来的？

尔　先生，我来向您请安。

阿　唉！真是难得！辛苦你了！日安，玛斯加里尔。（说完就走）

尔　回答得匆匆忙忙的,真是一个性急的人!（再敲门）

阿　又来了!

尔　先生,您没有听我说话呢。

阿　你不是向我请过安了吗?

尔　是的。

阿　好,那么,日安,玛斯加里尔!

　　阿尔贝说完就走,玛斯加里尔把他拦住

尔　是的;但是,我到这儿来,还没替我家老爷波里多给您请安呢。

阿　哦,这倒是另一回事儿。是你的主人叫你来向我请安的吗?

尔　是的。

阿　谢谢你。去吧,回去告诉你家老爷,说我恭祝他永远快乐。
　　（说完就走）

尔　这老头子是不讲礼貌的!（又敲门）先生,我还没有把他的话
　　说完呢。他有一件要紧的事恳求您。

阿　好! 随便什么时候我都可以帮他的忙。（又想要进去）

尔　（把他拦住）等一等,我再说两句就完了。——他想要同您谈
　　一次话,跟您商量一件重大的事情;他就要到这里来了。

阿　他有什么事要找我商量呢?

尔　是他刚才新发现的一件大秘密,大约是和你们俩都有关系
　　的。——这就是我的使命。（走出）

第三出

出场人:阿尔贝（独自一人）。

阿　呀! 天啊! 吓得我直发抖! 我们平日是不大来往的。眼看要
　　有一场风波,推翻了我的计划;这一个秘密一定就是我所怕的
　　那件事了。想必是有人贪图报酬,泄露了我的秘密;这岂不就
　　是我一生的污点? 糟糕! 我的阴谋被发现了! 唉! 事实的真
　　相是很难长久隐瞒下去的啊! 我天天为这件事担心害怕;为

着爱惜名誉起见,我早就该停止这一阴谋。当时我很想把波里多所该得的财产还给了他,使一切事情都平安地过去,免得被人发觉,当场出丑:我这主意在脑子里不知道转过多少次了,结果还是贪财! 唉! 事情弄到这个地步,后悔也来不及了。我用阴谋得来了这一份财产,将来出去的时候,恐怕连我自己的财产也要被带走一大部分呢!

第四出

出场人:阿尔贝、波里多。

波　(没有看见阿尔贝)结了婚,谁也不知道! 但愿这一件事不闹出乱子来就好了! 我不晓得怎样办,只好等着;我很怕那老头子,他有钱,脾气又大。(看了看阿尔贝)哦! 我看见他独自一人在那里。

阿　(旁白)天啊! 波里多来了!

波　(旁白)我还没走到他跟前,就先发起抖来了。

阿　(旁白)我都吓傻了!

波　(旁白)我见他面,先跟他说些什么呢?

阿　(旁白)让我怎样对他说呢?

波　(旁白)他的心太激动了!

阿　(旁白)他的脸色都变了!

波　(向阿尔贝)阿尔贝先生,我一看您的眼神,就知道您早已明白我的来意了。

阿　唉! 是的!

波　也怪不得您觉得奇怪;假使不是我亲耳听见了这消息,连我也不敢相信哩!

阿　我应该惭愧,应该脸红。

波　我觉得这种行为是一种罪恶;我不敢希望您饶恕犯过这种罪的人。

阿　上帝该怜悯这个可怜的造孽者。

波　您正应当从这方面来考虑。

阿　咱们都应该做个好的基督教徒。

波　对啊！一点儿不错。

阿　波里多先生，请您恕罪！看上帝的面上，请您宽恕了我的罪吧！

波　唉！现在该是我这样请求您啊！

阿　为着求您恕罪，我在这里跪下了！（跪）

波　该是我跪下来求您呢！（也跪）

阿　我做了这件不幸的事，请您可怜我吧。

波　这件事，是我对您不住，我只好哀求您。

阿　您这样好心，我的心都碎了！

波　您这样谦逊，我更惭愧了！

阿　我再说一次：请您恕罪吧！

波　唉！该由您恕我的罪呢！

阿　我对于这事，觉得痛苦极了！

波　我呢，我的心也痛苦到了极点。

阿　我哀求您别宣布这一件秘密。

波　唉！阿尔贝先生，我也这样希望呢。

阿　让我们保持住我们的名誉吧。

波　对啊！我巴不得如此！

阿　至于财产该要多少，任凭您自己决定就是了。

波　您愿意给我多少，我就要多少；不给我，就不要。——一切关于财产的问题，由您一个人作主就是了。如果您能满意，我没有什么不满意的。

阿　唉！多么宽宏的人，多么仁慈的心啊！

波　经过这样不幸的事，您还这样忠厚待人，真是难得！

阿　我敬祝您一生幸福！

波　我敬祝您事事如意!

阿　我们像弟兄般拥抱吧。

波　我非常赞成;这事解决得这么圆满,我是多么快活啊!

阿　让我谢天谢地。

　　他们都起来了。

波　您可别假装饶恕我呀! 我未来以前就怕您大发脾气。绿西和
　　我的儿子做错了事,而我又看见您是有钱有势的人……

阿　嗯? 您说的是什么? 绿西做错了事?

波　算了吧,我们不要说废话了。我愿意承认,在这件事情上,我
　　的儿子应负大部分的责任;再者,如果您爱听的话,我甚至于
　　可以说这完全是他一个人的过错。您的女儿的道德是很高尚
　　的,假使没有一个轻狂的少年去诱惑她,她一定不会失足,做
　　下这样不名誉的事情。她本是一个清白的女子,因为那坏蛋
　　引诱坏了她,同时也就破坏了您对她的希望。事情已经没法
　　子挽回了,幸亏咱们俩都是好脾气的人,一切都获得了圆满的
　　解决;这恰是我所希望的,也是再好没有的了。我们不必再说
　　什么了,让咱们以庄严的婚礼来补偿这一件耻辱的事吧。

阿　(旁白)唉! 天啊! 误会得多么厉害! 但是,他这是从何说起
　　的呢? 我刚摆脱了这一个烦恼,却又陷入到另一个烦恼里面
　　去了。我在这种心烦意乱的时候,不知道怎样回答他才好。
　　我怕一开口就说错了话,那就更糟了。

波　阿尔贝先生,您在想什么?

阿　我没有想什么。咱们等一会儿再谈这件事吧。我忽然觉得身
　　子不舒服,只好暂时失陪了。

第五出

出场人:波里多(独自一人)。

波　我完全知道他心里的事儿;他为什么匆忙走开,我也看得很清

楚。他虽然服从了他的理智而饶恕了我,他那不愉快的心情还没有完全消除掉。他又想起了所受的耻辱,所以借故走开,不愿意让我看出他的烦恼。我和他都觉得很惭愧,他的痛苦使我更加伤心。他需要一些时候来恢复他的精神。痛苦越憋在心里是越感觉痛苦的。——哦!我那傻孩子来了!这场风波都是由他而起的!

第六出

出场人:波里多、瓦赖尔。

波　好,我的小乖乖,你的好品行使你老子的晚年一会儿也得不到安宁!你每天总有些新鲜事儿,我的耳朵里还听得见别的事情吗?

瓦　我每天都做了些什么罪大恶极的事儿,惹得父亲这样生气?

波　我是一个性情古怪、脾气暴躁的人,竟责备像你这样一个又老实又安静的儿子!唉!你简直是一个圣人,整天到晚只晓得在家里读《圣经》!若说你颠倒了自然的秩序,以夜为昼,那简直是骗人的话!如果说你常常不把父亲看在眼里,不止一次地不听父亲的教训那更是造你的谣!近来又有人说你私自和阿尔贝的女儿结了婚,不顾将来会有什么麻烦;这当然是别人做的事,而人家误会是你做的!你瞧,我说了出来,你还不知道,岂不是冤枉了你吗?——唉!狗东西!你是上帝差来折磨我的吗?你就这样永远任意胡为吗?我在未死以前,竟不能看见你一天不闹乱子吗?(走出)

瓦　(独自沉思)这一场祸事是哪里来的?我不明白!想来想去,一定是玛斯加里尔把我的事告诉了他。但是,玛斯加里尔这人不是马上肯说实话的。让我先压制着我的怒火,慢慢地用手段去引诱他吐露真情吧。

第七出

出场人:瓦赖尔、玛斯加里尔。

瓦 玛斯加里尔,刚才我遇见了我的父亲,他完全知道我的事情了。

尔 他知道了吗?

瓦 是的。

尔 真见鬼!他是从哪里打听来的呢?

瓦 我简直猜不出是谁告诉他的;但是,这么一来,事情反倒成功了;从各方面看来,我都应该高兴。他并没有对我说一句生气的话;他原谅我的过错,赞成我的恋爱,真是再好没有了。是谁这样会劝他,使他这么容易说话呢?我实在感激那一位告诉他的人。你不知道我是多么快乐啊!

尔 先生,假使是我给您造成了这样大的幸福,您又怎么说呢?

瓦 好!好!多亏你想要给我这样一种幸福!

尔 是我告诉了老主人,因此您才有这样好的结果。

瓦 你说这话,不是在开玩笑吗?

尔 如果我开玩笑,如果事情不是这样,我就给魔鬼抓了去!

瓦 (拔剑在手)如果我不痛痛快快地惩罚你一下,就让魔鬼把我抓了去!

尔 呀,先生!这是什么意思?您这样吓唬我,我是不依的!

瓦 你不是向我表示过忠诚吗?原来这就是你对我的忠诚!我虽然知道是你捣的鬼,假如我不诈你这一下,你还不肯承认呢。没良心的奴才,你的舌头闲着没话说,竟在我父亲跟前播弄是非,使他对我发了一阵脾气,弄糟了我的事情!现在我只要你死,没有什么可说的。

尔 慢来,慢来!现在并不是让我死的时候。请你等一等这件事情的结果,好不好?您的婚姻本来是难守秘密的,而我去泄露了您的秘密也不是无缘无故的,我有我的许多理由。这是一种高明的手段,将来您瞧,您会后悔不该对我发脾气的。只要我把您从困难的处境里救了出来,使您完全满足了您的愿望,这就够了,您还生气做什么?

瓦　假如你说的都是骗人的话呢?

尔　那么,等到那时候您再杀我也不晚啊!不过,我的计划一定能有效果的。上帝是会帮助我们的;将来您满意了的时候,还该感谢我这种了不起的安排呢。

瓦　将来咱们再看吧。但是,绿西……

尔　嘘!她父亲出来了。

第八出

出场人:阿尔贝、玛斯加里尔、瓦赖尔。

阿　(自语)关于这件离奇的事,我刚一听说的时候,把我吓糊涂了,差点儿受了人家的骗;现在我越想越觉得不对了。因为绿西说这完全是谣言,看她跟我说话时候那种神气,我实在不该有一点儿怀疑。(看见瓦赖尔)呀!先生,是您这样大胆,竟敢编这种瞎话来破坏我的名誉吗?

尔　阿尔贝先生,请您说话客气些,不要这样怒气冲冲地向您的女婿说话。

阿　怎么!女婿?你这个坏蛋!看你的样子,很像一个主谋的人,一切的事都是你从中捣鬼的。

尔　我不懂您为什么生气。

阿　损害我女儿的名誉,败坏我全家的名声,你还认为这做得对吗?

尔　他现在已准备着遵照您的意旨去做一切的事情。

阿　我只要他说出真情;此外我还要他做什么呢?假如他有意要娶绿西,他尽可以正大光明地进行这件事。他应该按照正当的手续,先向她父亲求婚;不该用这样卑鄙的手段,来损害一个少女的名誉。

尔　怎么?绿西不是和我的主人已经秘密地结了婚吗?

阿　你胡说,坏奴才,绿西决不会做这种事!

尔　您先别这么说;如果这真的已经成为事实,您肯承认这种秘密的结合吗?

阿　如果事情不是真的,你肯让我打断你的手脚吗?

瓦　(打断阿尔贝的话)先生,他所说的确是真话,这是很容易证明的。

阿　好!又来了一个!这样的奴仆,真该有这样的主人!啊!你们是两个大胆的说谎鬼!

尔　我拿人格担保我的话是真的。

瓦　我们为什么要骗您呢?

阿　(旁白)看他们俩人异口同声,明明是狼狈为奸!

尔　但是,我们就证明这件事吧。咱们也不必吵嘴,您只把绿西唤了出来,让她说个明白就是了。

阿　假如她也否认这件事呢?

尔　先生,您听我说,她一定不会否认的。咱们先这样约定好不好?如果她承认,您就允许他们正式结婚;如果她否认,我就受最严厉的惩罚。她一则不肯违背所订的誓约,二则为爱情所驱使,一定会亲口直认一切的。

阿　好,咱们等着瞧吧。(敲门)

尔　(向瓦赖尔)您放心,一切都很顺利。

阿　喂,绿西,我有一句话跟你说。

瓦　(向玛斯加里尔)我怕……

尔　您不要怕!

第九出

出场人:绿西、阿尔贝、瓦赖尔、玛斯加里尔。

尔　阿尔贝先生,请您先不要说话。——(向绿西)小姐,一切事情都在促成您的幸福:我们已经把您的爱情告诉了您的父亲,他愿意承认您的丈夫,承认您的婚姻;只要您消除一切不必要的顾虑,在您父亲面前,简简单单地正式表示一下,证实了我们的话,就行了。

绿 你这坏蛋,向我说的是什么野话?

尔 好! 她一开口就先赏给我一个体面的头衔!

绿 (向瓦赖尔)先生,请您告诉我:你们为什么要造这种谣言,而且现在还公开地这样讲呢?

瓦 我的亲爱的绿西,请您宽恕我:由于我的仆人多嘴,泄露了咱们的婚姻,我也无可奈何了。

绿 咱们的婚姻?

瓦 什么都让人家知道了。我所热爱的绿西,否认也没有用处了。

绿 怎么! 我爱上了您,秘密地嫁给了您?

瓦 我确有了这幸福,真教千万人羡慕我。我所谓幸福,与其说是您对我的爱情,不如说是您给我的恩赐。唉! 这也怪不得您生气:您本来是要保守秘密的,我也遵从了您的命令,不管心里怎样爱您,白天在您面前总是装作冷淡的样子。但是……

尔 好! 是的! 是我泄露了你们的秘密! 是我闯下了大祸了!

绿 有像这样造谣言的吗? 在我本人面前,你们还敢撒谎;你们竟想用这种计策达到你们的目的! ——(向瓦赖尔)唉! 您这位可笑的爱人,您得不到我的爱情,就想要损害我的名誉。您以为我的父亲一听这种谣言就会大起恐慌,马上让我和您结婚,来掩盖我所受的耻辱;其实,假定一切都助成了您的希望:我的父亲,我的命运,甚至我本人的心都已倾向于您;现在您想用这种手段把我弄到手,在我盛怒之下,我就要反抗我的父亲,反抗我的命运,反抗我本人的心。我是宁愿自杀,决不肯和您结婚的。去吧! 假如我不是个女人,我一定用武力对付您,给您一个教训,叫您下次再不敢这样对待我!

瓦 (向玛斯加里尔)糟糕! 她的怒火消不下去了! 咱们算完了!

尔　让我和她说去。——喂，小姐，您现在这样装腔作势，还有什么用处呢？您为了这件事大发脾气，甘心破坏您自己的幸福，这是什么意思？假如您父亲是一个蛮不讲理的人，还有可说，可是我看他并不是不讲道理的人；他自己对我说过：如果您坦白地承认了一切，他仍旧爱您，没什么不依着您的。我很明白：您这不正当的恋爱，由您亲口说出来，当然会觉得难以为情的；但是，您虽然做错了事，将来正式结了婚，就可以弥补一切了。即便有人指摘您这种自由恋爱，总不至于说您像杀人那样犯了大罪。您要知道，人心都是软的；女子的心不是木石，谁能无情？做这种事的女子，难道您是第一个不成？又难道您是最后一个不成？

绿　（向阿尔贝）怎么？您静听着他这样侮辱我，竟不帮我说他一声吗？

阿　你要我说什么呢？这样的一件事已经把我气糊涂了。

尔　小姐，您听我说：您早就该把事情都痛快说出来。

绿　我早该说什么？

尔　说什么？当然是说您和我的主人之间所发生的事情啊！您还问我，这未免太滑稽了！

绿　不要脸的奴才，你的主人和我之间究竟发生了什么事情来着？

尔　关于这里面的事，您应该知道得比我还清楚吧？那天夜晚，对您说来实在太甜蜜了，为什么这样快您就忘了呢？

绿　父亲，这奴才太无礼了，我再也忍受不住了。（打玛斯加里尔一个耳刮子。走出）

第十出

出场人：阿尔贝、瓦赖尔、玛斯加里尔。

尔　我想刚才我大约是让她打了一个耳刮子。

阿　去吧，坏蛋，你这个恶棍，我的女儿打了你一巴掌，我很赞赏她打得痛快。

尔 无论如何,我的话是不错的;如果我说了半句假话,我情愿让魔鬼把我抓了去。

阿 无论如何,如果我还让你继续散布这种谣言,我情愿让人家把我一双耳朵割下去。

尔 我去找两个人来证明我的话是真的,好不好?

阿 我去找两个人来打你一顿棍子,好不好?

尔 他们把事情证明了以后,您就相信我了。

阿 他们的胳臂很有力气,比我这文弱的老头子强多了。

尔 我告诉您:绿西不肯说实话,是因为她害羞。

阿 我告诉你:我非惩治你一下,消消我的气不可!

尔 您认识那位胖公证人奥尔曼吗?

阿 你认识本城的刽子手克林班吗?

尔 还有一位当年很著名的裁缝,名叫西门的,您认识吗?

阿 竖在市场中间的绞刑架,你看见了吗?

尔 您看,等一会儿可以由他们证明这个婚姻。

阿 你瞧,等一会儿可以由他们结果你的性命。

尔 他们俩曾找过那两位做证人,证明他们相爱。

阿 我要找那两位做帮手,替我报仇。

尔 那两位是亲眼看见了他们订约的。

阿 那两位将要亲眼看见你吓得打哆嗦。

尔 绿西那天戴着黑色的面网,作为她的记号。

阿 你明儿在额上带了血斑,那就是你的记号。

尔 唉! 顽固的老头子!

阿 唉! 该死的奴才! 你该感谢我的年龄;如果我的年纪不老,马上就要把你痛打一顿了。不过,你是始终逃不了的,等着瞧吧!

第十一出

出场人: 瓦赖尔、玛斯加里尔。

瓦　好! 你不是包管有圆满的结果吗?

尔　您这话的意思,我完全懂得了。一切都在和我作对;眼看四面八方都准备好棍子和断头台在等着我。在这狼狈不堪的状态中,为图个心静起见,我只好去找一个高岩,将身一跳,就完了。在我不愿再活下去的时候,但愿能找得到一个称心的高岩就好了。告别了,先生。

瓦　不行,不行,你不能逃走! 如果你要死的话,我非亲眼看见你死不可。

尔　当我寻死的时候,如果有人在旁边看着我,我就死不成了! 这样,我的死期岂不是又要推延了吗?

瓦　随我来吧,没良心的奴才,随我来吧;在我恋爱失败、怒气正盛的时候,你看我是不是和你开玩笑的! (走出)

尔　不幸的玛斯加里尔,由于别人的罪过,你受了多少的灾难啊!

第四幕

第一出

出场人:埃士嘉尼、福劳辛。

福　这件事麻烦得很。

埃　唉！我的亲爱的福劳辛,我的命运真不好,我是该倒霉的时候了。这事到了这个地步,决不会就到此为止的,非往坏里发展下去不可！绿西和瓦赖尔忽然知道了这里面另有神秘的情节,他们总会有一天要追究此中的秘密,而我们的计划就不能不失败了。关于继承遗产的阴谋,阿尔贝也许是知道的,也许他和大家一样蒙在鼓里,总之,如果我的事情被发觉了,他所谋得的财产就归了别人,那么,他还能让我在他家里住下去吗？他的利益落了空,他对我的感情也就算完了。至于我的爱人呢,由于我用了诡计,他才成为我的爱人;无论他对我的爱情深到什么程度,将来他知道我是一个无家可归的、没有财产的女子,他肯要我做他的妻子吗？

福　我觉得您这种想法是对的;只可惜您考虑得太晚了。这事情不是早已很明显地摆在那里吗？当初您打算嫁他的时候,不是仙人也会未卜先知,我早已料定结果是不会好的,而您却等到今天才明白过来！

埃　我到底应该怎么办呢？我的心乱极了;请您设身处地,替我想个法子吧。

福　但是，如果我设身处地以后，我就变了您，您就变了我了；那么，该是您替我想法子，不该是我替您想法子了，那就该我说：福劳辛，请您给我出个主意吧。我的事情糟到了这地步，有什么法子可以补救呢？说呀！我哀求您！

埃　唉呀！请您不要把这事情当作儿戏吧。我已落到了这种地步，您还跟我开玩笑，您太不关心我的痛苦了！

福　不，老实说，我对于您的苦恼是很表同情的；我真想尽我的力量把您从这种绝境里救了出来。但是，您叫我怎么办呢？我看不出有什么法子，可以助成您的爱情，使这件事情化凶为吉的。

埃　如果没法子补救，我就只能以一死了事了。

福　呀！至于寻死，还未免太早些。您要知道，寻死乃是一种随时可以采取的灵药，如果要服这种药，越晚越好，反正不怕错过了机会的。

埃　不行，不行，福劳辛；如果您不给我指条明路，使我脱离了这难关，在绝望之中我真不想活下去了。

福　您知道我在想什么吗？我应该去看那一位……但是，爱拉斯特来了，他一来，我们就不便再谈下去了。咱们一面走，一面谈这件事吧。走吧，不要在这里了。

第二出

出场人：爱拉斯特、胖勒奈。

爱　又碰了一个钉子吗？

胖　我是天下最倒霉的一位大使！当我去告诉她，说您希望和她谈一次话的时候，她假装不理会。她说："去吧！去吧！我瞧不起他，也瞧不起你。你叫他不要再来碰钉子吧。"说了这话以后，她就扭脸走了。连玛利奈特也撅了一撅她的狗嘴，咕噜了两句："胖奴才，你不要再来缠我们了！"说完了以后，她也像绿西一样,甩了我就走了。我的命运和您的命运都一样,谁也不用笑话谁了。

爱　没良心的!我本该怪她的;而我这么早就息了怒去迁就她,她却这样傲慢地对待我!怎么!在那种真像有其事的情况下,我因恼恨她不忠实于我的爱情而发作起来,还不值得原谅吗?我既然热烈地爱她,在这最严重的时候,我能让我的情敌夺去了我的幸福而不动心吗?无论何人,处在我的地位,能不像我这样做么?眼看有这种事,能不发生误会吗?我的怀疑本是应该的,现在我明白了,这还算晚吗?我没有等她来向我解释,我早已回心转意了;在大家都还相信那谣言的时候,我已情不自禁地给她以种种的体面了。我这一方面只管抱歉,她那一方面只管怪我,她不能从我这敬意里看出我的伟大的热诚。她不但不肯安慰我的心灵,不帮助我去抵抗我的情敌,而且她还任凭我遭受妒忌的痛苦,拒绝我的使命、我的书信,并且不肯给我一个约会!唉!她受了小小的气就这样容易消灭了她的爱情,恐怕从前她对我的爱情也不是很深的。她这样容易走到了极端,可见从前我在她的心里并不占什么重要的地位;我从前那样喜欢她的性情,现在我却看出她是什么样的人了。好,人家既然这样瞧不起我,我也犯不上一定要爱她。她对于她的情人,要不要都不当一回事,难道我不能跟她一样吗?

胖　我也是这样的。让咱们都跟她们断绝来往吧,就把咱们的恋爱算作是往昔的罪过吧!咱们应该把这种善变的女人教训教训,使她们知道咱们并不是没有勇气的。咱们受女人的轻视,那是咱们自找。如果咱们能够有自尊心,女人们说话也就不敢这样趾高气扬了。哎!女人对我们所以敢那么骄傲,完全是由于我们自己的错儿!现在的世界,大多数的男子们不但天天都去奉承女人,竭力讨她们的欢心,而且还把这种自贬身份的事儿当做一种义务;假如大家不是这样,我包管女人们跑上来亲热地和我们接吻,我们还不大喜欢呢!

爱　我呢,我料不到她这样瞧不起我。现在我也想要表示我瞧不起她,所以我打算爱另一个女子。

胖　至于我呢,我不愿意再和女人怄气了,所有一切的女人,我都放弃了;老实说,您如果照我这样做,对您也有好处呢。您要知道,人家说过,女人是一种不容易了解的动物,她们的本性是倾向于恶的方面的;一个动物永远是一个动物,哪怕它活了一千岁,也不过是一个动物;同样,一个女人永远是一个女人,哪怕到了世界的末日,也不过是一个女人。因此,希腊的一位作家说,女人的头脑像一种流沙——请您静听我这高明的议论吧——头脑是一身的主宰,身体失去了主宰就连禽兽都不如了。如果主宰和头脑不能谐和,而一切又不能由这种谐和去支配,那么,头脑里就会纷乱起来了。这么一来,兽性的一面就占了上风而压倒了理智的一面;理智要向左,兽性要向右;理智要来软的,兽性要来硬的,总之,一切都不晓得往哪里去了。人家又说,女人像屋顶的一面小旗,是随风飘荡,可东可西的。所以亚里士多德的侄儿也往往把女人比较海水;所以人们常说,世上最稳定的就是波浪了①。这样譬喻起来——您要知道,议论必须有一两个譬喻,然后令人容易了解;在我们读书人看来,譬喻法比直说法好多了——这样譬喻起来,我的主人,您听我说,譬如在海上,暴风雨快来了,海水怒吼,等到狂风大作的时候,一个波浪跟着一个波浪打下去,海面就激荡得更加可怕了;这时节,那船也不听掌舵人的驾驭,忽然上天,忽然入地。女人的头脑也是这样变化多端的,只要她们脑筋一转,眼看就是一场大风波……她们想要争风……用一些

① 胖勒奈的话是没有条理的,甚至于说错了,譬如该说世上最不稳定的就是波浪,他反而说世上最稳定的就是波浪了。

言语……不……一阵大风……一些波浪……如同飞沙走石……那时节……总之,女人比魔鬼还不如呢。

爱　这个议论很有道理,亏你想得这样透彻。

胖　本来不错么! ——哦! 先生,我看见她们要从这里经过了! 您的心该放硬些才好!

爱　你不要担心。

胖　我怕您一看她那双眼睛,又做了她的俘虏了。

第三出

出场人:绿西、爱拉斯特、玛利奈特、胖勒奈。

玛　我又看见他了,但是,您不要让他说服了才好。

绿　你不要怀疑我懦弱到这个地步。

玛　他走近我们了。

爱　不,不,小姐,您不要以为我是又和您谈爱情来了。一切都已成过去了;我只想医好我心头的创伤,因为我知道我在您的心里已不占什么地位了。您由于怀疑我侮辱了您,竟跟我发了这么久的脾气,可见您对我冷淡到什么程度了。老实告诉您,一个有志气的人,对于人家的蔑视是非常敏感的。不过,我也不能不承认,您那绰约的风姿是我在别的女子的身上找不着的;我宁愿做您的奴隶,也不愿做一个皇帝。是的,从前我对您真是一往情深;我曾把整个的生命都寄托在您的身上。我甚至于不能不承认:我虽然受到您的侮辱,也是舍不得和您分离的。很可能:虽然我想医好我心头的创伤,在一个很长的时期内,我仍然会感觉痛苦;当日的爱情是我的一切,现在我虽脱离了情网,我也决不想再去爱别的女人了。总之,这都没有什么关系;既然我的爱情曾多次使我回心转意,而您在愤怒之下,也多次拒绝了我,那么,这一次乃是您拒绝的一个最后机会,从今以后我再也不来缠扰您了。

绿　先生,如果您连这最后一次的机会也给我免除的话,我就觉得
　　您的恩惠更大了。

爱　好! 小姐! 那么,我包管您满意。我就和您绝交了! 既然您
　　要求如此,我就永远和您断绝关系了! 我宁愿死,也不再愿意
　　找您说话了!

绿　这才好呢! 我真感激您。

爱　是的! 是的! 您不要怕我失信。即使我是一个懦弱的人,心
　　里不能磨灭了您的影子,您也不能看见我再来找您了。您相
　　信我的话吧。

绿　再来找我也是徒然的。

爱　您既然这样傲慢无礼地对待我,我宁愿用刀子戳一百次我的
　　胸膛,也不会那么不知羞耻,再来见您了!

绿　算了吧,咱们别再说这个了吧。

爱　是的,是的,咱们不要再说这个了。负心的女人,我为了省得
　　说废话,同时也为了向您证明从此以后我决不想再投入您的
　　圈套情网,我要把应该抛弃的东西都抛弃了,不肯保留一点纪
　　念品。这是您的相片;从相片上看来,您长得真是千娇百媚,
　　谁知您心里却藏着千百种的奸诈呢。这种骗人的东西,让我
　　还了您吧。

胖　好!

绿　我呢,您既然要把一切东西还给我,我也跟您学,把您送给我
　　的这颗钻石还给您吧。

玛　好极了!

爱　这只镯子也是您的。

绿　这玛瑙石,您用它刻了一个图章送给我,现在也还了您。

爱　(念)"爱拉斯特,您说您爱我到了极点,同时您想要知道我
　　对您的心情。虽然我不像您爱我一样地爱您,至少我心里非
　　常喜欢您这样爱我。绿西。"依这信里的话,您是接受了我的

爱情的,其实您是在骗我,所以我该这样的对付您!（把那封信撕了）

绿　（念）"我不知道我的爱情的命运,也不知道我痛苦到什么时候为止;但是,可爱的美人啊,我知道我永远爱您! 爱拉斯特。"这一封信是用来证明您的爱情的,但是写信的人和这封信都骗了我了!　（把那信撕了）

胖　好,继续下去吧!

爱　（掏出另一封信）这也是您的。好,也同样地处理吧!（又把那信撕了）

玛　（向绿西）硬着心肠吧!

绿　（掏出另一封信）如果我保留了任何一封信,我心里一定会感觉不安的!（又把那信撕了）

胖　（向爱拉斯特）您别保存她的最后一个字!

玛　（向绿西）您应该坚持到底!

绿　好,最后一封也同归于尽了。

爱　谢天谢地,都撕完了! 我宁愿死,说了话不能不实行!

绿　如果我把说了的话当儿戏,我宁愿受上帝的处罚!

爱　那么,告别了。

绿　告别了。

玛　（向绿西）事情做得再好没有了。

胖　（向爱拉斯特）您胜利了。

玛　（向绿西）走! 不要让他再看见您了!

胖　（向爱拉斯特）走! 您努力表示了您的勇气,就该走了!

玛　（向绿西）您还等什么呢?

胖　（向爱拉斯特）您还要怎么样?

爱　唉! 绿西,将来您想起我这样好心,您总有后悔的一天。

绿　爱拉斯特,爱拉斯特,像您这样心肠的人,我还不容易找到吗?

爱　不,不,我敢断定,您尽管到处寻找,决找不出像我对您这样热

诚的一个人。我说这话,并非想要打动您的心;如果我还存着
什么愿望,我就错了。您既然决定和我绝交,我的敬意和热情
都不曾令您感动,现在我不该希望重归于好了。但是,在我之
后,无论是谁,又无论人家怎样对您夸口,决不会像我这样痴
心爱您的。

绿　当一个人爱上另一个人的时候,决不会这样对待对方的;关于
对方的为人,总会加以较好的评断。

爱　当一个人爱上另一个人的时候,也可能由于捕风捉影而吃起
醋来,伤起心来;但是,既然已经爱上了他,决不肯轻易抛弃他
的。至于您呢,您就随便把我抛弃了。

绿　吃醋而能尊重对方才是真正的爱情呢。

爱　由于爱情的冲动而得罪了爱人,是应当得到爱人另眼看待的。

绿　不,爱拉斯特,您不曾真的爱过我。

爱　不,绿西,您从来没有爱过我。

绿　呸! 您还关心这一点吗? 也许对我的终身还好些,假如
我……但是,这种废话不必提了,我决不肯让您知道我的
意思。

爱　为什么?

绿　因为咱们俩已经断绝关系,现在不是说这种话的时候了。

爱　咱们俩已经断绝关系了吗?

绿　呃,是的;怎么,这还不算是断绝关系吗?

爱　您看见咱们俩断绝关系,您很满意吗?

绿　跟您一样。

爱　跟我一样?

绿　当然啦。不过,一个人在因失恋而伤心的时候,如果向人家表
示出来,只能说明自己太懦弱,除此以外,毫无用处。

爱　唉! 狠心的! 这原是您的主意啊!

绿　我吗? 笑话! 这原是您自己的主意。

爱　我吗？我以为您非常喜欢这样做，我才顺了您的主意呢。

绿　没有的事！您只想要使您自己满意罢了。

爱　那么，假如我的心还愿意再投入您的情网呢？我痛苦到了这
　　地步，假如我求您恕罪呢？

绿　不，请您不要这样做吧。我的心太软了，我怕马上就顺从了您
　　的要求。

爱　唉！您恕我的罪，是不嫌太早的；我请您恕罪，也不嫌太早。
　　小姐，请您同意了吧。为着您的幸福起见，像这样伟大的、火
　　一般的爱情，应当让它永久存在下去啊！现在我正式请求您
　　了，您肯施恩，饶恕我吗？

绿　您送我回家去吧〔一〕。

第四出

出场人：玛利奈特、胖勒奈。

玛　呸！你看她多么没有志气！

胖　唉！他真没有一点儿勇气！

玛　她把我脸都气红了。

胖　他把我肚子都气臌了。你不要以为我也会投降你的。

玛　你呢，你也不要想来哄我。

胖　正在我满肚子是火的时候，你来惹一惹我试试看！

玛　你认错了人了，你以为我也像我家小姐那样傻吗？你瞧！你
　　这样一副嘴脸，我稀罕不稀罕！我会爱上你这丑胖子吗？你
　　会追求你吗？像我这样的一个女子，肯和你这样的一个臭男
　　子打交道吗？

胖　好，你这是成心找碴！喂，喂，咱们也不必再说废话了；你快把
　　这白穗子拿去吧，还有这根丝带，也还给你吧，我不稀罕这些

〔一〕法国文学批评家奥奢非常赞赏这一句话。他以为如果说"我恕您的罪了"，就显得
　　是一句很笨的话，而且不合小姐的口气。

东西,不肯再搁在我的枕头上了!

玛　为了证明我打心里看不起你,这是你昨天送给我的,在巴黎买
　　的五十枚别针;送给我的时候,你还大吹其牛,好,现在都还
　　了你!

胖　这刀子,你也拿回去吧。这是一件宝贝,当你买来赠我的时
　　候,还花了不少的钱,一共用去了六个大铜子呢!

玛　这带着铜链子的剪刀,也还你吧。

胖　昨天你给我的一片干酪,我险些儿忘了还你! 拿去吧! 昨天
　　你还让我喝了你的一碗白菜汤,我恨不得马上吐了出来,好让
　　我身上再也没有什么是你的!

玛　现在我身上没带着你写的那几封信,但是,我回去以后,一定
　　把它们烧了,烧到最后一封信为止。

胖　至于我要怎样处理你的信,不用我说,你是知道的。

玛　当心,你不要再来哀求我!

胖　(取了一根麦秆)为着表示决心绝交起见,咱们应该弄断了这
　　一根麦秆;当两个正人君子议定了一件事的时候,是要以折断
　　麦秆为表示的。——你不要再用眼睛诱惑我! 不然的话,我
　　非生气不可!

玛　你呢,你不要再拿眼睛瞟我;我太伤心了!

胖　(把麦秆折断)掰断了! 只有这法子可以使我们不反悔! 掰断
　　了! ——你笑什么? 坏丫头!

玛　我笑,因为你做的事太好笑了。

胖　呸! 你这一笑就糟了! 我这一肚子的气都给你笑跑了! 你怎
　　么说? 咱们绝交好呢,还是不绝交好呢?

玛　看吧。

胖　你看吧。

玛　不,你看吧。

胖　难道你希望我永远不爱你吗?

玛　我吗？随你的便吧。

胖　不,随你的便吧。说呀!

玛　我什么也不说。

胖　我也不说。

玛　我也不说。

胖　算了吧! 咱们不要再装腔作势了,握手吧,我原谅你了。

玛　我呢,我也恕你的罪了。

胖　天啊! 我看见你这样动人,竟着了迷了。

玛　天啊! 有我的胖勒奈在身边,我这玛利奈特就变成傻瓜了!

第五幕

第一出

出场人:玛斯加里尔(独自一人)。

尔　"等到天黑的时候,我要马上闯进绿西的屋子里去。玛斯加里
尔,快给我预备好遮光灯笼和宝剑,晚上就要用的!"当他向我
说这一段话的时候,就好像听他在跟我说:"玛斯加里尔,你快
去找一条绳子,悬梁自尽吧。"[一]我的主人,请您到这里来吧;
您刚才这样命令我的时候,真使我大吃一惊,不知道怎样回答
您才好。现在呢,我有话同您说了,并且还要把您驳得闭口无
言。咱们悄悄地推想一下,您好好地跟我争辩一场吧。——
"今天晚上,您打算去看绿西吗?"——"是的,玛斯加里
尔。"——"您想要做什么呢?"——"我爱她,我想要使自己称
心满意。"——"您这样做,显得您是一个没有脑筋的人,无缘
无故去冒生命的危险。"——"但是,你知道我为什么去见她?
因为她生气了。"——"那是她活该!"——"但是,我为爱神所
驱使,不能不去求她息怒。"——"爱神是一个傻瓜,他只晓得
驱使您,他敢担保您不遇着您那正在发怒的情敌,或者是她的
父亲,或者是她的弟弟吗?"——"你以为他们想要害我
吗?"——"当然啦! 尤其是您的情敌。"——"总之,玛斯加里

[一]这一段是模仿特兰西的。参看特兰西的 l' Andrienne,第一幕第五出。

尔,我既然存着这个希望,就非去不可;但是,咱们好好地带着兵器去。如果有人要把咱们怎么样,咱们就同他们拼命。"——"是吗? 这恰恰是您的仆人所不愿意的呢! 我也同人家拼命吗? 天啊! 请问我的主人,我是罗兰吗? 我是费拉古斯吗①? 您太不认识我是什么样的人了。我是很爱惜我的身体发肤的:刚才我想了一想,想见两寸的铁戳入我的身体里,就立刻可以使我闭上了眼睛钻进棺材里去;想到这种凄惨的情况,我就不敢去同人家拼命了。"——"但是,我叫你从头到脚,周身戴上盔甲,还怕什么?"——"那更糟了,盔甲是那样笨重,当我逃命的时候,岂不是个累赘? 再说,尽管有了盔甲,刀剑还是可以从夹缝里刺进来的。"——"唉! 那么,你竟情愿让人把你叫做一个胆小如鼠的奴才了!"——"胆小也好,胆大也好,只要我能保住我这吃饭的家伙就行了。吃饭的时候,您如果愿意的话,不妨把我算上,凑够四位。至于打仗呢,请您不要把我也算在内吧。总之,您也许在阳世住腻了,觉得阴间别有风味;至于我呢,我觉得阳世也就够有趣的了。我不希望死,也不希望受伤;您要做傻瓜,您就做吧,恕不奉陪了!"

第二出

出场人:瓦赖尔、玛斯加里尔。

瓦 我从来没有像今天这样恼恨白天。太阳似乎在天上忘记了自己的职务了。它走了这么久,还没有走到它的目的地;我觉得今天这太阳竟像不会落下去似的! 唉! 看它这样从容不迫地前进,怕不把我气疯了!

尔 您忙什么? 为的是等天黑了,您就好在黑暗之中去闯一些祸事吗? 您分明知道绿西正在坚决地拒绝……

---

① 罗兰与费拉古斯是 16 世纪初意大利诗人阿辽斯特所著的史诗《发怒的罗兰》中的人物,都是勇将。

瓦　你不要再说废话了。即使我明知前面有千百陷阱,冒生命的
　　危险,我也要去求她息怒的;因为她这一怒,我的心就非常难
　　受。我这一去,就死了也甘心。我决定这么办了。

尔　我很赞美您的热诚;但是,先生,只可惜咱们是应该悄悄地
　　去的。

瓦　是的,不错。

尔　我只怕我连累了您。

瓦　为什么?

尔　我这两天咳嗽得要死,只怕人家听见了我的声音,随时可以发
　　现您。(咳嗽)您瞧,这不是很厉害吗?

瓦　不要紧,你喝点儿甘草汁就好了。

尔　我不相信我这咳嗽马上就会好的。先生,我非常愿意时时刻
　　刻跟随着您;但是,假使因为我而害得我的亲爱的主人有了三
　　长两短,我就抱恨一辈子了!

第三出

出场人:瓦赖尔、赖丕耶、玛斯加里尔。

赖　先生,刚才我得了一个很可靠的消息:爱拉斯特很生气,要和
　　您拼命,阿尔贝也说要打断了玛斯加里尔的手脚,为他的女儿
　　报仇。

尔　我吗? 在这场纠纷里,有我什么事儿呢? 我犯了什么罪,要打
　　断我的手脚? 难道我是……让我说一句文雅的话……难道我
　　是全城处女童贞的守护者吗? 我有能力去鼓动她们的春情
　　吗? 您瞧,我长得这样软弱,她们高兴找男子,我有什么办
　　法呢?

瓦　唉! 我想他们不会像他们所说的那么厉害吧。爱拉斯特尽管
　　因吃醋而大发脾气,也未必能把咱们怎么样!

赖　如果您需要的话,我这一双拳头完全是为您服务的。您平日

总知道我和您是好弟兄啊!

瓦　我很感激您,赖丕耶先生。

赖　我还有两个朋友可以介绍给您。无论您遇到什么危险,他们都是可以拔剑相助的,请您放心吧。

尔　先生,您就答应了吧。

瓦　您实在对我太殷勤了。

赖　可惜那小基尔在前次不幸事件中遭了难,否则这一次他还可以帮助咱们呢。先生,小基尔之死实在太可惜了! 这真是一个热心服务的人! 您知道法庭曾用什么方法来对付他吗? 他死的时候,像凯撒一样地英雄①;那刽子手尽管剁碎了他的骨头,他也不肯说出半句话哩〔一〕。

瓦　赖丕耶先生,这样的一个勇士是值得令人惋惜的;但是,至于您说要替我找护卫,我谢谢您的美意吧〔二〕。

赖　也罢;但是您要当心,他的确要与您寻衅,很可能他会害您一下子。

瓦　我呢,为着表示我不怕他起见,如果他来找寻我,无论他要我干什么,我都敢奉陪;我可以陪着他走遍了全城,也用不着别人跟随着我。

第四出

出场人:瓦赖尔、玛斯加里尔。

尔　怎么! 先生,您想要在太岁头上动土吗? 好大胆! 唉! 您瞧,咱们俩已受到严重的威胁;四面八方……

瓦　你在看什么?

───────────

① 凯撒是罗马最著名的大将,其所征服之地最多。

〔一〕在那时代,一个少年得其情人给了一个约会,就买了许多剑客,陪着他去。这是当时的风俗,莫里哀借赖丕耶之口略为叙述。

〔二〕这显得莫里哀也不赞成那种行为。

尔　我觉得这边好像有人一棍子打来似的。——总之，如果您肯
　　相信我的话，我想还是谨慎些好，不要再固执地在路上逗留
　　了。让咱们回家关上门躲起来吧。

瓦　关上门躲起来？没勇气的奴才，你竟敢让我做这种胆小鬼的
　　事儿吗？别再多嘴，你只决定跟着我走就行了。

尔　唉！我的亲爱的主人先生，活着多么有趣啊！咱们只能死一
　　次，而且一死就那么久啊！

瓦　如果你再说，我就先痛打你一顿。——埃士嘉尼来了，咱们先
　　走吧。且看他打算怎么办再说。趁这时候，咱们先回家去取
　　了兵器，预备打架……（走出）

尔　呸！我不是木匠；给你搭什么架①？唉！恋爱不是好事，女人
　　也不是好东西！她们先想尝试此中的风味，以后却又跟你装
　　腔作势了！

第五出

出场人：埃士嘉尼、福劳辛。

埃　福劳辛，真的吗？我是不是在做梦呢？请您把事情从头到尾
　　告诉我一番吧。

福　不用您打听，这里面的详细情节，等一会儿您就都知道了。这
　　种奇怪的事，人们总有机会时常提起的。现在我只把主要的
　　经过告诉您就行了：按照那遗嘱的规定，必须是个男孩子才能
　　承受遗产；但是从前我们所知道的事情却有许多是误会了的。
　　阿尔贝的妻子最后一次生的是您本人，并不是一个男孩子。
　　阿尔贝早就处心积虑地想得到那份产业，看见卖花的女人伊
　　妮丝恰巧生了一个男孩，于是他就拿您去换了那男孩来；那卖

---

① 瓦赖尔说：Cependant avec moi viens prendre ā la maison pour nous frotter...，玛斯加里
　　尔说：Je n'ainullement démangéaison。frotter 一词有双关意，无法翻译，故另换上"打
　　架、搭架"，以声音相谐为戏。

花的女人把您领了去,另交给我的母亲来抚养,而她自己却来阿尔贝家做奶妈,表面上是奶妈,实际上仍然是喂养她亲生的儿子。大约在半年以后,那男孩忽然死了,恰巧阿尔贝不在家;他的妻子一则怕他跟她吵闹,二则爱女心切,所以就想了一条计策,悄悄地把您接回家来,改了男装。阿尔贝回家以后,您的母亲假说他那亲生女儿已经死了;其实死的只是那卖花女人的儿子。因此之故,阿尔贝只以为您是假儿子,却不知道您是女扮男装。——这一段故事,是刚才那卖花女人告诉我的。她隐瞒了这许久,依她说有许多理由;其实她还另有其他的理由,因为她的利害关系与您的利害关系并不相同。总之,我今天去见她,本来不存着什么大希望;结果竟能助成了您的爱情。那卖花女人既然不认您是她的儿子了,同时,为了您和瓦赖尔的事情,又不能不揭露此中的秘密,于是我和她索性把事情一五一十地告诉了您的父亲。您的母亲遗留下来的一封信,也完全证实了这件事。趁着这样的好机会,为了把事情办得更圆满些,我们又运用了一些智巧,竭力说服阿尔贝和波里多。我们妥善地调和了两家的利益。尤其是当我们把种种隐情向波里多全盘托出的时候,我们把话说得特别委婉,以免把事情弄糟。总之,我们费尽了心思,终于使波里多一步一步地迁就了我们;到了后来,他也像您的父亲一样地同情您,他愿意答应你们结婚,造成你们的幸福了。

埃　呀!福劳辛!您把我一步一步地引上了幸福的最高峰了!……唉!我很感激您替我这样费心。

福　波里多那老头儿倒会开玩笑,他还不许我们告诉他的儿子呢。

第六出

出场人:波里多、埃士嘉尼、福劳辛。

波　(向埃士嘉尼)我的孩子,你走过来吧!我想我是可以这样称呼你的,而且我已经知道你那女扮男装之谜了。你做了一件惊人的事;于勇敢之中,还显示出你是那样聪明,那样可爱。所以我原谅了你的一切。等我的儿子知道了他所爱的对象是谁以后,他一定也很快乐的。你胜过世界上一切的女子,我可以这样肯定地说[一]——哦!他来了!让我们开他一个玩笑。你去把你们那些人都叫来吧。

埃　敬遵您的命令。

埃士嘉尼与福劳辛走出。

第七出

出场人:波里多、瓦赖尔、玛斯加里尔。

尔　(向瓦赖尔)祸事往往是有预兆的。昨天夜里我做了一个梦,梦见一串珠子脱了线,许多鸡蛋都被打碎。先生,我一想起了这一个梦,我忍不住就发抖。

瓦　胆小的奴才!

波　瓦赖尔,他们在预备一场战斗。等一会儿你就会遇着一个劲敌,非把你的勇气完全拿出来不可。

尔　先生,眼看就要发生流血的惨剧,竟没有一个人去阻止他们吗?我呢,我死了不要紧;但是,倘若您的儿子有了三长两短,请您不要怪我啊!

波　不,不,在这地方,我自己也要求他做他所应该做的事呢。

尔　没有父子之情的老子!

瓦　父亲,我尊重您的意思,因为这是一个勇敢的人应有的要求。

〔一〕在第三幕第四出,波里多甚恨他的儿子与绿西秘密结婚。为什么此刻又变了这样容易说话的人呢?绿西那样贞节,他还不喜欢;倒反喜欢埃士嘉尼的胆量吗?不是的;但是,埃士嘉尼的事情泄露了,遗产就归了波里多了。当初如果波里多承认儿子的苟合,显得是怕阿尔贝有钱有势;现在呢,却是他自己有钱有势,是他饶了人家,而不是怕人家了。莫里哀是深知人类的心理的,细心人自能领略剧情。

我太对不起您了；我没有征求您的同意，就做了这件事，实在应该责骂。但是，您虽然因为我犯了这种罪过而生气，您究竟是一个好强的人，为了顾全您的名誉，所以您不希望您的儿子因为受到爱拉斯特的威胁而恐惧起来。

波　刚才人家告诉了我，我还恐怕是爱拉斯特要来威吓你；现在呢，情势和以前大不相同了，另外有一个更厉害的敌人来和你作对，你要逃也逃不了呢。

尔　没法子讲和吗？

瓦　我？我要逃跑？没有的事！——究竟是谁要和我作对呢？

波　埃士嘉尼。

瓦　埃士嘉尼？

波　是的，一会儿你就看见他来了。

瓦　他还说愿意帮我的忙呢。

波　但是他现在说要和你拼命；为着争荣誉起见，他还希望在战场上一个打一个，不许别人参加。

尔　他是一个正人君子，为了自己的事，决不肯连累别人，真是一片好心，难得！难得！

波　（向瓦赖尔）总之，他们告发了你的阴谋；我也觉得他们所以恨你，是有道理的，因此我和阿尔贝特地允许埃士嘉尼拿你来报仇雪恨。这场决斗再也不能迟延，而且还要在众目共睹之下，按照正常的手续进行才成呢。

瓦　但是，父亲，绿西的心也太狠了，她竟……

波　绿西也怪你不好，所以愿意嫁爱拉斯特；你从前那样冤枉了她，现在她要当着你的面举行婚礼给你看。

瓦　她这样不害臊，真把我气疯了。唉！理智、忠诚、良心、名誉，所有这一切难道她都丧失了吗？

第八出

出场人：阿尔贝、波里多、绿西、爱拉斯特、瓦赖尔、玛斯加里尔。

阿　喂！决斗的人呢？我们的人快来了；您的勇气准备好了没有？

瓦　是的，是的，已经准备好了！你们既然逼着我，我能不答应吗？我之所以有点踌躇，并非因为怕敌人的能力比我强，只是因为我还存着几分尊敬对方之心。但是，现在你们把我逼得太厉害了，我虽尊敬对方也忍无可忍，走任何极端，我也在所不惜了。不过，人家对我这样负心，我非为我的爱情报仇不可！（向绿西）并非是我对您还有所留恋，我全部的热情都已变成抑制不住的怒火；我已经把您的丑事宣布出去，您这种罪恶的婚姻，没什么可使我烦恼的了。绿西，您所使用的手段是很卑鄙的，我几乎不相信我的眼睛了，您这样不顾贞节，不该羞死了您吗？

绿　假如没有人替我报仇，您这一类的话也许会使我伤心的。但是，埃士嘉尼来了；他可以很不费力地使您改变口气，您等着瞧吧。

第九出

出场人：阿尔贝、波里多、埃士嘉尼、绿西、爱拉斯特、瓦赖尔、福劳辛、玛利奈特、胖勒奈、玛斯加里尔。

瓦　哪怕再加十个人帮助他打我，也不能使我改变口气。他居然袒护一个有罪的姐姐，我真替他惭愧；但是，他既然执迷不悟，一定要和我决斗，我可以满足他的要求。（向爱拉斯特）您呢，老哥，您如有意，也不妨参加。

爱　刚才我本打算和您决斗的；现在埃士嘉尼已经把这件事承担起来，我就无须再出面了，只让他和您决个胜负就是了。

瓦　您做的对！谨慎总不嫌太晚的。但是……

爱　他会替我们大家出这口气。

瓦　他吗？

波　你不要弄错了；你还不知道埃士嘉尼是多么奇怪的男子呢。

阿　你是不知道的;但是,等一会儿埃士嘉尼就能让你知道了。

瓦　唔! 那么,现在就叫他让我瞧一瞧他是怎样奇怪吧。

玛　当着众人的面吗?

胖　这可太不规矩了!

瓦　你们拿我开玩笑吗? 谁先笑,我就打破谁的脑袋! ——好,现在我要看……

埃　不,不,我并不像他们所说的那么厉害;在这件事情里,我是一个最有关系的人,我宁愿向您示弱。您要知道,上帝既然注定了咱们的命运,我的心是不能抵抗您的。恰恰相反,上帝使您很容易打败绿西的弟弟。是的,我的武艺不但不高明,而且埃士嘉尼就要死在您的面前。真的,如果埃士嘉尼能当着众人的面,把您应该娶的妻子交给了您,而您也能满意,他就很愿意死掉。

瓦　不行! 她这样没良心,这样无耻,全世界……

埃　唉! 瓦赖尔,请您静听我说:她已把她的终身许配给您,决不能做出任何一件对不起您的事。她的爱情始终是纯洁的,她的贞操是很坚定的,您自己的父亲也可以做证人呢。

波　是的,我的儿,你的怒气也给我们取笑够了,因此可以把真相告诉你了。你所发誓恋爱的女子不是绿西,而是就在你眼前的女扮男装的埃士嘉尼。为着遗产的问题,她很小的时候就改了男装,把许多人都蒙住了。近来她爱上了你,却用的是绿西的名义,因此把你也给蒙住了。但是,这么一来,倒使咱们两家成为一家人了。你不要眼怔怔望着大家,我现在所说的话都是真话。是的,总而言之,夜里和你谈爱情的就是她。只因为她使用了这条难以识破的巧计,才把大家都引入了迷魂阵。但是,既然埃士嘉尼现在已变了女子,我们就应该把你们的爱情从神秘中解放出来,使你们正式结婚,然后你们的爱情就更加稳固了。

阿 呃，这才是一个对一个，是法律所不禁止的决斗呢；你得罪了我们，现在可以借此赎罪了。

波 事情这样突如其来，把你闹糊涂了；但是，在这上面，你踌躇是没有用处的。

瓦 不，不，我并不踌躇。当然，这件意想不到的事，难免使我大吃一惊；但是，同时我也很高兴，因为我这会儿真是如获至宝，又惊又喜又爱，只看她这一双眼睛，谁能不……

阿 亲爱的瓦赖尔，她穿着这身衣服，听你这种赞美的话是很难以为情的。让她先去梳妆打扮吧。等一会儿见，你就可以知道一切详情了。

瓦 绿西，对不住，我因为一时误会……

绿 这种小小的冒犯，是很容易忘掉的。

阿 好吧，这种客气话，回家再说吧。将来我们还怕没有说这种话的机会吗？

爱 你们这样说，竟把另一件决斗的事情给忘了。我们二人的爱情总算是如愿以偿了；但是，还有玛斯加里尔和我的胖勒奈呢，玛利奈特究竟应该归谁才好？这件事儿非用血来解决不可！

尔 不，不，我的血在我的身体里流得很舒畅；就让胖勒奈平安无事地娶了玛利奈特吧，我是不在乎的。我知道我那亲爱的玛利奈特的脾气，结婚并不妨碍她和情人去谈情的。

玛 你以为我会拿你当做我的情人吗？如果你做我的丈夫，那倒没什么关系，丈夫是可以随便嫁一个的，用不着挑来挑去；至于所谓情人，就必须是能让我喜欢的才行。

胖 你听我说，等到咱们俩结了婚，一块儿过日子的时候，无论哪一个美少年来向你献殷勤，我希望你都装听不见他们的话才好。

尔 胖货，你以为你结了婚就不让你的妻子跟任何人来往了吗？

胖　当然啦！我希望有一个正派的妻子，否则我就会吵闹得鸡犬不宁。

尔　唉！你可别这么说！你将来也会像其他做丈夫的一样，脾气会变得非常温柔的。普通一班人，在没有结婚以前，是那样爱吃醋，爱生气；等到结婚以后，就变成很和气的丈夫了。

玛　你放心！当家的，你不要怕我对你不住；将来人家诱惑我，我一定不会顺从人家，一切的话我都告诉你。

尔　唉！好办法！把丈夫当作一个心腹！

玛　丑奴才，不要多嘴！

阿　现在，让我说第三次，请你们回到我家里去，再痛痛快快地谈这些有趣的话吧。

剧终

装腔作势的女子[一]

（原本为散文剧）

1659 年初次上演

[法]莫里哀　著

〔一〕从这第三部戏剧起,莫里哀完全脱离了前人的路径,另辟新路,而这新路是没有人
　　敢跟着他走的。《装腔作势的女子》虽则是没有变幻的情节的独幕剧,已经算是戏
　　剧界的一场革命:在舞台上首次出现了实际可笑的人物,对于现实社会加以讽刺与
　　批评(La Harp 注)。在此时以前,戏剧家的题材都是借自意大利或西班牙的,连莫
　　里哀本人也不免如此。这种戏剧,唯一的目的在乎使观众开心,所以着重于情节之
　　变幻,例如男扮女装、误会、拐诱、夜会等等;至于真正的喜剧,可以移风易俗的,还
　　没有出现于世上。莫里哀的《装腔作势的女子》才开了一条新路,表示他的喜剧天
　　才。他说(Meuagiana,ton Ⅱ,p 65):"我现在不必再研究伯劳图斯与特兰西,也不必
　　再钻讨米难特的残篇,我只须以社会为研究的对象就是了。"

剧中人物

克兰歇,简称克
克鲁华西,简称西 ⎱ 碰钉子的求爱者

高奇伯——有身份的公民,简称高

玛特琅——高奇伯之女,简称玛
嘉多思——高奇伯之侄女,简称嘉 ⎱ 装腔作势的女子

马洛德——装腔作势的女子之女仆,简称德

阿尔曼佐——装腔作势的女子之跟班,简称阿

马斯加里——克兰歇之仆,简称马

朱德烈——克鲁华西之仆,简称朱

两个轿夫(甲、乙)

绿西,简称绿
西里曼 ⎱ 女邻人们

奏琴者们

原　序

没有得到作者的同意，就把他的著作付印，这真是一件怪事。世上没有什么能比这个更不合理；别人怎样得罪我，我都能够原谅，只有这种事是我所不能原谅的。

并不是我要做一个谦虚的作家，故意轻视我自己的戏剧，以沽名钓誉。假使我说巴黎人曾经欢迎了一部坏剧本，岂不得罪了全巴黎的人？这一类的作品，该让观众有绝对批判之权；假使我说他们批评错了，就是我自己无礼。纵使在未开演以前，我对于《装腔作势的女子》有了极坏的印象，到了现在，有了这许多人说了这许多好话，我也该相信它有多少价值了。但是，这剧本里所有大部分的精彩都在乎表演方面的动作与言语；动作与言语就是它的装饰品。我觉得在舞台上既然成功，就该知足，何苦剥夺了它的装饰品而叫它献丑呢？我已经决定使它只在烛光下出现，好教别人不能说我应了一句古谚[一]；总之，我不愿意它从布尔班戏院走到王宫巷去①。然而，我终于不能避免这件事：不幸得很，我的原稿被人家偷抄了一份送到了那些书贾的手里，而且他们还取得了一种特别的利益。我徒然诅咒时代与风俗，却不能不让人家印行我的作品；若不让他们印行，除非告状，然而告状岂不更麻烦？因此之故，我只好听天由命，索性赞成一件我所不能反对的事吧！

〔一〕莫里哀所暗示的古谚是："她在烛光下是美的，一遇太阳就完全糟了！"
①　《装腔作势的女子》第一版是由雷纳士印行的，而雷纳士住在王宫巷。

天啊！一本书出现于社会,而著者又是第一次印行他的著作,这是多么为难的事啊！不过,假使人家给我充分的时间,我还可以好好地打个主意,做种种的预防;那些著作家们——现在可以说是我的同行——在这种情形之下,谁不预先准备一切呢?我也会先找一个大人物,不由他肯不肯,硬要他维护我的作品;我还可以堂皇地在卷端标明,说这书是献给他的。除此之外,我还会做一篇博大精深的序文,说明悲剧与喜剧的字原、定义与其历史,以及其他种种;我尽有许多书籍足供参考,不怕不能做一篇漂亮的文章。

我又可以通知我的朋友们,他们可以做些法文诗或拉丁诗,给我吹嘘一下子。我甚至于有些朋友是会用希腊文做诗的;假使他们在卷首给我写了一篇希腊文的诗来颂扬我,岂不发生了神妙的效果?但是,不知不觉就被人家把我的作品发表了,我甚至于没有说两句话的自由,不能说明我这剧本的用意。如果我有说法的机会,我想说这是一部很规矩的喜剧,一切讽刺的地方都不曾越出正轨;又说,最好的人物也可以被模仿成为最丑的猴子,令人觉得是值得鞭挞的;最完善的事物,被仿效得很坏的时候,就成为喜剧的资料;同理,真的学者与善人决不会因看见了喜剧中的博士与甲必丹而生气;而法官、王子、国王也不该因为看见了特里佛林[一],或其他在舞台上的可笑的法官、王子、国王而生气。由此看来,真的高贵的妇女,看见人家模仿她们而模仿不像,显得可笑的时候,她们本人也不该生气①。但是,上文说过,人家不让我有呼吸的时间,雷纳士先生马上又要把我这剧本印行了。好吧!是上帝要如此的,叫我有什么法子呢?

〔一〕博士、甲必丹、特里佛林,是意大利的笑剧中的三个人物。

① 莫里哀虽则这样说,其实他隐约地攻击当时的一个很有权威的集会,这集会是由许多有学问或自以为有学问的贵族妇人与绅士结合而成的,会址设于蓝布耶府。

第一出

出场人：克兰歇、克鲁华西。

西　克兰歇先生。

克　什么？

西　请您把眼睛看着我，不要笑。

克　好吧。——怎么样？

西　您觉得我们去见她们的结果怎么样？您很满意吗？

克　依您的意见，我们二人都该满意吗？

西　老实说，我不十分满意。

克　我呢，老实对您说，我给她们的丑态气坏了。谁看见过外省的女子也要摆架子像她们两个的？谁看见过男子给人轻视像我们二人的？好容易才得她们叫人给我们椅子坐！她们老是低声地互相说话，老是打呵欠，老是揉眼睛，老是问："此刻是几点钟了？"谁看见过这样招待来宾的！我们向她们说了许多话，她们回答了一个"是"或一个"不是"没有？您想想看，纵使我们是天下最下流的人，也不会被人轻视得比她们更厉害的，是不是？

西　我似乎觉得您为了这事，心中很不舒服。

克　当然啦！我非但心中不舒服，我恨她们无礼到了这地步，还打算报仇哩。我知道为什么我们给她们轻视。装腔作势的臭空气非但弥漫了巴黎，而且传染到了外省；我们这两位可笑的女公子也就传染了不少的症候。总而言之，她们的表面是雍容华贵，骨子里却是卖弄风流。我知道应该怎样才能得到她们殷勤招待；如果您相信我的话，让我们二人给她们合演一幕喜剧，使她们的丑态尽露，教她们下次再也不敢轻视我们。

西　您打算怎么办呢？

克　我有一个仆人，名叫马斯加里，许多人说他很聪明——其实现

在"聪明"这两个字是太容易得到的。这是一个狂妄之徒,他
老是希望做一个有身份的阔人。他在平日很喜欢摆架子,喜
欢做诗,同时又很瞧不起其他的仆人们,甚至把他们叫做
禽兽。

西　好,您打算要他怎么样?

克　您问我打算怎么样吗? 我打算……让我们先出去再说吧。

第二出

出场人:高奇伯、克鲁华西、克兰歇。

高　喂,你们看见了我的女儿与我的侄女儿吧? 事情弄得好吗?
这一次进见的结果怎么样?

克　关于这事,您问她们,比问我们还更可以知道清楚些。我们所
能说的,只是谢谢您的好意,我们永远感激您就是了。

西　我们永远感激您。(二人出)

高　噫! 他们这一去,像是很不满意似的。为什么他们会这样不
高兴呢? 让我调查调查。——喂!

第三出

出场人:高奇伯、马洛德。

德　您要什么,先生?

高　小姐们在哪里?

德　在她们的梳妆室里。

高　她们在做什么?

德　她们在把胭脂涂嘴唇。

高　她们太爱弄胭脂了;叫她们下楼来吧。(马洛德出)

第四出

出场人:高奇伯(独自一人)。

高　这两个坏丫头,我想她们打算拿脂粉败了我的家! 我到处都
　　看见些蛋白、乳膏,还有许多乱七八糟的东西是我所不认得
　　的。自从我们到了这里,她们至少用了十二只猪的油;而她们
　　每天所用的羊脚,还足供四个仆人的用度哩。

第五出

出场人:玛特琅、嘉多思、高奇伯。

高　真的,你们非花这许多钱去涂抹你们的狗脸不可吗? 刚才那
　　两位先生,我看见他们很冷淡地出去了,你们怎样对待了他
　　们? 我打算把他们配给你们做丈夫,不是叫你们好好地招待
　　他们吗?

玛　爸爸,他们那样不合规矩,叫我们怎样瞧得起他们呢?

嘉　伯父,一个稍为明理的女子,有什么法子与他们合得来呢?

高　你们觉得有什么可说的?

玛　他们真会与女子应酬,开口就谈婚姻!

高　你要他们先谈什么? 难道先谈合姘头吗? 他们这样对待你
　　们,不也像对待我一般地令人喜欢吗? 这种话还不算是最献
　　殷勤的话吗? 他们要求的是结婚,是神圣的结合,还不足以证
　　明他们的用意是光明正大的吗?

玛　唉! 爸爸,您这话乃是下流社会的话! 我听见您这样说,连我
　　也替您害羞。您应该学一学上流社会的言语举止啊!

高　我用不着学什么言语举止。我对你说:婚姻乃是神圣的事情;
　　他们从婚姻说起,才显得是正经的人哩。

玛　天啊! 假使人人都跟您一样,就很容易做成一部小说了! 假
　　使西鲁士娶了曼达娜,克莱丽嫁了阿郎士[一],岂不是天下最可

〔一〕西鲁士与曼达娜,是当时小说《阿达米纳》(Artaměne)里的人物;克莱丽与阿郎士是
　　《克莱丽》里的人物,二书皆为史古达利小姐(Madem siselle Scudéry,1607—1701)所
　　著。

笑的事？

高　你瞧！这丫头说的是什么话？

玛　爸爸，妹妹也会像我一般地告诉您：婚姻不是一步踏得到的，必须先经过种种的事情。所谓可爱的爱人，先要他晓得表达他那些美妙的情感，尽量地表示温柔、殷勤、热烈。他所用的手段都是有家数的。起初的时候，他在教堂里、公园里，或在什么公众的集会里，看见了一个女子而爱上了她；或者，因为天缘巧合，由一个亲戚或朋友引他到她家里去一次，出来的时候，他就幻想入神以至于常带闲愁。在某一时期内，他还不让他所爱的人知道他爱上了她，但是他常常去看望她，在看望的时候，在大庭广众之中，他总晓得提出些高雅的问题，去磨炼大家的脑筋。到了某一天，求婚的机会来了，譬如在一个花园的小道上，当大家稍稍离开了他们二人的时候，他才向她表示。那时候，她马上生气，显出害羞的样子，不愿与他再见面了。又过了些时候，他想出一个法子来使她息怒，令她不知不觉地听惯了他的情话，久而久之，才让他很艰难地逗出她的一个"爱"字来。从此时起，麻烦的事情又来了：情敌们来扰乱那已经成立了的爱情，父母来反对他们的结合，此外还要因为捕风捉影而吃醋；埋怨、绝望、拐诱等事，也会跟着发生。这才是求婚的好方式，是没法子省去的。至于一步踏到了婚姻，结了婚然后恋爱，这好像把一部小说从最后一页读起！爸爸，我再对您说，这种方法是与买卖最相像的；我只一想起，已经觉得心中作呕了！

高　这是哪里来的糊涂话？真是高雅的语法，我不懂！

嘉　伯父，姐姐说的乃是真理。完全不懂风雅的人，我们真没法子好好地招待他们！我敢担保他们没有看见过多情国的地图，所以多情国里的委婉信、小心、风雅信、佳诗诸村，都是他们所不认识的①。您一看见他们的言语举止,不是已经完全看得出来了吗? 像他们那个模样,能博得别人的好印象吗? 为着求爱而来拜访我们,而他们的腿上并没有什么装饰品,帽上没有羽毛,头发也不整齐,衣服上的带子又少;唉! 这是哪一类的爱人! 他们的装束显得多么粗心! 他们的谈话显得多么冷淡! 谁稀罕他们的谈话? 谁能忍受他们的谈话? 我又注意到他们的领子不是高明的女工做的,他们的裤子至少还该加大六寸呢?

高　我想她们两个都疯了,她们说得一塌糊涂,我一点儿不懂。嘉多思、玛特琅,你们……

玛　哎! 爸爸,请您改口,不要叫这两个奇怪的名字,把我们另叫别的名字吧。

高　怎么? 这是奇怪的名字吗? 不是你们受洗礼的名字吗?

玛　天啊! 您这人太俗了! 我觉得很奇怪,您这样的一个俗人,为什么能生出我这样聪明文雅的一个女儿呢? 在文雅的话里,谁曾说过嘉多思或玛特琅? 唉! 您须知,您把我们这么一叫,就够给人家做一部天下第一妙的小说了!

嘉　真的,伯父,稍为文雅的人听见了这些名称,一定会觉得很刺耳,不能不生气的。因此之故,姊姊选中了"波里线"做她的名字,我也取了"阿明德"这样文雅的名字,您非赞成不可〔一〕。

高　你们听我说:只有一句话是有用的。你们的代父与代母给了你们什么名字,你们就该用什么名字,不许更改;至于说到那两位先生,我知道他们的家世与财产,我一定要你们答应嫁给他们。我的年纪这样大,还要提携你们,实在厌倦了!

---

① 这些地名皆见于《克莱丽》卷一。

〔一〕蓝布耶府的侯爵嘉特林(Catherine de Vivonne)觉得她自己的名字不很高贵,于是把其中的字母颠倒错乱,改成 Carinthèe、Eracinthe、Arthenice 三个名字,挑选了许久,然后决定采用了最后一个(P.注)。

嘉　我呢,伯父,我所能告诉您的,就是我觉得结婚乃是天下最无耻的事情。您想想看,一个女子,怎好与一个裸体的男人睡在一起呢?

玛　请您容许我们在巴黎这高尚的社会里呼吸一下子空气吧,我们到巴黎还不久呢。您让我们从容地造成一部美妙的小说,不要催促我们的收场,好不好?

高　(背语)好,她们都疯了,毫无疑义。(高声)我再说一次,你们这些废话,我都不管:事情非由我做主不可。闲话少说,除非你们在最近就嫁了人,否则我让你们做尼姑去。我已经发过誓了。(出)

第六出

出场人:嘉多思、玛特琅。

嘉　天啊!亲爱的姊姊,你的父亲是多么固执!他的脑筋是多么简单!心里是多么糊涂!

玛　你有什么法子,亲爱的妹妹?我也替他害羞。我几乎不敢相信我是他的亲女儿;我料将来会有一场新发现,使我变了更高贵的门第的后裔。

嘉　我很相信您的话,您处处都像十分高贵的人家的女儿;至于我呢,当我看见我自己…(马洛德入)。

第七出

出场人:嘉多思、玛特琅、马洛德。

德　外面有一个跟班的请问小姐们在不在家,说是他的主人想进来拜候。

玛　傻丫头,你该先学会了传报!不要说得那么俗气!你该说:"现在有一种需要,要知道小姐们是否便于见客。"

德　说哩!我不懂拉丁文,也不像你们在学校里念过什么"蔗学"的!

玛　无礼的奴才! 我真受不了你的气! ——且说,那跟班的,他的
　　主人是谁?

德　他说是马斯加里侯爵。

玛　呀! 亲爱的妹妹,原来是一个侯爵! ——好,你出去说,我们
　　可以接见他。——这大概是一位很聪明很文雅的人,他听见
　　人家说起了我们,才来拜候我们的。

嘉　可不是吗?

玛　我们该在下面的客厅里接见他,不要在卧房里。让我们先理
　　一理我们的头发,不要弄坏了我们的名誉。——马洛德,快给
　　我们把那"风韵顾问"请了来!

德　糟糕! 我不懂! 请谁? 是猫呢,还是狗呢? 如果你们要我懂,
　　除非向我说本国话!

嘉　你太没知识了。——把镜子拿来吧! 但是,你要当心,别用你
　　的面孔照脏了我们的镜子(她们出)。

第八出

出场人：马斯加里、甲、乙两个轿夫。

马　喂,轿夫,小心些! 哎呀! 哎呀! 呸! 这两个坏蛋,抬着我东
　　碰墙西碰壁的,打算把我碰折了腰骨吗?

甲　说哩! 门口太小了,而您偏要我们抬了进来!

马　当然啦! 难道你们希望我的帽上的羽毛受雨天的折磨,而我
　　的鞋子印在污泥上吗? 去吧,快把轿子抬走吧!

乙　请您先打赏我们,先生。

马　什么?

乙　我说,先生,请您给我们的钱。

马　(打他一个耳光)怎么! 坏蛋! 我这样身份的人,你竟敢向我
　　要钱吗?

乙　富人应该这样报答穷人吗？您的身份可以给我们当面包
　　吃吗？

马　哈,哈! 我要教你们知道你们的身份! 你们这两个流氓,竟敢
　　捉弄我!

甲　(把轿杠拔了出来拿在手里)喂! 赶快把钱给我们!

马　什么?

甲　我说,我马上要钱!

马　这才是一个懂道理的。

甲　快呀!

马　好吧,你说话很有礼貌;你的伙计却是一个坏蛋,说话得罪
　　人! ——拿去吧! 你满意了吗?

甲　不,我还不满意,您打了我的伙计一个耳光,我就要……(举起
　　轿杠)

马　别忙! 拿去吧,这算是补偿他的耳光的。只要人家规规矩矩
　　地对我说,要我怎样都可以。去吧;等到国王将睡的时候,再
　　来接我到卢佛去①。

第九出

出场人:马洛德、马斯加里。

德　先生,我家小姐们马上就来了。

马　叫她们不要忙;我在这里坐得很舒服,可以慢慢地等候她们。

德　呃! 她们来了。

第十出

出场人:玛特琅、嘉多思、马斯加里、阿尔曼佐。

马　(施礼之后)小姐们,你们也许觉得我这一来,未免太唐突了;

————————

①　国王临睡时,例须向群臣道晚安。

但是,这也只能怪你们的名誉太大了,以致有接见我这客人的麻烦。我是一个极端羡慕道德的人,所以道德到了哪里,我就追随到哪里。

玛　如果您是追寻道德的,到我们这里来追寻,恐怕要有负雅望了。

嘉　如果我们这里有道德,也只是先生您所带来的。

马　我不能承认你们这种谦虚的话。你们的盛名与你们的真价值是相当的,巴黎所有的风雅的女士不久都要倾倒于你们了。

玛　您太殷勤了,以致颂扬超过了事实;我们姊妹二人听了不该认真,只该当作普通的恭维话罢了。

嘉　姊姊! 我们该叫人拿软椅子来。

玛　阿尔曼佐!

阿　小姐。

玛　你快去把那些"谈话的方便"移到这里来。(阿尔曼佐出)

马　但是,我在这里可以平安无事吗?

嘉　您怕什么?

马　我怕的是我的心灵被抢劫了,我的自由被剥夺了。我在这里,看见了两双眼睛,它们像四个凶猛的男子,打算来征服我,似乎不肯饶了我。我越走近它们,它们越发盘马弯弓,预备要我的命! 老实说,我不大相信它们是不伤人的! 除非你们担保它们不伤害我,否则我就要逃走了①!

玛　妹妹,你看他多么有趣!

嘉　是的,我看他乃是一个阿米尔加②。

玛　请您不要怕:我们的眼睛没有什么恶意;您的心灵尽可以高枕无忧。

---

① 形容她们的眼睛的凶,就算是形容她们长得很美,这大约是玛特琅与嘉多思所谓委婉文雅的话。

② 阿米尔加也是《克莱丽》中的人物,很快活,很有趣。

嘉 先生，这椅子向您伸手，已经一刻钟之久了，它很想要拥抱您；请您不要太冷待它，就给它满意吧。

马 （坐下，梳了头，整了一整膝圈①）小姐们，你们二位觉得巴黎怎么样？

玛 唉！叫我们怎样说呢？除非是反对真理的人，否则谁敢不承认巴黎是文化的中心、高人的总汇？巴黎的人是多么聪明、多么文雅、多么有礼貌啊！

马 我呢，我说除了巴黎之外，好人就没有安身之地了。

嘉 这乃是不容反驳的真理。

马 今天稍微下了一点儿雨；但是，我们有的是轿子。

玛 是的，轿子拿来抵抗污泥与不好的天气，是再好没有的了。

马 你们常常接见许多宾客吗？我想你们的宾客一定都是很聪明文雅的，不是吗？

玛 可惜人家还不知道我们！但是，不久也就会有人知道的。我们有一位知己的女朋友，她说要把《现代诗文选》里的作家们一个个都邀到我们这里来。

嘉 人家又说要给我们介绍几个名流，他们是最善于批评言语举止的。

马 我可以给你们帮忙：我比谁都强，他们一个个都来拜候我；我在早晨一起来，已经有半打贵客在客厅里等候着我了。

玛 哎！天啊！如果您肯见爱，帮我们一个忙，我们一定非常感激您；因为我们如果要入上流社会，就不能不认识那一班先生。一个人想在巴黎出名，必须靠他们宣传；哪怕我们没有什么道德学问，只要他们常来走动，我们至少也被称为有知人之明。但是，在我个人的意思，还不管名誉不名誉，只要有一班雅人肯与我们亲近，我们就可以增加见识，将来人也变文雅了，一

---

① 这是当时最讲规矩的人的礼节。

切应知的事都知道了。每天我们可以从他们口里知道许多风流韵事，听见了许多美妙的诗文。譬如某君用某事为题材，编了一部好诗剧；某君以某词谱入某调；某君曾吟一件乐事；某君曾咏某人负心；某某先生昨晚写了一首六行诗赠给某某小姐，那小姐在今天八点钟也答复了他一首诗；某一画家画了一幅什么图画；某一小说家的一部小说已经写到了第三章；某一作家正在把自己的作品付印……这一切我们都可以知道得清清楚楚。知道了这种事，然后为社会所重视；否则，哪怕你懂得其余的一切，也算不得雅人的。

嘉　真的，我也觉得日常生活里离不了做诗，如果每天吟不出一首短短的四行诗，哪怕你越自夸聪明，越令人觉得你可笑。再说，假使某事物是我所没有知道的，如果有人问我知道不知道，我就觉得是天下最可耻的事了。

马　是的，社会上的事，若不能及早知道，真是可耻。但是你们放心，我可以把一群的雅人介绍给你们组织一个诗社；我敢担保：巴黎人吟了半句诗，就会首先传到你们的耳朵里。我呢，你们不要看我这个样儿，当我高兴的时候，我也会诌几句的；不久以后，你们可以看见全巴黎的名流的大客厅里，会堆着我所写的两百首长歌，两百首十四行诗，四百首讽刺诗，千余首绝句，此外如谜语、肖像，还不算哩！

玛　我承认给您听，我非常爱欣赏肖像：世上最风雅的事就是画肖像了。

马　肖像是很不容易画的，非深心的人做不来；将来您看见了我的派头，大约不会不喜欢的。

嘉　我呢，我非常喜欢谜语。

马　这可以练习我们的聪明；今天早上我还做了四个，等一会儿我说出来给你们猜吧。

玛　绝句是很可爱的，不过，必须转折得好。

马　这也是我的特长;我正在把一部罗马史都吟成了绝句。

玛　好呀! 这是再好没有的了! 如果您把它付印,我至少要预约
　　一部。

马　我可以赠你们每人一部,而且是精装的。这于我未免有失身
　　份;但是书店老板们迫得太紧了,我不能不让他们赚两个
　　钱啊。

玛　我想一个人能看见自己的作品出版,乃是一件乐事。

马　当然啦。我忽然又想起一件事来了:昨天我去看望一位公爵
　　夫人,她是我的朋友,我在她家里做了一首即席诗;您须知,即
　　席诗乃是我的拿手好戏。

嘉　即席诗乃是天才的试金石。

马　那么,请你们听我念吧。

玛　我们正在洗耳恭听哩。

马　"唉! 唉! 我没有留神:
　　　我以为不要紧,就看了您一眼,
　　　谁知您的眼睛突然把我这一颗心抢了去;
　　　贼啊! 贼啊! 贼啊! 贼啊!"

嘉　呀! 天啊! 这真是风雅到了极点了!

马　我的诗都是有骑士气概的,绝对没有村学究的寒酸味儿。

玛　这与村学究相隔不知几千万里了。

马　你们注意到这起头的"唉! 唉!"吗? 这是很特别的,一个人忽
　　然起了感慨,就叫"唉! 唉!"惊讶起来,也叫"唉! 唉!"

玛　是的,我觉得这个"唉! 唉!"是很可赞美的。

马　这好像没有什么稀奇似的。

嘉　呀! 天啊! 您说的是什么话? 这种句法才是无价宝呢。

玛　当然啦。我宁愿写一个"唉! 唉!"不愿做一篇史诗。

马　对了! 您真有见解啊!

玛　呃! 我的见解倒还不十分坏。

马　你们不也赞赏"我没有留神"一句吗?"我没有留神",等于说我没有注意;不过"留神"比"注意"更说得自然些。"我以为不要紧",意思是说我是天真烂漫,没有打算,像一只可怜的小羊。"就看了您一眼",这一眼,表示我观察您,瞻仰您,觉得有趣。"谁知您的眼睛突然……"你们觉得"突然"两个字怎么样? 不是用得很适当吗?

嘉　好极了。

马　"突然"者,出其不意也。这好像猫捉老鼠,突然!

玛　这是再好没有的了。

马　"把我这一颗心抢了去",意思是说我的心被劫夺了。"贼啊! 贼啊! 贼啊! 贼啊!"活现出一个人着急叫起来,追赶盗贼的情景,您说是不是?"贼啊! 贼啊! 贼啊! 贼啊!"

玛　我们不能不承认这是很文雅、很聪明的写法。

马　为了这一首绝句,我还制了一个乐谱,你们要不要我唱给你们听?

嘉　您学过音乐吗?

马　我吗? 没有的事。

嘉　那么,为什么您会制乐谱呢?

马　高尚的人,什么都没有学过,然而什么他都会。

玛　妹妹,这是真话啊!

马　请听我这乐谱好不好:hem,hem,la,la,la,la,因为天气不好,所以把我的嗓子弄坏了;但是,不要紧,这是骑士式的唱法。(唱)。

　　"唉! 唉! 我没有留神:

　　我以为不要紧,就看了您一眼。

　　谁知您的眼睛突然把我这一颗心抢了去;

　　贼啊! 贼啊! 贼啊! 贼啊!"

嘉　呀! 这才是动人的调子! 怎不令人爱煞!

玛　这里头是些连续的半音阶。

马　你们不觉得这调子能表现当时的情绪吗？"贼啊！……"后来，越叫越急："贼贼贼贼贼啊！"忽然又像一个喘嘘嘘的人："贼……啊！……"

玛　这才是体贴入微之作，真的入微，微之又微！一切都是美妙的；老实说，乐谱与歌词都令我钦佩极了。

嘉　这种才力，是我生平所未见的。

马　我并没有学习过，一切都是自然得来的。

玛　您真是大自然的宠儿！

马　你们的日子是怎样消遣的？

嘉　没有什么好消遣的。

玛　直到现在，我们完全没有娱乐，真闷得慌！

马　如果你们愿意的话，我可以在这几天内，领你们到戏院里看戏去；恰巧人家打算演一本新的喜剧，如果我们能一块儿去看，我是很快活的。

玛　我们愿意得很。

马　但是，当我们到了那边，请你们好好地给他们喝彩才好；因为我已经答应给他们捧场，今天早上那编剧的人还再来恳求我一次呢。依巴黎的规矩：像我们这身份的人，他们那些戏剧家做了新的剧本都必须先拿来读给我们听，恳求我们赞赏几句，好教他们博取名誉。你们试想一想：当我们说出了一句话，看戏的人们还敢反对吗？我呢，我是不失信的；当我答应了某戏剧家之后，我一定给他喝彩；烛台还没有亮，我早已乱叫"好啊！好啊！"了。

玛　唉！请您别提啦！巴黎真是一个可赞美的地方，有许多事情是我们外省人所不知道的。哪怕我们怎样聪明，到底耳闻不如目见啊。

嘉　好吧，现在我们知道了；到了戏院里，我们就尽我们的责任，随便他们说什么,我们一味叫好就是了。

马　我不知道我猜的对不对:看你们的样儿,似乎是曾经写过一两
　　部戏剧的。

玛　呃! 也许您猜中了几分吧?

马　呀! 那么,我们非看你们的戏剧不可。说一句知己话:我也写
　　了一部喜剧,打算交给人家表演。

嘉　是吗? 您把它交给哪一些伶人表演呢?

马　还要问吗? 当然是交给那些名伶啦! 只有他们能够表现出戏
　　院的好处的;其余都是些没有知识的伶人,他们念诗竟像平常
　　说话似的;他们不晓得颤声念诗,也不晓得在美妙的地方停
　　止。好的伶人,念诗念到了美妙的地方,一定停止一下子,暗
　　示人们喝彩;否则人家怎能知道好诗句在什么地方呢?

嘉　当然,该有一个法子使听戏的人感觉得剧中的妙处;有好处而
　　没有法子表现,不是等于没有好处吗?

马　你们觉得我的帽子、羽毛、带子怎么样? 与我的衣服相配吗?

嘉　是的,完全相配。

马　带子选得不错吧?

玛　好极了,这简直是贝特利庄做的[一]!

马　我的膝圈呢[二]?

玛　真是时髦得很。

马　我可以夸口,我的膝圈比别人的要阔了四分之一哩。

玛　老实说,我从来没有看见过这样高贵的装束。

马　请你们闻一闻我的手套。

玛　您的手套香极了。

嘉　我从来没有闻过这样香的手套。

〔一〕贝特利庄是著名的商人,专替绅士们办服饰。

〔二〕膝圈是一幅很阔的布,往往加上花边,系在膝上,盖住了腿部的一半。摆架子的人
　　喜欢把膝圈做得很阔,所以马斯加里夸说他的膝圈比别人的阔了四分之一(B.注)。

马 这个呢？（说时，把他的上了粉的假发给她们闻）

玛 这真是贵人的头发；这香味就显出您的身份来了。

马 你们还没有说到我的羽毛！你们觉得怎么样？

嘉 美极了！

马 您知道吗？我这羽毛，每一根是花了一个金路易买来的呢。我有一个毛病，专爱买最好的东西，价钱贵贱是不管的。

玛 真的，您与我是志同道合了。我很关心于我所穿戴的一切；甚至于袜子，不是上等女工做的，我还不肯穿呢。

马 （忽然嚷起来）嗳唷！嗳唷！嗳唷！慢些吧！糟糕！小姐们，你们太厉害了；我怨你们不该用这手段；这不是忠厚的手段啊！

嘉 什么事？您怎样了？

马 怎么！你们二人同时向我这一颗心进攻！一个从左边来，一个从右边来！唉！这是违犯人权的，不公平，让我出去叫"救命"！

嘉 （向玛特琅）你瞧！他把事情说得特别得很。

玛 他真聪明，会这样转变！

嘉 （向马斯加里）您是所谓未痛先怕：您的心还没有受伤，您先嚷起来了。

马 说哩！它从头到脚，全受了伤哩！

第十一出

出场人：嘉多思、玛特琅、马斯加里、马洛德。

德 小姐，外面有人请见。

玛 谁？

德 朱德烈子爵。

马 朱德烈子爵吗？

德 是的，先生。

嘉　您认识他吗?

马　他是我的好朋友。

玛　快请他进来!

马　我们隔了些时候不见面了,今天巧得很,我很高兴看见他。

嘉　呃,他进来了。

第十二出

出场人: 嘉多思、玛特琅、朱德烈、马斯加里、马洛德、阿尔
曼佐。

马　呀,子爵!

朱　(与马斯加里拥抱接吻)呀! 侯爵!

马　今天巧遇,我是多么快活啊!

朱　我是多么喜欢看见你啊!

马　请你再吻我一下吧〔一〕。

玛　(向嘉多思)妹妹,我们开始给人们知道了。你瞧,许多上流人
都来看望我们哩。

马　小姐们,让我给你们介绍这一位绅士吧。老实说,他真是一位
值得认识的人物。

朱　我们本该来拜候小姐们,才是道理。无论哪一流的人,看见了
你们这种高贵的态度,谁敢不肃然起敬呢?

玛　先生把我们恭维得太厉害了,请不必这样客气吧。

嘉　这一天该在我们的日历上记载着,算是最快乐的一个日子。

玛　(向阿尔曼佐)喂,小孩子,每次都要我们吩咐吗? 你不看见我
们缺少一张软椅子吗?

马　你们看见子爵这个模样,请不必诧异;他最近害了一场大病,
现在刚好了不久,所以你们看见他的面孔微带黄色。

〔一〕当时所谓上流人,摆起架子来,往往于见面时拥抱接吻至许多次,所以莫里哀借此
嘲笑他们。

朱　这因为我在朝廷里熬夜,又则为打仗辛苦的缘故。

马　小姐们,子爵乃是现代的一个勇士,你们知道吗?他乃是三根长须的英雄[一]。

朱　侯爵,您的威风也不减于我;我们也知道您的能力。

马　这倒是真话:我们在沙场上是互相看见的。

朱　而且是在些很热的地方。

马　(眼望着嘉多思与玛特琅)是的,然而还不像这里热。呵,呵,呵!

朱　我们是在军队里认识的,我们第一次见面的时候,他在马尔特的战舰上任骑兵队的总司令。

马　这也是真的;但是,你比我先在军队里服务。我记得:当我还做小军官的时候,你已经统领两千马兵了。

朱　战争原是乐事,但是,老实说,像我们这样为国宣劳,朝廷的报酬很小,未免太不公平了。

马　因此之故,我想把宝剑挂到墙上去。

嘉　我呢,我是非常爱武人的。

玛　我也很爱他们,不过,我希望他们的智慧能调剂他们的勇气。

马　子爵,当年包围阿拉,我与你夺了敌人的半月①,你还记得吗?

朱　你为什么说是"半月"呢?我记得很清楚是"全月"啊②!

马　我想是你有道理。

朱　当然,我一辈子也忘不了哩!那一次,我被手榴弹伤了我的腿,现在我还带着记号呢。呃!请您摸一摸看:这是多么厉害的手榴弹!

嘉　(摸了一摸他的腿)真的,他的伤痕大得很!

马　请您伸手过来,也摸一摸我这里;呃,恰巧脑袋的后面。您摸

〔一〕古代的英雄喜欢在口的两边留几根细长的胡须,下巴的胡须则剪成尖形。

①　"半月"(Demi-lune)是一种堡名,为防守之用。

②　没有"全月"的说法,是朱德烈弄错了。

着了吗?

玛　是的:我觉得有点儿特别。

马　这因为我在最近一次的战争,被枪打伤了的。

朱　(解衣露胸)我这里也受了一伤,从这面穿到那面;这是在克拉佛林那一次受的伤。

马　(作欲解裤纽状)让我给你们看一处极厉害的伤痕。

玛　用不着了:我们不用看已经相信您的话了。

马　这是一些光荣的记号,显得我们是怎样的一个人。

嘉　我们并没有怀疑您的人格。

马　子爵,你的大车来了吗?

朱　为什么?

马　让我们领两位小姐到城外游览,而且请她们吃一顿饭①。

玛　我们今天不能出门。

马　那么,我们雇请些音乐师来奏提琴吧。

朱　好啊! 亏你会想!

玛　这个我们倒赞成,但是,总该多找几个宾客才好。

马　喂! 喂! 拿酒来! 香槟、丕加、布基南、加斯加烈、巴斯克、凡都尔、洛兰、勃罗旺沙、紫罗兰②! 这些跟班的都该打! 法国的绅士,被人服侍最不周到的,要算我了! 这一班坏蛋,永远是不在我的旁边的!

玛　(向阿尔曼佐)阿尔曼佐,你出去吩咐侯爵先生的仆人们,叫他们去找些音乐师来;你再去邀请邻居的夫人先生们到这里来,好教我们的跳舞会更热闹些。(阿尔曼佐出)

马　子爵,你看这些眼睛怎么样③?

----

① 原文说是给她们一个 cadeau;cadeau 在现代法语里,是赠品的意思,而在当时则指宴请妇女的酒席而言。

② 皆酒名。

③ 西洋人注意眼睛美,故以眼睛代表容貌,这句的意思是说:你看她们长得怎么样?

朱　你呢,侯爵,你觉得怎么样?

马　我吗? 我说我们看见了这样的眼睛,就很难保存我们的自由。至少我是如此:我的心巍巍地震动,像只有一缕细丝悬挂着似的!

玛　他所说的一切都是多么自然啊! 普通的一句话,给他拐了一个弯儿,就变了世上最妙的了!

嘉　真的,他很浪费他的聪明。

马　为着证实我的真诚起见,让我吟一首即席诗吧。(沉思)

嘉　呀! 我非常热诚地恳求您:人家为我们而吟诗,这是多么可喜啊!

朱　我很想要跟他一样做;可惜近日医生给我放了许多血,我的诗脉的血都给他放完了,觉得不很舒服,所以吟不出诗来了。

马　可惜! 可惜! 我呢,第一句往往做得很好,其余的句子就觉得难做了。老实说,此刻未免匆忙了些;让我有工夫再给你们吟一首即席诗吧,包管你们觉得是天下最好的。

朱　他真像鬼一般聪明!

玛　而且又风雅,说话又得体!

马　子爵,我来问你,你许久没有看见那伯爵夫人吗?

朱　我已经三个礼拜不去拜候她了。

马　你知道吗? 今天上午那公爵还来看望我,想要我陪他到乡下射鹿去呢。

玛　呃,我的朋友们来了。

第十三出

出场人:绿西、西丽曼、嘉多思、玛特琅、马斯加里、朱德烈、马洛德、阿尔曼佐、奏琴者们。

玛　天啊! 我的亲爱的姊妹们,我们要请你们恕罪。这两位先生忽然高兴,要赐给我们"脚的灵魂"①;我们特此差人去请你们来参加我们的盛会。

绿　我们很感谢你们的盛意。

马　这只是一个临时的跳舞会,但是,再过几天,我们还要请你们参加一个正式的跳舞会。——奏琴的人都来了吗?

阿　是的,先生,他们都在这里了。

嘉　来吧,亲爱的姊妹们,先来站定位置吧。

马　(先自起舞,像是给他们起一个头)啦,啦,啦,啦,啦,啦,啦,啦。

玛　他的身段文雅极了。

嘉　而且看他很像非常会跳舞的。

马　(拉玛特琅同舞)我的自由也像我的脚一样地会跳舞哩②。奏乐要合着步伐啊,乐师们! 唉! 这一班坏蛋都是不懂音乐的! 他们奏的音乐,我们没法子跳舞! ——呸! 你们疯了吗! 不懂拍子吗? 啦,啦,啦,啦,啦,啦,啦,啦。唉! 你们真是乡村里的琴师!

朱　(跟着也跳舞)喂! 你们不要奏那么快的音乐吧! 我的病好了还不久呢!

第十四出

出场人:克鲁华西、克兰歇、嘉多思、玛特琅、绿西、西丽曼、朱德烈、马斯加里、马洛德、奏琴者们。

克　(手里拿一根棍子)哈! 坏奴才! 你们在这里做什么? 我们找你们三个钟头了!(敲打马斯加里与朱德烈)

马　(觉得痛)嗳唷! 嗳唷! 嗳唷! 你们没有说过要打人的啊!

---

① "脚的灵魂",意思是说跳舞,也是玛特琅故意要说文雅的话。
② 这句话也是故意说文雅的话。"自由"在原文是 franchise,franchise 现在当"坦白"讲,在古代却当"自由"讲。

朱　嗳唷！嗳唷！嗳唷！

克　下流种子！谁叫你想要做有身份的人呢？

西　这可以教训教训你，使你知道你自己是怎么样的人。（克鲁华西与克兰歇出）

第十五出

出场人：嘉多思、玛特琅、绿西、西丽曼、马斯加里、朱德烈、马洛德、奏琴者们。

玛　这是什么意思？

朱　这是一场打赌的事情。

嘉　怎么！你们竟让人家这样打你们吗？

马　天啊！我不愿意把这事认真；因为我的脾气太凶暴了，生起气来，不是好玩的！

玛　当着我们的面竟能这样忍辱！

马　这没有什么，我们不必介意。我与他们认识了许多年；朋友之间，区区小事，是不必生气的。

第十六出

出场人：克鲁华西、克兰歇、玛特琅、嘉多思、西丽曼、绿西、马斯加里、朱德烈、马洛德、奏琴者们。

克　坏蛋！你们不能再开我们的玩笑了。——喂，你们进来吧！（三四个打手进来）

玛　你们的胆子真大，竟敢到我们这里来骚扰到这地步！

西　怎么！小姐们，你们招待我们的仆人，比招待我们还好些；他们到这里来向你们谈爱情，做我们的情敌，还开了一个跳舞会，叫我们怎能忍受呢？

玛　你们的仆人?!

克　是的，是我们的仆人！你们这样诱坏了我们的人，真是伤风败俗!

玛　唉! 天啊! 这是多么无礼啊!

克　但是,他们是没有权利穿戴我们的衣冠给你们看的;老实说, 如果你们爱他们,只算爱他们的美丽的眼睛,与他们的衣冠没有关系! ——快! 你们快把他们的衣服剥了!

朱　我的勇气寿终正寝了!

马　堂堂的侯爵与子爵,都倒霉了!

西　哈,哈! 坏奴才! 你们好大胆,竟敢与我们竞争! 现在请你们再到别处去找些东西来,博取你们的美人的欢心吧!

克　你们占了我们所爱的人还不要紧,还要穿了我们的衣服,未免太过了!

马　啊! 命运之神,你是多么无常啊!

西　快! 快! 把所有的一切都剥光了!

克　把这些衣服都拿走了吧,快,快! ——好,小姐们,现在他们变了这样儿,请你们继续与他们谈爱情,随便怎样谈都可以;我们让你们有种种的自由,我们二人包管不会吃醋的。

第十七出

出场人:玛特琅、嘉多思、朱德烈、马斯加里、奏琴者们。

嘉　唉! 多么可耻啊!

玛　真的把我气坏了!

一个奏琴者　(向马斯加里)这是怎么一回事? 谁给我们钱呢?

马　请问子爵吧。

一个奏琴者　(向朱德烈)我们的工资该归谁支付呢?

朱　请问侯爵吧。

第十八出

出场人:高奇伯、玛特琅、嘉多思、朱德烈、马斯加里、奏琴者们。

高　唉！坏丫头！我的面皮给你们丢尽了！刚才那两位先生出去的时候，告诉了我许多好事情哩！

玛　唉！爸爸！他们太残酷了，做了这么一个圈套！

高　不错，这是一个残酷的圈套；但是，这因为你们太无礼了，所以惹出这么一个圈套米。你们把他们招待得不好，所以他们记仇；我呢，我真倒霉，还替你们丢脸呢！

玛　唉！我发誓非报仇不可！否则我们就要伤心死了！——你们这两个坏奴才，做了这样无礼的事，还敢在这里站着不走吗？

马　这样对待一位侯爵！这世界原来是这样的：只要你稍为失势，从前爱你的人，现在却瞧不起你了！喂，朋友，去吧，我们到别处碰机会去吧；这里乃是只看衣冠不看人的地方，我们的赤裸裸的美德就不受人看重了！

第十九出

出场人：高奇伯、玛特琅、嘉多思、奏琴者们。

一个奏琴者　先生，既然他们不给我们钱，而我们又奏过音乐，就请您老人家赏两个钱，使我们满意吧。

高　（打他们）是的，是的，让我使你们满意，这就是我要给你们的钱！——至于你们呢，不长进的丫头，我不知道为什么，一时不能像打他们一般地打你们！我们将来一定被全社会的人传为笑柄，这就是你们狂妄的报应了！进去躲起来吧，傻丫头，躲一辈子不出来吧！（独自一人）至于你们呢①，你们乃是她们狂妄的原因：长篇的废话、闲人的娱乐、小说、大说、诗歌、尿歌，你们都跟魔鬼走了吧！

---

① “你们”即指下文的小说、诗歌而言。

斯卡纳赖尔[一]

（原文为诗剧）

1660 年 5 月 28 日初次上演于巴黎

[法]莫里哀　著

〔一〕有一个人名叫诺斐年的，他听了五六次《幻想的捉奸》（即《斯卡纳赖尔》，又名《多疑的丈夫》），就把全剧记熟了，而且把它印刷出来，贡献给莫里哀。他给莫里哀的信里说："当您那可爱的喜剧《幻想的捉奸》第一次把它的美丽的色相显示大众的时候，我曾经看过。我觉得这剧本太可赞美了，如果仅仅看它一次，未免对不住这种美妙的作品，所以我一共去看了五六次。我并没有存心记忆它，但是，好文章很容易影响到人们的想象，令人容易记忆，以致全部的《幻想的捉奸》都给我记熟了。虽则记熟了，连我自己也不知道，直到巧遇了一个机会，然后发觉了的。有一天，我参加名流们的闲谈，他们谈起了您的聪明与您对于戏剧的特别天才，我也跟着他们赞赏您。在他们极力恭维您的时候，于是我给他们叙述《幻想的捉奸》的故事。叙述的时候，说也奇怪，我竟能把剧本背诵起来，仅仅差一百句背不出。于是我由讲故事而变为背诵剧本了！因此之故，我又回到戏院里再听一次，把那一百句也记熟了。"（下略）诺斐年于每出之前，加上了一段提要，杂以议论。兹因与原剧无大关系，故不译。

剧中人物

　　高西布斯——巴黎一市民,简称高

　　西丽——高西布斯的女儿,简称西

　　李礼——西丽的爱人,简称李

　　胖勒奈——李礼的仆人,简称胖

　　斯卡纳赖尔——巴黎一市民,即多疑的丈夫,简称斯

　　斯卡纳赖尔的妻子,简称妻

　　魏尔朴刚——瓦赖尔的父亲,简称魏

　　西丽的女仆,简称仆

　　斯卡纳赖尔的妻子的一个亲属,简称亲

地点

　　巴黎

第一出

出场人:高西布斯、西丽、西丽的女仆。

西 （含泪出，其父随出）唉！您不要希望我会顺从您的意思！

高 无礼的丫头，你嘟哝些什么？你想要违反我决定了的主意吗？我对于你，不是有绝对的权威吗？你的年纪很轻，还不明白事理，你竟想拿你那些理由来改变我的主张吗？咱们两人当中，该是谁服从谁？傻瓜！依你看来，是我更懂得为你谋利益呢，还是你自己更懂得为你谋利益呢？唔！你不要惹我生气吧！你再惹我，我就要让你试一试我的手臂还有没有力量捶你！固执小姐，你听我说，最简单的办法就是：我给你选谁做丈夫，你就要谁做丈夫。据你说，我还不知道他的性情如何，应该先问问你本人喜欢他不喜欢他。但是，我已经调查得很清楚，知道他最近继承了一份很大的财产，还用得着再打听别的事情吗？这男子有两万金币的财产，还不值得你爱他吗？你放心！无论他本人如何，他既然有了这份财产，我就敢担保他是一个好人了。

西 唉！

高 怎么！你唉声叹气，这是什么意思？你瞧，你竟向我叹起气来！啊！如果我的脾气发作，我要叫你整天地"唉！唉！"。这都因为你整日整夜看那些小说，才造成了这样的结果；你的脑子里充满了肉麻的恋爱词句，你每天说上帝的时候还比不上说克莱丽[一]的时候多呢！许多少年人的思想都是被这一类的书给引坏了的，你给我把它们烧了吧！你应该放弃这些无用的书籍，规规矩矩地去读一读丕伯拉克的绝句诗，与议员马第欧的故事诗[二]；这是很有价值的作品，声韵铿锵是可以背诵

〔一〕克莱丽是史古达利女士所著的小说《克莱丽》的主人翁。
〔二〕这两部书，在当时很有名，等于后世拉封丹的寓言。

的。《造孽者的慈航》〔一〕也是一部好书,读了之后,即刻就会处世了。假使你所读过的只是这些教人学好的正经书,你就不至于这样违反我的意志了。

西　怎么!我是应该永远爱李礼的,难道您要我变心吗?假如当初是我独自选中了他,不曾取得您的同意,还可以说是我错了,但是,从前您自己也曾劝过我爱他呀!

高　纵使从前你什么都答应了他,现在既然又有一个比他更有钱的人,你就可以不必遵守以前的诺言了。李礼固然长得很不错;但是,你要知道,世界上一切的好处都比不上有钱更好。哪怕是最丑的人,有了钱,我们也觉得他美了几分;如果没有钱,其余一切都是可悲哀的。我很知道,你是不爱瓦赖尔的。但是,在他追求你的时候,你不爱他,等到他做了你的丈夫,你就会爱他了。说也奇怪,丈夫的名义是有很大作用的:爱情往往是由婚姻产生出来的。但是,我何苦这样和你讲理呢?我不是有绝对的权威来命令你吗?所以我劝你不要再说这种不知进退的话吧。你这种无病呻吟,我不愿意再听了。我这女婿今天晚上就要来拜访你,你敢不好好地招待他吗?如果我看见你稍微露出不高兴的样子,我就把你……我不必再说下去了。

第二出

出场人:西丽、西丽的女仆。

仆　怎么!小姐,这是许多人希望不到的好事,您为什么这样坚决拒绝呢?人家给您提这么一门好亲事,您却拿眼泪来回答人家。点个头答应婚事,那是多么可爱!您偏迟迟不肯点头!唉!假如人家也给我提亲,我才用不着人家三邀四请呢!还

〔一〕是西班牙教徒克尔那特所著。

用得着人家来催我答应吗？我不但不觉得点头没什么困难，
而且我可以很快地点上十次头！教您小弟弟读书的那位先生
说话很有道理。他和我们谈论世界上事情的时候，曾谈起了
女人。他说女人好比常春藤，当它紧紧缠着一棵树的时候，它
长得非常茂盛；一旦离开那棵树，它就什么好处也得不到了。
我的亲爱的小姐，这话是很合乎真理的；我虽然是一个罪孽重
重的女子，但我心里却体验得很清楚！现在我那可怜的马尔
登是被上帝召去了；但是，当他在世的时候，我的脸色光润得
像一个可爱的天使，肌肉丰满，眼里有神，心里也快乐；现在
呢，我跟从前一比，简直是两个人了。那幸福的光明真像电光
一般容易度过！在那个时代，虽然遇着很冷的冬天，我夜里也
用不着生火就能睡着；被单潮湿，也无须晒干。现在呢，哪怕
是在三伏的热天，我夜里睡觉也冷得发抖！总之，小姐，您相
信我的话吧，世界上一切都比不上有一个丈夫睡在自己的身
边好；晚上你在床上打一个嚏，你的丈夫就在旁边马上说一声
"上帝保佑你"；哪怕只是为这一点点，也是有个丈夫好。

西　你能劝我做坏事吗？你要我抛弃了李礼，和那丑汉子结婚吗？

仆　老实说，您的李礼也不是个聪明人。他为什么出外游历那样
　　久呢？他去得那样久，真叫我怀疑他对您的爱情是否有了
　　变化。

西　（拿李礼的肖像给她看）唉！你不要拿这可悲的预言来扰乱我
　　的心情，你先仔细看看这一副相貌吧。看他的样子，他对我的
　　爱情是永久的。总之，我相信这种相貌不会是一个负心郎的
　　相貌；既然这上面画的是他，可见他对我的爱情是不变的。

仆　真的，这种相貌真值得做您的情郎，怪不得您这样热烈地爱
　　他呢。

西　但是我不得不……呀！快来扶着我！（李礼的肖像落在地上）

仆　小姐，您这是怎么了？……呀！天啊！她的脸色都变了！呃！

呃！快来个人吧！

第三出

出场人:西丽、斯卡纳赖尔、西丽的女仆。

斯　什么事？我来了。

仆　我家小姐快要死了！

斯　怎么！这就值得大惊小怪吗？你叫得这样凶,我以为有了天
大的事情呢！不过,让我上前瞧一瞧。小姐,您真的死了吗？
啊！她竟一声也不回答我！

仆　请您先扶着她一会儿,让我去找人来抬她回去吧。

第四出

出场人:西丽、斯卡纳赖尔、斯卡纳赖尔的妻子。

斯　(以手摸西丽之胸)〔一〕她浑身都凉了,我不知道怎样是好！让
我把脸靠近她的嘴,看她是否还在呼吸。唉！我还不敢断定;
但是,我想她总不至于就死了吧？

妻　(从窗内看见)呀！我看见什么了？我的丈夫在西丽的怀抱
里！……好！我赶紧下楼去吧。他背着我和别人捣鬼,让我
去捉住他！

斯　我非赶快救她不可！真的,她不该死去啊！傻瓜！咱们在这
世界上住得很舒服,还想要到另一世界去做什么？

　　女仆领了一个人来,斯卡纳赖尔和那人把西丽抬了出去。

第五出

出场人:斯卡纳赖尔的妻子(独自一人)。

─────────────

〔一〕有些批评家以为此处斯卡纳赖尔的动作很不应该。其实,斯卡纳赖尔看见西丽晕
　　倒,自然想要知道他是否还在呼吸。就情境言,该有这种动作,观众不觉得无礼;而
　　且他的妻子看见了这动作,更能引起她们妒忌。

妻　他悄悄地离开了这地方；他既然已经走开，我想要把事情弄清楚，也不行了。但是，他对不住我，这是毫无疑问的；只看见了这一些行为，已经够明白了！怪不得近来他对我那样冷淡；我很守规矩地热爱他，他却不大理会！没良心的！原来他把他的那些温存给别人留着呢；他只要博得别人的欢笑，哪里还管我的苦闷呢？天下的丈夫都是这样对待妻子的；正当的恩爱，他却觉得腻了。在起初的时候，一切都是美妙的；男子们总向我们女子表示无比的热情。但是，不久以后，他们就讨厌我们的爱情了；没良心的丈夫们又拿爱他们妻子的心跑到别处去爱旁人了。唉！我恨法律不许我们随时更换丈夫，像换汗衫一样容易；如果是这样，岂不方便吗？我知道某一女人也像我一样，巴不得更换她的丈夫呢！　（拾起了西丽刚才掉在地上的肖像）哦！我的运气真好，拾得了一件宝贝！这是什么呢？这外面的珐琅很好看，雕刻也很漂亮，让我打开看看吧。

第六出

出场人：斯卡纳赖尔、斯卡纳赖尔的妻子。

斯　（以为没有别人）我们还以为她死了呢，谁知是毫无关系！她没什么病，和从前一样健康。——哦！我的妻子在这里呢。

妻　（也以为没有别人）唉！天啊！这原来是一张小小的工笔画！这是一个美男子的肖像！

斯　（从妻子的肩上看过去，旁白）她这样仔细看的是什么？原来是一张肖像；这还有什么好事儿！我觉得心里起了重大的怀疑。

妻　（还没有看见她的丈夫）我从来没有看见过这样美丽的东西；这种作品实在比黄金还有价值。唉！这是多么香啊[一]！

〔一〕因为装肖像的盒子是香的，所以斯卡纳赖尔的妻子把它放在鼻上闻一闻。这是很简单的动作，却更惹起她的丈夫的妒忌，因他猜她是吻那肖像。

斯　（旁白）怎么！糟糕，吻起来了！唉！我忍不住了！

妻　（继续说下去）真的，假如一个女子有这样一个男子爱上了她，真是一件乐事！假如他一心一意地追求一个女子，谁能经得住他的诱惑呢？唉！我却没有这样美貌的丈夫！你瞧我那秃头的村夫……

斯　（夺了那肖像）唉！贱人！我捉住了你的短处了：你的亲爱的丈夫的名誉被你败坏尽了。呀！我的好浑家，依你的意见，老爷还配不上太太吗？呸！你不是见鬼了？这样好的丈夫，你还不满意，你还想嫁什么样的人呢？在我身上，你找得出哪一点是可以挑剔的？我这身材，我这风采，谁不羡慕？我这相貌是这样令人一见倾心，世界上还有千百个女人日日夜夜地想要追求我呢。总之，无论从哪一方面看来，我都是一个可爱的人物，你还不该满足吗？你这么贪吃无厌，除了丈夫以外，还要弄一个小白脸来当点心？

妻　你这开玩笑的用意，我一听就明白了。你以为这么一来，我就……

斯　请你不要先下手为强吧。事情是很明显的，我并非冤枉你：我已经有了铁一般的证据了。

妻　我的怒气已经不小了，你还要来火上加油！老实说，你快把我那件宝贝还我！你该想一想……

斯　我想扭断了你的脖子！我既然把他的肖像抢到手，我就恨不得捉住他本人！

妻　为什么？

斯　不为什么，亲爱的。其实我该十分感谢你，因为你在我的额角上安了一些好东西①！（注视李礼的肖像）好，就是这一位了！这是你的美丽的天使，同床的小乖乖！这是你秘密恋爱的对

———————————

① 依法国人说，妻子偷了人，丈夫的额上该生两角。

象,你和他……

妻　我和他怎样?……说下去呀!

斯　老实说,你和他……唉!气煞我了!

妻　你瞧这醉汉,他到底要对我说些什么呢?

斯　不害臊的女人,你这是装糊涂,其实你心里比我还明白。今后人家不会再叫我斯卡纳赖尔了,人人都要尊称我为双角先生了!我的名誉是一败涂地了;你既然取消了我的名誉,我也打算除掉你一只胳臂或两根肋骨,作为报酬。

妻　你竟敢对我说出这一类的话?

斯　你竟敢瞒着我做了这一类的把戏?

妻　什么把戏?请不要扭扭捏捏,就直说了吧!

斯　唉!这是值不得埋怨的!戴上一顶绿帽子,让大家看看,倒也有趣!

妻　哈!哈!明明是你做了对不住我的事,该是我拿你来报仇;现在你却找个碴儿假装生气,想要借此让我不再吵闹!这样的法子,真是一种新发明!你得罪了我以后,倒反先来跟我吵闹,真是岂有此理!

斯　唉!好一个不要脸的女人!看她这种理直气壮的样子,简直叫人以为她是个正经的女人了。

妻　干吧!继续往下干吧!去讨你那些情人们的欢心,向她们倾吐你的爱情,表示你的温存吧,但是,你不要再开我的玩笑,快把我的宝贝还给我。(夺了肖像就走)

斯　(追妻子)呃!你以为逃得了吗?我非把它夺回来不可!

第七出

出场人:李礼、胖勒奈。

胖　咱们终于到了这里了。但是,先生,我想要请问您一件事,不知道该问不该问。

李　好,快说吧!

胖　您身上是否有魔鬼附着?为什么辛苦了这许久,您还不觉得疲倦?整整一个礼拜以来,咱们跑了不少的路;咱们只是快马加鞭地飞奔,一路上那瘟畜生把咱们震动坏了,我觉得我的四肢都快散了!四肢震疼了还不算数,还震伤了我的某部分——我也不愿意说明是哪一部分。到了家以后,您也不休息,也不吃喝,又兴致勃勃地赶到这里来。佩服!佩服!

李　你也别怪我太匆忙,这因为人家告诉我说西丽就要结婚了。你知道,我爱她爱到了极点,叫我怎能不大起恐慌呢?所以我搁下了一切,先到这里来,要打听这消息是不是真的。

胖　是的,但是,先生,您要去调查这件事,也非先吃一顿好饭不可。吃饱了,您的勇气就更大了,就可以抵抗命运之神的打击。这是我亲身体验过的:当我肚子空着的时候,一点小小不如意的事就够让我惊慌失措;但是,当我吃饱了的时候,我的意志就坚定了,最大的祸事也不能使我动心了。您相信我的话吧,您尽量地吃一顿,吃到不能再吃为止,包管您能抵抗命运之神的一切打击;再说,您若希望关闭了痛苦之门,那就非把二十杯葡萄酒浇在您的心上不可!

李　我吃不下去啊!

胖　(低声,旁白)我可巴不得就吃呢!(高声)但是您的饭马上就预备好了。

李　住口!我命令你。

胖　呀!这是多么不近人情的命令啊!

李　我只觉得担心,并不觉得肚子饿。

胖　我觉得肚子饿,同时也觉得担心;我看见您这样痴情,怎不令我替您担心呢?

李　好,你让我调查我的爱人的事情去,别再来惹厌了;如果你要吃饭,你就自己吃去。

胖　主人吩咐下来,我是不能不遵命的。

第八出

出场人:李礼(独自一人)。

李　唉! 唉! 其实我也太傻了,何苦这样恐慌呢? 她的父亲已经答应了我,她本人也曾表示爱我,所以我是不应该感到绝望的。

第九出

出场人:斯卡纳赖尔、李礼。

斯　(*手里拿着李礼的肖像,没有看见李礼*)好,叫我抢到手了! 我可以从容地看看那坏蛋;他给我戴了绿帽子,让我看他是怎样的面孔! ——呃,我不认识他。

李　(*旁白*)天啊! 我看见什么了? 如果这是我的肖像,我该怎样猜测呢?

斯　(*未见李礼*)呀! 可怜的斯卡纳赖尔,为什么你的命运这样坏,竟至于名誉扫地? 你应该……(*瞥见李礼正在注视他,于是转到戏台的另一边*)

李　(*旁白*)这一个信物,本是我交到她手中的,现在竟落在别人的手里,怎么叫我不着急!

斯　(*旁白*)唉! 斯卡纳赖尔,从此以后,谈到你的时候人家会用两个指头在头上比划着形容你,或者唱些歌曲来挖苦你。人家到处遇着你的时候,都可以当面嘲笑你那没有德行的妻子偷了人,笑你戴上了绿头巾!

李　(*旁白*)我没有弄错吧?

斯　(*旁白*)唉! 贱人! 正在我的青春时代,你竟有勇气叫我当王八? 像我这样的丈夫,至少可以说是长得漂亮的,难道还比不上一个面貌可憎的野小子! ……

李　（旁白,眼睛仍注视着斯卡纳赖尔手上的肖像）我没有弄错,这
　　　果然是我自己的肖像。

斯　（转过身来）这人太好奇了!

李　（旁白）这真奇怪到了极点了!

斯　（旁白）他这是怎么回事呀?

李　（旁白）让我上前和他说句话吧。（斯卡纳赖尔欲走开,李礼高
　　　声）喂! 我只要和您说一句话,可以吗?

斯　（仍欲走开,旁白）他要对我说什么?

李　我请问您:这肖像是怎样到了您的手里的,您能告诉我吗?

斯　（旁白）他这一问,是什么意思呢? 哦! 我想起来了……（仔细
　　　看了一看李礼,又看那肖像）哈! 哈! 现在我明白他为什么着
　　　急了! 怪不得刚才他那样好奇呢,原来他就是我那个小伙子,
　　　不,应该说我的老婆的那小伙子!

李　请您消除我的痛苦,告诉我:这肖像是您从哪里……

斯　谢上帝,我明白您为什么着急,这让您着急的肖像就是您本人
　　　的肖像,原来是在您的情人手里的。她和您情意缠绵,是瞒不
　　　了我的。我不知道她在谈情说爱中曾否向您提及我的小名,
　　　但是我请您不再这样搞恋爱吧,因为她的丈夫太不满意这种
　　　行为了。请您考虑一下,婚姻是神圣的结合……

李　怎么! 您说这肖像是从一个女人手里得来的,而她……?

斯　而她就是我的妻子,我是她的丈夫。

李　她的丈夫?

斯　是的,我是她的丈夫,丈夫! 丈夫! 丈夫! 您听见了吗①? 一
　　　切您都知道,还假装不知道吗? 让我告诉她的亲戚去!
　　　（走出）

---

①　原文是 Cui,son mari,vous dis-je et mari,这是以同音字相谐为戏,无法译成中文(mari
　　是丈夫,marri 是发怒,二字同音)。

第十出

出场人：李礼（独自一人）。

李　呀！我刚才听见的是什么话？怪不得人家告诉我，说她的丈
夫是天下长得最难看的一个男子。唉！西丽！即使从前你所
说永远相爱的话不是出于真心，至少你看见了这样下流可耻
的臭汉子，也不该轻率地抛弃了我的热情啊！负心的人啊！
人家无论怎样有钱……呀！我旅行了这许久，已经疲倦不堪
了，忽然又受了这样大的耻辱，心里受了强烈的刺激，我实在
支持不住了，身子都有点儿发晃了。

第十一出

出场人：李礼、斯卡纳赖尔的妻子。

妻　（以为独自一人）没良心的丈夫，他不管我肯不肯……（瞥见李
礼）哎呀！先生，您觉得不舒服吗？我看见您快要倒在地
上了。

李　是的，我忽然觉得不舒服。

妻　我怕您就要晕倒；请进屋子里休息休息，等您觉得好了再
出来。

李　谢谢您，我可以进去休息几分钟。

　　他们进了屋子里。

第十二出

出场人：斯卡纳赖尔、其妻的一个亲属。

亲　做丈夫的担心他的妻子偷人，是可以原谅的，不过，您也不该
马上就发脾气。刚才我听您谈的她的一切，都还不能证明她
是有罪的。这是一件名誉攸关的事：除非有了真凭实据，是不
该胡乱冤枉人的。

斯　依您说,是要当场捉着才算了!

亲　虽然不必当场捉着,但是过分鲁莽也是容易弄错的。您知道这肖像是怎样到她手里的? 她到底认识他不认识他? 这些您都该先调查清楚。如果不出您之所料,我们做亲戚的,自会忙着惩罚她。(走出)

第十三出

出场人:斯卡纳赖尔(独自一人)。

斯　他的话说得再好没有了;我实在应该慢慢来。也许我这额上的双角是我凭空幻想出来的,凭白无故地急得满头大汗。其实一个肖像并不能完全证明我的妻子偷人,我犯不着这样惊慌。现在让我再小心地……

第十四出

出场人:斯卡纳赖尔、斯卡纳赖尔的妻子(在门口送李礼)、李礼。

斯　(瞥见妻子和李礼,旁白)呀! 我看见什么了? 真把我气死了! 现在已经不是肖像的问题了! 好,本人都亲自出现了,肖像还算什么!

妻　先生,您未免太急了。如果您这样快就出去,也许您的病会复发的。

李　不会的,不会的。我很感谢您,因为您这样好心,肯救我。

斯　(旁白)你瞧这女人真会装腔作势,还同他讲究这许多礼貌哩! 斯卡纳赖尔的妻子进了屋里。

第十五出

出场人:斯卡纳赖尔、李礼。

斯　(旁白)他看见我了;让我看他对我说些什么。

李　（旁白）唉！我一看见这个人，心里就生气……但是，我这怒气是不合理的；我应该压制自己，只怪命运之神给我痛苦罢了。真的，我只能羡慕他的幸福，他能博得她的爱情。（在经过斯卡纳赖尔身边的时候）唉！有了这样美丽的妻子，太幸福了！

第十六出

出场人：斯卡纳赖尔、西丽（凭窗，看见李礼走了）。

斯　（独自一人）他既然这样讲，还有什么含糊的地方？听他这种话，比额上生了双角还更使我难堪！（望着李礼走出的地方）呸！这真不是正人君子干的事儿！

西　（自语）怎么，刚才我看见了李礼，他回来了，为什么不通知我呢？

斯　（没有看见西丽）"唉！有了这样美丽的妻子，太幸福了！"这种不要脸的女人，有了她做妻子，才是不幸呢！她只管自己浪漫，却不管丈夫做了乌龟：证据确凿，还有什么好说的！唉！他这样明白地承认了，我却忍气吞声，傻瓜般呆呆地望着他走开！呸！太没出息了！我至少应该把他的帽子扔在地上，拿石头打他，或者拿泥土弄脏了他的大衣，甚至为了发泄我这一肚子的气，把街坊邻舍都喊出来，让大家羞辱他一场，岂不痛快！

　　当斯卡纳赖尔说话时，西丽渐渐地走近，等他的怒气消下去了，然后问他。

西　（向斯卡纳赖尔）先生，刚才有一个男子从您的身边走过，并且同您说话，您在哪里认识他的？

斯　唉！小姐，请不要说起！不是我认识他，是我的妻子认识他。

西　看您像是很痛苦的样子，为什么？

斯　请您不要以为我是无病呻吟；我有很大的痛苦，您让我尽量地叹气吧！

西　照您的说法,您这痛苦并不是寻常的痛苦。它是怎样来的,您
　　能告诉我吗?

斯　我这样伤心,并非为的是柴米小事;无论是谁处在我的地位,
　　也是会难受的。我这个可怜的斯卡纳赖尔呀,可算是不幸的
　　丈夫的典型,我的脸面已经被人丢尽了。不但丢尽了我的脸,
　　人家还败坏了我的名声呢。

西　怎么?

斯　这无赖——在您面前,说话应该文雅些,姑且叫他做无赖——
　　他的行为十分荒唐,竟给我戴上了绿帽子,今天我亲眼所见,
　　也证实了他和我妻子的秘密来往。

西　就是刚才那……

斯　是的,是的,是他使我丢尽了脸,他爱上了我的妻子,我的妻子
　　也爱上了他。

西　呀! 我早就猜想:他这次秘密回来,一定是要捣什么鬼,所以
　　瞒着我。刚才我一看见了他,就有点儿提心吊胆,唯恐他做出
　　这种事来。

斯　您真是一个好心肠的人,肯这样帮我说话;其余的人就不能像
　　您这样热心了。刚才有许多人知道了我的痛苦,他们不但不
　　表同情,倒反取笑我哩!

西　还有比你这种卑鄙的行为更为阴险的吗? 我们竟没法子惩治
　　你吗? 你这样负心,还有脸活在世上吗? 呀! 天啊! 这是可
　　能的事情吗[①]?

斯　她说的正是我心里的话。

西　唉! 负心汉! 恶棍! 口是心非不讲信义的坏蛋!

斯　好小姐!

西　唉! 地狱里一切刑罚,对于你都算太轻!

————————

①　这一段话是责骂李礼的。

斯 说得好！说得妙！

西 这样无辜的好人，竟被你这样对待！

斯 （高声叹气）唉！

西 可怜这一颗赤心，有什么对不起你的地方，你竟敢这样轻视和凌辱？

斯 对啊！

西 他从很远的地方……唉！太难堪了！我一想起，就要气死了！

斯 我的最亲爱的小姐，请您不必太生气。我的痛苦使您很伤心，而您说的这些话也伤透了我的心。唉！

西 但是，你不要弄错，你以为我只晓得呆呆地暗地里叹息！其实我有法子对付你，我就要报仇去，什么也阻止不住我！（走出）

第十七出

出场人：斯卡纳赖尔（独自一人）。

斯 唉！愿上天保佑她一辈子平平安安！她想要替我报仇，这是多么好的心！她看见我遇着这不幸的事情，就这样发脾气，我本人，还不应该大发雷霆吗？除非是一个真正的呆子，否则受了这种耻辱，决不会忍气吞声的。所以我应该再去找那欺负我的坏蛋，表示我是有勇气的，敢报仇雪恨的。大坏蛋，我要教训教训你，让你知道我不是好惹的，也让你今后不敢再给人家戴绿帽子了。（走了几步，又退回来）慢着！我看这人，脾气似乎并不很好，他那样子也是够蛮横的；他既然敢给我绿帽子戴，又何尝不敢在我的脊梁上给我几棍子呢？假使我赔了妻子还再挨一顿打，岂不是双重的耻辱吗？我生平最恨那些轻易动气的人，我最爱的是和平持重的人。我一生不爱打架，因为我怕挨打[一]；温和软弱是我最大的美德。——但是，我的名

〔一〕这两句话后来成了法国的谚语。

誉心跟我说：你受了这样的侮辱，仇是非报不可的！——呸！它爱说什么就说什么吧；它说得好听，可是又有什么办法呢？让它去见鬼吧！假如我好胜逞强终于被人家一剑戳穿了我的大肚子，那时节，我的死的消息传遍了全城，而我的名誉又能好了多少？棺材里闷死人，而且我又是一个最怕闹肚子的人，呆在里面，未免太不合卫生了！我已经仔细盘算过了，做乌龟还比做冤鬼合算些。妻子偷人，对丈夫又有什么害处？腿会因此弯曲了吗？身材会因此丑陋了吗？水性杨花的女人做的事，却硬把它和一个最正经的男人的名誉联系在一起！其实这二者有什么关系呢？我不知道是谁发明的；拿这种荒谬的想法来自寻苦恼，真是岂有此理！按道理说，一人做事一人当，一个女人犯了罪，怎能带累到我们男人的名誉？别人做了坏事，受指摘的却是我们：她们做妻子的，没有征求我们的同意，做下这种丑事，为什么要把一切不良的后果都推在我们身上呢？妻子做了糊涂事，倒反说做丈夫的是个糊涂虫！这是很不公平的；警吏们应该替我们男子维持公道啊。世界上还有许多别的讨厌的事，我们不愿意它们来，它们还是要来的。没饭吃，没衣裳穿，打官司，以及种种疾病，已经够让我们的生活不得安定了；何苦又加上了一种没来由的痛苦呢？呃！不错！我们不管这些闲事，也不必大惊小怪，叹息和眼泪，那更用不着！我的妻子做了坏事，她应该大哭特哭；我呢，我既然没有什么错儿，何必哭呢？总之我之所以完全不伤心，是因为世界上做乌龟的并不仅仅是我一个人。我看见了不少的上流人物，眼看他们的妻子偷了人，没奈何只好忍气吞声。所以我也犯不着为这小小的事情而去找人家争论。是的，我不报仇，人家会笑我是傻瓜；但是，如果我因报仇而送了命，岂不更是傻瓜吗？（以手抚胸）但是，我觉得胸口难过得很，总想要做些有丈夫气的事情。是的！我又生气了！一个人何苦这样胆子小！我非报复那坏蛋不可！趁着我这怒气冲冲的时候,让我先逢人就说他和我妻子睡觉的事吧。

第十八出

出场人:高西布斯、西丽、西丽的女仆。

西　是的,我很愿意遵守这一个大道理:父亲,我的终身大事就由您做主吧。婚约是可以随时签订的;我已经决定尽女儿的孝道了。我要严厉责备我那不正当的私情,一切都遵从您的命令。

高　呀！你这样说,我就喜欢了！我快乐到这地步,如果不怕人家笑话,我早已跳起来了。走过来点,来吧,让我吻吻你。这没什么难看;父亲对于女儿,要吻就吻,没有人感觉奇怪的。好,我看见你这样孝顺,竟令我觉得自己年轻了十岁。

第十九出

出场人:西丽、西丽的女仆。

仆　您这样突然转变,我觉得很奇怪。

西　等你知道了我为什么这样做,你就佩服我了。

仆　这是很可能的。

西　你知道吗？李礼做了负心汉,令我十分伤心。他回来了,竟不……

仆　呃！看,他找我们来了。

第二十出

出场人:李礼、西丽、西丽的女仆。

李　在和您永远分别以前,我至少还要在这儿责备您……

西　怎么！您还要和我说话吗？您的胆子真不小！

李　是的,我的胆子不算小。您挑中了这样的人,如果我再责备您,连我也有罪了! 好,我恭祝您今后的生活很满意;有了一个配得上您的丈夫,这是您无上的光荣,将来您想起了我,还要笑我哩!

西　对啊,负心的人! 我希望今后的生活很满意;如果您因我幸福而不愉快,我更心满意足了。

李　您跟我生这么大的气,为的是什么?

西　怎么! 您还假装不知道您的罪过,倒反来问我吗?

第二十一出

出场人:西丽、李礼、斯卡纳赖尔(全身盔甲)、西丽的女仆。

斯　杀呀! 杀呀! 这奸贼败坏了我的名誉,非杀他不可!

西　(向李礼指着斯卡纳赖尔)看呀! 您不必再问我,请转身看看他是谁!

李　是了! 我看见……

西　您看见了他,该知道惭愧了。

李　您看见了他,才不能不脸红呢!

斯　(旁白)现在我的脾气可以发作了;我的勇气已经准备得十足了! 如果我看见了他,一定是一场厮杀。是的,我已经发了誓,一定要把他杀死,什么也阻挡不住我。无论在什么地方,我一看见他,就送他归天! (把剑抽出一半,走近李礼)让我把剑对准了他的心口戳吧! ……

李　(转身)谁得罪了您?

斯　谁也没有得罪我。

李　那么,您穿这身盔甲干什么?

斯　这不是盔甲,这是避雨的衣服。(旁白)呀! 如果我能杀了他,我是多么快乐啊! 拿出勇气来吧!

李　(又转身)嗯?

斯　我没有说什么。(自己打了几个耳光以刺激自己后,旁白)呀!

没有胆量的斯卡纳赖尔,真可恨! 临阵退缩,你要不要脸?

西　(向李礼)您一看见了他,自然就会觉得惭愧,我看您那眼神也
　　可以看得出来;自己还假装不明白吗?

李　是的,我看见了他,就知道您那不忠实的行为是最不可原谅
　　的;天下的情郎,再没有比我更难堪的了。

斯　(旁白)唉! 我为什么一点儿勇气都没有呢?

西　唉! 没良心的人,不必在我面前讲这种极端无礼的话了!

斯　(旁白)斯卡纳赖尔,你瞧,她一直帮助你和他争,你本人更应
　　当厉害些。好! 努力做一件光荣的事吧! 等他转身的时候,
　　你在后面一剑就结果了他吧。

　　斯卡纳赖尔本想走近李礼,乘机结果他;李礼无意地向前走了
　　几步,吓得斯卡纳赖尔连忙往后退。

李　既然我这类的话使您生气,那么,我应该对您的行为表示满
　　意,赞成您所选择的配偶,才是道理。

西　是的! 当然! 我所选定的配偶,谁也不敢说不好!

李　好,您实在应该替他说话。

斯　当然,她维护我的权利,这难道不应该吗? 先生,您这种行为
　　是不合法的,也怪不得我怨恨您。假如我不是一个老成持重
　　的人,我早就跟您拼命了。

李　您这怨恨是从哪里来的,您有什么难以忍受的痛苦……

斯　别多说了! 我的秘密的痛苦,您是很知道的。但是,您如果是
　　有良心的人,扪心自问,也该想到我的妻子总是我的妻子;您
　　当着我的面夺去了我的妻子,这是善良的基督教徒的行为吗?

李　您这种怀疑,真是又愚蠢又可笑。您放心,关于这一点,请您
　　不必忧虑。我知道她是您的;我不但不会爱……

西　呀! 没良心的,你真会掩饰啊!

李　怎么! 他以为我侮辱了他,您也怀疑我有这种念头吗? 您打
　　算拿这没有人格的事来污蔑我吗?

西　说吧,您对他本人说吧,他会明白告诉您⋯⋯

斯　(向西丽)您替我说的话,比我自己说得还好;您这样从旁帮助
　　我,真是再好没有了。

第二十二出

出场人:西丽、李礼、斯卡纳赖尔、斯卡纳赖尔的妻子、西丽的
　　　　女仆。

妻　小姐,我很不愿意跟您当面争吵,显得我是一个好吃醋的女
　　人。但是,我也不是一个傻瓜,一切的事情我都看得很清楚。
　　世界上有某种爱情是非常不体面的。我的人总是我的人;您
　　与其诱惑他,还不如把您这番心用在一个更适当的人的身
　　上呢!

西　她这番话可以算得直言无隐了。

斯　(向妻子)小贱人,我们并不需要你到这里来。她正在帮助我
　　说话,你偏要来和她吵闹!是的,你怕她夺去了你的情郎!

西　您放心,我才不稀罕他呢!(转向李礼)您瞧,刚才是我在说谎
　　话吗?这么一来,我快乐极了。

李　你们说的话是什么意思?

仆　好!这种莫名其妙的话,说起来还有个完吗?我本想把它听
　　懂,但是,现在我越听越糊涂了。我知道,结果是非我来参加
　　不可了。(站在李礼与西丽之间)你们顺着次序回答我,不要
　　打断我的话头。(向李礼)我先来问您:我家小姐有什么对不
　　起您的地方,您这样责备她?

李　我怪你这没良心的小姐,抛弃了我,另找别人;我在外面听见
　　了她结婚的消息,心里非常着急,连忙不分昼夜赶了回来。我
　　以为我们的爱情好到无以复加,你家小姐决不会把我忘掉。
　　哪知我刚回到了此地,就听说她已经结了婚!

仆　结了婚!嫁给谁?

李　（指斯卡纳赖尔）他。

仆　怎么！他吗？

李　可不是吗？

仆　是谁说的？

李　是他今天自己说的。

仆　（向斯卡纳赖尔）这是真的吗？

斯　我吗？我说的是我已经结婚，她就是我的妻子。

李　刚才我看见您眼睁睁地望着我的肖像，显出心里很难受的样子。

斯　这倒是真的，肖像在这里。

李　（向斯卡纳赖尔）您还对我说过：这肖像是从一个女人的手里夺了来的，而那女人就是您的妻子。

斯　（指着妻子）当然啦，我是从她的手里夺过来的；没有这肖像，我还不会知道她的罪恶呢。

妻　你不要再胡乱冤枉人了。我偶然在地下看见了它，才把它拾起来的；你不问情由就跟我发了一阵脾气。（指着李礼）后来，我看见他忽然要昏倒，曾把他扶到我们家里去，就是在那个时候，我也没认出那肖像画的就是他。

西　这些误会都是我惹起的；我一时晕倒，肖像就掉下来。（指斯卡纳赖尔）后来是您把我抬回家里的。

仆　你们瞧！没有我，你们至今还在迷魂阵里呢！你们毕竟需要我来参加，才能把这件事情弄清楚。

斯　我该不该相信这些话呢？但是刚才我的确觉得额角有点儿发热啊！

妻　然而我还不十分放心；虽然我没受什么害，我还怕他瞒着我和别人捣鬼。

斯　（向妻子）喂！咱们互相信任，谁也别说谁不忠实了。其实我这一方面的危险比你那一方面还多些。既然人家已经把事情弄清楚了,咱们就别再胡闹了。

妻　也罢！但是,将来如果我听见什么风声,你就当心吃棍子吧！

西　(与李礼低声谈了一会儿的话,高声向李礼)呀！天啊！原来事情是这样的,那么,我太不应该那样做了！我一时气愤,做错了事,现在又发愁了。刚才我以为您负心,我想要报仇,就服从了父亲的命令;我所始终拒绝的一门亲事,刚才我竟答应了,想要借此使您难堪。现在最令我伤心的乃是……呃！父亲来了！

李　他既然答应过我,我想他不会失信的。

第二十三出

出场人:高西布斯、西丽、李礼、斯卡纳赖尔、斯卡纳赖尔的妻子、西丽的女仆。

李　先生,您看,我已经回来了,我对西丽的爱情是始终如一的。您曾答应把西丽许配给我做妻子,现在我想您一定会实践您的诺言。

高　先生,您已经回来了,您对西丽的爱情是始终如一的。我曾答应把西丽许配给您做妻子,现在您想我一定会实践我的诺言。但是,抱歉得很！……

李　怎么！先生,您这样说,意思是要失信于我？

高　是的,先生,我这样说,意思是要尽我的责任;我的女儿也愿尽她的责任。

西　父亲,我的责任在于请您实践您的诺言。

高　你竟这样违反我的命令,能算是一个孝顺的女儿吗？刚才你已经愿意了,现在忽然又改口？刚才你说愿嫁瓦赖尔……呃！我看见瓦赖尔的父亲来了,一定是为了订立婚约而来的。

第二十四出

出场人:魏尔朴刚、高西布斯、西丽、李礼、斯卡纳赖尔、斯卡纳赖尔的妻子、西丽的女仆。

高 魏尔朴刚先生,今天大驾光临,有什么事指教?

魏 今天上午,我发觉了一件重大的秘密,使我不得不取消我先前的诺言。您的女儿虽然答应嫁给我的儿子,想不到他竟于四个月以前早已和丽丝秘密地结了婚,直到今天才被我们发觉。我因为丽丝的父母很有财产,门第又高,实在没法子解除他们的婚姻关系,所以我特地来告诉您……

高 请别多说了!您的儿子瓦赖尔,没有得到您的允许,就和别人结了婚;我也不瞒您,我的女儿西丽在许久以前已经由我把她许配给李礼了。李礼是一个很有道德的人,现在他既然回来了,我只好把女儿嫁给他,不能失信。

魏 您有这样的一个女婿,我很赞成。

李 这是我一生的幸福,我真快乐。

高 让我们就择定结婚的日子吧。

斯 (独自一人)谁能像我这样深信不疑地以为自己做了乌龟呢?你瞧,在这种事情上,尽管表面很像是真的,而我们也未必应该相信是真的。有了这样一个事例,我奉劝世人:哪怕您看见了真凭实据,还是不相信的好。

剧终

嘉尔西爵士 [一]

（原本为诗剧）

1661 年初次上演

[法]莫里哀　著

〔一〕《嘉尔西爵士》是模仿意大利的一部喜剧的。原名《妒忌的王子》(Il Principe
Geloso)，为西哥义尼所著，出版在莫里哀此剧初演之前七年。莫里哀把西哥义尼原
书中的某几出略为改变，然而剧情的骨架仍是原书的(C.注)。莫里哀在剧中扮嘉
尔西爵士，剧本与莫里哀的表情都很不受观众欢迎。失败了这一次之后，《妒忌的
王子》永不再演。这时莫里哀方将成名，因此受大打击，而他的敌人们高兴了一个
时期。

剧中人物

嘉尔西爵士——那法尔①的王子,爱而畏女爵士的爱人,简
　　称嘉

爱而畏女爵士——烈昂②的公主,简称爱

阿尔风斯爵士——烈昂的王子,易名为西尔佛爵士,假称加斯
　　第③的王子,简称阿

伊涅斯女爵士——女伯爵,西尔佛爵士的爱人④,被爱于烈昂
　　王国的篡位者莫尔嘉,简称伊

伊利思——爱而畏女爵士的心腹,简称思

阿尔怀爵士——嘉尔西爵士的心腹,伊利思的爱人,简称怀

罗伯爵士——嘉尔西爵士之另一心腹,伊利思之爱人,简称罗

彼得爵士——伊涅斯之随员,简称彼

爱尔畏女爵士的一个跟班

地点

西班牙之亚斯多克城,属于烈昂王国

---

① 那法尔为古王国,在今法国比利牛斯山之西部,接近西班牙。
② 烈昂为西班牙之王国,1220 年为加斯第所归并。
③ 加斯第为西班牙之王国,其首都即今之西班牙首都。
④ 莫里哀剧中所谓"爱人",只指施爱者而言。

第一幕

第一出

出场人：爱而畏女爵士、伊利思。

爱　不，我对于这两个爱人，实在不会怎样选择：我的秘密的心情并不是由选择而来的。嘉尔西爵士虽则表示爱我，但就其一切人品看来，并不能令我觉得他比西尔佛爵士更好。西尔佛爵士在我眼前，也像他一般地炫耀着光荣的英雄的一切美德；他们的英雄气概相同，他们的门第也相同，所以他们二人都值得我爱；如果单就人品的价值上决胜负，那么，恐怕现在我还踌躇未决，不知让谁得胜才好呢。但是，姻缘乃是天定的，天要我们爱谁，我们就不能不爱。我对于他们二人是一样地钦佩的，然而我的灵魂却倾向于嘉尔西爵士了。

思　您对他的爱情，从前不很能在行为上表现；我们都在怀疑，不知道您会特别优待哪一个呢。

爱　当他们这两位尊贵的情敌向我求爱的时候，令我心中成了战场。当我看见其中一位的时候，我觉得我的心倾向于他乃是应该的；但是，当我看见另一位的时候，我又想起牺牲了他乃是不合理的。总之，西尔佛爵士这样真心地爱我，似乎值得一个较好的命运。我又想起：烈昂先王的女儿似乎应该与加斯第王的儿子结合；我记得我的父亲与他的父亲曾经有过很长久的友谊，他们的利害关系是很密切的。因此之故，在我的心中,这一位越占优势,我也就从各方面去怜悯那一位的失败。因为可怜他,就不忍断绝了他的希望,在表面上我总显得和蔼可亲;其实在我内心的深处我乃是对不住他的,只想用表面的殷勤来补偿他的损失罢了。

思　不过,现在您已经知道他以前还爱过别人,您就不必为他瞎操心了。他在未爱您以前,曾向伊涅斯女爵士表示过他爱她,这是她亲口告诉您的。她与您既然是很知己的朋友,您就有理由去拒绝他的追求;您只说为了伊涅斯女爵士的友谊,不能接受他的爱就是了。

爱　固然,西尔佛对他以前的爱人不忠实,给我知道了,这乃是一个好消息;因此我可以不顾他的爱情的高压,尽可以另爱一个人了。但是,我这一颗心,虽能抵抗他的殷勤,同时却要受另一种的高压,这又有什么乐趣?嘉尔西爵士乃是一个妒忌的王子,我本不该给予他种种的温存;我生怕我一时愤激起来,我们的来往就因此断绝了。

思　但是,如果您不亲口告诉他,说您爱他,您能怪他不相信您的爱情吗?您对于他的情敌,给予了种种好处,这还不够使他怀疑您的真诚吗?

爱　不,不,他妒忌得这样厉害,这样无聊,乃是绝对不能原谅的。由我的行为表示,他很可以自夸有了被爱的幸福。用不着开口,另有许多动作是可以显明地表达我们的秘密的心绪的。譬如叹一口气,看他一眼,我的脸上红了一红,甚至于默然无言,已足以说明我的一颗心了。在爱情上,一举一动都等于说话一般;凡关于恋爱方面,一线的光明就等于很大的显示,因为我们女性的名誉是重要的,我们心里想到了十分,才肯向男子表示五分呢。我承认,从前我也曾想要不偏不倚,用平等的眼光去观察他们二人的价值。但是,内心的倾向是没法子制止的:造作的爱情与自然倾心的爱情的分别,一看就看得出来! 前者乃是勉强做去的;后者乃是不知不觉地做去的,好像清洁美丽的河水一样,从自然的源泉里毫不费力地奔流。我尽管可怜西尔佛爵士,努力使他感动,而我总是不知不觉地露出我那勉强慰藉的神情。至于嘉尔西爵士呢,真没法子,我的眼神里往往藏着深情,虽则口里不说,但比说出来还更显明哩!

思　纵使我顺着您的意思,说这高贵的爱人的猜疑是没有根据的,至少也可以证明他深深地爱您;您这样叹息,如果别人处在您的地位,恰恰觉得快乐呢。当我们所不喜欢的一个男子因爱我而生妒意的时候,我们自然觉得可恶;但是,当我们爱他的时候,他在爱情上的一切恐慌,都是够使我们心满意足的。因为这么一来,更显得他的爱情是热烈的;所以他越妒忌,我们越该爱他。现在既然有这高贵的王子在您的心里……

爱　唉! 请您不必提这种奇怪的格言吧! 妒忌,无论如何总是可恶的。它那些令人气愤的地方,无论如何是不能原谅的。虽说妒忌是由爱情而生的,然而爱情越深,越该觉得这是得罪人的一件事。我看见他那样兴奋起来,真的情人的互相尊重的敬意都常常被他失去了;他的灵魂沉湎在妒忌的深渊里,我的痛苦与我的快乐都成为他仇视的对象。我的言语,我的行为,都被他认为有利于他的情敌的,这是多么令人生气! 伊利思,老实对您说,我对于他的妒忌,真是气愤不过。我实在很爱嘉尔西爵士,因为他能了解我,令我的心与他的心相感应。他在烈昂是以勇著名的,他的忠诚由此得到一个高尚的证据。他冒了最大的危险,把我从卑鄙的暴徒的手里救了出来,令我逃脱了一种可怕的无礼的婚姻。我又不瞒您说,假使是别人救了我,我倒觉得麻烦,因为人生最大的乐事乃是把一颗恋爱的心去爱一个大恩人。以恋爱为报恩,我们这种害羞的人的爱情就比较地容易发泄了。是的,当他为我而冒生命的危险的时候,似乎他已经有了爱我的权利;我很庆幸我的灾难使我落在他的手里。唉! 如果人们的传说是真的,如果我的哥哥真能蒙上帝的保佑而回到国里来,那么,我的最热烈的愿望乃在乎他能帮助我的兄弟把那叛逆的坏种赶走了,重登王位。这么一来,他的大勇既告成功,更值得我感激而拼命爱他了。但是,哪怕他有这许多好处,如果他再惹我生气,如果他不在爱情中淘汰了他的妒性,不能对我深信不疑,那么,他徒然希望得到爱而畏女爵士,我们永远是不能结合的。这样的婚姻,会变为夫妻双方的地狱,乃是我所最怕的。

思　无论嘉尔西的意见是怎样的,他总应该牺牲他的意见来迁就您的意见。您在您的书信已经把您的意见说得很分明了,当他看了信之后……

爱　伊利思,我不愿意把这一封信寄发,我觉得亲口对他说比写信好些。书信落在一个爱人之手,我们女儿家的恋爱就未免太着痕迹了,所以我请您吩咐不必把这信送给嘉尔西爵士吧。

思　您的一切意志都是人们所应该服从的法律。然而我很佩服上帝给予人们种种不同的兴趣与见解:同是一件事,甲种人觉得是令人气愤的,乙种人却会觉得快乐。譬如我有了一个能够妒忌的爱人,我不知怎样赞美我的命运呢。他一为我而担心,我就格外高兴了。可惜阿尔怀爵士从来不曾有过一点儿妒性,所以我的心里往往因此不舒服。

爱　我们料不到他这样近;呃,他来了。

第二出

出场人:爱而畏女爵士、阿尔怀爵士、伊利思。

爱　我们料不到您就回来了。您有什么消息报告我吗? 阿尔风斯爵士也来吗? 我们该不该等他?

怀　是的,公主。您的兄弟在加斯第生长,现在是他该恢复他的权

利的时候了。先王临终的时候,曾把幼年的阿尔风斯爵士嘱
托给路易爵士,叫他谨慎维护他。路易爵士因怕叛贼莫尔嘉
知道而加害于他,所以直到现在,还守着秘密,国中没有一个
人知道阿尔风斯是烈昂的王子。那叛贼自从用卑劣的手段篡
了位之后,往往寻求王子,说要把王位还给他;但是,路易爵士
是个忠心谨慎的人,不肯相信他的假仁假义,所以王子没有被
他诱去的危险。不过,民众因为那叛贼对您用强蛮的手段,大
家都十分愤激,路易老爵士就打算趁此机会达到二十年来的
愿望。于是他向烈昂全国宣传,他的忠实的密使,把贵族与民
众的心都说活了。同时,加斯第又派了一万兵来助烈昂王子
恢复他的王位。于是他又向国外宣传王子的英名,说要等到
大军来后方能使他出现。大家预备把惩戒的疾雷去处治那卑
鄙的叛贼。现在烈昂被围住了,加斯第王为您而派来的兵,是
由西尔佛爵士统率的。

爱　这样有力的救兵当然给予我们很大的希望;但是,我恐怕我的
　　兄弟受西尔佛爵士的恩太重了。

怀　但是,公主,说也奇怪,虽则那叛贼听见了雷声在他的头上震
　　响,烈昂国的人还传说他一定要与伊涅斯女伯爵结婚哩。

爱　他要与她结婚,目的在乎借她的家声来镇压人心。近日我没
　　有得到她的消息,我很担心。但是,从前她对于那暴君总存着
　　仇视的心理,这是我所知道的。

思　她为了名誉,为了爱情,都不能顺从了这强迫的婚姻。她……

怀　呃,王子进来了。

第三出

出场人:嘉尔西爵士、爱而畏女爵士、阿尔怀爵士、伊利思。

嘉　公主,他刚才把好消息报告了您,我也来与您一同庆祝。您的
　　兄弟来威吓这有罪的暴君,令我这热烈的爱情里也发生了希

望。我真感谢他,因他这么一来,就有一种新光荣在我的前途,我可以为您而再冒一次新的危险。如果上帝是助我的,我就可以顺着天理而得到胜利,使叛贼伏法于您的脚下,恢复你们旧时的尊严。但是,在种种新的希望当中,最能令我感动的,乃是您的兄弟可以复归于您,而且可以做国王。因此我更可表示我的纯洁的爱情,不致他人怀疑我另有野心,想要在您身上取得烈昂国的王冠。真的,我很愿意向一切人们表示我的心迹,使他们知道我心里只有您,没有别的什么。如果您不怪我说实话,我就老实告诉您:我的心里往往埋怨您的门第太高;我看见您既有了神圣的动人的姿色,就希望您的命运坏些,门第低些。这么一来,虽说上天对您不公平,但我的心中的高贵的牺牲恰足以补偿天公的缺陷;于是您从门第所得的好处,却变为在我手中得了去,岂不是好! 但是,上天偏要公平,不肯亏了您,同时也就等于不肯给予我一个试验爱情的机会;现在我只希望我能亲手杀死那暴君,借此大功以博取您的兄弟与全国的同情。

爱　王子,我很知道,您为着我们的权利而替我们报仇,很足以表示您的爱情。但是,全国公认与我的兄弟赞成了您的爱情之后,您也不能就达到您所期望的目的。我不会仅仅因感激您就爱上了您;我看您还有更大的障碍在您的前途,必须打破才行。

嘉　是的,公主,我很懂得您的话是什么意思。我分明知道我的希望是空的;我的爱情上的最大障碍,也不必您说出口来,我早已猜着了。

爱　一个人对于一件事,往往自以为十分懂得,其实是不曾懂得。求知心越急,越容易误会了。好,既然不能不说,我就说了吧:您希望知道在什么时候您才有希望,才能博得我的欢心吗?

嘉　您如果肯让我知道,就是给我最大的恩惠了。

爱　将来您晓得依照恋爱的道理来爱我的时候，我才爱您。

嘉　唉！您的眼睛所引起我的热烈的爱情，还不是天下第一的吗？

爱　不，必须等到您的热情的表现不使您所爱的人生气才行。

嘉　这乃是我所最注意的。

爱　必须等到您对我不再怀着卑鄙的念头。

嘉　我太敬重您了。

爱　必须等到您的理智能征服您那种无理的疑猜，驱除了您心中那些可恶的魔鬼，以免您的爱情中了毒。您的妒忌的心情累得我不能顺从您的愿望，倒反令我生气，其实我也生气得有道理。

嘉　唉！公主，这倒是真的！我尽管努力强制我自己，总不免有若干妒性在我的心中停留：我的情敌此刻虽不在您的跟前，我总怕他有时候会来与我挑战，扰乱我的内心的安宁。我不知道我猜着了还是猜错了，我总以为您也许可惜他不在您的跟前；您也许不顾我的深情，不知不觉地倾向我那太幸福了的情敌。但是，假使您不喜欢我这样疑猜，那么，您很容易令我不再疑猜啊！我很赞成排除了我的疑心，但这排除的责任在您，不在我。是的，只要您说出两句深情的言语，就可以援助我的灵魂去战胜我的妒性。只要您明白地给予我一个光荣的希望，这恶魔所引进的恐怖都会消散了的。所以我请您替我取消了那重压我的疑心，再由您那可爱的嘴里赐给我一种定心的保证；我虽自知值不得您爱，然而恐怖怀疑到了这地步，只有希望您救我了。

爱　王子，你的妒性未免太猖狂了。在恋爱上，我们希望说半句话而对方就懂得一句；我们不喜欢对方恋爱到令人讨厌，而要求我们明白地解释我们的心情。我们的灵魂在举动上有了首次的表示，对方如果是个识时势的人，就该满意了；如果对方再强迫我们明白承认，这就等于允许我们改口，不承认爱他。虽

则我有择爱的自由,但我不说在您与西尔佛爵士之间我已经
选中了谁。然而我既然想要禁止您的妒忌,假使是别人听了,
一定稍为明白我的用意了。从前我以为我这命令等于颇甜蜜
的言语,用不着我再说什么了,谁知您的心还不满足,而您要
求我给您一种更明显的表示。若要您不猜疑,除非我用很明
显的言语,亲口对您说我爱您;也许为使您放心起见,您还固
执地要我发誓呢。

嘉　好,公主,好! 我太爱瞎猜了;凡是您所喜欢的事,我都应该满
意才是道理。我再也不要求您更明白表示了。我想您对我总
有多少仁心,我的热诚总能引起您多少的同情,而我现在觉得
我是分外的幸福了。事情决定了:从此以后,我放弃了我那种
妒忌的疑猜;您的禁止妒忌的命令乃是一个很甜蜜的命令,我
愿意服从它,以免我的心再受妒性的束缚。

爱　王子,您答应得太爽快了,我很不相信您能有这种克制自己的
大力量。

嘉　唉! 公主,凡是别人对您答应过的话都是神圣不可侵犯的;您
只须这样想,就会相信我了。我以能服从您的命令为幸福,很
难的事也就变为很容易的了。纵使上帝与我永远宣战,纵使
天雷把我打死在您的脚边,纵使比死更苦,而受您的盛怒的打
击,如果我的爱情变弱了,以至于失信于您,令我的心中发生
了一些妒意……

第四出①

出场人:爱而畏女爵士,嘉尔西爵士,阿尔怀爵士,伊利思,一
　　　　个跟班(把一封信呈给爱而畏女爵士)②。

爱　你来得恰好,我正在烦恼呢! 你吩咐送信的人候一候吧。(跟

---

① 黑氏英译本以第四、第五两出并入第三出,当系别有所据。
② 黑氏英译本以跟班为彼得爵士。

班出)

第五出

出场人：爱而畏女爵士、嘉尔西爵士、阿尔怀爵士、伊利思。

爱　（低声，背语）他把眼睛盯住了我这一封信，看他这情形，不是又担心起来了吗？他的妒性是多么难改啊！（高声）王子，刚才您正在发誓，为什么忽然停止了？

嘉　我刚才以为你们有秘密话说，所以不肯打断了你们的话头。

爱　我似乎觉得此刻您回答我的声音变得很厉害了。我看见您的脸色也忽然变了。您这样急剧的变化，当然令我惊奇：您为什么如此？您能告诉我吗？

嘉　我觉得心里忽然痛起来了。

爱　心痛往往有料不到的危险，您非从速医治不可；但是，请您告诉我：您常有这病吗？

嘉　有些时候是如此的。

爱　唉！意志薄弱的王子！好吧！就让这一封信把您医治吧，因为您有的只是精神上的病。

嘉　这一封信吗？唉！公主，我的手拒绝与这信接触！我明白您的意思，我知道您为什么怪我。如果……

爱　真的，请看吧，看了您就满意了。

嘉　看了之后，您岂不又说我的意志薄弱，说我妒忌吗？不，不！我在这里正该让您得个明证，知道这一封信并不能使我的心中起了什么疑猜；虽则您很宽仁，让我有看信的权利，但是，为着表明我的心迹起见，我不愿看它。

爱　如果您一定拒绝，我也不该勉强你；只请您代我看一看是谁写来的，也就够了。

嘉　我是应该永远服从您的意志的：如果您喜欢我替您读这信，我很愿意接受您的命令。

爱　是的,是的,王子,您就替我读吧。

嘉　这不过为的是服从您;我可以说……

爱　随便您怎样说都可以;请您快读吧。

嘉　依我看,这是伊涅斯女爵士写来的。

爱　是的。我因此为您欢喜,也为我欢喜。

嘉　(读信)"我虽则始终藐视那暴君,他仍旧爱我。自从您走了之后,他用尽了他的威权与暴力,想使我顺从了他的意思,也像他曾用权力强迫您嫁他的儿子一样。凡是我所该服从的尊长们都为了卑鄙的虚荣所引诱,于是赞成这可耻的婚姻。我还不知道我的痛苦将来是何结局,但我宁愿死,决不答应什么。美丽的爱而畏,我希望您的命运能比我的命运更甜蜜!伊涅斯女爵士。"唉!她的心肠为贞节所鼓励而更坚了。

爱　让我去写一封信答复我这高贵的女友。但是,王子,我希望您练习怎样征服您的妒性,切勿易于惊慌。刚才我故意使您看信,好教您的心中安定,所以事情的经过很好。然而我不瞒您说,有时候我却不能如此宽宏大量了。

嘉　怎么!您相信……?

爱　我相信该信的事情。再会吧!请您谨记着我的意见。如果您对我真有伟大的爱情,就请您把证据拿出来给我瞧吧。

嘉　请您相信我:此后我唯一的希望就在乎此。我宁愿死,再也不愿违反您的吩咐了。

第二幕

第一出

出场人: 伊利思、罗伯爵士。

思　老实说,我对于王子所做的一切,都不觉得怎样奇怪。因为灵魂里感受了高尚的爱情之后,就兴奋起来,直至妒忌为止。爱情里是不免常有疑猜掺杂其间的。这是很自然的道理,我颇赞成他。但是,我最觉得奇怪的,乃是您往往造成他的疑猜;听说他所以疑忌,都是您的缘故;因为您不肯劝他觉悟,倒反引起他的妒性。罗伯爵士,让我再说一句:凡是正在热恋着的人,他的疑猜,在我觉得是不足怪的;至于毫无爱情的人却还十分妒忌,那就只有您是破天荒第一个了。

罗　我这行为,随便人家高兴怎样解释都可以;各人的行为,都是依着各人的目的的。我的爱情既然被您拒绝了,我就只好打算在王子跟前献殷勤了。

思　但是,如果您把您的妒性传染给他,倒反害了他,您没有想到这一层吗?

罗　可爱的伊利思,您没有看见过在大人物身边而只顾自己的利益的人吗?一个会逢迎的人,肯挑剔大人物的错处吗?只求自己能从中取利,管他的言语害他不害他呢?我们所做的一切,都为的是博取他的恩宠,所以我们所取的路径越短越好。而博取恩宠的最简便的办法乃在乎始终逢迎他的心中的弱点。盲目地赞成他所要做的事,永远不劝他做他所不喜欢的事,这才是侍奉大人物的秘诀。你如果贡献些有益的忠告,他就会讨厌你,决不肯把你引为心腹;如果你向他献殷勤,他马上就可以推心置腹的。总之,请您试看,无论何处,宠臣们总不免利用大人物的弱点;他们永远培养着他的过失,决不肯跟着人家责备他的。

思　是的,这种格言可以成功一时;但是,也有些祸事是不能不顾虑到的。在大人物的脑筋中,终有露出一线光明的时候;到了那时,逢迎的人们都被他公正地报了仇,而从前以逢迎而得来的光荣都消灭了。但是,我可以说,您的政策未免太轻易露泄了;假使有人把这种动机告诉了王子,您那逢迎的目的,岂不是达不到了吗?

罗　我虽则泄露了我的真情,将来我尽可以否认;何况我很知道您是一个很能守秘密的人,怎肯把我们这一场秘密的谈话泄露了呢?

　　再者,我所说的话,有谁不晓得? 难道还要我隐藏着我的妙诀吗? 如果我对王子用诡计,对他不忠,也许我还恐怕失败;然而现在我只向他献小小的殷勤,顺着他的妒忌心,我怕什么? 他的灵魂本来就倾向于疑猜,我只研究怎样去培养他的顾虑,而且到处寻找一些秘密谈话的资料罢了。当我带着一个消息去见他的时候,他那安静的心灵又受了致命伤,于是他更爱我了。他很饥渴地吞了这毒物,还甘心向我道谢,竟像我为他带来了一个战胜的消息,使他一生都享受光荣而幸福的生活似的。——呃,我的情敌来了! 我走吧,让你们二人在一块儿。虽则我已经不再敢希望您爱我,但是,当我看见您对他有比较亲爱的表示的时候,我总不免有些伤心,所以我尽量地要避免这种痛苦。

思　凡是懂道理的爱人都该这样做的。(罗伯爵士出)

第二出

出场人：阿尔怀爵士、伊利思。

怀　我们终于得到了这么一个消息：那法尔国王宣言赞成王子的意见，增派了一队大军来援助爱而畏女爵士。我觉得很奇怪，他的军队竟进行得这样快……呃！他……

第三出

出场人：嘉尔西爵士、伊利思、阿尔怀爵士。

嘉　公主在做什么？

思　我猜想她在写几封信，王子。但是，让我去告诉她，说您在这里。

嘉　我可以等候她写完。

　　伊利思与阿尔怀爵士出。

第四出

出场人：嘉尔西爵士（独自一人）。

嘉　在快要见她的时候，我的心中又起了新的纷扰。我是恨中带怕，以致全身忽然发抖了。王子，你须当心：不要给那盲目的妒性把你引到深渊里去。因为你的精神纷乱，恐怕你凭着一时的感觉就做错了事。你先咨询你的理智吧！让它做你的向导吧！试看你的疑猜是不可靠的。可靠的固然不该不相信；然而你不要让妒忌心影响了你，以致不可靠的也轻信了。你这样兴奋是没有用处的，还是细心再看这半封信吧。唉！我这可怜的心！我恨不得把那半封也找了来！但是，我还有什么好说的？只这半封，不是已经足以表示我的不幸了吗？（读那信）

　　　"虽则您的情敌……

然而您应该……

因为您自身就有……

这最大的障碍足以……

我非常地喜欢……

为着是他把我从……

他的爱情,他的责任……

但是我恨他……

所以您应该在您心中除去了……

表示您值得人家……

当人家好心,要使您……

您不应该固执……"

是的,看了这半封信,就可以明白我的命运了;在这里,她的心肠、她的笔迹,都显现了。这一封不幸的书信,虽则因残缺以致它的意义不完全;但是,在我看来,用不着看其余的一半,我已经十分了解了。不过,我们做事不该太激烈了,还是对那负心的公主隐藏着我的恨意吧。我不要向她表示我拿到了什么证据,只让她从掩饰中露泄出来,她才更害羞呢。呃,她来了!我的理智啊,请你关禁着我的怒气,暂时做我心中的主宰吧!

第五出

出场人:爱而畏女爵士、嘉尔西爵士。

爱　您愿意久候我吗?

嘉　(低声,背语)唉!她掩饰得多么好!……

爱　刚才有人报告我们,说您的父亲赞成您的主意,他很愿意他的儿子替我们恢复我们的江山;我的心中快乐极了。

嘉　是的,公主,我也一样地欢喜;但是……

爱　现在四面八方都像雷一般地攻击那昏君,我想他一定逃不了。我敢相信前次救我的那位勇士,他既然能破坏那昏君的强暴行为,把我从阿斯多克的城堡里救出来,这一次他一定能占领了烈昂全境,用他的伟大的力量把那昏君打倒。

嘉 是的,数天以后,有了功绩,就可知道了。但是,让我们改一改谈话的方向好不好? 公主,我请问您:自从我来了之后,您曾经写信给谁?

爱 您为什么要这样问呢? 您担心什么?

嘉 这是我一时高兴发问,是纯粹的一种求知心。

爱 您这求知心乃是从妒忌心生出来的。

嘉 不是的,您猜想的完全不对;您已经明令禁止我妒忌了。

爱 我也不必再根究您所以发问的动机,让我就告诉了您吧。我写了两次信,给烈昂的伊涅斯女伯爵,又写了两次给布尔歌的路易侯爵。我这样答复,您的心安定了没有?

嘉 此外您没有写信给别人吗?

爱 当然没有写啦。您这话令我觉得很奇怪。

嘉 请您不必作肯定的话,且先仔细想一想吧。记忆力不好的人,往往肯定错了的。

爱 就这一点说,我决没有错。

嘉 既然不是记忆错了,那么,是您存心瞒我了。

爱 王子?

嘉 公主?

爱 呀,天啊! 这是哪里说起! 难道您已经失了判断力了吗?

嘉 是的,是的,我看见了您,还甘心吃了那足以杀我的毒药,这是我失了判断力! 负心的幻象来迷惑我,使我竟信以为真,这是我失了判断力!

爱 有什么负心的事,值得您这样诉苦?

嘉 唉! 您的心是二重的,然而您真懂得掩饰的艺术! 但是,我想这次您实在没法子再掩饰了。请看吧! 请认明您的笔迹吧! 我也不必看见其余的半封信,已经知道您这种语调是为谁而用的。

爱　（看了那信之后）这就是您心中纷扰的原因吗？

嘉　您看见了这信，还不脸红吗？

爱　无辜的人是不会脸红的。

嘉　当然，到了这地步，您不能不说您无辜。因为后面没有签字，
所以您否认……

爱　这是我亲手写的信，为什么否认呢？

嘉　您肯坦白地承认这是您写的，已经算是难得；但是，我敢担保，
这信当然是写给一个没关系的人的；这里头有些很明显的亲
热话，因为受信的人是一个女朋友，或一位女亲戚。

爱　不，我这信是亲手写给一个爱人的；而我可以再说一句：受信
的乃是我所爱的一个爱人①。

嘉　而且我能……唉！负心的……！

爱　无礼的王子，请您压止您这没道理的怒气吧！虽则您没有权
利干涉我的心事，我做的事有我自己负责；但是，为着省得您
受苦起见，我要把您的妒性所强给我的罪名洗清。您放心，我
自有法子辩护，一切都在这时预备好了，您即刻就可以完全明
白了，我的冤枉也可以昭雪了。等一会儿，您自己想一想您本
身的利害，您还会自己宣布自己的罪状呢。

嘉　这些话隐晦得很，我没法子懂得。

爱　等一会儿您就懂了，还该脸红呢！——喂，伊利思……

第六出

出场人：嘉尔西爵士、爱而畏女爵士、伊利思。

思　公主。

---

① “爱人”只指施爱之人而言。譬如说“爱而畏女爵士的爱人”，只等于说“爱爱而畏女
爵士之人”，爱而畏女爵士是否爱他，尚未可知。至云“我所爱的爱人”，则非但他爱
她，她也爱他了。此种字义，读莫里哀剧本者不可不知，故译者不惮反复注释。

爱　（向嘉尔西爵士）至少请您留心，看我敢用什么法子来欺骗您。
　　请看我丢不丢眼色，歪不歪嘴唇，使伊利思会意，而替我圆谎。
　　（向伊利思）请您赶快答复我：刚才我亲手写的那一封信，您撂
　　哪里去了？

思　公主，我应该承认有罪。我不很知道事情是怎么的，因为我把
　　书信安放在我的桌上。但是，刚才我听说，罗伯爵士不讲理，
　　竟冒昧地闯进我的屋子里去，到处搜寻，于是找着了这一封
　　信。在他展开欲看的当儿，李安诺①想要趁他未看之前，一手
　　夺了回来。争持之下，那信便被均分为两截；李安诺尽管嚷，
　　罗伯爵士已经拿着那半封信如飞地跑了。

爱　您手里有没有其余的半封信呢？

思　有的，在这里，公主。

爱　给我。（向嘉尔西爵士）让我们看谁是该受责备的。请您把您
　　手里的半封与这半封合起来，高声诵读；连我也要听一听。

嘉　（读那信）"嘉尔西爵士鉴。"唉！

爱　读下去呀！头一句就把您吓住了吗？

嘉　（读）"虽则您的情敌使您恐慌，然而您应该怕您自己，甚于怕
　　他。因为您自身就有最大的障碍，这最大的障碍足以妨害您
　　的爱情，非把它除掉不可。我非常地喜欢嘉尔西爵士所做过
　　的事，为的是他把我从暴徒的手里救了出来。他的爱情，他的
　　责任，都是我所羡慕的，但是我恨他有的是妒忌心。所以您应
　　该在您心中除去了妒忌的根源，表示您值得人家另眼相看。
　　当人家好心，要使您在爱情里享受幸福的时候，您不应该固执
　　地不肯享受啊！"

爱　好！您有什么话说？

嘉　唉！公主，我说我看了信之后觉得羞惭至于无地自容了。我

① 李安诺大约是一个女仆。

错怪了您,真是太没道理;无论怎样大的刑罚,都不足以治我的罪了。

爱　算了! 您须知,我所以希望您亲眼看见这信,无非为的是我打算改口;刚才您所读的一切言语,现在我都不承认了。告别了,王子。

嘉　哎呀! 公主! 您逃往哪里去?

爱　我要逃到您所不在的地方去;您的妒性太可恨了。

嘉　唉! 公主,请您原谅一个可怜的爱人吧。因为遇着一场意外,以致他对于您犯了罪。不过,他虽使您这样大怒,假使刚才他完全不怪您,他的罪还更大呢。一个钟情的人,在他的甜蜜的希望中能不混杂着一些疑惧吗? 假使这半封信不能使我大起恐慌,您还能相信我的心爱过您吗? 当我以为我的幸福全部粉碎了的时候,也难怪我受这雷一般的打击而发抖。您自己想一想,假使别人处在我的境地,会不会与我犯同一的错误? 遇着这种甚似明显的证据,我能不相信吗?

爱　是的,您尽可以不相信。我的心情算是向您表示得够明白了,您既然有了保证,就用不着再担心什么。别人处在您的地位,纵使全世界给他的证据,他也不肯相信我是负心的。

嘉　当我们希望某一种幸福,而觉得自己不配享受的时候,我们的心就更难相信我们对于那幸福是有把握的。光荣的命运,在我们看来,是高不可攀的,所以往往堕落在猜疑的深渊里。就说我个人吧:我总自以为不配接受您的恩宠,因此我就往往怀疑我那妄想里的幸福。我以为此地是我的势力所在,您勉强向我表示殷勤,其实您只隐藏着您那藐视的心理……

爱　您以为我会如此卑鄙吗? 我肯做这种可耻的假事吗? 我的行为的动机竟是一种奴隶的恐怖吗? 我能对于我自己的情感不忠实吗? 因为在您的势力范围之内,我就不能不把亲热的假面具来掩蔽我的藐视的心理吗? 人格在我看来,是这样无关轻重吗？您能这样设想，而且敢告诉我吗？您须知，我从来是不愿降心相从的，普天之下，任何事物都不能强迫我的心。我因一时弄错，对您表示好感，其实您是不配的；然而我的心尽可一变而为恨您。我不怕您的势力，我敢与您的怒气挑战，使您知道我从来不曾卑鄙过，而且永远不会卑鄙的。

嘉　好，那么，是我错了，我并不替自己辩护，我只请求您想我的罪。我请您看爱神的情面；从古以来，一双美丽的眼睛在一个灵魂里所引起的热情之火，没有比我更热烈的了。唉！如果您的怒气不能停息，如果您认我的罪过太大了，不可宽恕，如果您不念及事前是爱情所驱使，事后我又向您表示忏悔，那么，我为着避免我所不能忍受的痛苦起见，我只能以一死了事了！是的，您不要以为我知道了您不爱我之后，还能再活一小时，来看您的怒容！现在仅仅因为良心不安，已经令我觉得活着的时间太长了！我宁愿一千只饿鹰来啄伤了我，也不至于像这种痛苦能致我于死地。公主，只消您声明一句，如果我没有得您恕罪的希望，我就要您亲眼看见我把这剑刺进我这不幸者的心胸。这一颗对不住您的心，既因多疑而使您生气，辜负了您的好意，那么，我不如把它剜了出来！假使我这一死，能使您忘了我的大罪，稍为念及我的深情，不再怀恨在心，我已经算是十分幸福的了。我所要求于您的，只是这种恩德罢了。

爱　唉！狠心的王子！

嘉　公主，说呀！

爱　看您这样冒犯我，我还该对您保存好感吗？

嘉　一个人真能恋爱的时候，决不会冒犯了他的爱人的。爱神所做错了的事，爱神会自己原谅自己。

爱　爱神是不能原谅这种暴动的。

嘉　心里所有一切的热情，能不在行为上表现吗？爱情越深，心里越觉得痛苦……

爱　请您不再说吧,您是值得我恨的。

嘉　那么,您是恨我的了?

爱　至少我是要努力做到恨您。但是,唉! 我生怕我办不到! 您的冒犯行为所激起我的愤怒,也许不能令我到报复的地步,可惜,可惜!

嘉　请您不要努力做到这样大的惩戒,因为我已经愿以一死替您报仇了。请您下命令吧,我即刻可以服从您。

爱　不能恨人的人还能希望人家死吗?

嘉　我呢,除非您肯大发慈悲,饶了我这糊涂的罪过,否则我不能再活下去了。或惩或赦,请您择一施行吧!

爱　唉! 您看得很清楚我是怎样决定的了:向一个罪人说我不能恨他,这不是恕罪是什么?

嘉　唉! 这太好了! 可爱的公主,请您许我……

爱　算了吧。我很怪我不该这样懦弱。(出)

嘉　总之,我是……

第七出

出场人:嘉尔西爵士、罗伯爵士。

罗　殿下,我来报告您一个秘密,您这多情的人又该恐慌起来了。

嘉　恰在我快乐得手舞足蹈的当儿,请您不要向我报告秘密,引起我的恐慌。依照刚才我亲眼所见的事实看来,一切的可疑的话我都不该听信了。她为人是那样仁慈,那样神圣,我应该掩着耳朵,不再听这些无用的报告了。请您不再报告吧。

罗　殿下,我的目的只在博取您的欢心;一切都以您的利益为前提。刚才我以为探听了一个秘密,是值得从速来报告您的;但是,您既然不愿意我说,我们就换一个谈话的方向吧。我告诉您另一个消息:在烈昂国里,每一贵族的家庭听说加斯第的军队来,都揭起他们的假面具;尤其是民众们欢迎他们的真王,几乎把那昏君吓坏了。

嘉　但是,我们不要让加斯第独得胜利;非大家分享这光荣不可。难道我们的军队就不能使莫尔嘉寒心吗?——但是,刚才你想要告诉我那个秘密,究竟是什么秘密? 你说出来,让我听一听。

罗　殿下,我没有什么可告诉您的。

嘉　说吧,说吧,我给你报告的权利了。

罗　殿下,刚才您所说的话,我很明白。您既然不喜欢我的报告,从此以后,我要学缄默了。

嘉　不行! 我一定要知道!

罗　我不能违背您的命令。但是,殿下,这样的一个秘密,我不敢在这里说。我们到外面说去吧。我说了之后,您自己也能判断是非的。

第三幕

第一出

出场人：*爱而畏女爵士、伊利思。*

爱　伊利思，一个公主的心，懦弱到了这地步，你觉得奇怪不奇怪？我正在盛怒之下，忽然又息怒了；他把我侮辱得那样厉害，而我竟没有勇气报复他。你以为怎样？

思　我吗？我以为我们所爱的人如果真的侮辱了我们，这当然是受不了的；但是，在情场上，最容易生气，也最容易恕罪。一个可爱的男子犯了罪，只须跪在我们的膝下，我们的火一般的怒气也会消灭了。尤其是爱情过盛所生的冒犯行为，更是容易原谅的了。所以人家尽管怎样使您生了气，现在您的气消了，我并不觉得奇怪。您尽管威吓他，我知道某一种力量可以使您宽恕他的罪过的。

爱　唉！你须知，无论他怎样爱我，怎样能支配我，我是最后一次为懦弱而羞惭了。如果此后他还惹我生气，他再也不能希望我息怒了。纵使我还能爱他，然而我已经发誓不让他再妒忌了。总之，一个稍有自负心的人，是以食言为最大耻辱的。无论心中受了多少痛苦，我总要牺牲一切以维持我的誓言，保存我的高贵的人格。所以你不要以为我刚才宽恕了他，将来也永远宽恕他。你相信我的话吧：无论命运如何支配我，我总不会归属于那法尔王子，除非他把他的妒性完全医治好了，恢复了他的理智,使我这一颗心不怕他再犯旧病,然后我可以顺了他。

思　但是,妒性的发作,对于我们有什么侮辱呢?

爱　世上还有别的事情比这个更能令人生气的吗?我们心里的爱情,不知经过了多少的踌躇,然后说出口来;我们女性素来就是不肯轻易吐露爱情的,爱情吐露了之后,被爱的男子庆幸之不暇,还该随便地怀疑我们的话吗?我们费了不少的挣扎,承认出来的话,他还不相信,这不是他的罪过吗?

思　我呢,我主张在这情形之下,男子有点儿不信任,并不就算冒犯了我们。公主,如果他太相信您真的爱他,倒反是危险的事,譬如……

爱　我们不再辩论了吧。各人有各人的思想。总之,他这样疑猜,令我十分伤心;我固然希望同他要好,但是,不知为的什么,我预料将来王子与我必有一场大决裂;哪怕他有什么好道德……呃!天啊!加斯第的西尔佛爵士到这里来了!

第二出

出场人:爱而畏女爵士、阿尔风斯爵士(假称西尔佛爵士)、伊利思。

爱　呀!殿下!今天何幸,得与您相见?

阿　公主,我知道我这一来是出您意料之外的。我的仇人下了命令提防我,我想进城来是很难的,而我竟悄悄地进来了。他的兵士没有看见我,这一件事乃是您所预料不到的。但是,我虽则能渡过了许多障碍,然而我因热心要再见您,比这事更灵异的事还多着呢。是的,我不能在您跟前的时候,我的心是那样痛苦,以致抵抗不住我的愿望,总想要与您亲近几分钟,谈几句秘密的话。我特来向您道喜:我看见您逃脱了那昏君的毒手,我替您向天谢恩。但是,甚至在这大幸福里,我还有最大的痛苦,因为命运之神竟不令我有救您的机会,反令我的情敌冒大危险,建立了这大功劳。是的,公主,我也像他一般地热心要解除您的羁勒;假使上天存心给我此等荣耀,我也能为您而得了这种胜利的。

爱　殿下,我很知道您的心是不怕危险的。我又相信您对我的热诚足以驱使您为我报仇;假使您有了机会,您也能像别人一般地破坏了叛贼的毒计,把我救出火坑的。但是,这事您虽能做而未做,我仍旧应该感激加斯第的恩德。大家知道您的父亲伯爵是我的先王的好朋友,他对他做了不少的好事。他非但辅助我的先王直到临终为止,而且他允许我的兄弟在贵国里寄居。整整二十年以来,他庇护着他,以免卑鄙的仇人的攻击;现在又为着恢复他的王位起见,命您亲自带兵,来讨伐我们的叛贼。这还不够吗? 这种深仁厚泽,还不够我感激吗? 殿下,难道您希望一手包办我的命运吗? 除了您之外,不让我再受别人的恩吗? 唉! 在我这千辛万苦、危险非常的境地里,请您让别人也仗着勇气来救我一救;您没有得到他的功劳,他也没有得到您的功劳,我劝您不必嗟怨了吧。

阿　是的,公主,我是不该嗟怨的了;您这样命令我,实在很有道理。再者,当我们看见另有一种不幸在我们的前途的时候,目前这一种不幸更不值得我们嗟怨了。我的情敌救了您,固然使我很伤心;但是,我的伤心事并不以此为最惨! 我所受的最残酷的打击乃在乎您偏爱了我这情敌。是的,我看得很明白:他的爱情在您的心中战胜了我的爱情了。他有显示勇气的机会,能立此大功,把您救了出来,皆因您先喜欢了他,然后他因幸福而拼命。您既然暗地里希望他立功,他受了兴奋,当然能立功了! 至于我呢,我的一切努力都是徒劳无功的。我虽则统率了一队大军,来讨伐你们的叛贼,然而我走路时还自发抖,因为我知道您的心并不倾向于我。纵使您的期望实现了,命运之神也预备把最美满的幸福交给那法尔的王子享受啊!唉!公主,我梦想着最大的光荣,您忍看见我失败吗?我犯了什么大罪,值得这样倒霉?您能告诉我吗?

爱　在您未审察您对于我的心应该怎样要求以前,请您不必问我什么。我似乎对您冷淡。为什么?殿下,我的答案,让您自己找去吧。因为您须知:您的灵魂中的秘密已经给我猜中了不少;而且我相信您的灵魂是很高尚的,不至于强迫我去犯一种过失。请您自己想一想:该不该希望我做一个不忠实的人?譬如您的心已经给了别人,您能再把它贡献给我,而不至于违反做人的道理吗?当我希望保全您的盛德,不让您有过失的时候,您能怪我拒绝您的要求吗?是的,殿下,这乃是一种过失;高尚的灵魂是以第一爱情为神圣的:我宁愿失了我的富贵,甚至于死亡,而不愿倾向于第二爱情。我因您有高尚的勇气与伟大的心胸,所以我十分钦佩您;但是,请您不要要求我所不该给您的东西,而且很忠实地对待您第一次所选中的人吧。您瞧:那女伯爵虽则知道您新有所恋,她仍旧在热烈地爱您哩。您瞧:她竟拒绝了最大的贡献,为的是一个负心的爱人——是的,殿下,您是一个负心的爱人。您瞧:她因爱您之故,竟慷慨地拒绝了做皇后的光荣!您看她为您而冒了多少的危险,您能不报答她那一颗心吗?

阿　唉!公主,请勿对我提及她的道德了!我这负心的,虽则抛弃了她,而念念不忘她的好处;如果我把我对她的感想告诉您,恐怕我对您也对不住了!是的,我的心竟敢怜悯她,她为爱情所束缚而挣扎,我不免为她而痛苦。我每逢在您这一方面稍有希望的时候,总不免为她叹气;我一念及她的苦恼,就不免愁惨地回顾我那第一爱情;我怪我不该受您的神圣的美貌所诱惑,于是我在最可爱的希望中又杂着些忏悔了。唉!既然不能不完全告诉了您,我就都说了吧!我比忏悔还进了一步:

我曾经想要脱离了您的支配,解放了我的桎梏,仍旧把我这一
颗心去归顺它那第一个胜利者。但是,一切都是徒劳无功的;
我的恒心终于敌不过这新兴的爱力,而被它破坏了。纵使我
一生都是不幸的,我也不能放弃您的爱情了。我一念及亲眼
看见别人占领了您,我就恐怖到了极点,忍受不下。这照耀您
的美貌的太阳将先照耀了我的尸体,然后照耀别人与您的婚
礼! 我分明晓得我对不住一个可爱的女伯爵,但是,公主,我
的心是不是有罪的? 您的美貌有了这样大的权威,还容许我
的心灵有丝毫的自由吗? 唉! 就这一点说,我比她更可怜哩:
她失了我,只算是失了一个负心郎,这种不幸还是可以自慰
的;至于我呢,我失了您,就是失了一个可爱的美人,这是天下
最大的不幸,怎教我的心中不受一切的痛苦呢?

爱　您的痛苦乃是您甘心自惹的;其实我们的心都由我们做主。
它固然有时候也显露了多少弱点;但是,我们的理智与心中的
主宰……

第三出

出场人:嘉尔西爵士、爱而畏女爵士、阿尔风斯爵士(假称西尔
　　佛爵士)。

嘉　公主,我很明白:我这一来,打断了你们的谈话,真是不巧得
很。老实说,我料不到您有贵客来临。

爱　真的,西尔佛爵士的光临,我与您一样地没有预先料到。

嘉　是的,公主,您既然这样说,我相信您也没有知道西尔佛爵士
到来。(向西尔佛爵士)但是,殿下,您这一来,我们不胜荣幸,
您该预先通知我们啊。如果不是出于意料之外,我们该以殿
下应受的敬礼献给殿下。

阿　殿下,您正在专心于用兵,如果我叨扰您,倒是我的不是了。
大战士的高尚思想是不能迁就那些俗套的。

嘉　大战士非但不喜欢秘密,而且做事都喜欢人家看见。他们自从童年的时候,就知道以光荣为重;他们常常是昂着头去实行他们的计划的。他们既以高尚的情绪为依据,自然不肯降低了人格而做那些掩饰的行为了。您悄悄地进了这里来,于您的英雄气概不是有伤吗? 您不怕大家都以为这种事不该是您这种人做的吗?

阿　我这一次秘密地到了这里来,我不知道是否有人会责备我的品行。但是,王子,我知道:凡是应该光明正大地去做的事,我决不肯在暗地里做了的。如果我对您要干一件什么事,我决不会出您不意就做了的;您只须担保您一方面,至于我一方面呢,我一定预先通知您。——但是,现在让我们仍旧照常谈话,暂时不争论这一层吧。我们应该压抑着我们的意气,不要忘了我们目前该对谁说话才好。

爱　(向嘉尔西爵士)王子,您错了;他这一来……

嘉　唉! 公主,您也不必助他争论了;既然您说您不知道他来,您索性不替他辩护,岂不装得像些? 看您这样热心袒护他,似乎不很显得他这一来是出您意料之外的了。

爱　您要相信什么就相信什么吧。这是于我毫无关系的,值不得我与您争论是非。

嘉　请您索性把您这英雄式的傲性推广到了极点吧。毫无疑义的,您的心地完全显露了:您显然是鼓励他掩饰! 您已经说出来了,就请不必再否认了吧。说坦白的话吧! 说呀,请您不再强制您自己。请您明白说出:您是被他的热情感动了,很乐于看见他的面,所以……

爱　好! 如果我爱他,您能阻止我吗? 您敢说您有权支配我的心吗? 我必须受了您的命令,然后能决定爱谁吗? 您须知,如果您以为您有权支配我的心,这就是您的自负心欺骗了您。我的灵魂太伟大了,人家询问我的情绪,我决不会隐瞒人家。我且不对您说我是否爱这位伯爵,但我可以告诉您,我十分敬重他。我很钦佩他那高尚的道德,他的道德的价值,依我看来,比您的心目中的一个公主的爱情的价值还更高些。他的热诚,与他对我所表现的种种殷勤,都使我的心灵十分感动。现在我为命运所支配,不能自由地将我本人去报答他;但是,我至少还有力量对他声明我永远不能属于您。请您放死了心吧。我的话已说出了,我就要实行我的话。既然您希望我说坦白的话,现在我算是剖心相示了,我的真情绪都陈列在您的眼前了。您满意了没有? 您再想想看,还有什么怀疑的地方,需要我再替您说明?(向西尔佛爵士)但是,伯爵,如果您希望博取我的欢心,您须念及我需要您的武力援助;无论他这妒忌的人如何向您挑战,我总希望你们能合力攻击我们的叛贼。尽管他怎样生气,怎样说您,请您掩了耳朵不理他;这是我请求您的,望您能顺从我的意思才好。(出)

第四出

出场人:嘉尔西爵士、阿尔风斯爵士(假称西尔佛爵士)。

嘉　一切都向您笑了! 在这机会之下,您的灵魂该是为我的羞惭而庆幸了! 您看见人家明白地承认敬重您,这是您对于情敌战胜了,您该觉得多么快乐啊! 但是,还有喜中之喜,就是能使情敌亲眼看见您得了这种快乐。我的希望被拒绝,就可以证明您的爱情得了胜利了。请您尽量地玩味这种难得的幸福吧! 但是,您须知,事情并没有到了止境! 我的怒气不是没有理由的;也许将来您可以看见许多事情发生呢。一个人绝望了之后,什么事情做不来? 而且绝望的人所做的一切都是可以原谅的。虽则这负心的公主为着报答您的爱情起见,已经说过永远不属于我的话;但是,我一生起气来,也晓得设法使她不属于您啊。

阿　我并不怕您妨碍我。将来我们看是谁空希望了一场。我们每人都可以由人格上的价值去表现，或保护我们的光荣，或报复我们的不幸。但是，无论是怎样镇静的人，遇了情敌，说起话来，总不免倾向于酸辣的语气；我不希望这种谈话使我与您的心都太兴奋了。王子，请您让我告退，省得大家在这里忍着一肚子的气吧。

嘉　不，不，请您不要怕，我决不会迫您在这里违犯了公主刚才的命令。伯爵，我这样生气，适足以使您自负；但是，我无论抱愤到了什么地步，我知道这时还不是发泄怒气的时候。这地方是开放的，您尽可以自由出去。去吧，把您的甜蜜的光荣带走吧。但是，您须知，除非我的头断了，否则您不会完成您的胜利的！

阿　等到时间来临的时候，命运与战功就可以解决我们的争端了。

第四幕

第一出

出场人:爱而畏女爵士、阿尔怀爵士。

爱　阿尔怀爵士,请您回去吧,不必希望劝我忘了这一次的侮辱了。我的心中受了伤,是没法子医治的;如果人家努力设法医治它,适足以增加它的伤势。他以向我表示他那种虚伪的敬意,就能使我让步了吗? 不行,不行,他已经惹我太生气了。您虽则到这里来替他表示忏悔,也决不会得我宽恕的。

怀　公主,他真可怜。天下的人,做错了事而忏悔的,要算他忏悔得最厉害了;如果您看见他痛苦到了那地步,您总不免感动而原谅他的。我们知道:在王子这年纪,他应该顺从他的灵魂的第一倾向;他正在血气很盛的时候,热情发作,就不让他有遇事三思的余地了。罗伯爵士得到了虚伪的报告,就供给他的主人误会的资料。人们散布了谣言,说那伯爵偷进这禁地里来,是您所默许了的。王子听信了这一种谣言,又为爱情所驱使,遂致大闹了一场。但是,现在他已经觉悟,知道您是无辜的了;他辞退了罗伯爵士,显然足以证明他十分忏悔以前不该那样闹了。

爱　唉! 他忽然又相信我是无辜的,未免太快了,连他自己也还不能十分担保呢。请您告诉他,说我劝他把一切都仔细思量过,不必匆忙,恐怕又弄错了。

怀　公主,他很知道……

爱　但是,阿尔怀爵士,这是令我生厌的话,请您不再说下去吧。
　　您这一说,引起了我一种痛苦,这一种痛苦又在我的心中惹起
　　了更大的痛苦。是的,出乎我意料之外,我又得了一种很不幸
　　的消息。听说那高贵的女伯爵已经死了,我的心中十分伤感,
　　所以无心再念及别的事情了。

怀　公主,这尽可以是一个靠不住的消息;但是,如果我这样就回
　　去,真算是把一个最惨的消息带回去给王子了。

爱　他无论因此而痛苦到了什么地步,还不足以抵当我的过失哩。

（阿尔怀爵士出）

第二出

出场人: 爱而畏女爵士、伊利思。

思　公主,我等他走了之后才告诉您:您听了我的话,就会放心的,
　　因为刚才您得了伊涅斯女爵士的坏消息而伤心,此刻您却可
　　以明白真相了。有一个不愿通姓名的男子特为这个消息而
　　来,他先使他的一个人来求见公主。

爱　伊利思,我必须见他,请他快进来吧。

思　但是,他只希望您独自一人见他,所以他的使者替他请求与您
　　单独会面。

爱　好吧,我们就单独会面吧！让我去下命令,同时请您费心去把
　　他领到这里来。唉！我的心急得很！命运之神啊！人家带来
　　给我的,是快乐呢,还是痛苦呢?（出）

第三出

出场人: 彼得爵士、伊利思。

思　哪里……

彼　小姐,如果您找我,我在这里。

思　您的主人在什么地方？

彼　他在很近的地方；我就请他进来，好不好？

思　就请他进来吧，公主急于见他呢。您告诉他：没有别人能看见他的。（彼得爵士出）我不知道这里头有什么神秘。他为什么要提防得这样周密呢？……呃！他已经到了！

第四出

出场人: 伊涅斯女爵士（假扮一个男子）、伊利思。

思　先生，为着接见您，我们已经……呀！我看见什么了？唉！女伯爵，我的眼睛……

伊　嘘！伊利思，请您不要露泄了我的事，让我在这里平安地休息吧。我已假说我死了，因此那一班暴徒都不能再下毒手——连我的亲属们也是暴徒！我这一死，就避免了那可怕的婚姻；否则我会因此真的死了！我现在已经改了装，又散布了我死亡的谣言，我就该向一切人们都守秘密；否则暴徒们还能到这里来处治我的私逃，而我就避免不了灾害了。

思　幸亏我只一人在这里，否则我当着众人这样惊讶，岂不泄露了您的事情？但是，请您赶快进这屋里，省得公主再嗟叹了！她一看见了您的容貌，就会心花怒放了的。您将看见她独自一人：因为她自己也注意使您出入自由，不被一个人看见。

第五出

出场人: 阿尔怀爵士、伊利思。

思　我看见的不是阿尔怀爵士吗？

怀　王子差我来求您帮助他。美丽的伊利思，如果您不允许与他谈话一会儿，他就没有生存的希望了。他的灵魂兴奋极了……呃！他自己来了。

第六出

出场人：嘉尔西爵士、阿尔怀爵士、伊利思。

嘉　唉！伊利思，请你可怜一下子我这极度的不幸吧！你看见我
　　这一颗心受了非常的痛苦，还能坐视不救吗？

思　殿下，假使我的眼光与公主的眼光相同，我一定看不见您所受
　　的痛苦；但是，因为天赋的气质不同，各人对于一切的眼光也
　　不会相同的。不过，既然她小题大做，把您的妒性认为最可怕
　　的魔鬼，因此她责备您，我也只好顺着她，不肯忤逆她的意思，
　　使她生气。一个男子如果使他的性情凑合我们的性情，就算
　　他懂得有用的方法；一百种义务也还比不上这一种适应作用，
　　因为这么一来，就令人以为你们的两颗心所有的是同一的情
　　绪了。意气相投，最能使男女双方联络，因为我们所最爱的莫
　　若与我们相似的人。

嘉　我是知道的！但是，唉！残酷的命运不容许我实行我这正当
　　的计划啊！我尽管怎样留心，总不免遇着这一个陷阱，连我也
　　保不住我自己的心。这并不因为负心的公主当着我那情敌的
　　面表示她十分爱他，又表示她不爱我，我很伤心，就该怪她；但
　　是，我本来对她的情感太热烈了，忽然又听说他是她叫到这里
　　来的，所以我非常觉得难堪，谁知她竟以此为埋怨我的口实。
　　呃！如果她抛弃了我，就只能说是她负心。我这一来，虽则忏
　　悔我不该责备她；但如果她仍不理我，那么，她对爱情不忠实，
　　也是无庸讳言的。

思　殿下，请您不必忙于见她，且让她的怒气消了再说吧。

嘉　唉！如果你对我有感情，就该设法使我见她：这是她该允许我
　　的一种自由；我决不肯离开此地，除非她的藐视的心理……

思　王子，我请您缓些同她说吧。

嘉　不行，不行，你劝我也没有用处。

思　（背语）只有公主能赶他走；一句话就够了。（向嘉尔西爵士）那么，殿下，请您等一等，让我同她说去。

嘉　请你告诉她：劝我冒犯她的那一个人已经被我驱逐了，罗伯爵士……

第七出

出场人：嘉尔西爵士、阿尔怀爵士。

嘉　（当伊利思把门半开的时候，他向门内望了一眼）唉！天啊！我看见什么了！我的眼睛亲自报告，我还该不相信吗？眼睛还不是忠实的证人吗？唉！我的心中的致命伤，已经到了可怕的极点了！这是宿命的打击，把我打倒了！我从前的瞎操心，原来竟是上天给我的预兆，预告我说这可怕的灾祸就要来了。

怀　殿下，您看见了什么，以致您这样激动呢？

嘉　我所看见的，乃是我的灵魂里所设想不到的一件事。天翻地覆，也还比不上这一件事令我吃惊。完了！……命运之神……我不能说……

怀　殿下，您须要镇静才好。

嘉　我看见了……报仇啊！唉！天啊！

怀　您忽然有了什么感触……？

嘉　阿尔怀爵士，事情是真确的了，我要死了！

怀　但是，什么事情能使……

嘉　呀！一切都坏了！我被，我被辜负，我被凶杀了！一个男子……我在未告诉你以前，怕不气死了！一个男子竟在那负心的爱而畏的怀里！

怀　呀！殿下！公主是很有道德的，甚至……

嘉　呀！阿尔怀爵士，这是我亲眼看见的，请你不再辩驳我吧。我这一双眼睛已经证明了她的卑鄙的行为，你何苦还维护她的名誉呢?

怀　殿下,当我们的情感热烈的时候,往往把一件哄人的事误认为
　　真的;又往往把极清洁的灵魂认为……

嘉　阿尔怀爵士,请你不要管我吧。在这情形之下,我很讨厌人家
　　向我进忠告;现在我只能信从我的情感的劝告罢了。

怀　(背语)看他的势子这样凶,我不该再驳他了。

嘉　唉! 我为此事,是多么伤心啊! 但是,让我先看是谁,然后我
　　亲手惩戒……呃! 她来了! 我的怒气啊,你能自制吗?

第八出

出场人:爱而畏女爵士、嘉尔西爵士、阿尔怀爵士。

爱　好! 您想要怎么样? 尽管您的胆子怎样大,您已经欺负了我,
　　还敢存着什么希望吗? 您竟敢再来见我吗? 您还有什么言语
　　是我所应该听的?

嘉　是的,我要说您为人这样不忠实,竟能做出了一切可鄙的事
　　情,是别人所做不到的。命运之神与魔鬼,以及盛怒的上天,
　　都比不上您做事来得更凶哩。

爱　呀! 真的,找料您这一来,为的是因之前冒犯于我而特来道歉
　　的;但是,依我现在看来,竟是另一种语气了。

嘉　是的,是的,是另一种语气! 您料不到我会发现那无赖在您的
　　怀里;偶然房门半开,我就看见了您的羞耻,同时我也发现了
　　我的损失。是那幸福的情人回来呢,还是另有我所不认识的
　　一个情敌到来呢? 天啊! 请您赐给我充分的力量来忍受这厉
　　害的痛苦吧! 呀! 对了! 您让您满面通红吧:您做了负心的
　　事,现在您的假面具被揭穿了。也怪不得我担心,原来并非无
　　故;我常常猜疑您,您认为是可恨的,然而刚才我竟亲眼看见
　　我所寻找的不幸。您尽管小心,用手段来对我掩饰,我的命
　　运之神早就把我所应该顾虑的事情告诉我了。但是,您不要

以为我只会受您欺负,不会报仇。我知道:恋爱是不能勉强的,爱情生灭都是自由而无所系属的。强力决不足以攻心;一个人要爱谁就爱谁,别人是不能干涉的;所以假使您早就对我说了老实话,我决没有埋怨您的理由;这么一来,令我放死了心,只能埋怨命运而已。但是,您偏要哄我一场,使我满心欢喜,这就成了不忠实的行为,负心的举动,是值得大大的报应的,所以我就有恨您的权利了。是的,是的,您这样欺负了我,再也不必希望什么了;我是不由自主的了,我的怒气冲天了!您处处辜负我,使我到了这悲惨的情境,我非拼命地替我的爱情报仇不可。我要为我的怒气而牺牲一切,我要以我的生命结束我的绝望。

爱　我算是安静地听您说了吧?此刻轮着我自由地说话了,是不是?

嘉　尽管您善于掩饰,说出了一篇大道理……

爱　如果您还有什么言语要对我说的,尽可以再说下去,我是预备恭听的;如果没有呢,就请您安静地听我说两三分钟,好不好?

嘉　好!我就听您说吧。天啊!我如何能忍耐啊!

爱　我镇压着我的怒气,想要平心静气地答复您这一大篇充满了怒气的言语。

嘉　这因为您分明晓得……

爱　呀!我已经静听您尽量地说完了您的话,您也该同样地对待我啊。我觉得我的命运真奇怪,天下再没有比这个更不可解、更难设想的事了!我看见我有一个爱人,他常常不惮烦,只管用尽一切的方法来虐待我;他的嘴里尽量说爱我,他的心里却丝毫不尊重我的人格;虽说您爱我的容貌,您的心里从未念及我是什么门第的女儿,而且您当遇着可疑的事迹的时候,从来不曾辩护过我的无辜。是的,我晓得……(嘉尔西爵士作忍不住要说话的样子)呀!您千万不要打断了我的话头!我晓得我的命运坏到了这地步：您是我的爱人，您说您爱我，您就应该以为全世界怀疑我的人格的时候，您还愿意担保我的人格，而与全世界作对；然而不然，您竟是我的人格的大仇敌！在您恋爱的时候，不曾错过一次猜疑我的机会；猜疑还不算数，您又大闹特闹，必使爱情受了损伤为止。凡是真正的爱人，他怕冒犯他所爱的人，甚于怕死；他偶然遇着了可疑的情节，先悄悄地叹息，然后设法打破他的疑团，同时还顾全别人的人格。至于您呢，您一猜疑起来，就无所不用其极：有的只是发怒、辱骂、威吓。但是，今天我打算闭了眼睛，看不见您的一切可恨的地方；您虽则又侮辱了我一次，我还指示您一条自新之路。——刚才我受了您的气，完全为的是您偶然看见了一件事。您的心灵似乎因此受了感动，假使我否认您所亲眼看见的东西，那就是我的不是了。

嘉　难道还不是……

爱　请您再留心听我说两句，您就晓得我所决定的主意了。我们二人的命运，在这一会儿就可以决定了：现在您好像立马悬崖，只因一念之差，尽可以坠入深渊；如果主意打得好，却反得到幸福。王子，如果您不管您刚才看见的是什么人，只一味信任我的人格，除了以我的话为证据之外，您不再找别的证据，于是您恍然觉悟了您的谬误；又如果是仅凭我的话就盲目地相信我是无辜，因此您就祛除了您心中一切的疑猜；那么，这一则显得您服从我，二则显得您尊重我的人格，您过去的一切罪恶，我都可以忘了。从前我盛怒时所说的一切排斥您的话，现在都可以收回。如果将来有一天，我可以自由选择一个男子而不至于辱没我的家声，那么，因为您能尊重我，我以人格担保，将来一定爱您，嫁您。——但是，请您更留心听我下面的话：如果您不高兴依照我这一个提议，如果您不能完全牺牲了您的妒忌心，如果我以我的家声与人格担保还不足以博取您的信任，一定要我找出一个真凭实据，然后能消灭了您的疑团，保存了我的名誉，那么，我也甘心这样做，做到您心满意足为止；但是，只有一个条件：我要您先声明与我脱离，永远不再希望我爱您。我呢，我请全能的上帝为证人：无论将来命运之神怎样命令我，我宁愿死，不愿归属于您。——话是说完了，现在请您在两条路当中选择一条您所喜欢走的路，您试仔细考虑考虑吧〔一〕。

嘉　天啊！谁也比不上您会掩饰，谁也比不上您这样不忠实！地狱中的囚犯也研究不出这样一个残酷的办法来，使人难于选择！唉！负心的公主，您晓得利用我的大弱点，因为我热烈地爱您，您就顺势拿些难题来捉弄我！您的事情被我发觉了，没有什么可以原谅的，于是假说宽恕我的罪过，省得我再质问您！您想要假意温存，以缓和我的愤怒；您嘴里说要我选择一个办法，心里却希望因此我就不再报复您那心上人。是的，您用这诡计，无非希望我转移了眼光，不再要您解释那一件丧失人格的事情。您既假装无辜，所以要在某一些条件之下才肯向我说明一切；您以为我从前很热烈地希望得到您，决不轻易放弃了的。但是，您如果这样打主意，您就错了。是的，是的，我偏要看您有什么可以替您辩护，看您怎样昭雪您的沉冤，看您怎样能够责备我这一场大闹！

爱　您须知，您择定了这办法之后，就算立了约；此后爱而畏女爵士的心永远不是您的了。

嘉　好吧，我一切都承认了。我既已到了这境地，也不愿再希望什

〔一〕这种选择法乃是很残酷的，真是出于嘉尔西爵士的意料之外！当他责备她的时候，她偏说愿意爱他；她一切都承认了，却要他一切都不信。这一个境地乃是最紧张的，布置得最好的。假使妒性是可医的，这种霸道的医法该已把他医好了。莫里哀之所以编这一部剧本，就专为的是这一出。其境地虽则紧张，而其用意则颇滑稽，所以与莫里哀的脾胃相合。这是模仿意大利的戏剧的，本出的原文附于本剧之后，以资比较。

么了。

爱　您这样大闹,将来您会后悔的。

嘉　不,不,这些言语都是无用的;倒反是我要告诉您:将来会有另
一个人后悔的;当我立志报仇的时候,我那仇人——无论是
谁——决不能从我手里逃了他的性命的。

爱　(向伊利思)唉! 何苦再忍耐呢! 我既然伤了心,就不必这样
傻,仍旧厚待他了。既然他心情是反复无常的,我就由他去
吧! 他要灭亡,我能教他不灭亡吗? 伊利思……(向嘉尔西爵
士)您想强迫我同您大闹,但是,等一会儿您就知道不该这样
侮辱我了。

第九出

出场人:爱而畏女爵士、嘉尔西爵士、伊利思、阿尔怀爵士。

爱　(向伊利思)你去请我所爱的那人出来……去吧,去吧,您说这
是我的要求。

嘉　而且……

爱　等着吧,您会满意的。

思　(临出时背语)这大约又是他的妒性重新发作了。

爱　请您注意:我这种高贵的人,发起怒了,就能很自负地坚持到
底的;此后您千万要回忆起:您要解释您的疑团,是费了不小
的代价的啊!

第十出

出场人:爱而畏女爵士、嘉尔西爵士、伊涅斯女爵士(假扮一个
男子)、伊利思、阿尔怀爵士。

爱　(指伊涅斯女爵士给嘉尔西爵士看)谢天谢地! 幸亏她这一
来,才引起了您的猜疑,给予我许多好处! 请您仔细看一看这
人的耳目口鼻,是不是伊涅斯女爵士呢?

嘉　呀！天啊！

爱　如果您因为盛怒之下，连视觉也模糊了，那么，这里有的是好几双眼睛，您可以问一问他们。难道还让您有怀疑的余地吗？她因为受不了暴徒们的虐待，所以须要假称身死；她又改了男装，令人更不知她还生存在人间。（向伊涅斯女爵士）请您原谅我：我不能不露泄了您的秘密，辜负了您的期望；我刚才被他迫得很紧，以致我的一切行为都失了自由；他怀疑我的人格，我不能不时时刻刻为自己辩护。——这妒忌的王子，他偶然看见了我们亲热地拥抱着，于是辱骂了我不少的言语。是的，这就是他盛怒的原因，是我的耻辱的铁证了！（向嘉尔西爵士）好！您这绝对专制的爱人，希望事情明白，现在已经明白了，您应该快乐了。但是，您须知：我一辈子也忘不了您这一次对于我的人格的绝大侮辱；假使将来我忘了我的誓言，仍旧决心接受您的爱，那么，上天就要给我最大的惩戒，天雷就把我的头打得粉碎！——走吧，我们走吧，这地方给这盛怒的魔鬼的眼睛看过就看脏了，我们不该在此地停留了；我们应该逃避，恐怕他愤怒到了疯狂的时候还会伤损了我们。走吧！我们只希望不久就完全脱离他的掌握就好了。

伊　殿下，因为您怀疑得不合理，在盛怒之下，竟侮辱了最有道德的人了。

爱而畏女爵士、伊涅斯女爵士、伊利思皆出。

第十一出

出场人：嘉尔西爵士、阿尔怀爵士。

嘉　唉！这事明白了之后，我不再误会了；然而我觉得周围起了甚深的恐怖：我的灵魂沮丧，只剩有一个忏悔的对象，这就是我的致命伤。呀！阿尔怀爵士，现在我知道您的话有道理了。但是，地狱的魔鬼已经把毒药灌入我的心里；为命运所驱使，我竟与我自己为仇。现在我因为爱情热烈过度,成了可恨的爱情;人家既然恨我了,我的爱情尽管是天下第一热烈的,又有什么用处? 我侮辱了我所爱的美人,我就该替她报仇,但报仇就只有死之一法。那么,今日我该信从哪一种的劝告呢?唉! 我所以生存于世,为的是我的对象,而现在我已经失了我的对象了! 我天天希望她爱我;现在要我牺牲了这希望,我宁愿牺牲了我的性命还好些!

怀　殿下……

嘉　不,阿尔怀爵士,我是必须死的:没有理由阻止我,也没有人能劝止我。不过,当我要死的时候,必须趁此机会为公主立下一个大大的功劳;我有了这高尚的志愿,就想要一个光荣的方法去死。我要轰轰烈烈地干一场,表示我对她的忠诚;等到我为她而死之后,她会后悔起来。她虽则泄了她的怨恨,同时她也不能不说一声:"他实在因为爱情太热烈了,然后冒犯了我!"我必须亲手杀了那死有余辜的莫尔嘉。我鼓起了最大的勇气,使我比加斯第的军队先到;我从我的情敌方面夺了这莫大的光荣,就算死无余憾了。

怀　殿下,这样的一场大功劳,一定能补赎您的过失了。但是,冒险……

嘉　这是我的天职;我必须以这高尚的行为来补救我的绝望啊[一]!

─────────────

〔一〕在意大利原剧里,罗特里克要自杀,德弥儿可怜他绝望,就宽恕了他。此处嘉尔西爵士却要以死立功,这乃是莫里哀自出心裁的。第五幕就完全是莫里哀自创的作品。

第五幕

第一出

出场人:阿尔怀爵士、伊利思。

怀　唉! 这真是意外的可叹的一件事! 他本来决定了这一个高尚的计划:他打算以绝望拼命的精神去杀莫尔嘉。他希望以这战功去取得公主的原谅,同时也避免与情敌分功的耻辱。然而他刚离开了这里,就得了一个坏消息:原来他不曾占了先,他的情敌已先杀了莫里嘉,夺了他所期望的光荣。阿尔风斯爵士坐享这一场大功的恩惠,马上就要回国来;他又依照西尔佛爵士的意思,到这里来迎接他的姊姊。还有一个令人难信的消息:据说阿尔风斯爵士因为感激西尔佛爵士助他登基之恩,打算把他的姊姊嫁给他。

思　是的,爱而畏女爵士也知道了这些消息,那路易老爵士也承认实有此事,他说现在烈昂全国等候阿尔风斯爵士与公主归国;又说她该从她的兄弟的手里接受一个丈夫。他虽则没有说出名字来,听他的语气,我们很容易懂得是西尔佛爵士。

怀　王子受了这一打击……

思　当然是很难堪啦。我看他那提心吊胆的样子,实在可怜。但是,如果我猜得不错的话,他虽屡次冒犯过她,她的心里仍旧爱他。譬如这一次大功告成,人人都兴高采烈,而公主似乎并不以她的弟弟归国为满足,也不很满意于那一封信;但是……

第二出

出场人：爱而畏女爵士、伊涅斯女爵士（假扮一个男子）、伊利思、阿尔怀爵士。

爱　阿尔怀爵士，烦您去请王子到这里来。（阿尔怀爵士出）女伯爵，请您允许我在您的跟前对他说起这一件意料不到的事情；我现在对于他，已经没有丝毫恨意，请您不要责备我转变得这样快。他的意外的不幸实在能使我不再恨他；纵使我不恨他，他已经够可怜了。上天这样磨折他，正合我的心愿。当他冒犯我的人格的时候，我发誓永远不归属于他；但是，当我看见命运之神替我报了仇之后，我又觉得我对他的爱情未免太苛待了。他对于我，一切进行都不顺利，适足以使我忘了他的冒犯，反而钟情于他。是的，他经过这几次大失败之后，我觉得我的仇早已报之有余了。现在我起了慈悲之心，要设法安慰这一个不幸的爱人；我相信他从前那样热烈地爱我，总值得我现在表同情吧。

伊　公主，我们都看见他能使您感动，谁敢说您不该钟情于他呢？他为您而做了的事……呃！他来了。看他的脸色黯淡，可见他经过这次意外的不幸，所受的痛苦不小了。

第三出

出场人：嘉尔西爵士、爱而畏女爵士、伊涅斯女爵士（假扮一个男子）、伊利思。

嘉　公主，我有何面目上前见您呢？您最不喜欢看见我，而我竟敢……

爱　王子，请您不必再提及我恨您的话了。您的命运已经使我的心转变了；它把您弄到了这悲惨的境地，我的怒气全消了，我们二人之间已经恢复和平了。是的，虽则您这样恋爱，值得上天发怒而惩戒您；虽则您因多疑之故，冒犯我的尊严，有许多地方实在太可恶；但是，我承认我可怜您的不幸，甚至于为了我们胜利而伤心。我深恨人家立了大功，竟要我的心为他而牺牲；我宁愿恢复从前的情况，因为那时节仅有我的誓言间隔着我们罢了。但是，您须知，我们的命运往往是与民众的利害有关系的：支配我的婚姻的人，虽说是我的兄弟，同时也是我的国王。王子，请您也像我一般地对他让步吧，因为我这样门第的人，不能不服从君王的；如果您心里觉得痛苦，就请相信我也分担您的痛苦，使您自己的痛苦可以减轻些。请您在此地切勿利用您的权力；如果您因不幸而欲与命运相争持，那就是您的不是了。当我们知道敌不过命运的时候，我们预先服从它，倒反显得我们有伟大的勇气。所以我请您不要反抗命运，快为我所期待的兄弟而开了阿斯多克的城门吧！我这可怜的心已经决定服从他了；他既以为他有权支配我，我何苦反抗呢？但是，您须知，我的意志是被迫的；也许不像您的意想中那样甘心爱上了别人啊。

嘉　公主，人家预备给我一个大攻击，而您想要减轻我的痛苦，这真是人间少有的仁慈。其实您尽可以责任为辞，不必这样安慰我。到了这地步，我没有一句话可说了。我是值得命运之神降祸的；我知道，无论它使我怎样受罪，我再也没有呼冤的权利了。唉！在我这大不幸的景况里，我敢凭什么来埋怨您一声呢？我的爱情只晓得冒犯您，而且不止千百次；后来我决心以死赎罪，希望为您而立下一个功劳；然而我的命运偏不让我有幸福，以致我的情敌比我占了先。公主，从此以后，我不敢再希望什么了，人家预备给我一个打击，原是我自己活该。我眼看着恶运到来，而不敢把您的仁慈的助力去抵抗它。我在这极端不幸的时候，只有一件事可做，就是在我自己的身上谋补救；换句话说就是顺着我的愿望，借死神之力以消灭我的心中的悲哀。是的,阿尔风斯爵士快要到这里来了,我的情敌也要来了;他似乎要从烈昂飞到这里来,为的是领受杀贼的上奖。您放心,我虽则在这里颇有权威,但我决不肯利用我的权威去抵抗他。如果您允许我保留您,天下最勇的勇士我也敢与他挑战;但是,我已经做了许多惹您恨我的事,我就不该希望您还承认爱我;而且您的计划是正当的,我不愿意徒劳无功地给您一些障碍。是的,公主,我决不强迫您的情绪;我要让您的心灵自由,我愿为那幸福的胜利者而开阿斯多克的城门,甘心受残酷的命运支配我。(出)

第四出

出场人:爱而畏女爵士、伊涅斯女爵士(假扮一个男子)、伊利思。

爱　女爵士,请您不要以为我伤心的唯一原因在乎他的痛苦。如果您相信我特别为您的命运而伤感,又如果您相信我的友谊重于爱情,那么,您才是了解我的。我所以自叹不幸者,因上天震怒,把射我的箭移来射您:您的爱人辜负了您的好心,爱上了我的容貌,这是我所最痛心的。

伊　公主,在这一件事情里,您不该为我而埋怨上天。虽则我的容貌不足以动人,使我有被人遗弃的命运,但我有可以自慰者,因为我所爱的人不落在别人的手,而落在您的手。因为您长得实在比我美,他变了心来爱您,我并不觉得这是一种耻辱。我所以为他没有恒心而叹息者,并非为的是我,而为的是担心于您的前途。现在我为您而悲伤,深怪我自己没有价值,不能挽回他的心,以致他阻碍了您的幸福。

爱　您倒应该深怪您守着秘密,不曾让我了解你们二人的心。假使我早知道了您爱他,也许现在省得闹成这个模样了;我尽可以在起初的时候就对他冷淡,使他不敢对您变卦,也许他早已回心转意……

伊　公主，他来了。

爱　您可以停留在这里，他不会认得是您的。请您不要走，试看我在这种痛苦的境地里对他怎样说。

伊　我知道，在这情形之下，别人一定逃走的；但是我却愿意不走。

爱　如果上天保佑我的话，他虽在得意的时候，决不会让他说话使您难堪的。

第五出

出场人：阿尔风斯爵士（假称西尔佛爵士）、爱而畏女爵士、伊涅斯女爵士（假扮一个男子）、伊利思。

爱　殿下，在您未说话以前，我恳切地请求您先听我说两句。我们早已听说您忽然得了战功，名誉传遍了全国；我与众人一般地钦佩您能在这样短的期间内得了这惊人的胜利，而挽回我们的命运。我分明晓得，这种恩德是感激不尽的；您能使我的兄弟复登先父的御座，这种不朽的功绩，真值得我们把世上的一切来报酬您。但是，无论我的兄弟打算怎样报您的恩，仍请您利用您的优势来做一个慷慨的人；殿下，我希望您不让您的功劳来把我勉强上了枷锁。您分明知道我的意向，而且我拒绝的理由很正当，请您不要固执地希望压服了我。等一会儿我可以见到我的兄弟了，我希望不要让他做一个专制的君王，先从我本人专制起。在这情况之下，他尽可用别的代价来报酬您的勇烈，因为烈昂全国有的是贵重的东西。如果勉强用一个不愿意的女子来报答您的丰功伟绩，这种报酬未免太没有价值了。一个人如果用强力去取得他所爱的女子，他自己会不会觉得满意呢？这是一种可悲的利益；高尚的爱人，在这情形之下，决不会觉得幸福的。我们因为门第特殊之故，有服从君王之义务；然而高尚的爱人也决不肯利用君王的权力来支配我们的心灵；他对于他所爱的女子，永远是忠诚的，决不肯牺牲了她的幸福以期造成自己的幸福。这并非因为我预备保留这一颗心给别人，然后拒绝您；殿下，我敢以人格担保，没有一个人能有权支配我的；我要找一个神圣的地方去隐居，别人也一样地不能追求我……

阿　公主，您的话说得太长了；其实您如果不肯深信谣言，我只两句话就可以使您安心了。我知道，人们到处都散布了谣言，说那暴君是我杀了的；其实是全国的民众受了路易爵士的激劝，立了这样的功劳，因此人家就误以为是我的功劳了。为什么会有这种谣言呢？这因为路易爵士要达到他的目的，所以定下一个有用的计策，假说我由我的徒党扶助着，就夺得了城池。他用这一个假消息激动了民众的爱国心，使民众更急于致暴君于死地。路易爵士又忠诚又谨慎，一切都指挥得很好，这一切都是他差了一个心腹来告诉我的。同时，他又使我知道一个秘密，我想您知道了这秘密之后，一定会像我一般地惊讶的。您所等候的是您的一个兄弟，烈昂所等候的是它的真主。此刻他就在您的眼前了！是的，我就是阿尔风斯爵士；我的生命之保存，与我之所以冒充加斯第的王子，这都是因路易爵士与我们的先王的友谊所致。路易爵士保存有一切的证据，他要向全世界披露这些真相。——现在我的心中却另有一种苦恼。这种苦恼并非因您而起：并非因此事露泄后妨碍了我的爱情，也非因我的心坎中有一个兄弟与一个爱人打仗。这是自然的支配，我绝对不会发生怨言。我从前虽则爱过，现在知道我们有自然的血统联络着，也就不需男女间的爱情了。现在我只该念及我的第一爱情，伊涅斯对我那样厚待，那样恩爱，我该设法报答她。但是，她现在生死未卜，连我也觉得难堪。如果人家所说的话是真的，哪怕烈昂的民众欢迎我，先王的御座等候我，也是徒然！王冠并不能使我满意，除非我能把它戴在她的头上；因为上天为她才生了我，所以我要补赎我对于她的高尚的道德的冒犯。公主，我只能希望在您这里打听出她的消息；请您告诉我吧，请您索性促成我的绝望，否则给予我一生的幸福吧。

爱　我这样迟迟地答复您，请您不要觉得奇怪；殿下，这些消息实在使我不知如何是好了。伊涅斯女爵士是死是活，我不能告诉您；但是，这一位骑士恰是她的心腹，您一定可以从他的口里得到许多消息的。

阿　（认得是伊涅斯爵士）呀！女伯爵，正在我十分苦恼的时候，在这里再见您这天仙般的美貌，我是感觉多么地甜蜜啊！但是，您呢？您再看见这没有恒心的爱人，他的罪过……

伊　唉！请您不要得罪我，不要说我所爱的一个男子是一个没有恒心的人。我不愿有这念头；您请我原谅，适足以使我不满意。关于公主方面的，没有一件事算是冒犯了我；她有这样高的价值，能使您热烈地爱她，这也难怪，所以我早已原谅您了。您对于她为多情，对于我为无罪。您须知，我是有高贵的自负心的，如果我以为您有罪，那么，无论如何您也不能挽回我鄙弃您的心理，您尽管忏悔，尽管利用最高的权威，也不能使我的心忘掉您的侮辱的。

爱　我的好弟弟——请您允许我用这甜蜜的称呼——你使得你的姊姊今天是多么快乐啊！我喜欢你的选择；我敬谢上帝，使你能报答这样纯洁的一个爱人！在我所爱的两个高尚的人当中……

第六出

出场人：嘉尔西爵士、爱而畏女爵士、伊涅斯女爵士（假扮一个男子）、阿尔风斯爵士（假称西尔佛爵士）、伊利思。

嘉　公主，请您暂时掩饰着您的快乐，让我以为您是被义务所迫的,我死也甘心。我知道您对于婚姻是自由的,您所喜欢做的事,我并没有意思强迫您不做;您的命令可以使我失了一切的权威,您不是看得很明白吗?但是,我承认给您听:您这样快乐起来,使我打定了的主意忽然动摇了;我看了这现象,使我的心又兴奋起来,我生怕不能自主。固然,我深愿永远敬重您,服从您;如果我违反了您的命令,我自己也要惩戒我自己的。是的,您已经吩咐我的灵魂,叫它忍受痛苦,不许发作;这命令在我的心中很占势力,我宁愿死,不肯不遵从。但是,我再说一句,我看见您如此快乐,又使我经历一种极难堪的试验;在此情况之下,最和平的心灵也难压止情感的冲动。公主,请您不要让我受这最残酷的痛苦吧;请您可怜我,先压制您几分钟的快乐吧。无论我的情敌怎样能使您快乐,请您不要让我在旁边看见,做一个可怜的见证者!一个爱人不幸到了我这地步,我想也还可以要求您这小小的恩惠啊。公主,我并不要很久,等一会儿我就离开此地,您就可以满足您的爱情了。我要到一个含辛茹苦的地方去,只凭道路传说得知您的婚期罢了。公主,我用不着参观您的婚礼;不看,已经够断送我的生命了!

伊　殿下,请您容许我责备您不该埋怨公主。公主对于您的痛苦,已经很表同情了;现在您虽看见她快乐,但您不该这样埋怨,因为她的快乐恰是对于您有好处的。她此刻正在玩味着您所希望的一种幸福,原来您的情敌就是她的兄弟;这就是人家常常道及的阿尔风斯爵士,他的秘密刚才已经披露了。

阿　殿下,我敬谢上帝,在这长期的痛苦之后,我的心竟能满足了它的希望,同时又不致伤及您的爱情;我能助成您的爱情,这与我自己遇了好命运是一样令我快乐的。

嘉　唉!殿下,您这样宽仁,真令我惭愧得很。您竟肯顺了我的最甜蜜的希望;我所怕的打击已经被上天免除了。在这情形之

　　下,别人处在我的地位,总该觉得幸福了。但是,这一种秘密的披露也适足以使我觉得对不住我所爱的人。人家给了我不少的教训,叫我不要再存妒性,然而刚才我又猜疑起来! 我的爱情是这样可恨的,我想我一辈子也不能希望幸福了。是的,人家有种种理由可以恨我,我自己也觉得我不值得人家恕罪。无论命运之神贡献给我何等的幸福的机会,我觉得只有死才是我唯一的希望了。

爱　不,不,殿下,您的忏悔已经在我的心中唤起更甜蜜的情绪了。我不能坚持我的誓言了;您的埋怨、您的敬意、您的痛苦,都能使我感动。我到处看见的都是过度的爱情,您的毛病是值得怜悯的。殿下,我知道上天生人不能不使他有若干毛病,所以我们就不该求全责备。总之,一句话:妒忌也好,不妒忌也好,我的国王尽可以把我配给您,我不会觉得不满意的。

嘉　她这样承认给我过度的幸福。天啊,请你使我这一颗心有能力去承受这种快乐吧!

阿　殿下,我们从前的争持都是白费了的;我希望这一场婚姻能联络我们的心与我们的国家。但是,时间不早了,烈昂全国都欢迎我们了,让我们去满足他们的热望吧。凭着我们的武力合作,去对付那些暴徒,作最后的肃清吧。

剧终

附录:妒忌的王子^①(片段)

出场人:德弥儿、罗特里克

德　殿下,刚才您找我来,现在我来了。怎么! 您一句话也不说吗? 您不理我了吗? 您是不是变了石头? 您是不是一个石像? 您是不是一块大理石做成的? 您是多么冷酷啊! 殿下,请您说话吧,否则我就要告退了,请您不要怪我。

罗　负心的,我能向您说些什么呢? 如果我责备您那可耻的罪过,就等于增加了您的快乐;如果我埋怨您负心,就等于使您更能表示扬扬得意。不名誉的公主,您辱没了您的家声,您是一个学坏了的妻子,是一个不洁的爱人,是您自己的人格的仇敌;总之,您是罪恶所常伴随着的一个女人。您要我向您说些什么呢?

德　罗特里克,您这样辱骂了我许多言语,伤损及于我的人格,假使我听了还满不在乎,我就是一个呆子了。是的,您的言语并不是不明显的;您把通奸、负心、失体面、犯罪……种种的头衔都加在我的身上了。您用这黢黑的色彩,画出来的并不是国王的女儿,也不是人们从来不敢污蔑的公主,也不是万分爱您的那一个德弥儿;这只是地狱里钻出来的一个魔鬼,是全世界的大污点,是……

---

① 西哥义尼原著,莫里哀的《嘉尔西爵士》之所本。

罗　怎么！您能否认……？

德　且慢，殿下！当您说话的时候，当您盛怒地辱骂我的时候，我不曾打断您的话头；现在轮着我说了。您还有话辱骂我吗？刚才辱骂的话还不够，那么，您还能加上一些什么言语呢？所以您该让我说话才是道理。我仍旧可怜您；虽则您不值得怜悯，然而我还不忍强烈地对付您。趁这时候，您该让我先说；不要让我的怒气越积越多，那时就更不好办了。是的，我很愿意向您表示您所知道的乃是一种谣言，您不该猜疑我。

罗　猜疑？

德　罗特里克，轮着我说话了。如果您有别的事情责备我，就请快说；否则请您等我说完了我的话之后，您再答复我吧。

罗　那么，您就说吧。

德　谢上帝！您所以发怒，是因为在我的卧房里看见了那少年的骑士赛利多罗爵士。说吧，这是不是唯一的原因？

罗　是的！您打算怎样向我解释？说他甚至于不敢看您吗？说他的爱情是很纯洁的，是柏拉图式的吗？您在卧房里接见他，完全为的是礼节的关系吗？说他是您的亲属吗？说您一时误会，就接见了他吗？说呀！您预备些什么谎话来替您伸冤呢？

德　什么！王子，您不能决定让我说完我的话吗？不，如果我照您所猜想的种种说法，就算冒犯了真理。恰恰相反，我想要增加您的疑心与您的怒气，供给您许多新证据，使您更相信我有罪。是的，我承认那骑士与我亲密地互相拥抱了许多次。我又承认：假使不是您忍耐不住，突然就到了这里来，那么，我们早已一块儿躺在床上了。我又承认，我并不是误会的，恰因我与他十分相熟，然后我在我的卧房里接见他。我们并不是亲属的关系，而是最甜蜜的交情；我们的两颗心，是由一种最强烈的热诚联络着的。王子，您瞧，您所贡献给我的那些口实，我都不肯采用；恰恰相反……

罗　您以为……？

德　唉！王子，这话是我依照您的意思说的，而您不肯让我说完！——那么，请您说完您的话吧：您想要说什么？

罗　我想要说什么吗，负心的？您被我追究得没话辩护了，于是您索性承认有罪，希望这么一来，比较容易地得我恕罪。

德　恕罪？嗳！谁来请您恕罪？犯罪的人才有罪可恕；至于无辜的人，还有什么罪可恕呢？——但是，我们回到刚才的话吧。请您答复我：依您看来，德弥儿是有罪的；但是，为什么您不先审问她，马上就把她认为一个不名誉的人呢？假使您审问了她，她也许可以解释您的猜疑；她也许能满足您那正当的求知心，把您的妒性所依据的假相打破了。从前您也曾依据过那些很似乎真相的假相，发生了毫无理由的猜疑，因此您最近也受了一场大教训；您曾发过誓，要驱除了您心中的妒魔，甚至于不愿再信任您的眼睛。为什么现在您只遇了可以猜疑的第一机会，立刻开始声明我是一个罪人呢？唉！您所提出的那几种女人，我一听了她们的名称，已经够使我脸红了！您这样待人，实在是不可宽恕的。

罗　纵使我不肯信任我自己的眼睛，假装痴呆，安静地听您说，您又有什么话可以答复我呢？您能说赛利多罗爵士假借我的名义，您误信他是罗特里克爵士，所以您才接见他吗？您能把我所亲眼看见的事实归之于海市蜃楼的幻象吗？唉！德弥儿，您须知，这些谎话只能骗骗那些无知识的村夫俗子，决不能骗我们这些戴金冠的人。不，连您自己也不会这样呆，能受这样的谎话欺骗您；恰恰相反，您会负心，会犯罪，可见您只会骗人，决不会给人家骗了的。

德　好，我恰希望您这样对付我哩！您那盲目的妒性使您伤心，现在竟把您引到一个危崖之上了。您听我说：我只对您声明我是德弥儿，就可以证明我无罪，用不着别的证据。如果我说谎,我的生命就在您的掌握里;请您致我于死地,而且永远贬落了我的声名;如果我是有罪的,受您这样处置也是活该。然而实际上我是无辜的——您本该相信我无辜——现在我决定了一个对付您的方法。您这样残酷地侮辱了我,我用这方法对付您,还嫌太轻呢。罗特里克,您听见我的话吗?……

罗　是的,我听见您的话。

德　如果我只凭着我的誓言来证明我无辜,您就满意了,那么,我愿意实行从前我答应过您的话,嫁给您做妻子。

罗　多么漂亮的提议!

德　且慢,殿下! 让我使您满意。是的,如果您愿意相信我,如果您绝对不怀疑我那以真相为根据的誓言,我随时都可以与您订婚。但是,如果您要我在形式上证明,要我拿出无辜的真凭实据来,我当然可以答应您,使您彻底明白为止,同时您却不能再希望我爱您;我甚至于请您忘了您曾经认识我,永远不再想起我这一个不幸的公主,因为我的道德与我的清白都不足以抵抗您的无理的攻击。是的! 虽则表面上我有了嫌疑,您也该根据我的言语而相信我的贞洁;否则您就等于把我认为不值得做您的妻子,就不能证明您还稍为尊重我的人格。殿下,赶快吧,快打定您的主意吧。我不愿意再做罪人,甚至于不愿意在您的眼中为有罪;虽则我知道您因热烈而变为盲目,但我也不愿让盲目的人说我不干净。好,这一刻乃是命中注定的一刻:我的不幸要从此告终了。

罗　唉! 假使我的心不被残酷的痛苦所打伤,还能快活一下子,那么,您这可笑的提议一定会迫我大笑一场了! 怎么! 您以为我为热情所燃烧,又为您给我的婚姻的希望所引诱,我就非信任您不可吗? 亲眼看见的事情,也叫我不相信吗? 您以为我这样热烈地希望的东西,无论冒什么危险也不肯放弃吗? 不行! 德弥儿,您的计策决不能使我上当的。

德　殿下,我不愿意用激烈的言语来答复您这种无礼的话头;我分明晓得这样一个合理的提议乃是您所不能接受的;但是,如果您拒绝我的提议,我另有方法对付您!

罗　您打算怎么办?说呀!

德　我打算怎么办吗?我要把我的无辜,与您的狂妄的污蔑,都让全朝廷的人明白;我要永远离开您;我把你看做我的人格的仇敌,看做最可恨的恶魔,您来时我就逃避;您所在的地方我就掉过头来不看;您所不在的地方却是我所最喜欢的。好吧,您赶快决定吧!纵使您不决定,我的主意也是一定不易的了。

罗　唉!您这样厚颜,这样大胆,竟敢向我提议用这种方法去证明您没有虚伪的心肠与罪恶的灵魂,真是出我意料之外了。

德　殿下,请您不必关心我,先关心您的事情吧。我质问您的事情,请您想想看该如何答复:如果我不能使您满意,我的生命,我的名誉,都由您一人支配;我决不会有怨言。请您立刻决定吧!

罗　请您稍为缓一点儿。我不能决定得这样快。

德　我呢,我这种威吓却是急不容缓的。喂!鲍第亚、狄里亚、德奥多!

罗　您打算怎么样?

德　我打算叫唤我的仆人们,让他们去找些证人来证明我无罪。然而您呢,殿下,您也该停留在这里,好教您不能怀疑我让那骑士逃走了。喂,狄里亚!

罗　公主,请您住口吧;我的主意决定了。

德　好,那么,就请说吧。您择定了哪一个方法?

罗　我要……

德　说下去呀!

罗　我要……我要您给我看您的无辜的证据。

德　谢上帝!但您不要以为我还保存着一点儿爱情给您,罗特里克,您好好地想一想,将来您会后悔的。

罗　您答应了我的事,您不能实行,打算反悔吗? 唉! 不行,不行!

德　让我们瞧吧。自己惹来的不幸,是没有什么可怨的了! 伸手来!

罗　为什么?

德　握一握手,表示您愿意实行您的约言。

罗　手在这里了。

德　(握手)我向罗特里克约定:我要找证据来给他看,让他自己也承认我是无辜的。

罗　我呢……我该怎样与您约定?

德　既然我约定使您自己承认您冤枉了我,那么,您非但应该约定此后不再希望与我结婚,而且应该约定此后永远放弃了我的爱情,忘了我是曾经认识您的;此后您不再把眼睛望我,您也不敢说我再把眼睛望您……您不肯如此约定吗?

罗　是的……我与您如此约定了。

德　好,那么,德弥儿发誓履行她的约言。

罗　罗特里克也发誓遵守他的预约。

德　该是我先实行:这是马上就能办到的。喂,贝利吉多爵士,出来吧! 你不听见我叫你吗?

丈夫学堂

1661 年初次上演

[法]莫里哀　著

剧中人物

斯卡纳赖尔——亚里士德的弟弟,简称斯

亚里士德——斯卡纳赖尔的哥哥,简称亚

伊莎比萝——丽安诺的妹妹,简称伊

丽安诺——伊莎比萝的姐姐,简称丽

丽赛德——丽安诺的女仆,简称德

瓦赖尔——伊莎比萝的情人,简称瓦

爱嘉斯特——瓦赖尔的仆人,简称爱

一个警吏

一个公证人

地点

巴黎

致奥列安公爵——国王唯一的御弟

殿下：

在这里，我为法兰西所做的事真是太不相称了。我在这书的卷首放着这样伟大、这样高贵的一个名称①，而书中所包含的却是天下最无价值的东西。无论是谁，看了这书，总会觉得这种搭配是很奇怪的；有些人要形容这不相称的状态，很可以譬喻说这是泥像上戴着一个珍珠钻石的王冠，又好像极美丽的大门，一进去却是很坏的小屋子。但是，殿下，我有一点是可以原谅的，就是在这种情形之下，并没有容我选择的余地，我既侥幸得为殿下的人②，我就绝对地应该把我自己做的第一部作品献给殿下〔一〕。这不是我献给殿下的一种礼物，只是我对殿下尽了一种义务；而且，人们并不从礼物上去估定送礼的人的敬意。殿下，因此我就敢把这无价值的东西献给殿下，没有什么理由可以不如此做的。人们对于殿下，有许多光荣而合乎事实的颂扬语，我所以不敢加入于此书者，因为我怕这些伟大的颂词一来，相形见绌，更显得我所献的东西太无价值了。我先保守静默，等到将来有更适宜的地方，然后安放这样美丽

---

① 这书算是献给御弟的，所谓名称，就是御弟的名称。

② 当时莫里哀乃是御弟剧团的首领。

〔一〕《装腔作势的女子》是被人家抄了去发表的，然后莫里哀才付印。《幻想的捉奸》是由 Neufvellenaine 付印的，其余各剧则尚未付印。

的颂词。在这一封信里,我无非想要对全法国证明我的工作,又表示我不胜荣幸,能对殿下很驯服地说:我是殿下的很谦卑、很驯服、很忠诚的小臣,约翰·巴狄斯特·波克兰·莫里哀。

第一幕

第一出

出场人：斯卡纳赖尔、亚里士德。

斯　哥哥，我请您不要这样叨唠了；咱们俩谁喜欢怎样生活就怎样生活，谁也不要干涉谁。您的年纪比我大，当然您也应该比我多懂些道理；但是，我并不打算接受您的那些指责。我只听凭我的兴趣的指挥，高兴怎样做就怎样做；我觉得我的生活方式是很好的。

亚　但是人家都不赞成你这种生活方式。

斯　是的，哥哥，他们也跟您一样都是疯子。

亚　多谢！这是很甜蜜的恭维话！

斯　既然什么都得了解一下，我就索性问问您：那些大批评家们是怎样批评我的？

亚　他们都说你的脾气粗暴，不通人情；凡是社会上的娱乐事情，你都不喜欢。你的一切行为都很古怪，甚至穿衣服也不例外，从上到下，像个野蛮人。

斯　那么，我穿衣服是为别人而不是为我自己？我便应该依照时髦的样式，不能自由？您说这一套漂亮话，亚里士德我的老哥哥，——老实说，您的确比我差不多大二十岁，这虽不值得提起，但也不必隐瞒，——您说这一套漂亮话，是希望我受到您的感化，在这类问题上，拿您所提到的那些美少年做我的榜样吗？他们戴的是很小的帽子，让风吹着他们那弱不禁风的脑筋；他们还戴着很厚的金黄色假发，几乎把面孔都遮住；他们穿着一件又窄又短的上衣，而领巾却长到肚脐上；他们的袖子很肥，吃饭时把酱油都沾在上面；他们的裤子虽然叫做短裤，可是宽得像女人的裙子；他们的鞋子上面结着许多彩带，很像那些脚上有毛的鸽子；他们有的是花边，每天早上把两只腿扎得一点也不自由，好像马系上了绊脚；这些文雅的先生们，走起路来，两膝向外歪歪着，像风磨的两翼。您是要我学他们吗？如果我也打扮成那样，不用说，您也许就满意了，因为我看您也跟他们一样穿着那些可笑的东西啊！

亚　人生在世，应该顺从大众的习惯，不应该使人家特别注意你。太时髦或太守旧，都使别人觉得刺眼；所以明理的人们不但和众人说一样的言语，而且和众人穿一样的服装。咱们也不必十分矫揉造作，只顺其自然地随着大众习惯的改变而改变也就行了。我也不希望做一个专赶时髦的人，因为如果过分地追赶时髦，看见别人赛过了自己，就会觉得非常气愤。但是，无论你持什么理由，我总觉得咱们不应该固执己见，违反人人所遵守的习惯：假如大家都是疯子，我宁愿算作一个疯子，也不肯自作聪明，单单使自己一个人跟大家不一样。

斯　怪不得像您这样一个老头儿，为了让人相信不老，用黑色的假发掩盖住自己的灰白的真发。

亚　真奇怪！你怎么一会儿也忘不了当着我面说我老！我的衣服、我的娱乐，没有一样不挨你的指摘，竟好像是说，老人家只好等死，不该再有什么爱好；就好像老丑得还不够，连清洁和美观都不必讲求了。

斯　无论如何，我已经拿定了主意，决不改变我的服装。我要戴一顶不时髦的帽子，因为我的头戴起它来很方便，不受罪；我要穿一件够长够大的上衣，扣得好好的，免得我的肚子受凉，以致消化不良。我要穿一条适合我的大腿的裤子;我还要学我那些聪明的祖先那样,穿一双不让我的脚受罪的鞋子。谁觉得我的服装不顺眼,谁闭上眼就是了!

第二出

出场人:丽安诺、伊莎比萝、丽赛德、亚里士德与斯卡纳赖尔。
后二人在台前低声谈话,其他的人没有看见他们。

丽　(向伊莎比萝)全有我承担,如果他要骂你的话。

德　(向伊莎比萝)老是关在屋子里,不许见人吗?

伊　他生成就是这样。

丽　妹妹,我真可怜你。

德　(向丽安诺)小姐,幸亏他的哥哥性情不跟他一样;您的命运真好,它使您落在一个明理的人的手里。

伊　今天还算好呢,也许是上帝保佑着我,他不曾把我关在屋子里,也不曾把我带走。

德　老实说,让他围着他那双层领圈①去找魔鬼去吧,而且……

斯　(被丽赛德撞了一下)你们到哪里去,可以告诉我吗?

丽　我们还不晓得到哪里去。今天天气这么好,我叫我妹妹出来呼吸一下好空气,而……

斯　(向丽安诺)您呢,您喜欢到什么地方都行。(指着丽赛德)你们俩在一起,尽可以飞跑。(向伊莎比萝)但是你呢,我不许你出去。

亚　嗳!弟弟,你让她们出去消遣消遣吧。

斯　哥哥,对不起,可别这么说。

亚　少年人需要……

斯　少年人是傻瓜;有时候,老年人也是傻瓜。

---

①　法国古代的装束,颈上围着双层披肩似的领子,后来改为系领带。但 17 世纪,有些老人还喜爱这种装束。

亚　你以为她和丽安诺在一块儿不妥当吗？

斯　不是的。但是，我以为她和我在一块儿更妥当些。

亚　但是……

斯　但是她的行动应当受我的支配，我知道她的行为不是和我没有关系的。

亚　她的姐姐的行为，不是一样地和我有关系吗？

斯　天啊，各有各的理由，高兴怎样做都行！她们是两个孤儿，她们的父亲是咱们的朋友，临终时嘱托咱们监督她们的行动。将来咱们可以自己娶她们为妻；如果咱们不要的话，也可以把她们嫁给别人。他立下了遗嘱，允许咱们，从她们的童年起，就可以对她们行使父权和夫权。您担任教育姐姐，我担任教育妹妹；您尽可以凭着您的主意去管束您那一个，至于我呢，请也让我凭着我的主意来管束我这一个。

亚　我似乎觉得……

斯　我老实对您说，我也似乎觉得我对于这件事的主张是不错的。您让您那一个天天浓妆艳服，随意出门，我不反对；您让她有跟班和女仆，我也很赞成；您让她游手好闲，东跑西颠，去招惹那些狂蜂浪蝶，我也十分满意。但是，我要我这一个按照我的理想做人，而不能按照她的理想。我要她穿那些很朴素的衣服；除非遇着好日子，否则不许她穿过于鲜艳的服装。我要她老老实实地呆在家里，循规蹈矩地料理一切家务，有工夫的时候替我补一补衬衫，或者给我打几双袜子；我要她掩着耳朵不听男子们的无聊的话，除非有人监视着，否则不许她出去。总之，人心是软的，我已听见了种种的流言。如果可能的话，我不愿意我的额上生双角①；她既然是命中注定嫁给我的，我对她要负责，就像对我自己负责一样。

_____

①　额上生双角为法国俗语，指妻子偷人而言。已见于《斯卡纳赖尔》。

伊　我想您没有理由要我……

斯　住口！如果没有我陪着，你敢出门，那我非教训你一顿不可！

丽　怎么，先生？

斯　天啊！小姐，请你别说话；你是一位很规矩的女子，但我并不是跟你说话。

丽　您不高兴看见伊莎比萝和我们在一起吗？

斯　不高兴，既然你逼着我说，我就说个明白：是你把她给引诱坏了。你到这儿来，我很不喜欢；如果你从此不再来，我就感激不尽了。

丽　您愿意我也向您说个明白吗？您这样对待她，我不知道她心里怎么样；如果我是她的话，一定会对您起很大的反感。您天天这样对待她，如果还能引起她的爱情，那么我们尽管是一母所生，也未免太不像同胞姊妹了。

德　真的，您这样提防着她，实在可耻。我们并不是在土耳其，何苦把女人老关在家里呢？人家说土耳其人把妇女当做奴隶般看守着，因此，上帝很恨他们。先生，假如我们需要别人经常看守着然后才不做坏事，那么，我们的意志也未免太薄弱了。再说，您以为您这样提防，就能拦阻我们的邪念吗？老实说，如果我们打了什么主意，哪怕是最精明的男子也会变成个糊涂虫！世界上只有疯子才看守女人，依我说，最可靠的法子还是信任我们。我们总该知道爱护自己的名誉吧；如果你们偏要管着我们，倒反是你们冒绝大的危险了。你们越提防我们做坏事，就越能引起我们做坏事的念头。假如我有一个丈夫，他经常监视着我，那么，我倒很想叫他所害怕的那件事成为事实。

斯　（向亚里士德）好一位老师，这是您的教训的结果！您就让她说这种话，而不觉得怎么样吗？

亚　好弟弟，她说的只是玩笑话；但她的话也有几分道理。女人总喜欢享受一点自由,如果把她们管得太严,倒反不能管好。门闩和铁栅栏,以及其他一切提防,都不能养成妇人或少女的美德。只有名誉心可以使她们束身自爱;至于向她们表示你的严厉,这是毫无用处的。不瞒你说,假如妇女仅仅因受管束而不做坏事,那真是天下奇闻! 我觉得只应该感化她们的心,不必步步监视着她们。如果她们的心不正,常常受到欲念的袭击,有了机会,立刻就会做坏事,那么,无论你怎样提防,也无法担保她们不丢你的脸。

斯　这都是废话。

亚　就算是废话吧。但是,我一向主张咱们应当和颜悦色地教导少年人,委婉地责备她们的过错,不要使她们听见道德二字就害怕。我教训丽安诺,就是依照我这种主张的。她的行为稍微自由了些,我并不认为那是罪恶,对于一个少女所应有的要求,我从来没有拒绝过;我这样做,直到现在我也不后悔。我曾允许她去寻找好的伴侣;娱乐呀,跳舞呀,看戏呀,我都不干涉她。我总认为这些事情是最足以增长少年人的智慧的。而且社会教导人们的处世方法,比任何一本书都强。她喜欢花钱去买衣服首饰,你有什么法子? 我只好顺从她。像咱们这样有财产的人家,当然能供给少女们这种快乐。依她的父亲的遗嘱,她不能不嫁我;但是,我决不想压制她。我分明知道我和她的年龄相差很远,所以我让她有完全的自由。如果她以为我每年有四千埃居的进款,又对她很殷勤、很多情,就足以弥补年龄上的缺陷,那么,她可以嫁我;否则她也可以另嫁别人。如果她不需要我也能得到幸福,那么,我也很赞成,因为我宁愿看见她嫁了别人,也不愿意强迫她嫁给我。

斯　嗳! 他真会假温存! 这完全是甜言蜜语!

亚　总之,这是我的性格,而且我感谢上天给予我这种性格。世间的父亲往往把儿女管束得太严,以致儿女们诅咒父亲早死;我是决不肯这样做的。

斯　但是,少年时代做惯了的事是很不容易改变的。将来您要她改变她的生活方式,她也不会依您了。

亚　为什么要改变她呢?

斯　为什么?

亚　是啊,为什么?

斯　我不知道。

亚　你看出有什么可以损害名誉的吗?

斯　怎么! 如果您娶了她,她还能像少女时代这样自由行动吗?

亚　为什么不能呢?

斯　您希望向她讨好,甚至于仍旧允许她在脸上点黑痣,在头上系着彩带吗?

亚　当然啦。

斯　您让她仍旧疯疯癫癫到舞会和各公共场所去吗?

亚　是的,不错。

斯　那些轻薄少年们仍旧可以跟她到您家里去吗?

亚　那又怎样呢?

斯　您还让他们和她打牌,而且请她吃饭吗?

亚　对啊!

斯　还让您的妻子听他们的甜言蜜语吗?

亚　这也未尝不可。

斯　您甘心接见那些求爱的青年,心里不觉得难受吗?

亚　那有什么难受的?

斯　呸! 您真是一个老疯子。(向伊莎比萝)快进去吧! 不要在这里听这种可耻的话。

伊莎比萝走出。

第三出

出场人:亚里士德、斯卡纳赖尔、丽安诺、丽赛德。

亚　我愿意信任我的妻子,并且永远这样生活下去。

斯　如果人家给你戴上了绿帽子,我是多么快活啊!

亚　我不知道我的命运如何;但是,你呢,如果你戴不上绿帽子的话,总不能说是你的错儿,因为为戴这顶绿帽子你已经尽了最大的努力了!

斯　笑吧,耍贫嘴的人!唉!差不多六十岁的人了,还爱开玩笑,实在有趣得很!

丽　如果我嫁了他,我敢担保不让他遭受到您所说的那种命运;他尽可以放心。至于您呢,您要知道,假如我是您的妻子,我可就什么也不敢担保了。

德　如果人家信任我们,我们实在不愿意负心;至于像您这一类的人,我们尽管做了对不起他们的事,还要骂他们一声"活该"呢!

斯　去吧,你这个恶嘴烂舌最坏的坏东西!

亚　弟弟,人家这样挖苦你,都是你自找的。再会吧。请你改改你那怪脾气吧!你要知道:把妻子关起来乃是一个笨主意。我是你的仆人①。

斯　我可不是您的仆人。

第四出

出场人:斯卡纳赖尔(独自一人)。

斯　唉!他们搭配得正好,好一个家庭!就男主人说,是一个老疯子,凭他那副老皮囊还想去勾引女子;就女主人说,她是一个少女,最会卖弄风流;还有一些无耻的仆人!就是让圣人来治理这种家庭,也会弄得一塌糊涂的!天天和这些人打交道,伊莎比萝不久便会把在我的培养下而产生的名誉心失去的。若

---

①　客套语,意即供你驱使,法国旧时往往用这句话代替"再会"。

要提防她学坏,除非使她回去看守我们的白菜和火鸡①!

第五出

出场人:瓦赖尔、斯卡纳赖尔、爱嘉斯特。

瓦 (在台的后方)爱嘉斯特,你看,这就是我所厌恶的监视人,也就是我所热爱的女子的保护人,他严厉得很哩!

斯 (以为无人在旁)真奇怪! 现在的风俗竟坏到了这地步!

瓦 如果我能够的话,我愿意去接近他,跟他交交朋友。

斯 (以为无人在旁)古代的道德是很好的,规矩很严,现在却不同了:这里的少年人只晓得放荡不羁,无耻……
   瓦赖尔远远地向斯卡纳赖尔施礼。

瓦 他不知道我在这里向他施礼。

爱 他那只坏眼也许在这一边〔一〕,让我们转到右边去吧。

斯 (以为无人在旁)让我离开这里吧! 我住在城里没有益处,倒反……

瓦 (渐渐走近斯卡纳赖尔)我非跟他亲近亲近不可。

斯 (听见了人声)呃! 我似乎听见有人说话。(又以为无人在旁)到了乡下以后,谢天谢地,我就不会再看见现时代的毛病了,那些让我看着真不顺眼。

爱 (向瓦赖尔)索性到他跟前去吧!

斯 (又听见了人声)什么事? (忽又听不见什么了)原来是我的耳朵响! (仍以为无人在旁)在乡下,女人的消遣就有限制了……(看见瓦赖尔向他施礼)呀? 他是不是向我施礼呢?

爱 (向瓦赖尔)再走过去点!

斯 (没有注意到瓦赖尔)在乡下,没有轻薄的少年来……(瓦赖尔

---

① 意思是说让伊莎比萝回到乡下去。

〔一〕这一句话,看来只像是笑话,其实是为下文伏一笔;在第二幕里,伊莎比萝当着斯卡纳赖尔的面,让瓦赖尔吻她的手,令人忆起他有一只眼睛是坏的(Cailhava 注)。

又向他施礼)呸!……(掉转了身。爱嘉斯特又在另一边向他
施礼)又来了!怎么有这么多人在行礼啊!

瓦　先生,我们一直走到您跟前,搅扰了您,是不是?

斯　这是可能的。

瓦　但是,先生,一个人能认识您,可算是一种光荣,一种幸福,一
　　种甜蜜的乐趣,所以我早就想来给您请安。

斯　我知道了。

瓦　并且来向您说我是随时都愿意为您效劳的,这是我的一片
　　至诚。

斯　这个,我相信。

瓦　我很侥幸做您的邻居,我应该感谢命运之神。

斯　您说得不错。

瓦　但是,先生,人家从朝廷里传出了些可靠的新闻,您知道吗?

斯　这和我有什么关系呢?

瓦　不错,没有什么关系;但是,有时候,我们为好奇心所驱使,也
　　想知道一下新近发生的大事情。现在朝廷正在筹备庆祝我们
　　的太子的降生〔一〕,您大概也要去看看热闹吧?

斯　如果我高兴的话。

瓦　我们应该承认:巴黎有的是千百种娱乐,这是别处所没有的。
　　外省和巴黎相形之下,就显得太寂寞了。——您的时间是怎
　　样消遣的?

斯　消遣在我的事业上。

瓦　咱们的精神是需要休息的;如果咱们太努力于正经职务,有时
　　候会伤害身体。晚上在睡觉以前,您做些什么事情?

斯　我做我所喜欢的事情。

―――――――――

〔一〕此处说的是路易十四的儿子,1661 年 11 月 1 日生于风丹卜洛,1711 年 4 月 14 日殁
　　于麦। 爾。《丈夫学堂》初演后五个月太子方始降生,这几句关于庆祝的话,乃是后来
　　莫里哀加上去的(Auger 注)。

瓦　当然啦！谁也不能答复得比您更好了。您的话非常有理；做
　　自己喜欢做的事，真是有见识的人。假如我不是想到您太忙
　　的话，我还希望常常在晚饭后到您府上去拜访您呢。

斯　谢谢您，再会吧。（走出）

第六出

出场人：瓦赖尔、爱嘉斯特。

瓦　你觉得这个奇怪的疯子怎么样？

爱　他的答复太唐突您了，而且他对您也太粗野了。

瓦　唉！我恨透了！

爱　恨什么？

瓦　恨什么？我恨我所爱的人竟落在一个野蛮人的手里。这一个
　　恶魔，天天在监视着她，监视得那样厉害，以致她竟不能享受
　　一点儿自由。

爱　这是于您有利的，他这样监视着，您的恋爱的前途才有希望
　　呢。您更可以加强您的信心；您要知道，一个女人，只要被人
　　监视着，就可以说已经被她的情人弄到手里一半了；做丈夫的
　　或者做父亲的顾虑越多，越可以帮助追求者成功。我不会求
　　爱于人，也不会向女人献殷勤，这不是我所长的事情；但是，我
　　曾经服侍过许多追求女子的主人，他们往往说他们最大的快
　　乐是遇着一个讨厌的丈夫。这一类的丈夫，他们一回家就非
　　骂妻子不可；他们一味野蛮，不讲道理，专要检查妻子的一切
　　行为。他们很自负地摆出做丈夫的威风，当着追求者的面，痛
　　骂她们。其实那些追求者最善于利用这种机会；一方面，那女
　　人受了辱，怀恨在心；另一方面，那男子看见她受了辱，不免对
　　她深表同情，于是事情就大有可为了。总之，伊莎比萝的保护
　　人那样严厉，正是给您一个绝好的机会。

瓦　但是，自从四个月以来，我很热烈地爱她，而我总没找到同她

说一会儿话的机会。

爱　爱情会给人智谋,然而您却越来越笨了! 假如我是……

瓦　假如你是我,你又有什么法子? 咱们看见她的时候,同时也一定看见那位野蛮的汉子在后面跟着;他家没有女使,也没有男仆,否则我允许给他们一点儿报酬,也许他们还能为我的爱情帮一点忙。

爱　那么,她还不知道您爱她吗?

瓦　关于这一点,我还不能答复你。随便那野蛮的男人把这美人儿领到什么地方,她总看见我在后面跟着,像她的影子似的。而且我这一双眼睛每天都努力想要向她表示我这热烈的爱情。我用眼神已经表达不少话了;但是,我不知道我这种话语能否透进了她的慧心。谁能告诉我呢?

爱　是的,如果没有文字或声音作媒介,您这种话语有时候是很难让人明白的。

瓦　我应该怎样做,才能脱离了这极度的痛苦,而且知道她已经晓得我爱她呢? 请你告诉我一个法子吧。

爱　是的,咱们必须想出一个法子来。咱们且到您的房子里去,好好地思索一番吧。

第二幕

第一出

出场人：伊莎比萝、斯卡纳赖尔。

斯　你放心，我认识他的家，现在你既然亲口说出他的模样，我一定找得着他本人。

伊　(旁白)唉！天啊，请您保佑我！我的爱情是纯洁的，请您今天保佑我这妙计成功吧！

斯　你说他名叫瓦赖尔吗？

伊　是的。

斯　回去吧！你放心，让我去办吧；我立刻就去找那荒唐少年谈一谈。

伊　(临走时旁白)我是一个少女，我定下了这种计划，未免显得胆子太大了；但是，他对待我也未免严厉得没有道理，在明理的人看来，是能原谅我的。(走出)

第二出

出场人：斯卡纳赖尔(独自一人)。

斯　好，让我赶快去吧！(敲瓦赖尔的门)就是这里。——那边是谁？——好，我在做梦呢！——喂，来个人啊！怪不得刚才他对我那样客气，现在我发现了他的秘密，一切都明白了。——但是，让我赶快办这件事，好让他那种痴心妄想……

第三出

出场人:瓦赖尔、斯卡纳赖尔、爱嘉斯特。

斯　(向突然出来的爱嘉斯特)你瞧,这一头肥牛,在我的跟前一站,像一座牌坊,险些儿把我撞倒!

瓦　先生,我很抱歉……

斯　呀! 我找的正是您!

瓦　您找我,先生?

斯　不错。您不是名叫瓦赖尔吗?

瓦　是呀。

斯　我是来找您说话的,如果您喜欢的话。

瓦　我能有荣幸帮您的忙吗?

斯　不是的。恰恰相反,我要来为您效劳,因此我才到您家里来。

瓦　到我家里来?

斯　是的,到您家里来。您用得着这样诧异吗?

瓦　我很有诧异的理由。——但是,我很快乐,能有这种光荣……

斯　请您不必提什么光荣。

瓦　您不愿意进来吗?

斯　用不着。

瓦　请,请,先生!

斯　不,我不再前进一步了。

瓦　如果您只在这儿站着,我就不能听您说话了。

斯　我呢,我却不愿意再动一动。

瓦　好,那么,我只好顺着您。爱嘉斯特,既然先生决定不进去,你就拿一把椅子到这儿来吧。

斯　我要站着说话。

瓦　怎么! 我可以这样招待您吗?

斯　唉! 何必要这些讨厌的礼节呢!

瓦　对客人这样不讲礼貌未免太得罪人了。

斯　人家要同您说话，您不愿意听，这才算是最大的不礼貌呢。

瓦　那么，我只好遵命了。

斯　这才对，您最好是这样做。（他们互相行了许多礼，然后再戴起帽子）其实这许多礼节都是不必要的。——您愿意听我说话吗？

瓦　当然啦。我愿意得很。

斯　喂，请您答复我：有一个女子，年纪相当轻，长得也很不错，她住在这附近，名叫伊莎比萝，而我是她的保护人，您知道吗？

瓦　知道。

斯　如果您知道，我就用不着告诉您了。但是，我看她长得很动人，所以我不以保护人的地位为满足，我还准备叫她做我的妻子，您知道吗？

瓦　不知道。

斯　好，现在我告诉您，您该知道了。今后您不要再拿您的爱情去打搅她，才是道理。

瓦　什么？是我吗？先生！

斯　是的，是您。您不用再掩饰了。

瓦　谁告诉您，说我爱上了她？

斯　一个相当可靠的人。

瓦　究竟是谁呢？

斯　就是她自己。

瓦　她？

斯　是她，您还听不清楚吗？她是一个很守规矩的少女，而且她从小就爱我，所以刚才把秘密完全告诉了我；并且她托我来告诉您，说自从您时时刻刻跟着她以后，她很明白您用眼神所表达的话语，觉得您这种追求，对她是极度的侮辱。她很明白您心中隐藏着的欲望；然而她认为您这是枉费心机，因为她既然爱我,就不能再容纳您的爱情,您也用不着向她再有所表示了[一]。

瓦　您说是她亲自请您来……

斯　是的,来把这一段老实的话直截了当地告诉您。她看出您那火一般的爱情在您心里燃烧着,本该早些让您知道她的意见;但是,她因为心里非常激动,竟想不出一个适当的人来替她传话,所以一直拖延到现在。现在她终于忍受不住您那无理的追逐所给予她的痛苦,只好托我做她的传话人。您应当明白她这段话的意思。她的心除了爱我,是不应当再爱任何人的。您用眼睛向她挑情,已经很够瞧的了;如果您稍微有点儿脑筋的话,就应该另打主意去爱别人。再会吧! 这就是我所要告诉您的话了。

瓦　(低声)爱嘉斯特,你以为这件事情怎么样?

斯　(低声,旁白)这一下是他万想不到的!

爱　(低声,向瓦赖尔)依我猜想,这件事决没有不利于您的地方,而且里面还藏着一种神秘的意味。总之,他所传的这一段话,决不是由一个希望您停止爱情的女子说的。

斯　(旁白)他难受了,活该!

瓦　(低声,向爱嘉斯特)你认为这里面有一种神秘的……

爱　是的……但是,他在注视着我们,我们先走开吧。

　　瓦赖尔与爱嘉斯特走出。

第四出

出场人:斯卡纳赖尔(独自一人)。

[一]在这里,斯卡纳赖尔的信心是可笑的,也像第一幕里他的猜疑心是可恨的一般。为什么? 这因为他有同源的两种心理:自私心与骄傲心。唯其自私,故不信任;唯其骄傲,故表信任。假使他真的有一刹那的爱情与信任心,读者会可怜他的真诚而责备伊莎比萝。事实上,斯卡纳赖尔既不是真的信任,伊莎比萝也可告无罪了。

斯　你看他那狼狈的样子！他当然料不到我来说这一段话！让我
　　把伊莎比萝叫出来吧。教育是有益于人心的，她就是一个证
　　据。伊莎比萝的心是那么重视道德，所以一个男子只拿眼睛
　　看了她一下，她也不肯甘休呢！

第五出

出场人：伊莎比萝、斯卡纳赖尔。

伊　（入时，低声自语）我怕这充满了热情的爱人不懂我叫人传话
　　的用意；我既然处在牢笼之中，一点儿不得自由，我只好冒险
　　委托他再去一趟，使我那爱人更明白我的意思。

斯　好，我回来了。

伊　怎么样？

斯　我替你传的话真有效力，这一下可把那臭男子给治好了。起
　　初的时候，他还要否认他那不正当的爱情，后来我说我是你派
　　去的，他就哑口无言，神色仓皇。我想他不会再来惹你了。

伊　唉！你说的是什么话？恰恰相反，我恐怕他还预备努力进
　　攻呢。

斯　你这种恐惧有什么根据？

伊　您刚出门，我因为要呼吸新鲜空气，从窗子里向外张望，看见
　　一个少年男子在转角的地方出现了。他先说他是那无礼的男
　　子派来向我请安的，然后他把一只小匣子突然抛进我的卧房
　　里。小匣子里盛着一封书信，看那封口，就知道是一封情书①。
　　我想要马上把这一切都扔还给他，但他早已走到了街口。这
　　会儿我的心里还气闷得很。

斯　你瞧！天下竟有这种狡猾的坏蛋！

伊　现在我的责任是把这小匣子和这一封书信马上送还给那个可

① 当时的情书的封口大约是用火漆打成两点，像小鸡的两只翅膀。故法文谓之 poulet
　　（原是小鸡的意思）。

恨的求爱者;我需要一个人替我办这一件事……但是,我不敢
请您……

斯　哪里话!小乖乖,这显得你对我的爱情和真诚,我非常乐意接
受你的差遣。这一来,我真说不出的感激。

伊　那么,请拿去吧。

斯　好的。让我看看他写了些什么。

伊　呀,天啊!您还是不拆开的好!

斯　为什么呢?

伊　难道您愿意让他猜想是我拆开的吗?一个贞洁的少女应该永
远禁止自己看一个男子写给她的信。如果我起了好奇心,要
看他的信,这就显得我心里隐藏着一种快乐,想要知道他怎样
赞美我。所以我觉得应该把这封没拆开的信马上送还给他,
让他知道我心里非常鄙视他;他晓得今后他的爱情永远断绝
了希望,他就不会再有这种狂妄的行为了。

斯　真的,亏你想得到,这话实在不错。唉!我不但喜爱你的美
德,同时还喜爱你的谨慎。我看我的教育已经在你的心里生
了根,你有这种表现,真不愧做我的妻子。

伊　但是我也不愿意违反您的意思。书信在您的手里,您尽可以
拆开。

斯　不,无论如何,我是不拆开的了。唉!你的见解太高明!让我
去完成你的使命吧。我马上就到他家,三言两语就回来,今后
你就可以放心了。

　　伊莎比萝走出。

第六出

出场人:斯卡纳赖尔(独自一人)。

斯　我的心里快活极了!她竟是这样循规蹈矩的一个女子!这是
我家的光荣!她以为一看了人家的情书就算是对我负心!她

把这封信当做一种极大的侮辱,叫我亲自送还给那追求她的人!我看见了这一切,很想要知道我哥哥的那一位能不能如此做。老实说,女子的一切都是我们男子养成的!喂!喂!(敲瓦赖尔的门)

第七出

出场人:斯卡纳赖尔、爱嘉斯特。

爱　什么事?

斯　拿去吧。请你告诉你的主人,叫他今后不必再写情书藏在金匣子里送人了。伊莎比萝已经非常生气。你瞧,人家连信都没拆。他可以看出人家是怎样对待他的爱情,并且可以知道他的爱情有没有成功的希望。(走出)

第八出

出场人:瓦赖尔、爱嘉斯特。

瓦　那野蛮的畜生刚才交给你的是什么?

爱　先生,他把这一封书信和这一只小匣子交给我,说是您打发人给伊莎比萝送去的,又说她因此非常生气。她连信都不曾拆开,就派他送还给您。您快拆开看看,看我猜想得对不对。

瓦　(读信)"这一封信一定会使您诧异。我敢于写信给您,还敢于用这种方法传递给您,您或许会觉得我的胆子太大了。但是,在我的情况下,我也顾不了许多。六天之后我将被迫和人结婚,这门亲事是我十分痛恨的,所以不能再有任何顾虑。我决定不管采取什么方法,也要逃避这个婚姻,我宁愿选择您,也不愿使自己陷入绝望之中。但是,请您不要以为这完全是我的坏命运赐给您的好处;我对您的感情,并非因受别人的压迫而起的;不过,他这一逼,逼得我顾不得一个女儿家所应遵循的礼节,就把我这种感情向您表示出来罢了。只要您愿意,我不久就是您的人。我只等候着您向我表示您的爱情，我就可以把我所决定的主意告诉您。但是，您应该知道，时机紧迫得很，相爱的两颗心是只需要半句话就可以互相了解的。"

爱　　您瞧！先生，她这一手儿新奇不新奇？她虽然是一个少女，却懂得了不少事情！谁料她能有这种恋爱的计策呢？

瓦　　啊！我觉得她真太可爱！她的智慧和深情，使我对她的爱情增加了一倍；而且她的美貌所引起的我的情感……

爱　　那上当的傻瓜来了；请您想妥了怎样和他说话。

第九出

出场人：斯卡纳赖尔、瓦赖尔、爱嘉斯特。

斯　　（以为无人在旁）唉！我真庆幸我们有了这一道诏令，禁止人们穿奢华的服装[一]。将来做丈夫的痛苦不会像从前那样大了，做妻子的也不敢毫无顾忌地要求丈夫买衣服了。唉！我是多么感激国王啊！但是，为了使做丈夫的能够安心起见，我希望国王也像禁刺绣品一样，禁止女人们卖弄风流！我特地把那诏令买了一份来，让伊莎比萝高声地念给我听。等一会儿，当我们工作完毕以后，这可以当做晚饭后的一种消遣呢。（瞥见瓦赖尔）黄头发先生，您要不要再把您的情书藏在金匣子里送过来？从前您以为遇着一个风流的少女，她喜欢跟您捣鬼，她会受您甜言蜜语的诱惑，是不是？现在您瞧，人家怎样报答您的礼物？您相信我的话吧：麻雀儿打不着，您的火药却花费了。她是一个贞洁的女人，她爱我，她把您的爱情当做一种侮辱。请您收拾行李，另找别人去吧。

瓦　　是的，是的，先生，谁都佩服您的才能，所以我把您看做我爱情上的最大的障碍，奈何您不得。我虽然有诚恳的热情，也不该

〔一〕这是 1660 年 11 月 27 日的诏令，禁止刺绣品等物。

和您争雄,去向伊莎比萝求爱;我真是一个疯子。

斯　真的,这是疯子的行为。

瓦　因此,假如我早知道我这一颗可怜的心会遇着您这样一个可怕的劲敌,我早就放弃了她的美貌,不再追求她了。

斯　我也这样想。

瓦　现在我不再存着什么希望了;先生,我向您表示退让,毫无怨言。

斯　您做得对。

瓦　您有您的权利;而且您本人既然具备了许多美德,假如我因看见伊莎比萝多情地爱您我就生气,倒反是我不对了。

斯　可不是吗?

瓦　是的,是的,我让位给您了。但是,我是一个可怜的求爱者,今天我所受的一切痛苦都是您给我造成的,因此,我至少要求您一件小事,也算是我向您要求的唯一的一种恩典。是的,我哀求您回去告诉伊莎比萝,说我虽然自从三个月以来,就很热烈地爱她,但是我这种爱情是非常纯洁的,因为我从来不曾想到任何可以伤害她的人格的事情。

斯　是的。

瓦　再请告诉她,我只听凭我心灵的选择,我一切的计划无非是要得到她做我的妻子,然而命运之神偏要让您征服了她的心,使我纯正的热诚受到了障碍,也就没法子了。

斯　说得好。

瓦　请您告诉她,无论如何不要以为我会把她忘掉;我虽然不能不服从上天的意旨,然而我只要一息尚存,心中仍旧爱她。不过,我既然佩服了您的才能,就只好停止了我的追求,如此而已。

斯　这话说得实在得体;让我马上回去把您的话告诉她,她不至于因此生气的。但是,如果您相信我的忠告,我劝您努力把这份儿热情从您的脑子里赶出去。再会！

爱　（向瓦赖尔）好一个上当的傻瓜！

　　　爱嘉斯特与瓦赖尔同出。

第十出

出场人：斯卡纳赖尔（独自一人）。

斯　我很可怜他，他是一个不幸的人，心里充满了爱情，却不能达到目的。但是，这分明是我所占领了的堡垒，他偏要来争夺，也未免太不知自量了。（敲自己的门）

第十一出

出场人：斯卡纳赖尔、伊莎比萝。

斯　我把那一封没拆开的书信送还给他以后，天下的爱人当中从来没有像他那样狼狈不堪的了。他终于完全绝望而走了，但是，临走的时候，他还很多情地哀求我告诉你一段话。他说他虽然爱你，却从来不曾想到任何可以伤害你的人格的事情。他只凭他的心灵的选择，而且他一切的计划无非希望得到你做他的妻子，但是命运之神偏要让我征服了你的心，使他这纯正的热诚遇到了障碍，也就没法子了。他叫你无论如何不要以为他会把你忘掉；他虽然不能不服从上天的意旨，然而他只要一息尚存，心中仍旧爱你。不过，他既然佩服了我的才能，就只好停止了他的追求，如此而已。——这是他亲口说的；我不但不责备他，倒反觉得他是一个好人。他爱上了你，我实在可怜他。

伊　（低声）我心里早就猜到他爱我，他如此多情更证实了这一点，而且从他那眼神里，也可以看出他的爱情是纯洁无瑕的。

斯　你说什么？

伊　我说，您真令我难堪，我所痛恨的一个男子，您却可怜他！假如您真的像您所说的那样爱我,您也就会感觉到他这样追求我,对我是多么大的侮辱了。

斯　但是,以前他并不知道你这么爱我呀;他的用意既然是纯洁的,他的爱情也就该……

伊　怎么!请您告诉我:一个男人打算诱拐一个女子,还能说他的用意不坏吗?他存心从您手里把我夺走,强迫我和他结婚,还能说他是一个正人君子吗?倘若我真的受到了这样的污辱,我还能活得下去吗?

斯　怎么?

伊　是的,是的,我刚才知道这个阴险的人打算把我拐走。您打算最迟在一礼拜内和我结婚,这是昨天您告诉我的;他倒有探听消息的本领,他比我先知道了。我不晓得他是怎样打听出来的,但是,据说他要在我们的婚期以前把我拐走。

斯　啊!他真是一个无赖!

伊　唉!可别这么说!他原是一个很好的人,他对于我只打算……

斯　这是他不对了;这不是可以开玩笑的!

伊　您听我说,这都是因为您的脾气太好,他才敢这样疯狂。假如刚才您严厉地对他说那一段话,他一定会怕您发脾气,而且也会怕我恨他。现在他在我退还他的书信以后,还敢把他这计划告诉我,真使我又羞又愤!我知道,他心里还以为我很喜欢他呢;他以为无论如何,我总是要避免和您结婚的;他以为我巴不得他从您手里把我夺走,我就快活了。

斯　他疯了。

伊　在您跟前,他真会装假,目的在于开您的玩笑。您听我说,这个奸贼说了这么些好听的话,无非是要捉弄您。老实说,我真不幸得很!我一向束身自爱要做一个贞洁的女子,所以我拒绝了一个无赖的追求;谁知道他还在进行无耻的阴谋,我仍然不免有被人拐走的危险！

斯　你放心，不要怕！

伊　我告诉您，如果您对于他这种大胆的阴谋，并不生气；又如果您眼看着这个无耻之徒这样欺负我，而不赶快设法加以阻止，那么，我情愿牺牲一切，也不愿再忍受他的侮辱所给我的苦恼了。

斯　我的亲爱的妻子，你别这样伤心了。我马上就去找他，同他算账去！

伊　您至少要告诉他，这件事，他就是否认也没有用处；原是他派人来把他的计划告诉了我，还不可靠吗？这一次把话对他说明以后，不管他进行什么样的阴谋，我敢说他决不能使我上他的当了。总之，他不该再枉费时间，也不该再自寻苦恼，他应该知道我对您的感情是怎样的。如果他不希望闯出一场大祸的话，就不该让咱们为一件事情去教训他两次了。

斯　我自然会好好地教训他一顿。

伊　但是，您务必声色俱厉地对他说，让他知道我说这话不是跟他闹着玩的。

斯　你放心，我什么也忘不了，我敢担保。

伊　我急于等候您回来，请您尽量快些回来吧。只一会儿不见您，我就要苦闷起来。

斯　你放心，我的小乖乖，我的心肝，我马上就回来的。

　　伊莎比萝出。

第十二出

出场人： 斯卡纳赖尔（独自一人）。

斯　世上还有比她更规矩、更好的女子吗？呀！我真幸福！有了这样一个称心如意的妻子，我快活极了！是的，女人们本该如此，而不该像我所知道的一些卖弄风流的女人，她们任凭人家调戏,以致全巴黎都把手指着她们的可怜的丈夫,嘲笑他们。
(又敲瓦赖尔的门)喂,喂,风流男子做的好事!快出来!

第十三出

出场人:瓦赖尔、斯卡纳赖尔、爱嘉斯特。

瓦　先生,您为了什么事情到这里来?

斯　为了您所做的傻事。

瓦　怎么?

斯　您分明知道我所指的是什么事。老实说,我料不到您坏到这
　　个地步。您一方面拿些甜言蜜语哄着我,一方面却暗藏着野
　　心。您瞧,我本来想要好好地对待您,而您却终于逼得我非跟
　　您大闹一场不可。您这样的一个人,心里竟怀着那样的一种
　　计划,您不害臊?您想要拐走一个贞洁的少女吗?您想要破
　　坏关系她终身幸福的婚姻吗?

瓦　先生,这奇怪的消息是谁告诉您的?

斯　请您不要掩饰了,我这消息是伊莎比萝告诉我的。这是最后
　　一次她让我来告诉您,说她早已让您明白她所选中的男子是
　　谁了。她的心是完全属于我的,所以她认为您的计划对她简
　　直是一种侮辱;她宁愿死,也不肯受您这样的侮辱。如果您不
　　马上停止这种无理的缠扰,将来总不免要闯出一场大祸。

瓦　我所听见的这一段话,如果的确是她说的,我就承认我不敢再
　　打她的主意了;她的话说得很明白,眼看一切都完了,我只好
　　顺从她的命令了。

斯　怎么!您不相信我的话吗?您以为我所传达的她那些怨言,
　　都是我捏造的吗?您要不要她亲口表白她的心迹?我也很赞
　　成,因为这么一来,您就不至于发生误会了。随我来吧!您看
　　我有没有加添半句话,并且看看她那颗少女的心是否徘徊于
　　我们二人之间!(敲自己的门)

第十四出

出场人：伊莎比萝、斯卡纳赖尔、瓦赖尔、爱嘉斯特。

伊　怎么！您把他领到家来了？这是什么意思？您是打算帮他的忙来跟我作对吗？您是因为钦佩他那稀有的人品，所以想要强迫我爱他，容许他天天来见我吗？

斯　不是的，我的小乖乖，我太爱你了，怎能做这种事呢？但是，他以为我的话是凭空捏造出来的；他以为我在使用手段，故意让你恨他而爱我。所以我希望你亲口对他说，使他不再误会，永远消灭了他的爱情。

伊　（向瓦赖尔）怎么！您还看不出我的心完全属于谁吗？对于我的爱情，您还能有所怀疑吗？

瓦　是的，小姐，刚才先生替您传达的一切，都是出我意料之外的，我承认我曾表示怀疑。但是，您的命令关系太重大了；我那忠实无比的爱情，它的命运完全是由您一言而决定的，我认为这是一个生死关头，所以我愿意听您亲口再说一次。

伊　不，不，我这种决定，并非出于您意料之外的；他所告诉您的，正是我本人的意思。我的意思很合理，所以我不妨表白出来。是的，我希望人家知道，而且人家也该相信我：我眼前有命运之神给我安排下两个对象，他们给予我的印象是不相同的，因此我心里乱极了。其中一个是正人君子，正是我应当选择的，我十分敬重他，十分爱他；而那一个，他尽管爱我，所得的代价不过是我的愤怒和厌恶。这一个，有他在我身旁，我便觉得非常快活，心里感受一种很美满的乐趣；而那一个，我一看见了他，从心里就把他恨得要死。我整个的希望是做这一个的妻子；至于那一个，我情愿一死，也不愿嫁给他。我对这一个所表示的正当的爱，已经够了；而我呻吟在那一个所给我的苦恼之中，时间也过于长久了。我所爱的这一个，他应该赶快设

法,让我所恨的那一个完全绝望。这样的一种命运,使我现在
比死还痛苦,我只希望一个美满的婚姻使我脱离苦海。

斯　是的,小乖乖,我一定不辜负你的期望。

伊　这是让我满意的唯一方法。

斯　你不久就会满意的。

伊　我知道,一个少女这样自由地表示她的爱情,是很可耻的一
件事。

斯　不,不!

伊　不过,我的命运坏到了这个地步,我就应该有这一类的自由。
向我认为已经是我丈夫的人,说这一种甜蜜的话,我是用不着
脸红的。

斯　是的,我的小宝贝,我的心肝!

伊　所以,您也应该设法证明您爱我!

斯　是的,呃,你吻我的手吧。

伊　您也不必再叹气了,您就马上决定我所满心希望的这一婚姻
吧。我在这里向您表明:永不接受别人的爱。(假装欲吻斯卡
纳赖尔的样子,却悄悄伸手给瓦赖尔让他吻)

斯　哈哈!我的小宝贝,我的爱人儿,你不会苦闷许久了,我可以
担保。(向瓦赖尔)去吧,嘘!您瞧,并不是我教她说的。她的
心里只有我一个人。

瓦　好吧,小姐,好吧!这话说得很明白了。从您的话里,我知道
您急于教我做的是什么事情。您所最恨的对象,我总设法使
您脱离他就是了。

伊　您如果这样做,我真快活到了极点,因为我很讨厌看见这种
人,一看见就感到痛恨;我憎恶他到这地步,所以我……

斯　唉!唉!

伊　我这样说,您不喜欢吗?难道我……

斯　天啊!不,不,我没说这话;但是,老实说,我可怜他落到了这

种地步。你所表现的仇恨未免太过火了。

伊　在这种情况下,我的怒气还嫌发泄得不够呢!

瓦　是的,您一定会满意的。三天之后,您的眼睛再也看不见您所痛恨的对象了。

伊　这才好呢。再会吧。

斯　(向瓦赖尔)我可怜您的命运;但是……

瓦　不,您决听不见我的怨言。毫无疑问,小姐对待咱们两人,都很公平,让我设法满足她的期望吧。再会。

斯　可怜的少年! 他的痛苦已到极点了;喂,吻吻我吧,您把我当作她就是了。(吻瓦赖尔)

第十五出

出场人:伊莎比萝、斯卡纳赖尔。

斯　我觉得他太可怜了。

伊　您放心,他并不可怜。

斯　再说,乖乖,你的爱情使我感动到了极点,我非报答你不可。一个礼拜太远了,我知道你等急了,明天我就娶你吧! 我也不打算邀请……

伊　明天就结婚吗?

斯　女儿家最爱害臊,所以你假意嫌早。可是我很知道,你听了我的话,心中却暗自喜欢,巴不得提前完成好事呢。

伊　但是……

斯　咱们就准备一切吧。

伊　(旁白)唉! 天啊! 暗示我一个避难的法子吧!

第三幕

第一出

出场人:伊莎比萝(独自一人)。

伊 真的,他终于强迫我马上和他结婚,我觉得这种不幸的婚姻比死还可怕百倍;我为了避祸,无论怎样做,社会上的人们总不忍责备我的。时机急迫了,天色黑了;我什么也顾不得了,只去投奔我那爱人就是了。

第二出

出场人:斯卡纳赖尔、伊莎比萝。

斯 (向在家里的人们说)我就回来的。你们替我准备明天……

伊 唉! 天啊!

斯 是你吗? 小乖乖? 天色这样晚,你还到哪里去? 刚才我和你分手的时候,你说你觉得有点儿疲倦,要关上门在卧房里休息一会儿。你甚至请求我在回来以后不必找你,让你一直休息到明天呢。

伊 这是真的,但是……

斯 什么呀?

伊 您看我有点儿不自然的样子,我不晓得怎样向您解释才好。

斯 什么? 有什么事情发生了?

伊 这是一个意料不到的秘密;是我姐姐强迫我出来的。为了实

行她的计划,她要借用我的卧室,我责备了她半天,然后才把
她关在屋里了。

斯　怎么?

伊　谁料得到呢? 今天被我们驱逐出去的那个男子,就是她所爱
的人儿。

斯　瓦赖尔吗?

伊　而且爱得很厉害呢。这是天下少有的深情。您可以想一想,
她那爱情的力量有多大,在这时候,她独自一人,竟敢到这里
来,把她的心事告诉我;她还坚决地说,如果她不能达到她的
期望,她只能以一死了事。他们曾经秘密地来往,热烈地相
爱,至今一年有余。他们在初恋的时候,已经互订终身之约
了……

斯　坏丫头!

伊　今天她知道了她喜欢和他见面的那个人儿,我已经使他绝了
望,而且他就要离开此地,于是她来哀求我,要我允许她设法
不让他走,因为他这一走会使她心痛欲碎。她的方法是:今天
晚上,假借我的名字,隔着窗子,朝着窗前的小街,和她的爱人
谈话;她模仿着我的声音,向他说些甜蜜的话语,打动他的心;
总之,她要用些巧妙的手段,使他转移爱我的心情去爱她。

斯　你对于这事,作何感想?

伊　我? 这件事把我气坏了! 我马上对她说:怎么! 姐姐,您莫非
疯了吗? 对于这种乱搞恋爱的男人,您竟如此多情地爱上了
他,您不害臊吗? 您忘记了女人的本分,竟欺骗上天给你指定
的那个男子,您不觉得可耻吗?

斯　这是他的报应,我听着非常痛快。

伊　总之,我又恼又恨,所以我用种种理由来责备她这种下流的
事,希望今晚能打退她的念头。但是,她一再向我表示她那迫
切的愿望,流了那么多的眼泪,叹了那么多气,还说了许多埋

怨我的话,她说假如我拒绝了她的要求,她就活不成了;我一时心软,不由自主就依了她。但是,我虽然不忍伤害骨肉之情,同时我又想要证明今天晚上的幽会与我无关,所以我打算去找吕克赖斯来陪我睡,因为您天天赞扬她的美德。——真没想到您这么早就回来了。

斯　不行,不行,我不愿意有人在我家里干这种秘密的勾当。想到我的哥哥,我倒可以答应这件事;但是,街上的人可能看见他们;而且我既然非常看重你,决定娶你为妻,你不但应该像个名门闺秀的样子,而且应该不受任何的嫌疑。让我去赶走那贱人吧;她的爱情……

伊　唉! 这么一来,未免太令她难堪了! 她会怪我不能替她保守秘密;如果她这样怪我,那也不是无理的。我既然不再帮助她的计划,您至少该让我去叫她自己出来啊。

斯　好! 那么,你就去吧。

伊　但是,我请您一定要躲起来,不向她说一句话,只看着她出去就是了。

斯　是的,看在你的情分上,我忍着我的怒气;但是,等她到了门口以后,我要马上就去找我的哥哥,我很高兴跑去把这事情告诉他。

伊　那么,我恳求您别提及我的名字吧。晚安! 我要关了房门,休息到明天了。

斯　明天见吧,我的心肝……(独自一人)我是多么急于看见我的哥哥,把他的好运气告诉他啊! 他这老东西,平常专爱说大话,想不到他也会有今天! 即使人家给我二十个埃居,我也不肯不去气他一气哩!

伊　(在屋内)是的,您这样苦恼,我也很难过,但是,姐姐,您所希望的事是我所办不到的。我非常爱惜我的名誉,这么一来,我的名誉未免太冒险了。再会吧。您快回去吧,别在这儿再耽

搁了。（走出来）

斯　她出来了！我想她该是多么悲伤而苦恼啊！恐怕她会再回来，让我把门上了锁吧①。

伊　（临出时旁白）天啊！请您保佑我的计划成功吧！

斯　（旁白）她要到哪里去呢？让我跟她一跟！

伊　（旁白）在我的艰难困苦中，至少这夜色是帮助我的。

斯　（旁白）怎么！她到她的爱人家里去！她打算做什么呢?

第三出

出场人：瓦赖尔、伊莎比萝、斯卡纳赖尔。

瓦　（突然出来）是的，是的，今天晚上我要努力去做，去说一说……那边是谁？

伊　（向瓦赖尔）嘘！瓦赖尔，您不要嚷！您落在后头了。我是伊莎比萝。

斯　（旁白）下贱的女人，你真会撒谎！你哪里是伊莎比萝？你是一点儿不顾脸面的，而她却是非常爱惜名誉的；你只假借她的名义和模仿她的声音罢了。

伊　（向瓦赖尔）我希望您以一种神圣的婚姻……

瓦　是的，这就是我唯一的目的；现在我答应您，明天随便您喜欢什么地方，我都可以和您在那里结婚。

斯　（旁白）可怜的傻瓜！他可上了当啦！

瓦　请您放心，进来吧！不管您那阿古士②多么厉害，我才不怕他呢！如果他要从我手里把您抢走，我非用剑照他心上刺一百下不可！（走出）

――――――――――

① 伊莎比萝是带了面网出来的，在夜色里，斯卡纳赖尔以为她是丽安诺。

② 阿古士是古希腊的阿哥斯王子，依神话所载，他有一百只眼睛，其中有五十只是永远睁着的。后世以他为监视人的象征。

第四出

出场人:斯卡纳赖尔(独自一人)。

斯　呀! 你不要怕! 这无耻的丫头,她既然为爱情而失节,我也决不会从你手里把她抢走。她允许和你结婚,我并不妒忌你;恰恰相反,如果人家肯信我的话,你就能做她的丈夫了。是的,让我叫人来把他和那无耻的丫头双双捉住! 一则因为我考虑到她的父亲的委托,二则因为我不愿她的妹妹受到任何嫌疑,至少我应该保全她的名誉。——喂,喂! (敲一个警吏的门)

第五出

出场人:斯卡纳赖尔、一个警吏、一个公证人、一个仆从(拿着一个火把)。

警　什么事?

斯　警吏先生,我给您施礼了。有件事,非得您以司法警吏的身份亲自去一趟不可。请您带着火把,随我来吧。

警　我们出去是为……

斯　这是相当紧急的一件事。

警　什么事呢?

斯　请您进那屋子里,把里面的两个人双双捉住,索性让他们正式结婚吧。这是我们家的一个女子,瓦赖尔以答应和她结婚为名,诱骗了她,把她拐到他家里来了。这个女子出身于一个高贵而清白的家庭,但是……

警　如果为的是这个,您的机会算是好极了,我们恰巧有一位公证人在这里。

斯　是这位先生?

证　是的,我是王室公证人。

警　而且为人非常正直。

斯　这用不着说。请您在门口等候,一声不响,只守望着,不让一个人出来。您的劳苦总不会没有报酬的,但是,至少,不要受别人的贿赂。

警　怎么! 您以为一个司法警吏还肯……

斯　我说这话,并非有意诋毁你们警吏。——让我赶快去叫我的哥哥来;您只叫人家用这火把照着我就是了。(旁白)这位心平气和的男子,我也让他乐一乐吧。喂,喂!(敲亚里士德的门)

第六出

出场人:亚里士德、斯卡纳赖尔。

亚　是谁敲门? 呀! 弟弟,原来是你! 什么事?

斯　来,来! 漂亮的指导人,过了时的风流男子,我要给您看些好看的东西。

亚　怎么?

斯　我给您带来好消息。

亚　什么?

斯　我请问您:您的丽安诺到哪里去了?

亚　您为什么这样问我呢? 我想她是在她的女朋友家里参加一个跳舞会。

斯　呃! 是的,是的! 请您随我来,就知道这位小姐所参加的是什么跳舞会了。

亚　你这话是什么意思?

斯　您把她教训得很好。您不是说过吗?"人生于世,板起面孔去批评人是不行的;和颜悦色,然后得到人心。门闩和铁栅栏,以及其他一切提防,徒然引起对方的恶感,决不能养成妇人或少女的道德;我们滥用了权威,倒反使她们趋向于作恶;女人也要享受一点儿自由。"真的,现在她已经尽量地利用她的自由,甚至于拿妇女的道德当做了儿戏!

亚　你这样说下去,目的何在呢?

斯　喂,哥哥,这个事对您非常合适。我宁愿不要二十个比斯脱①,也不愿您收不到您那些荒谬格言的实际效果!您瞧,她们本是姊妹,却由咱们俩教训成为两种人:一个躲避男子,一个追逐男子。

亚　如果你不把这隐语说得明白些……

斯　打开窗户说亮话:她的跳舞会就在瓦赖尔先生家里;我在夜里看见她进去的,现在她已经在瓦赖尔的怀抱里了。

亚　谁?

斯　丽安诺。

亚　请你别再开玩笑了。

斯　我开玩笑……亏您说得出口!可怜虫!我告诉您,我再告诉您:这会儿瓦赖尔正把您的丽安诺留在他家里;而且,在他没有追求伊莎比萝以前,他和丽安诺已经私订终身了。

亚　这话很不像是真的……

斯　呸!等到您亲眼看见了,您还不肯相信呢!气死我了!老实说,如果没有这东西,(说时用手指在额上比划着②)怎么显得是老年人呢?

亚　什么!弟弟,你要不要……?

斯　天啊!我什么也不要。我只请您跟着我走;等一会儿您就满意了。我是否哄您,他们是否已经相爱了一年有余,等一会儿您自己就可以明白了。

亚　难道她答应了和别人结婚,竟不告诉我吗?从她小的时候起,无论遇着什么事情,我都没有不依着她的;我向她表示过不止一百次,说我永远不妨碍她的爱情:她用得着这样瞒我吗?

斯　总之,这件事,您只用您自己的眼睛去观察一下就行了。我已

---

① 比斯脱为法国古币,值十法郎。

② 拿手指放在额上,比喻头上生角,暗示戴了绿帽子。

找来了警吏和公证人；她既然做下了这种事，咱们应该索性让她和瓦赖尔结婚，来补偿她所失掉的名誉。我想，如果您还有一点儿理智，不甘心受一切人们的嘲笑，那么，您决不至于那样没志气，仍旧希望娶这一个有污点的女子为妻。

亚　我吗？我决不会懦弱到这种程度，竟违反本人的意思，要强占少女的一颗心。但是，我总不能相信……

斯　别废话了！咱们这样说下去，一辈子也说不完！来吧！

第七出

出场人：斯卡纳赖尔、亚里士德、一个警吏、一个公证人。

警　先生们，在这里一点也用不着强力；如果你们只希望他们结婚，那么，你们就用不着生气了。他们二人都是愿意结婚的。刚才瓦赖尔已经签了约，愿意娶他所隐藏的那个女子为妻。和你们有关的也就在于这一点。

亚　那女的……？

警　女的还关在屋里呢，她说除非你们同意他们的婚姻，她是决不肯出来的。

第八出

出场人：瓦赖尔、一个警吏、一个公证人、斯卡纳赖尔、亚里士德。

瓦　（在屋里，凭窗向外）先生们，请听我说：除非你们向我明白表示同意，否则谁也不准进来。你们已经知道我是谁；并且我已经尽了我的责任，签了婚约，可以拿给你们看。如果你们有意促成我们的结合，就请你们也签了字；不然的话，我宁愿让你们夺去我的生命，也不能让你们夺去我所爱的人。

斯　不，我们并不打算使您和她分离。（低声，旁白）他始终认错了人，以为她是伊莎比萝呢！让我就利用他的误会吧。

亚 （向瓦赖尔）但是，她是不是丽安诺呢？

斯 （向亚里士德）您别说话！

亚 但是……

斯 住口！

亚 我要知道……

斯 还要说？我请您不要说话，好不好？

瓦 总之，无论如何，伊莎比萝已经答应嫁我，我也已经答应娶她；我们这样互相择定了配偶，你们总不该反对。

亚 （向斯卡纳赖尔）他所说的并不是……

斯 请住口吧，我有我的道理；一会儿您就知道其中的秘密了。
（向瓦赖尔）我们俩都同意您娶现在藏在您家里的那个女子为妻。

警 事情就这样一言为定了，至于女方的名字，暂时留个空白，因为我们还没有看见她本人。请签字吧。你们签了字以后，那女子也不会不签字的。

瓦 我赞成这样办。

斯 至于我，我巴不得如此呢！（旁白）等一会儿我们可以大笑一场！（高声）呃，哥哥，您先签了吧。该您先签，这是您应有的光荣。

亚 怎么！这里面的一切神秘……

斯 唉！您太啰唆了！签字吧，可怜的笨伯！

亚 他说的是伊莎比萝，而你说的却是丽安诺。

斯 哥哥，如果是伊莎比萝，他们既然相爱，您不也让他们结婚吗？

亚 当然啦。

斯 那么，您就签了吧；我跟着也签。

亚 好吧！我一点儿也不明白这是怎么回事。

斯卡纳赖尔和亚里士德都签了字。

斯 不久您就明白了。

警 等一会儿我们再来。

斯 (向亚里士德)现在,您来吧,我要把这里面的一切情节都告诉您。

斯卡纳赖尔和亚里士德退到了戏台的后方。

第九出

出场人:丽安诺、斯卡纳赖尔、亚里士德、丽赛德。

丽 唉! 倒霉极了! 我真讨厌那一帮疯狂的少年。为了逃避他们的追求,我只得从跳舞会里偷着跑了出来。

德 他们当中每个人都希望博得您的欢心。

丽 我呢,我觉得他太讨厌了。我宁愿听普通的谈话,也不愿听他们那些毫无意义的甜言蜜语。他们以为人家看见了他们那金黄色的假发就会顺从了他们,并且以为他们所说的话乃是天下最漂亮的话。他们往往嘲笑老年人的爱情,其实他们嘲笑得很没道理。我呢,我认为一个老年人的真诚比一个少年人的热情更有价值——呃! 我似乎看见……

斯 (向亚里士德)对了,事情是这样的。(瞥见丽安诺)呀! 我看见她来了,她的女仆也来了。

亚 丽安诺,我虽然不生气,却不能不埋怨你。你知道,我从来不曾压制过你,我不是告诉过你千百次,说我允许你有恋爱的自由吗? 但是,你因为不愿嫁我,竟自许身于别人,不让我知道。我并不后悔我一向待你那么好,但是你所使用的手段实在使我伤心。你这种行为真辜负了我这份儿热烈的情谊。

丽 我不知道您这话是什么意思,但是,请您相信,我还和从前一样,对您的尊重始终没有变更。接受别人的爱,在我看来,是一种罪恶。如果您愿意满足我的愿望,咱们明天就可以结婚。

亚 那么,弟弟,你刚才说的那些话,根据的是什么……?

斯 (向丽安诺)怎么! 你不是从瓦赖尔家里出来的吗? 今天你不

曾向他表示你的爱情吗？一年以来，你不是热烈地爱着他吗？

丽　谁在您面前把我描绘成这个样子呢？为什么要造这种谣言呢？

第十出

出场人：伊莎比萝、瓦赖尔、丽安诺、亚里士德、斯卡纳赖尔、警吏、公证人、丽赛德、爱嘉斯特。

伊　姐姐，我求您慷慨地恕我的罪吧，我曾污辱了您的名誉，未免太放肆了。这是由于忽然发生了一件意外的事，使我十分为难；当时我灵机一动，才想出了这一条可耻的计策。拿您平素为人来说，我这样污辱您的名誉，是有罪的；但是，命运之神对待咱们俩也太不一样了！（向斯卡纳赖尔）至于您呢，我用不着求您原谅；我虽然欺骗了您，对您却有很大的好处。上天生下咱两个人，并不是让咱们成为夫妇的；我承认我不配让您爱我。我宁愿落在别人的手里，也不愿承受像您那样的爱情。

瓦　（向斯卡纳赖尔）至于我呢，先生，我从您的手里得到她，我认为这是我的光荣，也是我最大的幸福。

亚　弟弟，这件事，你只好逆来顺受，因为你平常那样对待人家，所以今天人家也这样对待你。你真不幸极了，人们虽然知道你上了当，可是一点儿也不可怜你。

德　老实说，这件事倒使我很满意，他所受的报应，正可以做世人的榜样。

丽　我不知道伊莎比萝这种行为是否值得钦佩，但我知道至少我是不能责备她的。

爱　他本来有戴绿帽子的危险；现在他还不算是戴绿帽子，所谓不幸中之幸了。

斯　（气昏了半晌之后，醒过来）唉！差点儿没把我气死！她这样欺骗了我，气得我简直不知道说她什么好了。哪怕是鬼中之王撒旦到来,我想也不至于像这个坏丫头一样地凶恶吧。我还愿意保证她不会学坏呢!唉!从此之后,谁再信任女人,就算谁倒霉!最好的女人往往有最多的诡计;天生女人是为的使男人受罪的!这种骗人的女性,我情愿把她们奉送给魔鬼,永远不再和她们打交道了!

爱　这才好呢。

亚　咱们都到我的家里来吧。瓦赖尔先生,请您也来吧。明天我们再想法子安慰他就是了。

德　(向台下)诸位,如果你们的熟人当中有些不通人情的野蛮丈夫,就请把他们送到我们的学堂里来吧。

剧终

无可奈何的医生

1666 年初次上演

[法]莫里哀　著

剧中人物

斯加拿尔——玛尔登之夫,简称斯

玛尔登——斯加拿尔之妻,简称玛

罗贝尔先生——斯加拿尔之邻人,简称罗

华莲尔——奢郎特之仆,简称华

吕嘉——夏格怜之夫,简称吕

奢郎特——绿笙之父,简称奢

夏格怜——奢家之乳母,吕嘉之妻,简称夏

绿笙——奢郎特之女,简称绿

郎德尔——绿笙之情人,简称郎

齐波——北郎之父,简称齐 ⎫
北郎——齐波之子,简称北 ⎭ 乡下人

第一幕

第一出

出场人:斯加拿尔、玛尔登。

现于剧场,正在吵嘴。

斯　不,我一点儿都不愿意做,我是主人,任凭我说。

玛　我嫁你是希望你好好地奉侍我,并不是希望到你家里来受你的气。

斯　唉!有妻子的人真倒霉。怪不得亚里士多德说:"女人比魔鬼还凶。"

玛　好大本领的男子!把亚里士多德都请来做帮手了。

斯　不是吹牛,你再找不出一个像我一样的,世界上的事情件件都晓得些的、替一个鼎鼎大名的医生服务了六年的、自从少年的时候就把一本《拉丁初步》背得烂熟的砍柴的人。

玛　疯子!

斯　泼妇!

玛　真该死!当初不该答应嫁你。

斯　真该死!当初不该签字娶你,省得现在倒霉。

玛　你还不满意?你有我做你的妻子,不该谢天谢地吗?你娶一个像我这样的妻子,配吗?

斯　你真的曾经给我很多好处,结婚的第一夜,我曾经是很满意的。呃!好吧!别再提了,我有正经话说……

玛 什么？你有什么话？

斯 都不要提起，我们自己心里明白就够了。你很侥幸找着了我。

玛 怎么叫侥幸？我找着了一个冤家，一个浪子，一个负心汉，他把我所有的都吃光了……

斯 你说谎，我只吃喝了一小部分。

玛 他把屋子一间一间地快卖完了。

斯 好省下了些家用钱。

玛 他把我所有的什物剥夺精光，直搜到床上的东西来了。

斯 好教你早些起床。

玛 他把全家的家具都变掉了。

斯 好教人家搬动容易些。

玛 而且你，一天到晚，除了喝酒玩耍没有事干。

斯 好教我不纳闷。

玛 在这个光景，你叫我怎样理家务？

斯 你喜欢怎样便怎样。

玛 有四个可怜的小孩在我的怀抱里。

斯 放他们到地下去。

玛 他们时时刻刻向我要面包。

斯 打他们一顿好了；当我酒醉饭饱的时候，我倒很愿意全家都不受饿。

玛 酒鬼！你以为这些事情永远可以如此干下去吗？

斯 我的浑家！请客气些。

玛 你以为我能够永远地忍得住你这样不要脸、这样胡为吗？

斯 我的浑家，我们不要闹得太凶了。

玛 你以为我没有法子使你负你的责任吗？

斯 我的浑家，你该晓得我没有忍耐的脾气，只有两条结实的手臂。

玛 你休想吓得退我。

斯　我的小浑家,我的小乖乖,你的皮肉发痒了,你是惯了的。

玛　我一点儿不怕你。

斯　我的可爱的老婆,你似乎想要些我的东西。

玛　你以为你的话能够令我魂飞魄散吗?

斯　好,我一定要赏你两个耳光。

玛　酒鬼!

斯　我要打了!

玛　王八!

斯　我要打你一个翻身不得!

玛　不要脸!

斯　我要打你一个九死一生!

玛　负心汉,无赖,笨伯,坏蛋,混账东西,该死的,穷骨头,骗子,扒手,强盗!……

斯　(拿棍子打她)啊! 你想要这样,是不是?

玛　啊! 啊! 啊! 啊!

斯　还是这个法子才能够把你弹压下去。

第二出

出场人:罗贝尔先生、斯加拿尔、玛尔登。

罗　哎呀! 哎呀! 哎呀! 呸! 什么道理! 不要脸! 乱打妻子的混账东西!

玛　(两手叉腰,随说随迫着罗贝尔向后退,结果是打他一个嘴巴)我偏高兴要他打我。

罗　呃! 我极端赞成。

玛　与你何干!

罗　我错了。

玛　这是你的事情吗?

罗　你有道理。

玛　看看这个横闯鬼,人家打人家的妻子,要他来管!

罗　我把刚才的话取消了。

玛　你有什么想法?

罗　一点儿没有。

玛　用得着你来横闯吗?

罗　用不着。

玛　你去管你自己的事情好了。

罗　我再不提半个字。

玛　我高兴给人家打。

罗　对! 对!

玛　这对于你毫无损害。

罗　是,是!

玛　你是一个大傻瓜,来管你所管不到的事情。

罗　(从斯加拿尔面前经过,斯加拿尔也一样地随说随迫着他向后退,拿刚才那根棍子打他,他走避)老哥! 千万请您恕罪。请您尽管打您的妻子,看该怎样打便怎样打;如果您愿意要我帮忙,我可助您一臂之力。

斯　我不高兴。

罗　呀! 这又是另一问题。

斯　我愿意打她的时候,我便打她;我不愿打她的时候,我便不打。

罗　好极!

斯　这是我的妻子,不是你的。

罗　毫无疑义。

斯　你没有权利命令我。

罗　对! 对!

斯　我用不着你帮忙。

罗　是的。

斯　你干涉人家的事情,太没道理,你该晓得西泻郎说过:"树和手指之间不该放进一层树皮。"①(再到其妻之前,随说随伸出手来)喂! 我们来和平解决,握握手。

玛 好! 我已经给你这么样打过了!

斯 不要紧。

玛 我不高兴。

斯 吁!

玛 不。

斯 我的小乖乖。

玛 不行。

斯 来吧!

玛 我不干!

斯 来! 来! 来!

玛 不,我一肚子郁气。

斯 呸! 小事情;来吧! 来吧!

玛 别理我。

斯 来吧! 握握手。

玛 你太虐待我了。

斯 好! 我请你恕罪;放你的手来!

玛 我恕你的罪,(把声音放低)但你总得给我报复一下子才行。

斯 你真傻,把这些事情看得太重了。这类小事,有时候倒可以表示亲善;五六下的棍子,在互相亲爱的两个人中间,只是增加感情的媒介。好! 我要到树林里去了,今天一定要砍他一百多把柴把。

第三出

出场人:玛尔登(独自一人)。

---

① 原文是"树和树皮之间,不该放进一个手指",斯加拿尔记错了。

玛　好！无论如何，我总忘不了我的仇恨，我誓必想出一条妙计使他也像我这样被打一顿。虽则妻子对于他的男人，要想报复，非常容易；可是平常的报复，太便宜了这个坏蛋，不足以报复他那种无理的虐待，我总要想一个绝妙的报复才好。

第四出

出场人：华莲尔、吕嘉、玛尔登。

吕　糟糕！我们两个领了一件讨厌透了的差事，我不晓得我们该去捉谁来顶缸！

华　朋友你要怎样？一则，我们该服从主人的命令；二则，我们小姐的病，我们也不得不关心。她的婚姻因病而延迟；如果弄得她病好了而结婚，我们也许得些报酬，何辣斯为人很是疏财仗义；至于郎德尔，虽则我们小姐爱他，她的父亲绝对不肯要他做女婿的。

玛　（喃喃自语）我不能想出一条妙计来报复他吗？

吕　可是，许多医生都无法可施了，他何苦叫我们去再找？

华　大凡我们要找些什么，起初以为无法去找了，但如果肯费心去找，往往还可以找得到，而且往往是得来全不费工夫……

玛　无论如何，我总要报复他。一下下的棍子还存在我的心里，叫我怎能忍耐得了？……（只管喃喃自语，不觉撞着吕、华两人）唉！先生，请你们恕罪，我没有看见你们，因我有些事情在脑筋里打滚。

华　各人有各人的操心，我们也正在找我们所需要的东西。

玛　也许我可以给你们一些帮助。

华　也许是可以的，我们想要遇着一个高明的医生，能够医得好我们的小姐的，她的舌头失了作用，许多医生毫无办法；但是，世间也许有些人们，守着绝妙的秘诀，制有专门的药料，当人家无法可施的时候，他们手到春回。我们现在便是要找这类的人。

玛　（低语）皇天有眼,我报复那坏蛋的机会来了!（高声）你们不要到别的地方去找,我们这儿有一位先生,专会医群医束手的病症,真算是天下第一,世界无双。

华　请教您,什么地方可以遇见他?

玛　此刻你们从这条小路走去,包您遇见他;他在砍柴玩儿。

吕　砍柴的医生?!

华　他在采药,是不是?

玛　不是,他是一个异人,稀奇古怪,你们绝对不会猜他是个医生。他穿着不整不齐的衣服,假装痴呆的样儿,却隐藏着惊人的手段;他天天只想避免了施行他的绝妙的医学,隐没了天赋的高才。

华　大凡伟大的人物,都有他的怪脾气,三分的神经病拌着七分的学问。

玛　这个伟人的神经病比之旁的伟人还来得大些,他往往等到被人家打了,才肯承认他的本领。我预先告诉你们:除非你们每人拿一根棍子,给他一顿好打,才得他供出他的真相;否则,他的怪脾气发作的时候,永远不会承认他是医生,你们绝不会达到目的的。——我们从前用着他的时候,也是这样降伏他。

华　稀奇古怪的神经病!

玛　是的;可是,除此之外,他会显些惊人的本领给您瞧。

华　他叫什么名字?

玛　他叫斯加拿尔,很容易认识的:他有一大把黑胡子,黄绿的衣裳。

吕　黄绿的衣裳!是个"鹦鹉医生"!

华　他真的像您所说的那么高明吗?

玛　什么话!他已经做了许多很灵验的事:有一个病重的妇人,无论哪一个医生都说是没法医治的了。已经停止了六个月不医，终于死了。死了六个钟头，大家正预备把她埋葬，忽然间，我们所说那个奇人，被人家用强迫手段拉了来。他看了病，即刻拿出一点儿我不晓得叫做什么东西，放进她的嘴里头；她马上在床上爬起来，在房间里散步，好像没事儿似的。

吕　呀！

华　这一点儿大概是所谓金津玉液。

玛　大概是的。不到三个礼拜之后，又有一个十二岁的小孩子，从钟楼上跌到地下，被石头碰穿了脑袋，手臂和大腿也折断了。人家赶快把我们那个奇人请了来，他拿出一种什么膏药，全身贴上，不消一刻钟，那孩子在地下站起来，跑到球场里玩儿去了。

吕　呀！

华　这种膏药大概是所谓世界奇方。

玛　谁说不是？

吕　呵！这正是我们所需要的人，快快去找他。

华　您令我们这么快活，不胜感谢。

玛　但是，你们至少要记得我刚才关照您的话。

吕　您放心，凭我们做去吧；如果他只要的是打，我们便毫不费事了。

华　我们真侥幸遇着了这个妇人，我想我们有绝大的希望了。

第五出

出场人：斯加拿尔、华莲尔、吕嘉。

斯　（现于剧场，唱歌，拿着瓶子）啦！啦！啦！

华　我听见有人唱歌，而且砍柴。

斯　啦！啦！啦！好，工作不少了，该喝它一口，歇一歇。（喝酒。喝完了酒，说道）这些树木真可恶。

　　　"可爱的瓶子啊！

　　你的咕噜咕噜的流声，

　　使我周身都发松了。

　　只要你永远地盛着满满的酒，

　　我再不愿意做富翁了。

　　瓶子啊！瓶子啊！

　　为什么你又空了?"

　　呀！人生在世,绝不该愁愁闷闷地过日子。

华　他在这里了。

吕　你的话很对。

华　你看,快走近去了。

斯　(看见他们,转身向华,又转身向吕,注视良久,低声说)呀! 我的小宝贝,我爱你,我的瓶塞子,我爱你。"只要你永远地盛着满满的酒,我……"碰到鬼! 这两个人想要打什么人的主意?

华　一定是他。

吕　他真像人家所告诉我们的样子。

　　斯加拿尔把瓶子放在地上,华莲尔鞠躬致敬,他以为华莲尔想夺取他的瓶子,连忙把它放到另一边去。吕嘉在另一边,又鞠躬,他又以为吕嘉想抢瓶子,连忙把它拿起来,靠着肚子紧紧抱着。种种姿势神情,做出剧场上的大把戏。

斯　(自语)他们眼睛盯着我,互相商议,他们到底有什么想头?

华　先生,您不是名叫斯加拿尔吗?

斯　吀? 什么?

华　我问您,您是否名叫斯加拿尔。

斯　(转身向华,又向吕)是与不是,要看你们要他怎么样,才能决定。

华　我们并不要他怎样,不过是想尽量地恭维他。

斯　照这样说嘿,我便是叫作斯加拿尔。

华　先生,我们遇见了您,真喜欢得了不得。我们要找一个人,人

家教我们来找您。我们很诚恳地哀求您的帮助,因我们对于
这事有很大的需要。

斯　如果你们所需要的是关于我这宗小小生意,我很愿意效劳。

华　这是您的莫大的恩德,请先把帽子戴起,太阳厉害得很。

吕　请戴起您的帽子来,再说话。

斯　(低语)他们倒很有礼貌。

华　先生,休怪我们到您跟前来;有本领的人往往被人家相烦的,
我们已经打听清楚您的本领了。

斯　是的,先生,我是天下第一个会砍柴的人。

华　呀!先生!

斯　我的柴把,一点儿不退班,它的样子,是没有什么可说的了。

华　先生,并不是这个问题。

斯　所以我卖每百束价钱一百一十个苏。

华　请您不要再说这个。

斯　再要减价我是不能了。

华　先生,我们不是不懂事的。

斯　如果你们不是不懂事,那么,该晓得我要卖这个价钱。

华　您开玩笑……

斯　我并不开玩笑,我实在不能减价。

华　请您变一个说法吧。

斯　你们也能找得出再便宜的,但那劈柴不是这劈柴;说到我所做
的……

华　呀!先生,不要说得这么重赘了。

斯　如果价钱还差一倍,你们休想买得到。

华　呀!呸!

斯　不!凭良心说,你们总得给这个价钱,我的话很忠实,我并不
是要虚价的人。

华　先生,像您这样的人,应该装痴呆作玩儿吗?应该自己降低来

说这类话吗？像您这样一个博学的人，著名的医生，想要世界
上的人的眼睛，都被您遮掩住了吗？您甘心把您的本领埋没
了吗？

斯　（背语）他疯了。

华　请您不再瞒我们吧！

斯　什么？

吕　您隐瞒不了，我们什么都知道了。

斯　什么？你们说我怎么样？你们把我当作什么人？

华　您原来是什么，我们便把您当作什么：我们把您当作一个大名
鼎鼎的医生。

斯　您便是医生！我不是，我从来没有做过医生。

华　（低语）他神经病发了。（高声）先生，莫再否认了，请您不要令
我们动气。

斯　为什么动气？

华　因您令人可恼。

斯　好！任凭你们摆布吧；我并不是医生，完全不懂你们的话。

华　（低语）我早已晓得一定要用强的。（高声）先生，我再说一次，
请您好好地承认您是什么人吧！

吕　呃！讨厌！别再开玩笑了，老实地承认您是医生吧！

斯　可恶！

华　人家都晓得了，隐瞒有什么好处？

吕　我不晓得为什么要装成这个鬼模样。

斯　先生们，一句话，也便等于千万句话，我并不是医生！

华　您真的不是医生吗？

斯　不是。

吕　您不是医生？

斯　我说不是便不是！

华　既然您不到黄河心不死，我们只好动手了。（他们持棍子打斯

加拿尔）

斯　呀！呀！呀！先生们，你们要把我当什么，我便是什么吧！

华　您为什么一定要弄到这步田地。

吕　您一定要等到我们动手，是何用意？

华　我对您十二分的抱歉！

吕　这个对不住得很！

斯　这是哪里说起？请问，你们两个人疯疯癫癫地一定要我做个医生，是否要拿我来开玩笑？

华　什么？您还不承认吗？您仍旧辩护您不是医生吗？

斯　我若是医生，天诛地灭！

吕　您真的不是医生？

斯　不是，倒霉极了。（华、吕二人又打他）呀！呀！好！先生们，你们既然要我做个医生，我便是医生！我便是医生！而且，如果您觉得我好，我可以兼做卖药的。（背语）我宁愿什么都一口应承，只求免打。

华　好了好了！先生，我见您这样回答，令我喜欢得了不得！

吕　我听见您这么说，我的心花都开了。

华　我现在诚诚敬敬地向您赔罪。

吕　刚才大胆莽撞，千祈原谅！

斯　（背语）咦！难道是我自己弄错了吗？我已经变成了医生，我自己还不晓得吗？

华　您也不用追悔您刚才承认的话，我包管您有好处的。

斯　但是，先生们，你们自己没有弄错吗？我的的确确是个医生吗？

吕　是的，一点儿不会错！

斯　好吗？

华　毫无疑义。

斯　我若晓得我是医生，天诛地灭！

华　什么？您是世界上顶高明的医生。

斯　唉！

吕　不晓得已经医治好了多少病症！

斯　天晓得！

华　有一个妇人，人家以为已经死了六个钟头的，正在预备埋葬，忽然间，您来了，给些东西她喝下去，即刻还魂，能在房间里行走。

斯　胡说！

吕　又有一个十二岁的小孩，从钟楼上跌下来，头和手臂、小腿都碰破了，我不晓得您用了些什么膏药，那孩子马上爬起来，跑到外面玩儿去了。

斯　咦！

华　先生，您有福气遇着我们，只要您任凭我们要您哪里去您便哪里去，包管您发一注大财。

斯　包管我发一注大财吗？

华　嗯。

斯　呀！我的确是个医生。我自己忘了，现在才记起。你们有什么事情？要我到哪里去？

华　我们领您去好了。去看一位小姐，失了声音的。

斯　她失了声音，我没有给她找着。

华　真会开玩笑。先生，走吧！

斯　一件医生的衣服都没有！

华　我们给您找一套来。

斯　（把瓶子交给华莲尔）拿着这个，这便是放止痛药水的瓶子。（又向吕嘉，吐痰）听医生吩咐，踏上去。

吕　好！这个医生我很喜欢，我以为他一定成功，因他是很滑稽的。

第二幕

第一出

出场人：奢郎特、华莲尔、吕嘉、夏格怜。

华　先生，我们已经找到一位世界第一的著名医生，包管您十分满意的。

吕　呀！这医生真个了不得！其他的医生都够不上给他脱靴子。

华　他有绝妙惊人的手段。

吕　已经死了的人，也给他医活了。

华　我已经向您说过，他有些怪脾气，有时候神经错乱，不像一个国手。

吕　是的，他喜欢开玩笑，有时候弄到你不喜欢，因他有些傻里傻气。

华　然而，究其实，他是最科学的，他的说话往往很高明。

吕　碰到他高兴的时候，他说话最有条理，像念一本书。

华　他的名誉传播得很远，人家都去找他。

奢　我极想见他，快请他来！

华　待我找他去。

夏　先生，以我之见，这医生未必就胜过其他的医生。我想找得他来也没用处，您的女儿所需要的药，依我说，只是一个丈夫，很体面很有道德的丈夫，她对于他很有爱情的。

奢　你又来多管事了。

吕　夏格怜，不要多嘴，这是你管不着的。

夏　我敢断定无论哪一种药都治不好她。她所需要的不是葛根、茯苓，只是一个丈夫。丈夫便是医治女子的万应膏药。

奢　她病到这个样儿，我们就可以谈到这个问题了吗？我已经打算给她订婚，不晓得她顺不顺从我。

夏　我晓得！您打算给她一个她所不爱的男子！……我不明白您为什么不选了郎德尔，他才是她的意中人。我和您赌个东道，如果您照我的话，您的女儿不顺从您，郎德尔不要您的女儿，都唯我是问！

奢　郎德尔配不起她，他比不上别人有家当。

夏　他的叔父很富裕，他便是他叔父的承继人。

奢　这类家财，我只当它是镜花水月。钱财在自己手里才算是真有；至于别人手里的钱，好容易打他的主意？哪怕你承继人整天地咒他快些死，死神不见得便肯光临。只落得饿着肚皮，垂涎千丈，专候别人的死耗。

夏　但是我常听见人家说过："钱不如情。"……世间的为父母者，都喜欢问"他有什么？""她有什么？"试看邪也尔把他的女儿西摩袅配了杜马，只因杜马的家产比罗斌多了一个葡萄园。然而西摩袅爱罗斌而不爱杜马。到而今只害得她又黄又瘦，而且不见得她享受过什么来。奢郎特先生，这便是您的好榜样。人生于世，只有快乐最值钱，我宁愿把我的女儿配给她的意中人，胜过家财千万。

奢　胡说！别再开口了！你太热心管事了，当心你的奶也热起来！

吕　（说时以手拍夏格怜之肩）唏！别胡说！该晓得些礼貌！奢郎特先生难道不晓得怎样办，用得着你来教训吗？快去给你的小孩子喂奶去，这里用不着你来插嘴，奢郎特先生是他女儿的父亲，他难道不想得比你周到吗？

奢　妙极！唉！妙极！

吕　我想制治制治她,教她知道一些儿体统。

奢　说得是;但也不必太认真了。

第二出

出场人:华莲尔、斯加拿尔、奢郎特、吕嘉、夏格怜。

华　奢先生,预备! 医生来了。

奢　得见先生,不胜万幸! 我们有件最要紧的事情,干烦先生。

斯　(穿着医生的装束,戴着很尖的帽子)伊波克拉①说过:"我们两个都不必脱帽子。"

奢　伊波克拉说过这话吗?

斯　是的。

奢　请教先生,在第几卷?

斯　在第……在帽子的那一卷。

奢　既然伊波克拉说过,我们该照办才是。

斯　名医先生,精通医学、手到春回的先生……

奢　您在对谁说话?

斯　对您说。

奢　我不是医生呀!

斯　您不是医生吗?

奢　真的,我不是。

斯　(找到一根棍子,像从前人家打他的样子,打奢郎特)好了吧?

奢　好了! 呀! 呀! 呀!

斯　您现在是医生了,我的医生的头衔也是这样得来的。

奢　你们把一个什么人带来给我?

华　我曾经明白地对您说过他是个滑稽医生。

奢　那么,叫他和些丑角玩笑去吧!

---

①　古之名医的名字。

吕　先生莫管这个,这不过偶然取笑罢了。

奢　这种取笑法,我不喜欢。

斯　先生,刚才大胆莽撞,千祈原谅!

奢　先生,区区小事,不必提起……

斯　我已经害您……

奢　不要紧。

斯　……受了一顿恶打……

奢　没有什么损害。

斯　……不胜抱歉之至。

奢　不必再提这些了。先生,我有一个女儿,她害了一种稀奇古怪的病症。

斯　奢郎特先生,我听说您的女公子有用得着我的地方,不胜欣幸之至。我满心希望您和您的全家都用得着我,我很愿意为您效劳。

奢　先生深情厚意,鄙人不胜感谢!

斯　我对您说的话,没有一句不是很诚恳的。

奢　真正感激不尽。

斯　令爱叫什么名字?

奢　绿笙。

斯　绿笙! 唉! 好名字,我的药方有效力了。绿笙! 绿笙!

奢　我去看看她怎样了。

斯　这个高大的女人是谁?

奢　这是我的小儿的奶妈。

斯　罪过! 这样标致的奶妈! 唉! 奶妈! 勾魂灵儿的奶妈! 我的药剂对于您的乳汁要退避三舍了。我愿变个有福分的婴孩,受您的洪恩,吮您的乳头。(他握着她的手,放于胸前)所有我的药剂、我的科学、我的能力,都愿为您效劳,而且……

吕　先生,请放了我女人的手吧!

斯　什么？她是你的女人吗？

吕　是的。

斯　（假装想要和吕嘉拥抱的样子，转到奶妈身边，抱着她接吻）唉！我在先并不晓得。我现在特为你们庆祝你们的爱情。

吕　（拉开他）请放尊重些！

斯　我实在觉得你们如此相亲相爱，使我喜欢得了不得，我庆祝她有一个像你这样的丈夫。（他再假装想要和吕嘉拥抱，从吕嘉的膀子底下冲过，揽住他的妻子的颈，接吻）我又庆祝你有这样一个又美貌又聪明、事事如意的夫人。

吕　（再拉开他）呀！呸！不要这样多礼吧！

斯　你有了好匹配，我替你喜欢，你还不愿意吗？

吕　对于我，随便您怎样都可以；至于我的女人，用不着您这样恭敬！

斯　我躬逢盛事，岂肯有所偏枯。（他再做同样举动）既然我拥抱你以表示我的快乐，我也该拥抱她以表示我的喜欢。

吕　呀！呸！不要再开玩笑了。

第三出

出场人：斯加拿尔、奢郎特、吕嘉、夏格怜。

奢　先生，小女快到来了。

斯　先生，我谨备药剂，恭候小姐。

奢　药剂在哪里？

斯　（自指其额）在这里头。

奢　好极！

斯　（作欲摸奶妈之乳状）但是，我既然对于您的全家都很关心，那么，我该试一试你们的奶妈的乳汁，验一验她的乳头。

吕　（拉开他，使他打几个回旋）呸！我们用不着您这样做。

斯　检查奶妈的乳，正是医生的责任。

吕　医生哪里有这责任!?

斯　好大胆! 你敢反对医生的话吗? 快给我滚蛋!

吕　休想吓得退我!

斯　(斜目视吕)我要给你三天的寒热症!

夏　(以臂挽吕,作回旋)我也叫你滚出去! 便是他有什么不规矩的举动,我也用不着你来帮助。我长得这么大,还不能够自己保护自己吗?

吕　我不肯,我决不肯给他摸你!

斯　呸! 坏东西! 吃起醋来了。

奢　小女到了。

第四出

出场人:绿笙、华莲尔、奢郎特、吕嘉、斯加拿尔、夏格怜。

斯　这位就是病人吗?

奢　是的,我只有一个女儿,如果她因此死了,您想我还愿意生吗?

斯　好好的一位女公子,自然不该任凭她死去,不去医治她。

奢　来一张椅子!

斯　这病并不是如何的讨厌,我想只要一位壮健的医生便够了。

奢　先生,您逗得她笑了。

斯　正好,医生逗得病人笑,便是顶好的先兆。唔! 女公子,您觉得有什么不舒服? 请对我说!

绿　(以手指口,指头,指下巴)哑,咿,呵,哑。

斯　吖? 您说什么?

绿　(如前状)哑,咿,哑,呵,咿咿。

斯　什么?

绿　哑,咿,呵。

斯　(效其声)哑,咿,呵呵。我一点儿不懂! 哪里来的怪舌头?

奢　先生,这便是她的病症。她变了哑巴,至今没有人知道她的病源。为着这桩意外的事情,把她的婚姻的日子都耽搁下来了。

斯　为什么耽搁?

奢　想要娶她的人,要等到她病好了,好商量一切的事情。

斯　这位傻瓜是谁? 他偏不愿要哑巴的老婆。天呀! 我只愿我那位浑家有一天变了哑巴,我绝对地不肯医治她的。

奢　我们毕竟要恳求先生千万留心医治。

斯　呀! 不要愁! 请告诉我,这病害得她好苦吗?

奢　是的,斯加拿尔先生。

斯　正好,她觉得很痛吗?

奢　痛极。

斯　如此恰好! 她所到的地方,您都晓得吗?

奢　是的。

斯　丰丰富富地?

奢　我全听不懂。

斯　很可赞美的吗?

奢　这些事情,我完全不理会。

斯　(转身向病人)请把您的手给我。……依脉理说,女公子的病症乃是哑巴病。

奢　是的,先生,这便是她的病症了。亏您的手一摸到,立刻可以证明。

斯　哈! 哈!

夏　你们看,他已猜中了病症了。

斯　我们大医生,无论什么,都可以立刻晓得。不像其他的蹩脚医生,半天摸不着头脑,东拉西扯,说了一大堆废话。至于我,我的三个指头一到,即刻就敢断定您的女公子是病哑了的。

奢　是的。但我还想知道这病从哪里来的,您肯告诉我吗?

斯　这容易极了。这因为女公子失了说话的本能,所以变成哑巴。

奢　好极;但是怎样会失了说话的本能呢?

斯　我们医书上都说是因为舌头的动作,发生了障碍。

奢　再请教您,舌头的动作,怎样会发生障碍呢?

斯　亚里士多德说过……说得好! 说得好!

奢　自然说得好。

斯　这是一位大人物。

奢　毫无疑义。

斯　(举臂)真是大人物,比我还要大些……闲话少说,刚才您问我什么东西障碍了舌头的动作,我可以说是一种气质,我们的老前辈把它叫做"病原恶液"。"病原恶液",这说的是……"病原恶液"。像臭东西的水蒸气,在病人的内部,来自……这个……这个……您懂得拉丁文吗?

奢　全不懂得。

斯　(惊起)您全不懂得拉丁文吗?

奢　不懂。

斯　(作种种怪态)伽伯利亚亚渥斯特亚姆,伽打拉姆,星矫拉利,拿咪拿地和①,是的……伽罗……何故? 几雅需,妮姆郎,伽需。

奢　唉! 恨我不曾学拉丁文!

夏　这才是了不得的人物!

吕　是的,好极,好到我一点儿不懂!

斯　于是,我刚才告诉你们的那种气从左边经过,这是肝,一直到右边,这是心。至于肺,在拉丁文谓之"渥咪阳",和脑子交通;脑子,在希腊文谓之"拿斯苗",靠着大动脉的联络;大动脉,在希伯来语谓之"古卑路",在半路上遇着我所说的气,这气充满了胃脏。而且,因为我所说的气……请你们留心听我这个道

————————

① 都是斯加拿尔杜撰的拉丁文。

理,因为我所说的气含有某种恶性……仔细听明白我的
话……

奢　呃!

斯　含有某种恶性,这恶性是来自……请你们专心一意地听我!

奢　我专心极了。

斯　这恶性来自某种气质,这种气质产生于横隔膜的凹处。以致
这种气……阿沙邦都,尼机,波打里能,劫沙米料……这
个……这个正是使女公子变成哑巴的真正原因。

夏　呀!我的爷!说得再好没有了!

吕　恨我没有他那样的莲花妙舌!

奢　先生所说,自然是妙不可言。但只有一点,我有些怀疑,这便
是心与肝的位置。似乎您所说的位置,和它们实在的位置刚
刚相反,我记得心是在左,肝是在右。

斯　是的,古时本来如此,但我们已经都把它改变了,所以我们的
医学是新医学、新法则。

奢　原来如此,恕我愚昧无知,听了先生的话才明白了。

斯　不要紧,不要紧。如果个个都像我们这样高明,我们的饭碗岂
不打破了?

奢　先生说的是;但是,先生对于这病,将如何医治呢?

斯　您问我如何医治吗?

奢　嗯!

斯　依我之见,把她放在床上,每天给她好些面包,浸在酒里,当
药吃。

奢　为什么要这样办?请教先生!

斯　因为面包和酒调和起来,两种性质交相感应,便能使哑巴说话
了。试看人们喂养鹦哥,别的东西都不给,只给它一些面包浸
着葡萄酒,它便学会说话了。

奢　真的不错。呀!不愧大国手!快拿些面包和酒来!

斯 我今天晚上再来看她可好些。(向奶妈)千万珍重!(向奢)这位奶妈,也该要我用些药剂。

夏 谁? 我吗? 我的身子再壮健没有了。

斯 没法子! 这样壮的身子也得用药! 让我好好地打一两针,灌一灌肠,便好了。

奢 先生,这一个窍我又不懂了,人家好好地没有病症,何以也要打针呢?

斯 没有关碍,这是有益于卫生的。我们口没有渴的时候应该喝些茶水以免口渴,同理,我们没有病的时候也该打针以免害病。

夏 呸! 谁信这些废话? 我的肚子里不是药材店,我断不肯无故用药的。

斯 你真是所谓不可救药的了,你终有服从真理的一日。(向奢)再见吧。

奢 请等一等!

斯 您想要怎样?

奢 先生,我想给您几个钱。

斯 (两手放于背后,张开后襟,奢郎特开钱袋)不敢当,我不要。

奢 先生……

斯 不,不。

奢 等一刻儿。

斯 无论如何,不敢领受。

奢 请不要客气!

斯 您太开玩笑了。

奢 成了。

斯 不成,不成。

奢 嗳!

斯 我不是为钱而来的。

奢　我相信您不是为钱而来的。

斯　(把银子收起)这个是否称过的。

奢　先生,称过的。

斯　我不是孜孜为利的医生。

奢　我晓得。

斯　我从来没有受过金钱的支配。

奢　我并不这样想,先生休要多心。

第五出

出场人:斯加拿尔、郎德尔。

斯　(细看银子)哈! 哈! 生意倒很不坏,我只望……

郎　先生,我等候多时了,我特来请您帮助的。

斯　(以指按郎德尔之腕)呀! 这道脉凶极了!

郎　先生不要误会,我是没病的。我并不是因病来找您。

斯　呸! 您既然没病,为何不早说?

郎　实告先生,我名叫郎德尔,刚才您看病的绿笙,便是我的爱人。
　　她父亲脾气很坏,不许我们俩相接近。我冒昧来找先生,恳先
　　生助成我的爱情。我已经想好一条妙计,可以和她见面交谈,
　　但这计只有先生能够助我成功,不知先生肯不肯救我的性命,
　　造成我的幸福?

斯　(现怒色)你当我作何等样人!? 什么? 你好大胆,在我们庄严
　　华贵的医生跟前,说出这类污秽的话,要我助成你的爱情,休
　　想! 休想!

郎　先生,请不要闹!

斯　(逼郎德尔后退)我不肯做这事。你太无礼了。

郎　嗳! 先生,从容些。

斯　你打错了主意了。

郎　请教怎样?

斯　我并不是管这事情的。天下最无耻的事便是……

郎　(拿钱袋,给斯)喂!先生。

斯　便是把医生当作……(受钱袋)我说的不是您,您是个好人,我
　　很愿意给您尽一点义务。但是,世上有一类的人,有眼不识泰
　　山,往往错认了人,所以使我动气。

郎　先生,刚才大胆莽撞,千祈……

斯　好说了。您有何事见教?

郎　您现在所医的病,乃是假病。所有的医生都当作真病,所以或
　　以为病根在脑,或以为在脏腑,或以为在脾,或以为在肝,却不
　　知恋爱乃是她的真病根,绿笙想要用这个病症来避免她所不
　　愿意的婚姻……恐怕人家会看见我们在此密商,我们离开此
　　地吧。我一面走,一面告诉您我所请求于您的事情。

斯　走吧。先生,您为着您的爱情,给我过分的厚惠,我的医学无
　　所用之。她的病快好了,她本身也快要归于您了。

第三幕

第一出

出场人：斯加拿尔、郎德尔。

郎　我这个卖药的身份，倒还可以冒充得过去，她的父亲许久没有看见我，我现在换了衣服，装了假发，料想在他的眼前，总可以瞒得过去了。

斯　毫无疑义。

郎　现在我只希望学得几句医生的时髦话，点缀点缀，表示我是很高明的人物。

斯　算了，算了。这都没有用处，只须换过一套衣服便够了。老实说，我也并不比您高明。

郎　什么!?

斯　我对于医学，何曾有一点研究！您是老实人，您把您的真情告诉了我，我也把我的真情告诉您吧。

郎　什么？您不是真的……

斯　不，不是的。他们不管三七二十一，硬要派我做医生。我从来没有干过这种玩意儿，我所研究真够不上称为最下等，我至今不明白他们为什么这样乱来；但我觉得他们拼命地要我承认是个医生，我也就决意骗他们一骗。说了您也不肯信，我这样将错就错，竟弄到人人信仰我是真的高明，四面八方的人都到我门前来了。唉！如果事情是这样顺利下去，我情愿一生一世做了医生。我觉得这种营生比什么都强,医好也好,医坏也好,一样的有银子收。我们任意摆布人家,绝不会触霉头的。一个鞋匠,在做鞋子的时候,对于一片皮子,不知如何珍重爱惜,生怕弄坏了;至于我们,尽可以弄坏了一个人,不算一回事。罪过是死者活该,我们一点儿没有罪过。还有一层最大的好处,这是:死了的人顶忠厚,顶客气,虽然医生杀了他,从来没有看见他埋怨医生的。

郎　对,对! 死了的人,实在是太忠厚了。

斯　(看见许多人到来)这些人们,看他们的样儿是来要我看病的。请您先到您的爱人家里的附近等候我吧。

第二出

出场人:斯加拿尔、齐波、北郎。

齐　先生,我和我的小儿北郎,特来拜访。

斯　什么事?

齐　他的妈巴列德病倒在床,六个月了。

斯　(伸手作要钱状)你们想要我怎样呢?

齐　先生,我们想请先生略施妙技,把她救活了。

斯　先要晓得她的病在何处再说。

齐　她病在"虚伪"。

斯　病在"虚伪"吗?

齐　我们说的是:她周身鼓胀,人家说她里头装满了血水;实则,她的肝、她的肚子、她的脾——随便您叫做什么都行——有的并不是血,只是些水,她每天发皮寒,周身疲倦,腿又疼痛。她喉咙里的喘息,几乎听不见了。而且往往着惊昏倒,不省人事,我们以为她已经死了。在我们村里有一位外科医生,他医治她不晓得多少时候了。不瞒您说,我不晓得花了多少金钱,种种的药方都用过了,结果只是一个空。后来他想用一味呕吐

剂,但我怕因此把她弄死了,所以不肯用。据说这位大医生,
用这手段杀了不少的人哩。

斯　(仍伸着手,又摇了几指,似乎表示要钱的意思)好朋友,还没
有说到本题。

齐　说到本题便是:我们到来求您说明应该如何医治。

斯　我听不清楚,不晓得您说的什么。

北　先生,我母亲病了,这里几两银子,作为医药的费用,务望先生
笑纳。

斯　呀!您,您的话我全懂得。还是你这位少年人说话清楚些,善
于表达你的意思,你说的是:你的母亲得了"虚伪"症,周身鼓
胀,每日发皮寒,腿又疼痛,有时着惊昏倒,不省人事。是
不是?

北　正是,正是!一点儿不错。

斯　你的话,我立刻听得懂,不像你的老子,半天叽里咕噜,不知说
的是什么。现在你们想要求我一帖药,是不是?

北　是的,先生。

斯　要一帖药来医治她吗?

北　我们正是因此而来。

斯　来,来!这是一片奶饼,拿回去给她吃便好了。

北　奶饼吗?

斯　你不晓得这奶饼的来历,这饼是和着些金屑、珊瑚、珍珠,以及
其他种种宝贵之物调制成功的。

北　感谢先生的恩德,我们停一会儿把这个给她吃就是了。

斯　去吧!如果她死了,你们应该尽你们的能力,好好地埋葬她。

第三出

出场人:夏格怜、斯加拿尔、吕嘉。

斯　哈,哈!标致的奶妈又来了。唉!我的奶妈,我的心肝,我真

　　侥幸又遇着了您，您便是巴豆、大黄，我心里所堆积的新愁旧闷，都被您放泻得无影无踪了。

夏　啐，医生先生，说得太过奖了，我不懂您的鬼话。

斯　我的可爱的奶妈，您病了吧，为我的爱情而病了吧！您病了，我应该如何快活地来医治您呵！

夏　谢谢您吧！我病了，宁可没人医治我。

斯　我可怜您，您有一个妒忌而脾气很坏的丈夫，多么可怜呵！

夏　先生，有什么法想呢！这大概是我前生造下来的罪孽了！俗话说："嫁鸡随鸡，嫁狗随狗。"还有什么话好说！

斯　什么？唉！这样一个粗蛮汉子！天天像野狸守鸡似的守住了您，不许一个人和您说话！

夏　唉！再坏的事情您还没有看见哩！您所晓得的不过是他的坏脾气的小小一部分罢了！

斯　一个男子，竟有这样狠心肠，虐待您这样一个女子吗？唉！可爱的奶妈，爱您的人近在眼前，他只要和您的小脚接一接吻，便是莫大的荣幸。唉！一朵鲜花，落于野人之手。而这个禽兽、傻瓜、疯子、没天良的……对不起，我不该当您面骂您的丈夫，万望原谅！

夏　唉！先生，他实在配得上这些名字哩。

斯　是的，不错，他配得上这些称呼。而且像他这样疑心重，您便索性做出一件风流事儿给他瞧，也不为过。

夏　真的，要不是我还顾他面子，早已给他一个样儿瞧。

斯　呃！您便和别人算计他，也是应该的。这个人正该这样制治他。而且，可爱的奶妈，如果我有福分，被您选中了……

　　吕嘉在后，尽闻二人之言，二人回头见吕，分头走开，医生现滑稽貌。

第四出

出场人：奢郎特、吕嘉。

奢　喂！吕嘉！吕嘉！你看见我们的医生没有？

吕　是的,真倒霉,我曾看见他,我的女人也看见了。

奢　此刻他到哪里去了？

吕　我不晓得,但我希望他去闯祸去了。

奢　你去看看我的女儿怎样了！

第五出

出场人:斯加拿尔、郎德尔、奢郎特。

奢　呀,先生,我正在找您呢。

斯　我在您的天井里,排泄无用的饮料,很好玩……病人怎样了？

奢　服了您的药之后,越发显得坏些。

斯　正好:显见是药力行了。

奢　是的;但药力行的时候,怕她因此便咽了气。

斯　不要慌,我有一种百发百中的灵药,等到她临终的时候再说。

奢　跟您来的这位,是什么人？

斯　(以手势表示这是卖药的)这位是……

奢　是什么？

斯　是一个……

奢　吒？

斯　他……

奢　说呀？

斯　他是您的女公子最用得着的人。

第六出

出场人:夏格怜、绿笙、奢郎特、郎德尔、斯加拿尔。

夏　先生,您的女儿想要走几步路。

斯　这正是好现象;卖药先生,请上前去摸一摸小姐的脉,停一会儿我好和你商量处方。

在这个地方,斯加拿尔把奢郎特拉到剧场的旁边,把一个臂膊放到他的肩上,手放在他的下巴处。当奢郎特想要看他的女儿和卖药先生做什么的时候,斯加拿尔便用手将他的下巴扭转,不让他瞧,同时又说些有趣的话使他开心。

先生,医生常觉得的大问题,便是:到底女人是否比男人容易医治呢? 请您留心听我的话……有些人说"是的",有些人却说"不是";至于我,我说"也是也不是"。因为:女人有不通透的气质,以致蛮性压服了感情;她的偏见,活像她行步的褭褭不正;这只像个月亮;至于太阳便不同了。太阳光照四方,无微不至……

绿　不,我决不能转移我的爱情。

奢　好了,好了,我的女儿说话了! 唉! 好药方! 好医生! 斯加拿尔先生,您已经医治好了她,我应该怎样感激您? 我不晓得怎么报答您才好!

斯　(在剧场走来走去,拭汗)我为着这病,也呕尽心血了!

绿　是的,父亲,我又会说话了。但我所以会说话,为的是要告诉您:我是非郎德尔不嫁的,您要把我给了何辣斯,实在是不可能的。

奢　但是……

绿　我打定了的主意,休想推得翻!

奢　吓!

绿　我这个充分的理由休想反对!

奢　如果……

绿　哪怕您千言万语,我只当耳边风。

奢　我……

绿　这件事情是我想透彻了的。

奢　但……

绿　父亲的权威,不能违反了我的意见,强迫我嫁人。

奢　我已经……

绿　您实在枉费心机了。

奢　他……

绿　我不能屈服于专制权威之下。

奢　那个……

绿　我宁愿做尼姑去,决不嫁我所不爱的人。

奢　但是……

绿　(变厌烦的声调)不,决不,总而言之,我决不肯。您不要耽搁了时间,我的主意早打定了。

奢　唉!好利嘴!没有我开口的余地!(向斯加拿尔)先生,请您再把她弄哑了吧!

斯　这件事是绝对不可能的。我的能力,只能把您弄聋去,如果您愿意。

奢　谢谢您的好意吧!(向绿笙)你想……

绿　不!无论您怎样的理由,我没有心来听您。

奢　好!我今晚便要你嫁何辣斯!

绿　我情愿嫁了死神!

斯　嗳唷!你们不要吵!让我来医治医治这件事情。这是一种病症缠住了她,我也会医的。

奢　先生,精神上的病症,您也会医治吗?

斯　是的,凭我做去;我有万应药方,我的卖药先生便可以供给这种药料。(喊卖药的来)听我说。您看她对于郎德尔如此钟情,不顾忤逆了她父亲……不要耽搁时间了……看她的血气都涌涨起来了,该快些设法医治,若迟了,怕要更糟。依我之见,只有一个药方在此。这药方叫作"逃之夭夭散",以三两二钱的"宜其室家丸"调和服之。她也许不很愿意服这个药方,然而您的手段倒还高明,您自会哄她好好地服药。去吧!您和她到园子里散散步,趁此奉劝她服药,我则在这儿绊着她的父亲;但是,千万不要耽搁了时间,快! 快! 服药! 快服灵验的圣药!

第七出

出场人:奢郎特、斯加拿尔。

奢　先生,您刚才说的是什么药? 我自小儿没有听过这些药方的怪名字。

斯　这些药方,所谓救急奇方,寻常不大用得着。

奢　您曾看见过像小女这样倔强的人吗?

斯　女孩子们,稍为执拗,也是常有的事。

奢　您还没有看见,她对于郎德尔的痴情,真是天下少有。

斯　少年男女热烈的感情,自然会到这步田地。

奢　我自从发觉了这对痴男女这样痴狂之后,我便禁止小女出外了。

斯　先生真有见识。

奢　我不让他们两人有一些交通的机会。

斯　好极!

奢　假使我许可他们两人见面,也许早已弄出些不体面的事情来了。

斯　说的有理。

奢　不是我这样做,也许她早已成了私奔的女子。

斯　先生见解高超,不胜佩服!

奢　听说他努力地设法要和她谈话。

斯　笑话!

奢　他枉费心机了。

斯　哈,哈!

奢　我永远不许他们见面。

斯　先生老成练达,他哪里能够逃得出您的圈套呢! ……总而言之,先生断不是呆子。

第八出

出场人:吕嘉、奢郎特、斯加拿尔。

吕　呀! 奢郎特先生,不好了,祸事不小! 您的女儿跟着她的郎德尔逃走了。刚才那位卖药先生便是郎德尔,好,我们这位大医生斯加拿尔先生做的好买卖!

奢　哎呀! 可恶可恶! 他们竟敢作弄我? 快去叫警察来! 别让他逃了! 唉! 忘恩背义的贼子,听候法律来制治你!

吕　呀! 呸! 名医先生,你快要给人家绞死了。等着不许动!

第九出

出场人:玛尔登、斯加拿尔、吕嘉。

玛　呀! 天呀! 我费尽了气力,才找到了这户人家! 先生们,请告诉我一些消息,我介绍给你们那位医生的消息。

吕　他吗? 快要上绞刑了。

玛　吓? 我的丈夫上绞刑吗? 哎呀! 他犯了什么罪?

吕　他教人家把我们主人的女儿拐走了。

玛　哎呀! 我的可爱的丈夫呀! 你真的快上绞刑了吗?

斯　你看! 呀!

玛　在这许多人的跟前,活活地看你死去了不成?

斯　你想要我怎么办?

玛　还说呢? 假使你仍旧砍你的柴,我还可以有些安慰。

斯　离开了我吧! 我看见你,我的心都碎了!

玛　不,我要在此等候祝你升天,除非看见你被绞之后,我决不离开了你。

斯　唉!

第十出

出场人：奢郎特、斯加拿尔、玛尔登、吕嘉。

奢　警察快来了，你快要受你应得之罪了。

斯　（帽在手）哎呀！这种罪，用一顿棍子来代替，行不行？

奢　不行！不行！须听候法庭的判决……唉！我也活不成了！

第十一出

出场人：郎德尔、绿笙、夏格怜、吕嘉、奢郎特、斯加拿尔、玛
　　　　尔登。

郎　奢郎特先生，我特地来这里，把郎德尔解送到您跟前，并且还
　　您一个绿笙。我们原打算一同逃走到别处结婚去，然而，现
　　在，这种手段，尽可以用比较文明些的手段来代替了。我并不
　　愿意偷您的女儿，我却希望在您的手里好好地把她接过来。
　　奢郎特先生，我刚才收到了些信件，知道我的叔父死了，我承
　　继了他所有的全部产业了。

奢　郎德尔先生，您的道德高尚得很，我十分愿意地把我的女儿配
　　给了您。

斯　哈！哈！我这医生，因祸得福！

玛　既然你不被绞了，该多谢我；因为我使你变成医生，你的福气
　　都是我给你的。

斯　是的！你使我受了不少的棍子！

郎　君子不念旧恶，只要结果好便算了。

斯　算了吧！玛尔登，你虽然使我受了几顿棍子，但你也使我成了
　　大医生，可以将功赎罪；但是，从今以后，应该恭恭敬敬地奉承
　　我，要晓得一个医生发起脾气来，比什么都可怕哩。

剧终

后　记

　　1932 年,国民党政府下面的国立编译馆约我翻译《莫里哀全集》。既然叫作全集,自然应该从第一册译起,也就是按照时间的顺序。预计译后可以分为四册出版,想不到只译成一册半,编译馆就停止了我的稿费,说是以后改为抽版税。在国民党统治下,文化专业是可怜的,书籍销路很差,版税也少得可怜。所谓抽版税,几乎可以说是不给钱。所以我不愿意翻译下去了。第一册出版了,第二册上半册还留在编译馆,因为只有半册,所以也没有出版。

　　我本来不是研究文学的人,只因在巴黎靠卖文为活,所以陆续译了二十多种法国剧本和小说(有几部稿子在日本侵略军放火烧商务印书馆编译所的时候被烧毁了,记得其中有博马舍的《塞维尔的理发师》和《费加罗的结婚》)。后来回国教书,生活问题解决了,就专心搞我的语言学了。所以从来没有想到继续把《莫里哀全集》译完。

　　最近收到作家出版社来信,希望我把旧译的《糊涂人》交他们重印。我一方面高兴,一方面惭愧。我的法文程度是不够的,译文难免有错误;这次又不能挤出充分的时间来校订。更严重的是:我的法文已经荒疏了二十多年,如果当年不懂的,现在更不懂了。所以这次校订,在改译方面的工作做得比较少。

　　在文字方面,修改的地方比较多。从前有人说我译笔流畅,我自己也认为我有这个优点。现在检查起来,觉得毛病很多:第一是不能避免文言，第二是不合北方口语，把古语方言成分杂糅在一起，简直不能上口。此外，甚至有语法上的错误。这次虽然改动了不少，但是，由于原来的底子不好，改动后仍然不能完全适合汉语规范化的要求。

　　希望专家们多多指教，使我以后能作第二次的修订。

王了一

1956.6.17，北京大学